憂與遊

六朝隋唐遊仙詩論集

李豐楙 著

臺灣學生書局印行

憂與遊：六朝隋唐遊仙詩論集

目錄

導論

從一九七四年起，在業師王夢鷗先生的指導下，從原本的文學批評研究轉入道教文學的探索；後來王先生出國又由羅宗濤先生繼續指導，開始思索從東漢末起，在兩晉南北朝繼續發展的道教及由此形成的道教文化。在當時國內外道教研究的風尚還屬初興的階段，對於「道教文學」這一名稱的提出，及所要探討的內容和範圍，可說是篳路藍褸、獉狉初啓。歷經一個摸索的嘗試時期後，終於發現從道教、道教文化的角度觀察中國文學和六朝道經，確實可以對這一時期的文化現象獲致較深刻的理解。在六朝文學的諸多研究課題中，類似「遊仙詩」的類型，專家學者大多從文學史的立場，將它與山水詩、玄言詩等並列，作爲六朝詩人所創作的題材之一，這些持續累積的研究成果也大體能闡明其特質。然則關於「遊仙詩」一類是否可以完全等同於山水、玄言衆作？不論是作溯源性研究、抑或針對作品本身的外緣、內緣作析釋，難道不能開出新的研究方向嗎？這一疑問縈迴於心中，從撰寫博士論文《魏晉南北朝文士與道教之關係》起，直到畢業後邊教《楚辭》邊繼續開拓向唐、宋文學，特別是全心投入道經的研究，才逐漸解開了這一難題。

一、「道教文學」的探本溯源：從巫歌、遊仙詩到道曲

在中國文學的研究中，有關宗教文學、神話神學的研究成果並不豐碩，不僅較爲熱門的佛學研究中，佛教文學只有少數的碩學先達曾措意及此；就是中華民族傳統的道教神話也少有專家學者專注鑽研，因而「道教文學」也常是空白的一頁。主要的原因應該緣於它是邊緣學門，或是科際學門：論述其學科具有邊緣、邊際的性質，是因爲研究中國文學者無意也無力探究及此；而「道教學」這一學門則尚在方興未艾的初興階段，無暇開拓及此一相關的學問。不過當時即揭櫫「道教文學」的名目，複合了「道教」與「文學」兩個辭彙而成爲一個新術語，則又顯然突出其邊際的、多學科的學術特質，也就是從事這一研究勢需綜合了中國文學、宗教學、文化人類學、神話學及相關的歷史學、藝術學等，經由科際的交互考察，始能深入理解道教文學所具有的宗教文學或神話神學的特色，因此這是一門有待開拓的新學門。

「道教文學」一觀念的形成，當時在鑽研六朝詩時，其實是作爲一種學術定位的初步嘗試：就是六朝文學專家從文學史的立場所觀察的既已累積了可觀的成果，然則從道教文化史的弘觀角度考察，是否可以建立一種宗教文學史的解讀？同一文本將它放在神仙道教的歷史文化脈絡中，應該可以較貼切地讀出一些隱藏於語言、意象之後的訊息。因此如何重建「中國宗教文學史」就成爲一個重要課題，從這一通史的弘觀考察，始能更集中焦點思索「怎樣才能寫出一部好的中國道教文學史」？就在這一强烈的驅策力量之下，開始有計劃地擬定一系

列的微觀研究課題：先從博士論文中抽出其中的遊仙詩、神話歌及步虛辭加以改寫，之後就定出了整理唐宋遊仙系列的計劃，目前已完成了其中的一部分，都收錄在這一部論集中。

由於臺灣的學術環境在當時是頗爲忽視宗教學的，因而如何在傳統的中國文學系中從事道教研究，確是一個有待自我角色認定的問題，它涉及研究課題的選擇，將來需要考慮的是：要在何種學術刊物或會議上發表？在國科會獎助將會被歸爲何類？當然最根本的問題是它究竟是屬於文學研究？抑是道教研究？凡此諸多問題既是現實的——傳統中文系都有部定的科目；卻也爲了興趣而堅持，因爲發現其中有解開一些問題的鑰匙。這一情況一直延續到教育部開放了「宗教系」之後，由於機緣湊巧而參與數個宗教系中「道教組（或群）」課程、學群的規劃，就不得不嚴肅地思考一個問題：在中華民族的教育史上前此並無什麼道教系、道教組！在無從借鏡的情況下如何規劃出有體系的「道教學」？如果從宗教系的課程規劃言，「道教文學」可作爲宗教文學中的一門課題；如果從神學課程中的民族神學言，則「道教文學」應該屬於一種神話神學，如此始能配合講授道教科儀的聖事神學，而建立一個道教神學的教學、研究架構。就在這一思考下，終於首先嘗試在輔仁大學宗教系開出「道教文學」一課程（一九九五）；接著又試著在政大中文所開出「道教文學專題研究」（一九九六）。在課堂的講授中，嘗試將前此所撰成的專論作出條理性的架構，也就更加深思索「道教文學」作爲教學或神學的一支，其所具有的本質爲何？

在道教學界對於諸如此類「道教文學」的探討，間嘗論及的如日本的遊佐昇、小川陽一，或中國大陸在文革後新培養出來的年輕學者如葛兆光、詹石窗等，顯示出中國文學部門的同好也注意及同一課題，特別是詹石窗更直接揭出《道教文學史》爲題，撰爲通史性的專書，也觸及「道教文學」所指涉的名義及內涵的問題。其實從宗教文學或神話神學的理論架構言，「道教文學」絕非只是所謂的「影響說」——道教思想「影響」及文士創作或民間文學，是一種外爍的創作題材的選擇、思想主題的激發，這樣地理解「道教」如何影響了文學，就成爲「道教文學」；就好像學界另一種「佛教文學」的用法，既是佛教經典中所使用的文學藝術技巧、或是受佛教思想的影響、習染而寫作的。諸如此類的理解多是將「道教性質的文學作品」作爲中國文學的「邊緣」，這是基於中國文學在脫離了神話的創作傳統後，而形成了以抒情爲「中心」本位的觀察。其實從「探本溯源」之論，這類中心／邊緣的本位主義並不能指陳道教文學的特質，也並非完整掌握了中國文學的源流正變之道！

在藝術起源論中有藝術源於宗教的論述，對於這一類觀察，龍彼得教授（Peter von der Loon）就曾從戲劇「如何」興起的觀點，提出「中國戲劇源於宗教儀典」的看法。道教一向被目爲民族宗教、本土宗教，從道教文學的起源作探本溯源的研究，就可發現遊仙文學正是源於《楚辭》中的〈離騷〉、〈遠遊〉等巫系文學；秦始皇時博士所賦的〈僊真人詩〉、漢武帝時司馬相如所上的《大人先生賦》，都是屬於與巫師、方士的神遊體驗有關的；再加上〈九歌〉與宗教儀典的密切關聯。因此巫系文學的系譜剛好可以接續東漢以來文士所競擬的樂府體遊仙詩、民歌體的〈神絃歌〉及道曲體的〈步虛辭〉，作爲一種宗教性的文學，其中的精神命脈確是一脈相承的，它蘊含了戲劇、詩歌及宗教儀典，因此至少可說是中國文學的重要源頭之一。

六朝文論家在嘗試分辨詩歌的源流時，其實要比今人更清楚當時詩人的譜系傳承，特別拈舉了國風、小雅及楚騷三大源頭：楚騷爲巫系、小雅多爲宴饗及祭祀之用，就是國風中也有一些與巫風、信仰習俗有關的。在中國文學的源頭與祭祀禮俗有密切的關係，從宗教儀典與社群生活的關聯是完全可以理解，誠如《左傳》成公十二年所說的：「國之大事，在祀與戎」，官方的祭祀是如此的重要，民間的祠祀行爲就更爲興盛。〈九歌〉應是一種官民俱有參與的儀典，而〈離騷〉、〈遠遊〉中的神遊情節則爲巫俗；〈招魂〉更明顯地源於巫風，可知南楚文化及所蘊育的楚文學，「祀」確是邦國大事，也是藝文大事。經歷漢賦而下，神仙神話及與之相關的宗教體驗，仍完整地保存於遊仙文學系列中，從初期較素樸的遊仙衆作衍變爲文人有所寄託的變創之體，在當時阮籍、郭璞這些希企隱逸的文人都可歸於這一源流正變中。

道教文學在這一譜系中，另一個較貼切的名稱則是「仙道文學」，它並非是神仙神話如何「影響」道教的問題，而是道教如何承繼神仙思想的本質，將原本素樸的神仙神話吸納之後，再融鑄而成新的較具教派意義的宗教神話。從僊說的傳承譜系言，毫無疑問道教確實具有民族宗教的本土性格，它發揚光大了與神仙有關的宗教文化：諸如神仙世界、成仙方法以及如何進入仙界的歷程，其中就完整地結合了神話與儀式爲一體，它一方面既與古巫、方士文化有密切的關聯，但又更進一步開展了新的格局，堂廡開闊，境界轉深；另一方面既與官方、民間的祭祀禮俗有關，卻又能闡揚儒生漸次衰歇的祭祀儀禮，並提昇民間較零散的祭典習俗，成爲一套較精緻而周備的齋醮科儀。因而道教及道教文學的宗教本質不僅是完全承續了巫系文學、神仙神話，而且還加强了其中的宗教性格：諸如完成了類似《真靈位業圖》的神統譜，並採用步虛旋遶的儀式模擬了昇天動作；在冥想式的修行中也紀錄了宗教性的《真誥》，而錄下仙言仙語的仙歌，這就是「道教」採用「文學」的藝術形式所錄存的宗教體驗，也就成爲中國文學中較爲奇特的宗教文學。

從屈原採用辭賦體的誦詠到漢晉之際詩人所發展使用的五言詩體，雖是在不同時代所創用的不同韻文形式，卻都是採取了一種較富於音樂性的表現方法。關於南楚的騷體到底是與何種樂器配合？從〈九歌〉中所描述的應包括了打擊樂器鐘、磬，吹奏及彈奏樂器如竽、瑟之類，將新近所出土的地下文物佐證，就可說明琴瑟爲重要的樂器，而整組的編鐘、編磬也顯示其演奏的場面頗爲盛壯，像曾侯乙墓之例；而〈離騷〉可能即是以「離」爲主奏的形式，這是一種琴瑟的彈奏，適合於曼聲詠誦的南音。宗教儀典必定是歌舞樂一體，表演儀式、一種儀式性戲劇，在神話情境中通過儀式性動作，巫與靈巫即分別以媒介者的角色，一扮媚神的神之配偶，一扮神所降的神靈替身，在登場之後獨舞或共舞，在類似人神交感中獲致幽明交通的功能。後來〈神絃歌〉中諸曲就是在同一江南地區的祭神歌，表現出地方性俗神的宗教儀典。

相對於此，〈離騷〉、〈遠遊〉應是巫師的神遊、或是模擬巫師的昇天經驗，爲世俗化的昇登仙界的神遊版本，在楚瑟的伴奏中曼聲詩詠，模擬一次虛空中的出神之遊。漢晉之際諸般〈昇天行〉、〈遊仙詩〉則是世俗化了的乘蹻術，爲何在五言詩體初興之時，突然流行起遠遊的幻遊風尚，根據目前的文獻資料仍不能作出完全的解釋。而另一種道教版本的昇天行，則是配合旋遶昇天儀式的〈步虛辭〉，模擬登昇玉京山朝元的奇幻之遊；至於上清經派的降真誥語中，則也曾出現爲數可觀的仙歌。因此同是表現一種宗教體驗，屈原是本人有親身的證驗，抑是因三閭大夫之職而熟稔神巫的宗教世界，故嘗試採用韻文所形成的規律性節奏，以進入一種恍惚體驗；曹氏父子對於神仙世界，既是心嚮往之卻又思〈辨道〉，詩歌中卻仍是歌詠遊仙之樂，就在於詩歌體的歎唱易於激發遊仙的氣氛。而道教版的步虛辭、仙歌則是正統的宗教體驗，不管是與仙真接遇、抑是登昇面聖，都能在規律化的五言詩體中，獲致一種恍兮惚兮、似真還幻的奇幻感。

從巫到道的轉變、從道家的僊、真到道教的仙聖、真人，在中國古代的宗教傳承上是一脈相承的。巫歌巫舞與儀典本就是宗教、神話及文學藝術的共同活源，道教即從巫祝分化出來也就保存有歌舞樂一體的傳統，既可在儀式動作中爲一種模擬登昇的宗教科儀，也可在冥思入神中體驗到出入仙界的神秘經驗，因此道教文學可說是巫系文學的轉化。而類似屈原的大才以及魏晉文人的卓越才華，都能深刻體會這一宗教詩歌中的神聖與神秘之趣，在人類所探索的終極問題中，仙界、仙人及仙物所象徵的終極真實，是國人探求不死之夢，神話和夢正是一種集體的文化符號。楚騷、遊仙詩及步虛即是這些民族心靈的象徵表現：一個長壽永生的生命與和諧安寧的樂園。所有的巫歌、道曲正是嘗試溝通人與神，通過此界與彼界的神話象徵，這是屈原之夢、郭璞之夢，也是奉道或非奉道者所共同嚮往的，仙道文學或道教文學正是這一傳統文化下的產物。

二、憂與遊：遊仙文學的永恆主題

「不死的探求」是神仙神話的核心，也是貫串初期僊說到道教仙說的一貫精神，雖則遠在形成神仙神話——袁珂特別拈舉了「仙話」一詞以區別於其他神話的原始動機及意義，早期文獻及出土文物並沒有直接述明；不過從神話思維理解這些隱喩性符號，卻仍可以解讀出其中隱藏而又暴露的意義：諸如不死國、不死藥及不死民與羽人之類，都是出現在距離一定時間和空間之外，也就是具有「世外」、「人外」的特質。類此不死之國、民及藥物常會隨著時空而有些變易，但是隱含於其中的基型卻並未有較大的變動，都具現出人、世所未有的特質：諸如生命的永恆性、空間的完美性之類，這一超越的特質其實正折射地反映出人類所共同的願望。這種願望又會隨著不同時代不同階級而出現不同的意義，不過希企成仙的動機仍可歸爲「憂」之一字，因而如何獲致短暫的「解我憂」之法，即是「遊」——神遊、想像之遊所形成的奇幻之遊。所以〈遠遊〉應是隱藏了僊境的題名，當時僊說仍處於尚未成形的狀態；而「遊仙」則已是精要而明確的製題，至此始確定爲仙道文學、道教文學的中心思想。

「憂」的情緒心態具現出人類求仙的動機，正緣於它既是個體心理的反應，也表現出集體的心理需求，當時的詩人就使用「千年不滿百，常懷千歲憂」來寫憂鬱、憂慮的情緒。憂不像愛或恨之具有對象性，而顯現出對於時間、空間的無對象性，因而這種情緒也並非是一種強烈的、立即的反應，而是在漸加的、累積的情況下逐漸形成的。因而同一憂的情緒卻會在不同身分者的感覺中，雜糅著生命、生存境遇中的相關情緒，共同醱酵而成爲一種創作表現的衝動；如果它發生於奉道修行者的身上，這一隱藏著的情緒就會凝結爲一種力量，觸發爲「入道」的動機。所以探求不死的動作，基本上都涉及詩人或求仙者的生命觀、世界觀，也就是面對生命存在的保證時，一種積極而有力的終極關懷。

在中國傳統文學中言志詠懷一直是主要傳統，屈原則是在借由遠遊以寫憂的心境下，「爲情而造文」，選擇了香草美人及上征求女諸象徵物表達其鬱結的情緒，爲何〈離騷〉的後半會轉入遠征情境？對照〈遠遊〉篇即可體會是具有同一遊的動機，將生存的困頓、生命的困阨總結爲空間的迫阨、時間的短促，在這兩股壓力下，他雖則一再堅持美與善的「不變」，但面對著「變」的時局卻也難免產生深沈的挫折感和無力感：黨人的變態、群芳的變質，特別是懷王的善變，在變動不居的現象下，使他的心情充滿了不安與惶恐：前半篇中一再出現的字眼正是「及」和「恐」，希望「及」時把握時機、掌握生命，但又惟恐有所不「及」。因而就形成這種「士不遇」的憂鬱心境，才轉入神話象徵之「遊」，直上崑崙以叩帝閽，即是登昇的歷程，屈原的弔詭筆法即是在陟陞的關鍵時刻返顧人間。〈離騷〉一篇即是遊仙之祖，也是「士不遇賦」之源，較諸〈遠遊〉的直截手法，反而較能深沈地敍寫由憂而遊的心路歷程。

屈原之後士大夫文學大多祖述這種憂世文學，由於身世際遇的不同處境，上焉者尚能傳續「爲情而造文」的詩人傳統，等而下之即爲「爲文而造情」的詞人。遊仙的題材也可依此而分詩人和詞人二系，後一類就成爲擬作遊仙的作品，以是獵取仙界事物而虛擬神遊之樂，這些二、三流的擬作有早就被淘汰、有些尚保存於選集或別集中。比較有藝術價值的則是六朝詩人的遊仙衆作，不管其題名是否爲「遊仙」，但是多能傳承「憂」的傳統。換言之，從「憂」的性質分析就可理解「遊」的不同性質，這比從形式上分析遊仙詩的正變，更能掌握遊仙文學的精神特質，也較符合「詩人」的爲文動機是爲情而作的本意。

遊仙文學的發展初期遇是帝王貴遊因憂而遊有關的，齊、燕二國之主及其後秦皇、漢武、漢宣諸帝王，都是在擁有權力之後發覺生命之不可掌握性，由此不滿足而求仙。曹氏父子之賦寫遊仙，其實和秦始皇之使博士作〈僊真詩〉、漢武之快覽〈大人賦〉一樣，差別只在自寫或他寫而已。權勢的掌握者耗盡心機，終能掌控人間世的一切，卻仍舊無法借由人造的庭園、宮殿模擬仙界宮府，更對於時間所帶來的不可抗拒的推移之力無力撼動：容顏的衰老、體力的衰弱及由之所造成的心靈的空虛。凡此都讓這些不可一世的暴君、梟雄或英主、英雄爲之氣沮，因而會讓一些夢想家和騙子牽引著到海上尋求飄渺的仙島。爲了探求生命永恆存在的可能性，乃促發了帝王貴遊假求外力以求仙的動機，因而遊仙諸作中也蘊含著遲疑、不安的情緒。曹氏父子的藝文才華自是不亞於武略，所表現出來的憂遊也是激情與疑慮交作，具現出心靈對於「驚風飄白日」的死亡之悲；特別是戰亂之後的大疫，「徐陳應劉一時俱逝」的殘酷現實，更讓人在死亡之前顯得卑微而無力，所以他們在高唱昇天之際，何嘗不是對於生命苦短的一種深沈的感慨？

在六朝的時代情境中，另一類文士之抒寫遊仙、特別是寒門出身如郭璞者，他們所憂的就較爲現實而真切。日本斯波六郎教授曾以「孤獨感」綜括六朝詩人的特質，這種生命之悲何嘗不是遊仙詩的憂世之懷：有政局之憂，易代之際名士少有全者，阮籍、嵇康以至郭璞都有親身的感受；有戰亂之憂，南北朝征伐之際名士也有身遭四化如顏之推，或庾信者，只能苟全於亂世之中；有災劫之憂，時疫及洪災在江南流行，也讓時人深感生命朝不保夕。在兩三百年的動亂之中，社會的失序、人倫的失序也導致詩人痛感宇宙的失序。所以生存之憂迫使他們思索生命之憂，這種深沈地面對宇宙的孤獨感已非一般的事物可以解憂，因此具有他界意識的遊仙題材正好可以暫解勞愁：阮籍直接表明於〈詠懷〉之作中，即遊仙作爲抒懷的方式之一；而郭璞則反之，以〈遊仙〉之篇變創其體而詠懷，都是借用遊仙以言志詠懷的同一機抒。

六朝詩人確是傳續了「士不遇」的傳統，也傳續了憂世憂人的精神，他們表現在遊仙題材中的憂與遊，多與不遇明主有關：阮、嵇之與司馬氏、郭璞之與王敦，都涉及一時名士需與篡奪政權者之間虛與委蛇，以求自全；尤其是類似郭璞的寒門細族，在當時講究門第世族的門風之下，如何參與貴遊集團的社會活動，並介入波譎的政權紛爭中，確是足以激發詩人借遊仙以抒懷，因憂而遊於山林及洞府，這就是當時融合了隱逸和遊仙的隱仙或仙隱的思想。方士性格的文士如此，一些文士更由於奉道而逐漸轉變爲道門中人，既隱又修，有時就會模糊了隱士和道士的身分，像葛洪撰《抱朴子》特別分內外篇，內篇專論神仙方術，而外篇即以〈嘉遯〉爲首，爲隱逸進一步賦予了新意義。在亂世少有全者的情況下，促使隱居求志的自潔之士增多，故在這一段期間內出現了多種高士、隱士傳記集；其後修史者也多利用當時私家所修的史傳，特別列出〈隱逸傳〉，其中有些就常與〈藝術傳〉中人相涉。因此論隱和仙都和士之不遇有關，即是不滿時局和世情，又在無力感之下選擇了避世道，成爲遊仙文學的大背景。

從士大夫所理想的遊仙世界，再深進一層則是入道以求度脫，進入一個道教中人所整備的新神仙世界。從東漢末葉以來，初期教團陸續出現，諸如席捲大河南北的太平道、江南的于（吉）君道及蜀漢的五斗米道等，從「濱海地域」到天府之國都有大小不等的教團出以救世，新興教團之間雖是各有發展，卻也相互衝激、影響，它一方面與更基層性的「巫」或俗禱並存也相競，另一方面則是面對日漸輸入並壯大的佛教信仰，形成巫道間、佛道間的對立衝突和妥協，因而逐漸建立了不同教團的道法，並經由傑出道士統一成爲「道教」。在亂世中這些具有高度統合力及創發力的道教中人，提出了一套神學式的宇宙論，解說了劫運的來臨、救世生的降生；以及如何經由道教神職者的輔佐，奉道而得到度世之道。這些奉道的家族，從陳寅恪開始既已注意到一些重要的世家大族：包括渡江南來的和江南舊族；其實更多少爲史傳所記載的是那些出入流移於道治之間的尋常百姓，在中國宗教史上，這是從蜀漢天師道的政教合一制，進一步落實到村落共同體式的道治聚會所制度，從此開創了以後千餘年的道教信仰。

有關遊歷仙境、接遇仙人的神話式敘述，在道教形成新的《真靈位業圖》譜後，除了有一部分尚停留於舊體的摸擬試作外，較明顯的情況是或多或少的「道教化」。這一時期出現了名實相符的「道教文學」——一種道教中人在宗教情境中所「寫出傳世」（出世）的仙歌，它之不同於世俗的文人「創作」，就在於「真誥」式的筆錄，是修道者接遇仙真時進入一種恍惚狀態的「自動」書寫。因此仙歌中所使用的仙言仙語只是一種「借用的符號」，也就是書寫者曾受過專業的藝文訓練，因而得以操作當時流行的五言詩體及詩語，不過這些語言符號只是一種假借使用的工具而已，真正誥語主人則是一些仙界、靈界的仙真聖衆。在兩相配合的降真情況下，一批數量可觀的仙歌遂被錄存於道經中，特別是上清經派。當時在句容地區活動的楊義、許謐許翽父子等，就寫下了一批文筆燦然的仙歌，類似的降真紀錄也陸續出現，遍見於六朝的道經中，後來北周編《無上秘要》中特別列有「仙歌品」，所收的也只是其中極小的一部分而已。(此一部分目前正與女棣林帥月小姐整理研究中)這些在表達手法及風格上都自成一個隱喩系統，對於世俗文士產生不小的影響，特別是唐代曾經入道或習常與道士往來的文士：諸如李白、李商隱及曹唐等，因而創作了一批神秘的道教神話詩——一種唐人的遊仙詩。

道教成立後所「造構」、「出世」的道經，在中國思想、宗教史上，乃是在傳統經、子典籍，及漢譯印度佛經之外，獨自發展出另一支語言、隱喩系統：道教中人在人神遇合的自動書寫狀態之下，創造了新辭彙以負載新的宗教世務：它在素樸的仙界說之上結構完成了龐偉的天地宮府，讓新登場的諸多仙聖遊止其中，不同經派所接遇的仙真早期或許單獨出現，但是至此大多被納入一個位階有序的神統譜中。這一秩序化的神話世界、宗教世界，基本上反映的不再是初民認識世界的形式：將所生存的時間、空間秩序化、結構化；而是在嚴重失序的六朝政局中，道教中人不分士庶地尋求生存「秩序」的願望，這是道教神話的創造真諦：生存與秩序。因此在這種宗教語言所敍述的神話架構的支持下，歌舞樂一體的齋醮科儀，即以儀式性的動作重覆演出昇天的儀禮。

早期神仙神話所象徵的聖山（或聖樹）與登天，是以崑崙（或建木）與紫廷爲架構，讓屈原採用神遊或儀式性的登昇、或是民俗性葬儀的「昇天圖」，周遊乎上下，然後涉登崑崙陟昇天界。道教在齋醮儀式中使用「步虛」，則是在多重天中，以玉京山爲中心旋行誦詠以朝諸天仙聖。它採用了五言詩的體製，巧妙改用民間俗曲而造出了較早的一種道樂，在鐘磬的伴奏下有歌：仙歌體卻又虛聲曼詠，有舞：黃冠或女冠著法服旋繞著香爐；有詩：道衆誦詠的步虛辭，這種儀式性的「表演」，模擬了登昇神遊的奇幻經驗，成爲道教版本的「昇天行」。如果只是造訪海內外的名山洞府，則梁武帝所改製的〈上雲樂〉中的〈方諸曲〉一類，也是仙界的誦詠之作，而成爲另一種形式的遊仙。

文士因憂而遊於虛幻的仙界，道教中人則因俗世之憂而奉道修行，徹底地遊入另一個方外世界，在建立他界觀時已經不是一個「憂」字了得，而是透過神學式的思考提出一種對照式的此界／彼界，這一對立的結構被形象化爲塵濁之世／清淨之世；活動者則是肉人、五濁之身／仙人、修真之人，在對立的思考下所象徵的意義，正是待救／得救，解救論式的度脱，就是能夠經由奉道修行，得以昇登天界而獲致成仙，成仙則爲對於現世的捨離與棄絶。在離亂時局中，一般文士只能借由遊仙而暫解我憂，道教中人則是試圖經「信仰」其儀式動作、服食行爲，希望永遠地進入他界而永生，也就永解世事的煩憂。道教版本的遊仙詩，因憂世而求度脱，所以遊的歷程就具現了縹渺之樂、虛空之美。類此之遊是落實於行爲實踐中的，爲宗教徒酷烈探求他界之遊的宗教願望；而民俗性〈神絃歌〉相較之下，就只是較單純的民間祭歌，表現的是地方性俗禱的情趣。

從「憂」與「遊」論述仙道文學，就可發現這一譜系的建立，關鍵之所在就在於道教成立之前之後，探求不死的成仙願望厥爲中國人共同的長生之夢，《莊子・天地篇》假託華封人之口說：「千歲厭世，去而上僊，乘彼白雲，至於帝鄉」。憂世厭世的憂煩情緒，乃緣於「不滿」凡俗世界的生存拘限，或「不滿足」於人間世所不能掌控的生命存在；而凡間士庶生逢亂世，所遭遇的挫折、無力感更多是來自現實界的迫阨，讓心靈敏感的士大夫油然而生深沈的孤獨感。先秦的社會崩壞，讓諸子勃興造成了一次哲學的大突破；而魏晉南北朝的大分裂，則是讓諸大道派崛起、佛教也在此際輸入，道教即以實際的布教行爲發展道治組織，深入農村共同體的生活中，而在救世濟世的精神指引上，一方面引領信徒嚮往他界，另一方面則傳播宗教性預言，由救世主式的真君李弘在地上建立太平世。故道教爲憂世的宗教、神仙思想則爲度世的神話，它相當程度地利用宗教神話補償了當時人們所希企的心願。

遊仙文學的本質基本上是融合了宗教、神話中對於「他界」(other warld) 的强烈願望，所以「憂」和「遊」就成爲一種進入他界的動機及滿足感，保證了生命永恆地存在的可能性，因此也具有較强烈的排世俗性。從古代存在的原始巫教的神遊轉變爲新興道教的存想、從郊天的昇天儀禮轉變爲步虛的齋醮科儀，在一脈相承的宗教傳統中，隱含著國人在現世的功利性格外，仍具有一種冥想性質的神秘主義傾向。這些歌舞樂一體的宗教作品，世俗化爲民歌體的詩歌時，大體仍能傳承一種想像的神遊體驗，只是被賦予了士不遇的抒憂意義，「不遇」從辭賦到五言詩的諸多題材中，它仍是較屬特殊的一類，在後世逐漸發展形成的抒情傳統的詩學中，是較屬少數的神話詩，具有某種程度的敍事性，道教文學則是不斷創發神話以支持這一傳統的活水源頭。

三、唐代遊仙文學的世俗化

從唐到宋初，世俗化了的遊仙文學是宗教性遊仙詩的終結，卻也是道教語言被轉化爲世俗語言的絕佳例證。主要的原因凡有多端：一是道教在大唐社會的特殊地位，促使出現了空前絕後的公主入道而爲宮觀女冠、退宮嬪御也有入道的，這是道教儀制史上較突出的一種女冠，讓唐代士庶深感好奇而爲之歌詠；一是教坊及北里中的藝妓，在唐人生活、尤其是進士的情感生涯中，成爲較特殊的一群女性，在男性中心社會裡所形成的論述，〈遊仙窟〉式的狹邪隱語完全轉化了素樸的遊仙傳統，使劉晨、阮肇的遊仙被娼妓化。不過在這兩大社會文化因素下仍需有藝文環境的滋養，才能將一種即將衰歇的陳腐題材沿續下去，使之放出異彩，這就是教坊謠曲及雲謠曲的音樂文化，在音樂體製上配合了宮廷樂制、民間俗曲，豐富了藝妓的藝文情境；而當時發展完成的五言詩體，足以重新運用新流行的道教神話，造就一種新的隱喻符號系統。當然所有的藝文時勢仍需待大才之出而發揮，曹唐即爲其中冠軍，作爲唐代遊仙詩史終結時極爲完美的一章。

道教在李唐王朝所奠定的特殊地位，絕非從宗教史上佛教的寺院數、出家僧及奉佛的人口數所可比擬的；也不能完全從宗教哲學史上，佛經所譯介的教義及本土所創發的禪宗所能比較的，關鍵就在李唐是將老氏攀附爲「本宗」，在創業神話中流傳三百年的「李弘（洪）應識當王」，這神秘的預言合理化了李淵父子獲得天命，在各種詔命中一再强調爲李氏本宗及李唐帝王乃應命成爲救世之王。凡此都使唐代諸帝在制定「道僧格」的宗教政策時，大多採取道先佛後，並將道教隸於宋正寺，較諸佛教强勢的布教及優異的教義，道教與唐代帝室在三百年間仍一直能維繫著密切的關係。而如同秦皇、漢武之希企長生不死，唐代諸帝也仍舊懷抱這一不死之夢，只是他們不再遣使遠入東海，而是支持一批道士在丹房中進行煉丹的作業，如何操作黃白之術？道士爲此付出了大量心力，期望尋找到不死成仙的奧秘，唐代諸帝中因服食而中毒的則是爲夢而死者。神仙思想在唐代宮廷及貴遊士人中，確是經由服食的實踐而被賦予新意，也因而造就了當時社會中崇佛之外另一種奉道的風尚。

在中國宗教史上，佛教的傳入是中外文化交流史上的大事，經歷六朝而在大唐盛世獲致了長足的發展，儒家自是在政治制度與官僚體制及世族教養上仍持續其微妙的影響，但對於佛教所激發的東方式智慧，都是對於著重世間學的儒學有相當程度的刺激；道教在這兩種文化相互激盪的情境中，如何更進一步地進行調適以突顯其宗教特質？可說是唐代高道所要突破、深化之處，因而道教內部如何提昇求仙的實踐作業，就成爲有唐一代的道教學至爲重要之處，這就是內外丹派在這段期間內的傑出成就：前者奠定了鍾呂道派的基礎，開啓了金元南北宗的內丹學；後者則是經由不斷的實際試誤後，認識了金石藥較真實的化學性，並因而促使發現了火藥的製作奧秘。在這一蓬勃的求仙風尚下，遊仙文化才能以多種的方式持續發展，一方面扶翼道教建立更完備的制度，在一統的政權之下不同的道派獲致良好的交流；另一方面則由於士庶的接觸日深，道教文化才能進一步滲透入百姓的日常生活中。

道教在唐代完成了出家制，這是在家制道士以靖治爲主深入村落共同體之外，另一種被制度化的修道生活。天師道派、靈寶經派道士所擔付的宗教職能，是較屬於後來火居道的神職人員；不過茅山道、樓觀派等則逐漸採取捨家入道的方式，卻較能實踐其教義，諸如竇精齋氣的精氣神身體觀、冥心修道的心性説，以及捨家昇虛的成仙願望。因而在佛教日漸制度化的出家制的刺激下，道教也確定了出家制，唐代因而定出了更完備的儀軌，以之配合官方所制定的「道僧格」。在當時公主入道爲女冠而少有爲尼的，正是由帝室爲之立觀，讓公主及隨從入道的宮人在觀中過出家修道的宗教生活，這種前所未有的宮觀女冠自會引起時人的好奇。唐型文化本就較爲自由開放，長安、洛陽兩京的社交生活又較熱烈頻繁，這些出家著女冠服的貴主以及特爲她們而立的奢華宮觀，也就易於成爲一時詩人歌詠的對象，特別是涉及女冠在宮觀中的諸多情戀傳聞，常是筆記小説或一些「無題」詩所影射的題材。

唐代黃冠出家的制度一旦設置，道士和女道士都是根據官方的規定而受度出家，實際的數目自然還需包括私自出家的，從宮觀數及出家數的統計數字，可知當時已達到相當多的數目。在唐代詩人的筆下，涉道詩自是不少，既是與道門中人的來往贈答，因此一些尊師、羽士的生活就常會出現在當時文士的詩文中。不過在寫作數量佔絶對多數的男性詩人的筆下，對於女冠及其相關的宮觀生活，大多出諸一種男性論述，其命題的重要所在都在設想女冠的生命悲情，就如李益之寫宮中女子的「宮怨」一樣：而有「送宮人入道詩」和「葵花詩」的出現，一是敘寫宮女在入道前臨別的惆悵情境、一是從黃蜀葵的冷淡特質來抒寫，想像宮觀中的女冠多是疑惑未定的心境，而並非深刻表現出家後專心向道的心性修練，凡此都是表現一種男性觀點下的女冠形象。

由於女冠出家制度及在時人的心目中已有相當的刻板印象，才會出現這一時期遊仙文學的另一較大的轉變，就是世俗化了的遊仙詩，它常是另一種狹邪之遊的隱喻表現。從較早期劉、阮的誤入天臺山轉變爲張文成的〈遊仙窟〉，其間如果不是娼妓文化有較飛躍式的進展，就是唐型文化所形成的生活方式，促使諸多不同性質的妓院及妓女活動產生較全面的變化。從南北朝的征戰頻仍中依舊在江南有吳歌、西曲所反映的妓樂遺跡，等到隋唐的天下安定後，隨著商業的發展、交通的頻繁，一些較大的都城也廣納來自各方的人口。從唐代政、經都市的興起，自會產生類似平康里及北里的妓院；此外大唐的拓邊征戍，衆多的戍守者也會招致營妓的出現，張文成所寫的積石山就有軍妓的嫌疑。所以大唐社會所促成的娼妓文化，使得雜傳小說中出現了藝妓作爲主角，遊仙詩自也具足了妓化的條件。

從娼妓史的發展言，在男性中心社會裡，所掌控的權力是從政治制度到宗教意識的，因而早期的仙境小說中，誤入仙境的都是男性，而所要遇合的則都是女仙，經由短時間的繾綣後再重回人間。爲何男性恆爲遊歷仙鄉的主角？這些女仙的身分就也頗費猜疑！縱使劉晨、阮肇的天臺行是一種神話敍述，不過從敍事情節上它所提供的結構形式如下：

單身男性或男性結伴而行
←經由洞穴或溪、橋諸物進入
←洞中別有天地：女仙熱情地招待，使仙郎忘歸
←洞仙固然熱切挽留，但過了一段時間就不能不思歸
←歸後恍然若失，而有再入洞天的可能

這一敘事結構的本身就極易於形成隱喻性，在中國社會擅於影射的表現手法中，讓人不得不猜疑其中仙郎和仙女的關係是否另有所喻？從口述到筆錄這些遊仙事件的「講—聽」關係，基本上是以男性爲主所形成的傳播圈，故一等到娼妓的風尚隨著男性社會的需求而日漸昌盛後，就更易被世俗化爲娼妓行業的隱語，就這一點而言，語言論述也就成爲一種性別掌控的有力表現。

張文成只是將男性的狹邪行爲形象化爲「遊仙窟」而已，在唐代男性詩人所使用的詩話

系統中，多已具體地將放蕩於歌樓酒館的行爲和遊仙神話結合爲一，它既是平康里、北里諸妓院裡所習用的語言，也是風流文人的筆下所慣用的習語。類此風習諸如妓院中人所使用的藝名，多與仙、真諸字有關；而自命風流的男性也以仙郎、仙夫自居，將流連於風月場所說成洞中天地。這是從男性觀點所掌控的語言遊戲，而語言背後所隱藏的意識和行爲，則表現唐代的兩性關係中的男性集體宰制心態。這些歡場女子也就按當時男性社會的需求而被訓練成「藝妓」，或款舞或吟詩，教坊曲及現存的敦煌曲子詞就有不少曲名及曲辭，將天仙、洞仙諸辭妓化，甚至連〈女冠子〉也有部分妓化的痕跡。它出現在中唐前後如元稹、白居易的〈夢遊春〉詩時還較含蓄，至於曲子詞如《花間集》、《尊前集》等，就完全是一種妓院文學的共同風格，從遊仙詩到遊仙詞的轉變，經歷了唐、五代到宋初，固然娼妓文化讓遊仙文學重新獲得新生機，但是這種俗化卻也終結了遊仙詩的文學生命。

在唐代遊仙詩的另一種世俗化則是與科舉制有關，史家早已指出在科舉制逐漸取代世族制的發展過程，「士不遇」又有了另一種時代新意，就是寒士如何經由進士科（或明經科）而獵取功名利祿？它決定了士子的身分地位的升降，所以唐代士子之夢表現在黃粱夢、南柯夢中，都具體地道出一幅理想的「昇官圖」。在這一現實世界中，如何苦讀→朝見帝王→迴翔朝閣，也被隱喻爲遊仙的歷程，因而登昇朝天即是中第面聖的隱喻物，而侍漏朝覲也就成爲得列仙班朝見紫皇；與這種朝班相對比的，則是洞中無事時，群仙相邀夜宴或博戲。將這一類「朝／隱」意趣徹底發揮的就是像曹唐一類中下級銜吏，唐代士子是得遇明土，抑爲明主所棄，常決定其一生中的仕宦或隱逸的生涯，不過對於中下級從事等僚佐，卻需爲了生活而流動覓職。因此神仙之遊中，上朝帝闕的榮顯是爲昇仙之樂，隱棲洞府的清閒則爲逍遙之趣，曹從事之賦遊仙正是苦中作樂，其中雖已少了六朝人之憂、之孤獨，卻另有一種太平歲月中的無奈況味。

曹唐在遊仙詩史上的成就，就是將唐人擅於寫情的能力轉用於道教神話中，其中幾乎括盡了道教新起的仙遊和遊仙事件，一般文士由於無緣得睹道書，事實上難以當行本色地運用道教新典，少數入道而又還俗的文人卻能擅用這一道士經驗，李商隱既以之入於「無題」及部分題意晦澀的詩中，讓人難解卻又著迷於其意象之神秘、惑人。曹唐則採用神話詩的手法，精簡地敘事神話事件而寫出〈大、小遊仙詩〉，將原有的神話情節重新改造、翻案，達到類似詩劇的演出效果，在中國詩史上幾乎是絕無僅有的大膽嘗試，其中是否有曹唐本人的喻意已不可知，但就他採用神話的敘事手法，卻能集中處理人神之間的「情」，特別是運用臨別和初見的關鍵場景，完全表現出原有神話中所未曾處理的人物內心的活動，可說是融合了敘事詩和抒情詩的優點於一，以之喻寫人間事世間情，確是中國詩中所不經見的奇作。

遊仙文學經由唐人的俗化，顯示道教所倡揚的神仙神話已普遍地深入士庶的生活中，無論是日用的口語，抑是文人美化後的詩語，都將他們生活經驗中的科考、戀愛或與女冠、女妓的奇特交往，與道教新神話聯結爲新的認知關係，這些語言、隱喻顯得新鮮而有生命力，在當時的兩性生活中，遊仙題材也就成爲一種新的男性論述，支持了他們的狹邪行爲。不過在唐代女性的認知中，出家爲女冠既有清修的性質，「身爲女子身」也能與男子身一樣地修道成仙，並住持女道觀，相較於佛經所顯示的兩性觀，其中仍有相當的自主性；特別是公主入道所形成的社會風尚，固然其中也有逾禮防閒之處，但是以貴主而入道終究對於道士的身分具有另一種意義，讓道教的成仙說蔚爲當時探求不死的新風尚。道教所具有的宗教性神秘既爲世俗士庶所嚮往，因而也興起時人模擬遊仙的虛幻滿足，這一世俗化的趣味也仍足以印證唐人在語言意象上確有其創造力。

四、結語

從道教成立前到成立後，道教作爲中華民族的本土宗教，「探求不死」可說是一貫的核心思想，而期望成仙或遊歷仙界則是探求他界的神秘之行，它表現爲宗教文學幾遍存於歷代文體中：從辭賦、樂府、五（七）言詩以至於詞曲等，中國歷來的名家都曾嘗試過這類遊仙的題材，用以表現其「憂」與「遊」的情緒。由於前後歷經千百年，不同時期的文士也常借此以表達其一生的「不遇」，而憂、不遇等有關的不滿與挫折感，也是帝王貴遊以至士庶求仙的基本動機。類此身在此界而心嚮往他界的願望，正是一種宗教所關懷的終極真實，不管其人奉道與否，在面對生死大事時如何超越生命的大限，借以獲得生命存在的永恆保證，就成爲道教所關注的重大問題，遊仙文學正是這種探求之心的忠實反映。

中國文學一向以抒情爲其主流，而較少宗教文學，特別是採用具有敘事傾向的神話詩，在講求短小詩體以表現純粹美感的美學傳統下，神話並未能成爲文學創作的活源。而遊仙文學則是少數的例外，它雖則保有抒憂的抒情特質，但卻也保存了宗教的神秘體驗，傳承了神仙神話、道教神話的語言象徵，以支持其儀式行爲：乘蹻、存想的冥思，因以神遊於仙界；或是郊天、步虛的儀典，旋遶以模擬登天；也是昇仙圖、真形圖所畫出的昇天儀禮。不管是任何動作都象徵地表現一種探求、追求的永恆主題，將這一宗教經驗採用敍事體敍述出來，就是不同詩體遊仙詩的職能。從神聖性的宗教文體到世俗性的文士擬作，這是少數傳續了古巫到道教的共通經驗，始終維持了一種宗教性的神秘色彩；它卻也刺激了世俗化的娼妓文學，使得遊仙文學在結束前蘊育了一個完全世俗化的版本，不過這一版本卻是其後曲子詞的主要源頭之一。

道教的成立期也正是遊仙文學傳承、衍變的重要階段，其核心的探求不死的宗教願望，剛好與遊仙的體驗密不可分。因此從道教神話的傳承關係言，遊仙文學也是道教與世俗文學具有互動關係的具體表現，道教借由遊仙詩以傳達其本土宗教的特色，而世俗士庶也借用道教神話不斷豐富其他界的願望。由於道教內部所傳承的仙歌、步虛，借用了世俗的音樂、文學形式，因此解讀這些仙言仙語所形成的符號，就可理解其中的神秘之美確足以吸引入道又出道諸文士的興趣，這就像屈原之後的文士規撫楚騷中的遠遊一樣。類此希企遊歷仙界的彼岸文學、他界文學，即是道教文學、仙道文學的共同精神，在歷史上會出現巫教版本、道教版本及世俗版本，也正證明了它是一種傳承最久、變化較大的文學主題。

六朝道教與遊仙詩的發展

神仙思想表現於文學之中，前道教時期首推楚辭系的遠遊類辭賦，爲遊仙文學的祖型。至漢朝樂府，相和歌中有詠述神仙之作，表現民間俗樂的遊仙願望，直接啓發六朝遊仙詩的創作。道教出現於漢晉之際，遊仙詩即承襲樂府系的素樸仙說，並因應仙道體系的蓬勃發展，逐漸形成新風格。因此析論中古文學史中遊仙詩的發展與衍變，凡經三變：魏、晉初爲一變，屬於早期素樸的神仙傳說，間有變化爲新說的趨向；至東晉又經一變，除模仿之作外，多能表現新的仙說，一種具有隱逸性質的地仙、名山觀念。南北朝道教統一意識形成之後，道教教理也影響遊仙之作，逐漸展現道教化遊仙詩的新風格，可與〈上雲樂〉、〈步虛〉等道樂藝術並觀，又是一變。

遊仙文學的譜系，貫串其中的即爲「遊」的特質：遊歷仙境、與仙人偕遊等昇仙思想，具體表現仙說中的樂園情境。中古文學特別突出「遊仙」的趣味，曹丕、曹植首揭〈遊仙詩〉爲詩題；而蕭統選錄何劭、郭璞的〈遊仙詩〉，《昭明文選》中詩類也有「遊仙」之目，可知當時遊仙詩的名義，可概括詩題爲遊仙內容亦遊仙、或題名非遊仙而內容實爲遊仙，甚至但借遊仙以詠懷或表現其人生經驗者，大體其製題與內容只要與神仙傳說有關的即爲遊仙文學。

本文將從道教史的觀點考察遊仙詩的發展與衍變，肯定其爲道教文學的重要成就。

一、漢魏樂府與初期僊說

兩漢社會盛行神仙傳說，形諸歌詠即爲辭賦與樂府中的遊仙之作，又見諸器物漢鏡、漢磚中的圖樣與銘文即多與神仙題材有關。類此初期僊說多爲曹魏、西晉詩人所承襲使用：曹氏父子及其文學集團可爲代表，其詩中反映出道教形成初期，仍多以前道教時期的僊說爲主：亦即仙真以地仙昇往天庭者爲其理想形象；而其仙境則集中於太華、泰山等名山，復可由崑崙上昇大庭。其中所歌詠的對象，以王喬、赤松爲主，爲漢人成仙的典型；其次則爲漢俗崇拜的西王母與東王公。這樣素樸的神仙傳說可與《列仙傳》中的仙真並觀，具體表現出漢人的僊說。

曹魏的詩歌成就源於樂府，其遊仙諸作即多屬樂府風格。樂府中保存漢人遊仙思想的又多存於相和歌，凡有〈王子喬〉、〈長歌行〉、〈善哉行〉、〈步出夏門行〉、〈董逃行〉等。郭茂倩《樂府詩集》中的相和歌辭，屬於清商樂，漢魏階段正是清商舊樂的階段，曹魏帝王均極喜愛清商樂，設立清商專署，倡導清商樂，並且大量自制歌辭；而貴族文士也往往參與寫作相和歌辭。

由清商樂發展史可以解釋漢魏遊仙詩以樂府相和歌辭爲主流的成因，現存曹操的遊仙詩全屬於樂府體中的相和歌辭：〈氣出唱〉、〈陌上桑屬〉相和曲；〈秋胡行〉屬清調曲、〈折楊柳行〉屬瑟調曲。曹丕有兩首遊仙詩，其一爲樂府，至於曹植所作的數量最多，大部分爲樂府中的相和歌辭。可見漢代俗樂已在曹魏的上流社會中取得正統的地位，而遊仙之作正是採用當時最流行的音樂形式。❶

漢魏的清商舊曲，其樂器以絲竹爲主。弦管樂的聲調是清越而哀傷，街陌謠俗之曲用以表現遊仙，正可在愉悅仰慕的情緒中微微透露一種空幻之感。漢世民間對於生命不死的祈求與宿命式的無奈，完全具現於這些曲調之中。〈古詩十九首〉中就有「服食求神仙，多爲藥所誤」、「仙人王子喬，難可與等期」的慨嘆，就是一種人生無常感的具體表現。魏晉之際貴族文士將遊仙詩用來表達這種生命觀：諸如求仙的熱切與冷靜，面臨生命的危機意識等，形成詩中特殊的生命情調。

漢魏遊仙詩的母題（motif），即是出發—歷程—回歸，它早已淵源於《楚辭》系的〈遠遊〉，也重現於曹魏文士的新體遠遊詩篇之中，現即依其構成因素分析如下：❷

關於遊仙的動機，最能反映出詩人的創作意圖：一爲空間因素：有現實世界的拘限、世俗社會的迫阨；一爲時間因素：有歲月無情的消逝、生命凋謝的無常。凡此人間世的危機意識成爲祈求遊仙的動機：「來日大難，口燥脣乾」（善哉行）、「邪徑遇空廬，好人常獨居」

❶ 王運熙，〈清樂考略〉收於《樂府詩研究論文集》第二集，頁三六—五〇。

❷ 《楚辭》系的遊仙情境，詳參拙撰〈崑崙、登天與巫俗傳統〉、《中國詩學會議論文集》（彰化、彰師大國文系、一九九四）

（步出夏門行）俱爲一種悲嘆情緒。曹植常學這種發句形式：

九州不足步，願得凌雲翔。（五遊詠）

人生不滿百，歲歲少歡娛。（遊仙篇）

將〈遠遊〉中「悲時俗之迫阨」的寫法加以變化，以作爲遊仙的激發力量。

遊歷仙境爲遊仙詩的主體：其中多包含仙人的造型、仙境的描述以及成仙的仙藥等。漢人以原始神話爲祖型，塑造出奇特形象的仙人，像「仙人騎白鹿，髮短耳何長」（長歌行）、「王子喬，參駕白鹿雲中遨」（王子喬），漢俗即以長羽翼爲成仙的象徵，而外形的變化又有長耳方目等，漢鏡、漢畫像磚等文物上均可發現類似的神仙造型，成爲後世的文學藝術中仙翁、壽星的形象；與羽人相搭配的爲御駕之物，除雲、虹等物，最常見的爲龍、白鹿、白鶴；與鏡飾中常見的羽人乘鹿一樣，均將靈禽異獸作爲昇天的儀駕。❸因此曹氏文學集團也多秉承此種仙真的傳統，塑造出一些富於奇想的神仙形象：

閶闔開，天衢通，被我羽衣乘飛龍，與仙期。（曹植、平陵東行）

❸ 漢鏡與神仙思想的關係，參駒井和愛，《中國古鏡の研究》（東京、一九五三）；〈鑑鏡の研究〉與〈中國漢代の神僊像〉收於《中國考古學論叢》（東京、慶友社、一九七四）。

服藥四五日，身體生羽翼，輕舉隨浮雲，倏忽行萬億。（曹植遊仙詩）

授我神藥，自生羽翼。（嵇康、秋胡行）

據王充所錄的漢人通說：「圖仙人之形，體生毛，臂變爲翼，行於雲，則年增矣，千歲不死。」（論衡、無形篇）即爲變化成仙的傳說。而對於昇遊的描述也是有所承襲的：

駕虹蜺，乘赤雲，登彼九疑、歷玉門。（曹操、陌上桑）

晨遊泰山，雲霧窈窕。忽逢二童，顏色鮮好。乘彼白鹿，手翳芝草。（曹植、飛龍篇）

有關仙境中的仙人，兩漢社會常以王喬、赤松爲其典型，自漢初《淮南子》、至王充的《論衡》，以迄東漢末葉，其形象籠罩有漢一代。漢鏡中多出現王子喬、赤松子，❹而樂府中也歌詠「仙人王喬，奉藥一丸」（王子喬）、「道逢赤松俱，攬轡爲我御。」（步出夏門行）這兩位見於《列仙傳》中的仙人，也最常出現於魏晉詩人的歌詠中：據統計王喬、王子喬凡三十一見；赤松子凡二十四見。❺其次漢人所崇拜的神仙中，則以西王母、東王公爲東西、陰陽配

❹ 張金儀，《漢鏡所反映的神話傳說與神仙思想》（臺北、故宮博物院，民國七十年）頁七二—七四。

❺ 康萍，《魏晉遊仙詩研究》（臺北、輔大中文所、民國五九年）。

對的仙侶，漢代文物中最多王母的圖樣，爲逐漸從《山海經》西王母所轉化而成的神仙。❻樂府中有「過謁王父母，乃在太山隅。」（步出夏門行）已非崑崙山上的仙真，而爲傳說中的分支。魏晉詩中西王母凡十二見，仍是重要的女仙真，爲長壽的理想象徵，漢鏡中的西王母戴華勝，東王父亦戴冠，多與長壽有關：「買者延壽萬年，上有東王父、西王母，生如山石。」（後漢永康元年獸首鏡）「壽如東王父、西王母」（漢中平元年四獸鏡），其頌壽格式固可遠溯及鐘鼎文的嘏辭傳統。❼而其結合神仙傳說後已成爲新的辟邪、吉祥、求福之物，則爲漢世求仙風氣下的產物。遊仙詩中所出現的群仙圖，正是這些素樸的仙說：

> 遨遊八極，乃到崑崙之山，西王母側，神仙金止玉堂。來者爲誰？赤松王喬，乃德旋之門。（曹操、氣出唱）
>
> 王子奉仙藥，羨門進奇方。服食享遐紀，延壽保無疆。（曹植、五游詠）
>
> 思與王喬，乘雲遊八極。（嵇康、秋胡行）

王喬、赤松與西王母、東王公等，均爲天仙、飛仙，而其仙境則多在崑崙；也可「乘蹻追術

---

❻ 關於西王母，詳參拙撰〈漢武內傳研究〉，《六朝隋唐仙道類小說研究》（台北、學生書局、一九八六）。

❼ 祈眉壽一類嘏辭：或作祈眉壽，令終；或祈黃髮、祈黃者，詳徐中舒，〈金文嘏辭釋例〉，《歷史語言研究所集刊》六六，二（一九九五）頁三八三－四八七。

士，遠之蓬萊山」（曹植、升天行），乃綜合東、西二系的樂園傳說。此外漢鏡中較常出現的域内名山凡有泰山、華山，爲新起的神仙名山，其銘文中有「上泰山，見神人」（漢大山流雲文方格四神鏡）、「上華山，鳳凰集，見神鮮（仙）」（漢規矩鏡）❽，其他還有不明著姓名的神人、仙人、佚人，均屬域内名山的地仙，也成爲漢魏人士所祈求的對象。

仙鏡中的神奇藥物，如芝草、靈液之類，爲神仙服食思想的具體反映，兩漢以來巫術、醫藥的發展，有助於形成服食成仙之說。根據巫術性的思考原則，相信經由靈丹妙藥的服食，可傳達一種靈妙的神力，因而得以變化形體。所以仙境的描述多以藥物爲中心，神仙即爲持授仙藥者，這種服食成仙的方法普遍存在於鏡銘及樂府中。其描寫方式多在得見神仙之後，緊接著就敘述得受仙藥：「見仙人，食玉英，飲澧泉，駕交龍，乘浮雲，白虎引兮直上天。」（規矩文鏡）「上有仙人不知老，徘徊神山采芝草，渴飲玉泉飢食棗，浮遊天下遨四海。」（泰山四神鏡）漢朝鑄鏡的匠人多習於採用三、七句或七字句形式，文字也大體累同，而成爲一種套語，用以表達世俗的共同願望。樂府詩中也反映類似的世俗願望：「導我上太華，攬芝獲赤幢」（長歌行）、「經歷名山，芝草飜飜」（善哉行）、或「採取神藥若木端，玉免長跪擣藥蝦蟇丸」（董逃行）。曹魏文士則以更富文采的歌辭描寫同一意境：

至崑崙，見西王母，謁東君，交赤松，及羨門，受要秘道。愛精神，食芝英，杖桂芝，

---

❽ 駒井和愛前引書，據日本住友、富岡謙義氏所藏的漢鏡著錄其銘文。

> 絕人事，游渾元。（曹操，陌上桑）
>
> 東上蓬萊採靈芝，靈芝採之可服食，年與王父無終極。（曹植，平陵東行）

曹氏父子，「太祖好音樂，倡優在側」❾；而曹植母卞氏則出身歌姬，自己也擅舞踊。❿ 因此所作的相和歌辭的句式，自能配合音樂，乃一種是合樂的歌辭。

神仙的願望即為漢人集體意識的反映，因此漢鏡所寓的頌壽、吉祥的美意，與樂府所誦的祝壽、祈年的終句，常可用以樂嘉賓。漢朝所設的樂府署，在採集謠曲時，自也可順應其頌禱帝王之意，而更動其中的歌辭。凡此多緣於東漢帝王福祚多短，因此臣屬常進獻與國廣嗣之術，以祈長壽與太平。樂府中的相和歌辭即是這一風氣下的產物：「奉上陛下一玉柈，服此藥可得神仙」（董逃行）、「令我聖朝應太平」（王子喬）。貴族社會與神仙願望的結合，較早秦皇、漢武的勤於求仙已首開風尚，所以樂府原題：「董逃行作於漢武之時，蓋武帝有求仙之興。董逃者，古仙人也。」（《歷代詩話》引）其說法雖則不一定可靠，但可信相和歌辭中所反映的應與頌禱帝王有關，則其結句所採用的祝頌之詞可為明證：

> 服爾神藥，莫不歌喜，陛下長生老壽，四面肅肅稽首，天神擁護左右，陛下長壽與天

---

❾《魏志武帝紀》說注引〈曹瞞傳〉。

❿古川幸次郎說《三國志實錄》有此說，參船津富彥，〈曹植の遊仙詩論〉。

相保守。(董逃行)

嘆行聖人遊八極，鳴吐銜福翔殿側。聖主享萬年，悲吟皇帝延壽命。(王子喬)

曹魏曾特設清商專署，又能自製歌辭，因此歌姬所頌的清商之曲自有頌壽之意，在樂音洋洋中產生長壽不死的幻覺：

乃到王母台，金階玉爲堂，芝草生殿傍。東西廂，客滿堂，主人當行觴。坐者長壽遽何央，長壽甫始宜孫子，常願主人增年，與相守。(曹操、氣出唱)

我知眞人，長跪問道，西登玉台，金樓複道。授我神藥，神皇所造，教我服食，還精補腦，壽同金石，永世難老。(曹植、飛龍篇)

遊仙的願望爲遊仙文學在結句時常有的模式。總結嘏辭善頌善禱之意，在宴饗之際，以樂嘉賓，確有喜慶的氣氛，故清商署的職司即是與貴族生活及其願望有關。

遊仙詩被列爲具有否定遊仙的傾向的，也曾出現於曹氏父子的作品中。曹氏父子對於神仙道教的態度極其矛盾，一面渴欲養生延壽：招致方士，服食藥物；一面又以理性否定神仙之可能。⑪在漢魏之際，曾有大疫流行，曹魏文學集團中徐、陳、應、劉，一時俱逝，因而在其作品中就深刻反映置酒高堂，而時有「驚風飄白日」的悲調。對於飄渺的仙境，曹氏依其道家自然主義思想與政治家的理性判斷，產生一種反遊仙的情緒：曹操曾慨歎「周孔聖徂落，會稽以墳邱」（精列），懷疑人能否度世不死；曹丕之作也多批評遊仙，而曹植更責問「王喬假虛辭，赤松垂空言。」（遊仙詩，一作曹丕折楊柳行）「虛無求列仙，松子久吾欺。」（贈白馬王彪），在樂音漸歇之際，頓覺神仙夢境只是一場空幻而已。尤其年華老去，在疑惑中又不能不暫借遊仙的假象暫作解脫。據信曹植作於晚年的遊仙篇、升天行等，均是在無奈中昇華其真情的詩句，其中即有刻意模倣屈原之處，「日出登東幹，既夕沒西枝，願得紆陽轡，回日使東馳。」（升天行）除襲其造語外，也體認其「老冉冉其將至」的生命悲情。因此遊仙之作，不管是正面歌頌，或反面否定，均爲其心靈深處隱秘的理想與願望的一種象徵的符號。

綜上所述，漢魏清商舊曲中的遊仙文學，具體反映兩漢的神仙傳說，由於它與音樂的密切關係，流播甚廣，影響亦大。曹魏三祖的努力提倡，使得原屬民間風謠的相和歌曲已經升入貴遊文學之列，因此原本只雜廁於相和歌辭中的少數遊仙曲辭乃逐漸蔚爲大宗。後世由於曲制失傳，不易瞭解曹魏清商專署所存的曲調是否有雅化的傾向？至少從大量製作的歌辭中

⑪ 拙撰〈嵇康養生思想之研究〉刊於《靜宜學報》二期（臺中、靜宜文理學院、民國六十八年）頁三七—六六。

試作比較，就可見曹氏父子的遊仙詩較諸漢世舊辭，確實較有雅化的傾向。在曹魏文學集團的推波助瀾下，遊仙詩再度成爲文學的正統，可與漢武帝之喜聞樂見的〈大人賦〉，同爲遊仙文學之一大盛事。因此歷經曹魏—其中尤以曹植的大量製作，始開啓六朝遊仙詩的寫作風尚。曹植固然以樂府體來表現《楚辭》系〈遠遊篇〉的結構，顯得具體而微。但更值得注意的是〈苦思行〉一首，在仙人、仙境的塑造上，由於糅和隱逸思想而形成新的風格：

> 絲蘿緣玉樹，光耀粲相輝。下有兩眞人，舉翅翻高飛。我心何踴躍，思欲攀雲追。鬱陶西嶽嶺，石室青蔥與天連。中有耆年一隱士，鬚髮皆皓然。策杖從我遊，教我要忘言。

西嶺、石室爲域內名山的景象，與靈液素波、蘭桂參天的蓬萊〈升天行〉；金階玉堂、芝生殿傍的崑崙有所不同；也與誇飾的太山之上玉英、澧泉的仙景有異，形成一種較近於實際勝景的名山洞府。尤其出現皓首策杖的隱士，實已近於棲止名山的仙隱之士，與當時的仙隱之說有關。[12]類似的新風格已先啓發晉世遊仙詩的創作方向，確實具有開創之功。

---

[12] 拙撰〈神仙三品說的原始及衍變〉，收於《漢學論文集》，二集（臺北、文史哲出版社、民國七十二年）。

二、兩晉五言新體與詠懷、仙隱

遊仙詩之以清商舊曲的歌辭形式爲主，在曹魏時期臻於鼎盛，其後就逐漸爲新興的五言新體所取代。從中間的過渡階段就可見其相互消長的形勢，曹魏清商樂專署的樂制，至於西晉，由於帝王（如武帝）和大臣（如荀勗）的喜好，樂官將清商曲加以重新整理，這種逐漸雅化的清商三調，被稱爲正聲。其發展趨勢至晉室南渡後，因爲樂器形制的散落、舊曲散失，因而江南民間的清商新聲始取而代之。在遊仙詩的發展史上，西晉詩人由於承襲曹氏的遺風，又因清商舊曲仍繼續流行，故仍有少量的樂府形式的遊仙詩：嵇康有〈秋胡行〉、傅玄有〈雪中白子高行〉、〈放歌行〉、〈歌詞〉，張華與陸機也曾部分採用樂府體。但在藝術風格上則已是五言的格調：當時陸機的〈東武吟行〉即以辭藻華美、對偶工整見稱。

五言新體在曹植的手中已漸有嘗試，至於阮藉始以畢生的心血專力開拓，其〈詠懷詩〉八十二首中即有多首詠遊仙之作，形成新的創作潮流。嵇、阮二人所處的時代情境迫使其在遊仙詩的寫作中寄託懷抱，既已開變體之先河。只是嵇康所採用的是四言詩形式—〈贈秀才入軍〉（十九之十六、十七）、〈四言詩〉（十一之十），其句法呆板，不如阮藉的五言新體較能造成新風格。嵇康、阮籍即以竹林名士的身分，當易代之際，輒生嫌疑，因此採用遊仙題材自會賦予新意：嵇、阮對於神仙道教的態度多趨向肯定，嵇康曾撰〈養生論〉以表意，而阮籍則有〈大人先生傳〉敘述其所嚮往的逍遙自由的精神境界，二賢俱屬方士化文士。⓭故在司馬政權的壓抑下，乃藉遊仙詩以表明其隱退自處、不與合作的政治態度：嵇康諸篇約作於中期之後，當時曹爽、何晏已被誅，因而隱居自處。阮籍的〈詠懷詩〉中即有一首以網羅來象徵世局，而自己則隱喻於飛鳥意象之中，而有鴻鵠「抗身青雲中，網羅誰能制」、「天網彌四野，六翮掩不舒」的衝決之意志。

嵇、阮遊仙已開變體之風，就在於詩中已具有一種詠懷的特質：嵇康是希望借遊仙之後，「長與俗人別，誰能睹其蹤。」（遊仙詩）而有離絕紛擾政局的不滿情緒。神仙世界雖是一種虛幻的存在，對嵇康苦悶的情緒卻可昇華，所以「思欲登仙，以濟不朽。」可免歲月的無常；「長寄靈嶽，怡志養神。」可袪現世的智累。其中寄慨之深，已非曹氏父子較單純的慕仙之情可以牢籠。阮籍的感慨遙深，見諸特意安排的禽鳥意象：一爲「崇山有鳴鶴」的鶴鳥（四七首）、一爲「黃鵠呼子安」的黃鵠（五五首）鶴鳥和黃鵠俱爲仙禽，不僅爲長壽的象徵，更寓有衝決世網的微意。阮籍極擅於運用禽鳥的象徵，將其結合神仙傳說後，而有極精采的表現：

焉見王子喬，乘雲翔鄧林。獨有延年術，可以慰我心。（八十二之十）

⓭ 同⓫對嵇康性格之分析

願爲雲間鳥，千里一哀鳴。三芝延瀛洲，遠遊可長生。（八十二之三五）⓮

飛翔於鄧林之上、白雲之間，即是「飄颻于天地之外，與造化爲友」的大人先生的理想境界。凡此均是在遊仙的寫作素材中，特別賦予一種詠懷、述志的意義。

嵇、阮寫作遊仙的素材固然仍以初期素樸的仙說爲主，但在寫作手法上則已漸有創新之處。嵇康遊仙詩的發句形式，由「遙望山上松，隆谷鬱青葱」起興，引起「願想遊其下」的動機；其次寫求王喬、遇黃老，終能「服食改姿容，蟬蛻棄穢累」，而結以離世得仙的願望。這種手法曾啓發何劭〈遊仙詩〉，以「青青陵上松，亭亭高山柏」等實際景物起興的發句方式；另一〈雜詩〉，「瞻彼陵上柏，想與神人遇」，也以松柏等常青植物爲長壽、不凋的象徵。阮籍則有「東南有射山，汾水出其陽」、「昔有神仙士，乃處射山阿」二首，俱是別有新意。射山爲較落實於域內的名山，因此其神仙也近於地仙，其描寫筆法——「仙者四五人，逍遙晏蘭房。寢息一純和，呼噏成露霜。沐浴丹淵中，炤耀日月光。」較諸崑崙蓬萊之旅，別有一種地仙生活的情調，故成爲一首具有新風格的遊仙名篇。梁、王筠的〈東南射山〉即有意師法其意匠，成爲一篇仿作。

西晉詩人遊仙詩的寫作，縱使間有維持樂府體的，而其造語則已漸受五言詩的影響；傅玄（二一七—二七八）所作的，較屬於漢魏風格，像歌詞中「西王母出穴，聽王父吟東廂」；

⓮ 阮籍詩據鄭范欽、吉陳德文校刊本（臺北、華正、民國六十八年）。

成公綏（二三一—二七三）〈遊仙詩〉中「那得赤松子，從學度世道。西入華陰山，求得神芝草。」由於是仿襲前期的作品，因此神仙的典故仍爲初期仙說。張華（二三二—三〇〇）陸機（二六一—三〇三）則在王喬、赤松，王母、東父之外，另外詠歌江湘流域的女神：「湘妃詠涉江，漢女奏陽阿」、「雲娥薦瓊石，神妃侍衣裳。」以張華的博物知識，除能運用舊的事類外，也能推陳出新，因此遊仙詩中又有一種依據實際地理的神仙傳說。出身江南的陸機也在傳統神仙典故的堆砌之外，增加一些本土的色彩，其〈前緩聲歌〉屬於雜曲歌辭，首云「遊仙聚靈族，高會曾城阿」，郭茂倩解爲「將前慕仙遊，冀命長緩，故流聲於歌曲也」，應屬新聲。其中即以典麗的文字敘述新出的仙真：「宓妃興洛浦，王韓起太華。北徵瑤臺女，南要湘川娥。」「太容揮高弦，洪崖發清歌。」宓妃、湘娥、洪崖雖亦爲古仙，但用於遊仙詩中則爲新典故。從新加入的神仙與仙境中，可以窺及魏晉之間仙境思想的嬗變之跡。尤其是西晉的遊仙詩人何邵（二三六—三〇一），即被蕭統選錄於《文選》中，何焯的《義門讀書記》推許爲「遊仙正體」，就是因爲其文字風格較新，而且寫作手法也更進一步：「揚志玄雲際，流目矚岩石」、「迢遞陵峻岳，連翩御飛鶴。」類此以「遊仙詩」爲詩題，鋪述仙境以表其慕仙之意，而不及個人的身世懷抱，即是題名遊仙而內容亦爲遊仙的正體。

西晉末至於東晉，清商新聲成爲一代新聲，其中吳歌中的〈神弦曲〉，表現民間巫祝道與道教合流的宗教歌辭，爲神仙情境異於貴族文士的一種遊仙詩。⑮所以這一時期遊仙文學的譜系應以郭璞（二七六—三二四）、庾闡（二八六—三三九）及晉宋之際的陶潛（三六五—四二七）作爲代表。郭、庾均以組詩的形式寫作，其作品並非一時一地之作，而與阮籍〈詠懷〉一樣，乃長時間創作而成後，再冠以總題。東晉遊仙詩的寫作內容與意圖頗異於前代，尤以郭璞所作的被稱爲變體，鍾嶸既已評其「辭多慷慨，乖遠玄宗」（詩品），而李善注《文選》，說明「凡遊仙之篇，皆所以滓穢塵網，錙銖纓紱，飡霞倒景，餌玉玄都。」至於郭璞所制作的，「多自敍，雖志狹中區，而辭無俗累，見非前識。」就特別强調其中具有詠懷、自敍的性質。而陶潛所作的也多是抒寫懷抱，可謂爲同一時代的潮流之所趨。

郭璞創作〈遊仙詩〉的時間與地點，乃四十歲以後南遷之作；今存十四首（全晉詩），其中出現的地名：靈谿，約今浙江省遂昌縣與湖南省永順縣；青谿，李善注引《荊州記》，約今湖北省當陽縣西北，陳沆《詩比興箋》以爲郭璞佐王敦於荊州，青谿正在荊州臨沮縣。而詩中如「採藥遊名山，將以救年頹。」「臨川哀年邁，撫心獨悲吒」的情緒，恰能反映出晚年的心境。郭璞出身寒賤，當時門閥貴族爲政治的主流，故預身於政途之中並不得意；尤其在荊州時，勸王敦勿反，終不能聽，且因而罹禍。郭璞既不得意，故常有希企幽隱之意，〈客遨〉

⑮ 拙撰〈六朝樂府與仙道傳說〉，刊於《古典文學》第一集（臺北、學生書局、民國六十八年），頁六七—九六。

一文頗能表明其性格與心意。⑯所作的〈遊仙詩〉中特多自敘之語：「珪璋雖特達，明月難闇投。潛穎怨清陽，陵苕哀素秋。」（四首）「嘯傲遺世羅，縱情在獨往。明道雖若昧，其中有妙象。」多是慷慨之辭。至於假託遊仙以寄意的，以第一首和第六首最爲顯豁：郭璞本人特別喜愛方術秘笈，也頗具預知的智慧，深明「進則保龍見，退爲觸藩羝」之理，也深知「雜縣寓魯門，風暖將爲災」之秘，因此早就希企隱逸，「靈谿可潛盤，安事登雲梯」，只要能過著遯棲山林的高蹈生活，則亦不必求登雲昇天，因此對於嘉遯的嚮往就成爲其〈遊仙詩〉中的特有情調。

東晉神仙思想以地仙、尸解仙爲主要的觀念，而修道者也漸多尋求域内的名山，因而與隱逸之士常不可分，六朝正史中凡藝術傳、隱逸傳中常多修真之士，即因此之故。而魏晉時期的遊仙、招隱詩也常互有關聯，只是遊仙之作較多神仙意趣而已。因此在郭璞的〈遊仙詩〉中以第二、第三首較能表達仙隱的情趣：其中的「青谿千餘仞，中有一道士」，就是修道於「雲生梁棟間，風出窗戶裏」，所具現的情境實爲名山的寫照；另一「綠蘿結高樹，蒙籠蓋一山」，也比較近於幽隱的山林，因而安排「中有冥寂士，靜嘯撫清絃。」其情境適可反映東晉奉道者心中的修道理想，其後鄒潤甫〈遊仙詩〉所詠的「潛穎隱九泉，女蘿緣高松」，仙隱的情境極爲類似。（文選卷二一郭璞遊仙詩注引）。類似的新風格還顯現於新出現的仙真群象：

⑯ 船津富彥〈郭璞の遊仙詩の特質について〉刊於《東京支那學報》十號（昭三十九年）；興膳宏〈詩人としての郭璞〉刊於《中國文學報》第十九冊。

「陵陽挹丹溜，容成揮玉杯，姮娥揚妙音，洪崖頷其頤。」（六首）「左挹浮丘袖，右拍洪崖肩。」（三首）凡此均爲遊仙詩注入新的素材，也逐漸形成異於漢魏素樸仙說影響下的遊仙詩，爲遊仙詩史的一種轉變。⑰

漢魏詩人所創作的遊仙詩，其素材廣泛擷取自神仙傳說，因而所運用的典故也較爲固定，至於成爲習套之後，詩中的陳腐意象漸多，自是了無新意。晉朝時期神仙秘笈逐漸流傳，且多爲專門之學，因此一些新語言、新意象就逐漸出現於作品中。郭璞之註《山海經》爲當時的一大盛事，而汲冢所出的《穆天子傳》更是風行一時，陶潛的嗜好之一，即爲「泛覽周王傳，流觀山海圖」。類此神秘性圖笈的流傳，自有其深刻的影響力。郭璞〈遊仙詩〉中第十首的造語：諸如色彩語的運用，及其表現筆法：首述山名，次述動、植、礦物及水源，均與《山海經》的行文有密切的關係：

> 璇臺冠崑嶺，西海濱招搖。瓊林籠藻映，碧樹疏英翹，丹水漂朱沫，黑水鼓玄濤。尋仙萬餘日，今及見子喬，振髮晞翠霞，解褐被紫綃。總轡臨少廣，盤虬舞雲軺。永偕帝鄉侶，千齡共逍遙。

---

⑰ 洪順隆，〈試論六朝的遊仙詩〉曾就六朝詩中所出現的仙人作前後期的比對，收於《六朝詩論》（臺北、文津、民國六十七年）

其中的西海、招搖，典出於〈南山經〉，丹水、黑水則出於〈西山經〉與〈海外南經〉；而碧樹、丹泉、翠霞、紫綃，更與《山海經》中所描述的巫術性植物相類。⑱陶潛則在〈讀山海經〉中，發揮其想像力：

> 迢遞槐江嶺，是謂玄圃丘。西南望崑墟，光氣難與儔。亭亭明玕照，落落清瑤流。恨不及周穆，託乘一來游。

所用的語彙全得諸所瀏覽的秘笈之中。陶潛詩中則較常出現崑崙神話的意象群：玄圃、崑墟；或者「赤泉給我飲，員丘足我糧」，以及與西王母有關的三青鳥、三危山等。淵明的生活體驗、宗教思想，使其在任情大化與長年不老之中，由衝突而終歸和諧。人世的虛幻與生命的無常，使其讀《山海經》時，要憑託三青鳥具向王母言：「在世無所須，唯酒與長年」。此爲現實世界中的真實願望；至於所歌詠的神仙世界：「亭亭明玕照，落落清瑤流」、「靈鳳撫雲舞，神鸞調玉音」，則是象徵自由、逍遙的完美境界。而這些也俱爲虛幻之物：酒既非常有，長年尤爲奢望，故其最平常的心境，就是任真乘化，同歸於大化之中。因此遊仙之作，也是一種時代風潮中的產物，只是他能寫得語淡情真，堪爲壓卷之作。

庾闡的十首〈遊仙詩〉，則爲《列仙傳》普遍流行後的產物：其中所述的仙人及其成仙方

---

⑱ 拙撰，《神話的故鄉—山海經》（臺北、時報文化、民國七〇年）頁二〇—七三。

法，凡有「邛疏鍊石髓，赤松漱水玉。憑煙眇封子」（三首）、「白龍騰子明，朱鱗運琴高」（四首）與「赤松遨霞乘煙，封子鍊骨凌仙」（六首）其所述的仙真中，赤松子「服水玉」，而神通的表現則爲「入火自燒，往往至崑崙山上，常止西王母石室中，隨風雨上下」（卷上）故稱其漱水玉、遨霞乘煙。封子即寧封子，「積火自燒而隨煙氣上下，視其灰燼，猶有其骨。」（卷上）稱爲鍊骨凌仙，依其成仙的方法應屬火解成仙，爲火仙的典型。邛疏則「能行氣鍊形，煮石髓而服之，謂之石鐘乳。」屬於服食仙藥因而變化成仙之類。至於仙真昇仙的御駕，則琴高在入涿水之後，與諸弟子約期，「果乘赤鯉來，出坐祠中」，朱鱗既爲赤鯉，也是神仙靈物之一。陵陽子明「好釣魚，於旋溪釣得白龍，子明懼，解鉤，拜而放之。後得白魚腹中有書，教子明服食之法。」最後龍來迎去，止陵陽山上百餘年。《列仙傳》雖託云劉向，實則是較晚編成的，但是可作爲兩漢仙說的結集。其流傳情形由於魏晉時已有一改編本，所以晉世文士已多閱讀，葛洪的《抱朴子》中就有《列仙傳》的運用之迹。[19]庾闡則爲最明顯將傳中的仙真事類運用於遊仙詩中的一位。

遊仙詩在所描述的手法中特別注意仙景、仙境，堆砌鋪述，造成一種瑰麗炫奇的神仙情調。這種仙真文學的氣氛常在配合音樂，或和諧的節奏中，讓人進入奇幻的氛圍中，感染其誘人的想像效果。魏晉文學漸由注重清剛之氣、講究風骨變爲注重語言文學的雕飾，也就是

---

[19] 《列仙傳》的書誌學研究參福井康順，〈列仙傳考〉刊於《早大大學院文學部紀要》（一九五七）；康德謨，〈列仙傳與列仙〉刊於《中國學誌》第五（東京，一九六九）。

對形似之語的講求。山水、田園可以從自然景物中求其形似；而遊仙則需自文獻中選取具巫術性色彩的服食藥物，加以誇張的描述，以增加其瑰麗的效果。郭璞的〈遊仙詩〉既已開此一寫作的風尚，庾闡的筆法頗類郭璞「五色筆」的筆法：紫芝、丹菊、芳津、碧葉之類的色彩字，造成炫麗的仙界景象。其次就是服食藥物的運用：「朝餐雲英玉蕊，夕挹玉膏石髓」、「朝采石英澗左，夕翳瓊葩巖下」，都將〈離騷〉中「朝飲木蘭之墜露兮，夕餐秋菊之落英」的句法，改成六言，顯得呆板而少變化，從服食的一再强調，可見服食成仙之說逐漸盛行於文士之中。庾闡詩並不特別傑出，但第四首將登涉的經驗設想爲仙人的玄觀，其構想極爲特殊：

三山羅如粟，巨壑不容刀。白龍騰子明，朱麟運琴高。輕舉觀蒼海，眇邈去瀛洲。玉泉出靈鳧，瓊草被神丘。

道教的法術中有乘蹻術，經由精思、冥思的訓練而可以周流天下，不拘山河，曹植〈升天行〉有「乘蹻追術士，遠之蓬萊山」之說，即飛行於空中，俯觀下界，謂爲玄觀。⑳庾闡即想像飛仙從空中俯瞰下界，而有奇特的景象。遊仙詩中自是缺此篇不得，可稱奇作。

⑳ 玄觀之說詳參拙撰〈漢武內傳的著成及其流傳〉，刊於《幼獅學誌》第十七卷第二期（臺北、民國七十一年十月）頁三四—三五。

大抵西晉諸篇屬於過渡階段：有樂府體、五言體，而其神仙思想亦雜有初期仙說與神仙新說。東晉詩人多能擺脫清商舊曲的遺風，而發展五言新體的新風格，其語言文字較爲華麗，講究對偶句式，只有陶潛一仍其平淡之體。在遊仙詩的衍變中具有飛躍性表現的，爲結合隱逸思想表現域內名山與地仙的新仙說，也强調服食的修練方法。東晉文士多能閱讀神仙圖笈，頗有助於神仙形象的塑造，恰與道教史的發展相一致。

三、南北朝遊仙詩用典的道教化

南北朝遊仙詩的寫作，依現存作品言，較魏晉爲少。其中或因或革，風格各異：因襲之作仍多承襲漢魏樂府，較無特殊的創意；至於那些具有創新之意的，則逐漸有道教化的傾向。因爲道教的統一意識在南北朝初期逐漸成熟，道經的製作，儀式的整備，逐漸形成道教自身的神仙體系。道教既受帝王貴族的獎掖，文士奉道者漸衆，因而有機會接觸道教的教理，表現在遊仙詩篇中，就不只是道教語彙與典故的加入，連敍述遊仙的本質也更切近實際的學道過程。樂府方面則梁武帝利用三洲韻等改制爲〈上雲樂〉，成爲一種新穎的體制，造成聲調曲折、句法參差的新聲，[21]此種道樂自也與遊仙詩有關。

首先説明南朝因襲漢魏遺制的一類，鮑照（四一〇—四七〇？）有〈代昇天行〉、〈孔寧

---

[21] 同[15]拙撰

子前緩聲歌〉；沈約亦有〈前緩聲歌〉一首，均爲雜曲歌辭。《樂府古題》說曹植「日月何肯留」、鮑照「家世宅關輔」與〈緩聲歌〉，「皆傷俗情艱險，當翱翔六合之外。」諸曲俱爲專詠神仙。鮑照詩本就較多承襲漢樂府的民間傳統，所使用的語言也取法民間；但〈代昇天行〉則較多遊仙詩的習套，惟其中「五圖發金記，九籥隱丹經」一句，五圖如非五岳真形圖，就是五芝之圖，出《太清金匱記》，爲服食性的道書；九籥則應屬九轉金液丹法，道書中有丹經。類此服食的觀念與其〈行藥至城東橋〉、〈過黃山掘黃精〉等詩對照而觀：行藥指服藥行散；黃精則如羊公服黃精法之說爲「芝草之精」，《博物志》說：「食之，可以長生。」鮑照確有服食的習慣，所以謝眺有〈和紀參軍服散得益〉一首，首句即爲「金液稱九轉，西山歌五色。」當時文士之有服食的行爲，確實極爲普遍，故會將其語彙引入遊仙詩中。㉒宋元嘉詩人，謝靈運、顏延之並稱，靈運自幼即送養於錢塘杜明師的道治中，惟所作多以山水見長，而較未見遊仙之作。是否因其家世奉佛，故謝莊、謝眺等也未曾明顯地專詠神仙，爲遊仙詩史的一大疑案。㉓

齊朝遊仙詩的風氣與文學集團的活動有關。當時竟陵王子良禮才好士，傾意賓客，幕中即有謝眺、沈約、任昉、范雲、王融等文士。其中沈、謝、王三人在永明末年倡導聲律（四

㉒ 鮑參軍詩參錢振倫注、錢仲聯補注的集說本（臺北、木鐸、民國七十一年臺版）。

㉓ 謝靈運家與道教的關係，參拙撰《魏晉南北朝文士與道教之關係》（臺北、政大中文所博士論文、民國六十七年）頁二九三—二九五；而其與佛教的關係，參湯用彤，《漢魏兩晉南北朝佛教史》（臺北、彌勒、民國七十一年臺版）頁四二八—四四〇。

聲八病），而產生永明體的新體詩。沈約的現存作品中有題爲〈和竟陵王遊仙詩〉二首，小註云：「王融、范雲同賦」：竟陵王的遊仙詩目前已失傳，范雲所作亦已佚失；惟王融（四六八—四九四）現存〈遊仙詩〉五首，也屬新體，當爲文學集團中相與唱和的產物。沈約（四四一—五一二）出身於吳興武康—其地域本就流行天師道信仰，沈家累世奉道；沈約本人也常與道士往來，現存有與陶弘景唱酬詩多首；他平常也能自己作上章等法事，爲典型的奉道文士。㉔因此所作的遊仙詩極爲道地，〈赤松澗〉一首有「願受金液方，片言生羽翼」之句，神丹、金液的服食爲其夙所習聞之事，因而更易產生神仙之思。〈和竟陵王〉二首屬於永明體，講究對偶、聲律之美：

> 朝上閶闔宮，暮宴清都闕。騰蓋隱奔星，低鑾避行月。九疑紛相從，虹旌乍升沒。青鳥去復還，高唐雲不歇。若華有餘照，淹留且晞髮。（二首之二）

類此充分發揮對偶形式、韻律形式的新體，確有不同於樂府的格調。遊仙文學能隨文學的潮流，在不同的時代運用不同的體製表達，成爲新風格的遊仙詩。沈約所運用的詞彙以典雅爲主，爲了對仗，新舊典故相互配對：另一首〈和劉中書仙詩〉有「清旦發玄洲，日暮宿丹

㉔同前注抽撰，頁二九五—二九八。

丘」，玄洲爲上清經中常見的新仙境，沈約既與陶弘景來往，自然熟悉上清經派的故實。㉕王融應教的五首〈遊仙詩〉也一樣具有永明體的風格，已無魏晉遊仙詩的習套，其道教化的痕跡可以第一首爲例：

桃李不奢年，桑榆多暮節。常恐秋蓬根，連翩因風雪。習道遍槐岻，追仙度瑤碣。緣帙啓眞詞，丹經流妙說。長河且已縈，曾山方可礪。

所述習道、追仙的方法，緣帙、丹經都是道教興起後流行的觀念。新體遊仙詩今存的還有袁彖（四四七—四九四）、陸慧曉（四三五—四九六）等，繼作之風仍然盛行。

蕭梁帝室本就出自道教盛行的濱海地域，「武帝弱年好道，先受道法，及即位，猶自上章。」㉖即位之後雖改信佛教，但仍敬奉陶弘景；並對道教的崇拜曾製〈上雲樂〉以歌頌神仙。梁武曾一再敕令衡山道士鄧郁之鍊丹，陶弘景也在其資助下鍊成丹藥。鄧道士的丹藥鍊成奉上，武帝不敢服用，只是留貯而已，留貯的用意就是準備待命終之時取服。㉗遊仙詩的寫作背景大概即指此事：

㉕ 拙撰〈十洲傳說的形成及其衍變〉，刊於《中國古典小說研究專集》(6)（臺北、聯經、民國七十二年）頁五二。

㉖《隋書經籍志》，又參㉓拙撰，頁二六一。

㉗ 前註引拙撰，頁二〇六。

> 永華究靈奧，陽精測神秘。具聞上仙訣，留丹未肯餌。潛名遊柱史，隱迹居郎位。委曲鳳臺日，分明柏寢事，蕭史暫徘徊，待我升龍轡。

留丹未肯服，又要蕭史待我升龍成仙，爲典型的帝王服丹的心理。簡文帝蕭綱雖以宮體見長，所作的遊仙篇亦有特色，蕭綱在雍州時已有文學侍從，入居東宮後，其文學集團尤爲一時文學活動的核心。不過在聚宴時「賦得」的作詩形式中，大多集中於宮體的寫作，現存的作品也未見有賦得遊仙的詩題，㉘顯見遊仙的題材非屬主要，故未再造遊仙詩的高潮。簡文帝本身的兩首則多採用較新的典故，極有特色：像「丹繪碧林亭，綠玉黄金篇。」（昇仙篇）「青書長命籙，紫水芙蓉衣。」（仙客）表現道教命籙的思想：凡人命均有簿籙，增算延壽，終可上登仙籙。又使用的典故「靈桃恆可餌，幾迴三千年」（昇仙篇）、「穿池聽龍長，叱石待羊歸」（仙客），出於《漢武內傳》及《神仙傳》等仙傳中的仙真故事：仙桃三千年一結子、群羊化爲滿山的白石，均平添一種新穎的情趣。《全梁詩》又載有戴暠的〈神仙篇〉，以學道的過程作爲創作的素材，應屬於道教規模大備以後的構想，爲一篇較特殊的作品：

> 徒聞石爲火，未見坂停丸。暫數盈虛月，長隨晝夜瀾。辭家試學道，逢師得姓韓。閬山金靜室，蓬丘銀霞壇。安平醞仙酒，渤海轉神丹。初飛喜退鳳，新學法乘鸞。十芒

㉘ 劉漢初，《蕭統兄弟的文學集團》（臺北、臺大中文所碩士論文、民國六十五年）頁一四二—一四六。

生月腦，六鉖起星肝。流瓊播延俗，信玉類陽官。玄都宴晚集，紫府事朝看。謝手自爲別，進憐此俗難。

其中縷縷敘述學道的過程，層層漸進，終於獲得神通；而宴飲玄都、早朝紫府，其中道教的術語如轉丹、月腦之類，均與早期遊仙詩的情調大異其趣。

陳武帝因世居武興，早奉道法，今未見其有詠仙之作。此一期間僅存陰鏗、張正見諸作。陰鏗有〈詠得神仙〉，既云詠得則應屬集團賦詩的產物，他早年曾在梁湘東王蕭繹的藩府中任職，是否即作於當時文學集團的活動中，故多用新典，如「聊持履成燕，戲以石爲羊」之類，表現前期湘東王藩府的文學集團中喜用事的風尚。所以陰鏗這首遊仙詩疑爲早年之作，將王子喬的履化成鳥、及黃初平將羊化石等典故活用，以誇示博學。在蕭繹的府中曾編成《華林遍略》的類書，應也包括有神仙一類的隸事資料。運用新典故，在張正見的〈神仙篇〉中可謂集六朝新典的顯例，幾乎一句一典：其中「玄都府內駕青牛，紫蓋山中乘白鶴，尋陽杏花終難朽，武陵桃花未曾落。」玄都府指天界中大羅天玄都玉京山的宮府，爲一種新起的天界說；㉙武陵桃花自是陶潛〈桃花源記〉的仙境說，爲新典故的靈活運用。此詩的結句─「鳳蓋隨雲聊蔽目，霓裳雜雨復乘雷。神嶽吹笙遙謝手，當知福地有神才。」以王子喬吹笙辭別世人來表示成仙（列仙傳上），並以此解說神仙自有神仙的福分，則是結合仙緣與洞天福地的思

㉙同㉕、頁六七。

想，也是六朝晚期普遍流行的道教說法。

梁陳詩自有其時代色彩，也可見於仿作中：梁、江淹雜體之一即仿〈郭弘農遊仙〉，其中出現「道人讀丹經，方士鍊玉液」之說、陳劉刪仿郭璞採藥遊名山，則有「道士貴黃冠、金竈欲成丹」之句，均顯示新鑄語。至如王筠模仿阮籍的〈東南有射山〉、陸瑜敷衍曹植的〈仙人攬六箸〉，均屬六朝晚期對早期遊仙名篇的一種反響而已，較無新意境的表現，可以代表遊仙文學的迴響。

北朝遊仙詩的發展，可說是南朝遊仙風格的延續。現存的數量不多，僅有北魏高允的〈王子喬〉一首：直接模仿自相和歌辭，採用三、七句式，歌詠「超升飛龍翔天庭」的遊仙之樂。北魏寇謙之統一道教，將道教提昇至國教的地位，太武帝親至道壇受符籙，以後「每帝即位，必受符籙，以爲故事。」以如此昌盛的風尚，卻未影響及文學創作上的遊仙詩。這種道教儀軌，北齊稍有更制，但至北周又如魏的崇奉道法，親受符籙。[30] 當時對道經的搜集、整理，乃是由國家設通道觀進行此一工作。惟北朝遊仙詩的主要作者如王褒、庾信、顏之推等，均爲南朝而入北朝的文士，與南方文學較有密切的淵源。

王褒（五〇〇－五六三？）早歲曾仕梁，由於王氏家族的文學涵養（是王融本家），早就參與蕭綱文學集團的活動。庾信（五一三－五八一）承繼其父肩吾的文學專長，父子二人同

㉚ 同㉖《隋書·經籍志》

在蕭綱的東宮文學集團佔有重要地位。㉛所以王褒、庾信均爲在蕭梁文學的風尚中成長的作家，自會受到南朝文風的薰陶，但王褒於西魏陷江陵時，始入長安；而庾信則是聘於西魏時，值江陵陷，遂留長安，因而俱影響其文學生命，轉變出新的風格。王褒有〈輕舉篇〉，寫作的時間雖未能究明，不過表現出來的則近於南朝風格：像仙境、仙真的描述有「白玉東華檢，方諸西岳童」，方諸爲上清經派《真迹經》所述的方諸山，方諸宮則爲青童君所治，爲新的仙境說。㉜又所使用的典故中：「看棋城邑改，辭家墟巷空。流珠餘舊竈，種杏發新叢。」觀棋即用王質傳說，出虞喜《志林》又見於梁任昉《述異記》，用以顯示人間世的幻化無常。種杏則可能用董奉治病，瘉者種杏的故事，出《神仙傳》；或用杏園洲爲仙人種杏處的傳說，則出《述異記》。又有「酒釀瀛洲玉，劍鑄昆吾銅」，則典出《海內十洲記》，也屬上清經派的新造構道經。㉝由典故的運用，可知王褒所受的蕭梁道教仙說的影響。

王褒、庾信在北朝，頗受禮遇，二人以其文學專長也常與貴族唱和。王褒集有〈和趙王隱士〉，注云「庾信同賦」；而《庾子山集》中留存有更多唱和、趙王的作品—趙王即《北周書趙王招傳》的趙王，爲建德三年（五七四）所封。其人好屬文，學庾信體，庾信文集中有〈蒙賜酒〉、〈奉報趙王惠酒〉等詩，可知庾信頗蒙趙王的優渥。〈蒙賜酒〉一詩多用神仙故實，

㉛ 同㉘劉漢初前引文、頁九八—一〇六。
㉜ 同⑮拙撰，頁七九。
㉝ 同㉕拙撰有關十洲仙島的仙傳傳說。

所謂「金膏下帝臺，玉曆在蓬萊。」又說「從今覓仙藥，不假向瑤臺。」均表現趙王喜愛神仙的情事。庾信又有〈奉和趙王遊仙〉，則趙王也喜作遊仙詩，頗疑王褒也曾有類似的和詩，或〈輕舉篇〉一類即爲唱和趙王而作。庾信所和的爲典型的六朝晚期神仙傳說的意趣：

藏山還採藥，有道得從師。京兆陳安世，成都李意期。玉京傳相鶴，太乙授飛龜。白石香新芋，青泥美熟芝。山精逢照鏡，樵客值圍棋。石紋如碎錦，藤苗似亂絲。蓬萊在何處？漢后欲遙祠。

庾信在和詩中大量堆砌了新典，自然與郭璞重在抒寫懷抱者有所異趣，㉞就遊仙詩史言，其中的神仙新典故特別值得注意：陳安世、李意期但舉出仙人的姓名；而白石、青泥則不點明與何位神仙有關，可知《神仙傳》等一類仙傳已爲文士所習讀：傳中即載陳安世好道，二仙人乃託爲書生，以二藥丸與之，最後白日昇天；李意期則能前知。白石先生嘗煮白石爲糧；王烈在太行山中，見石裂而有青泥流出如髓。都是以精約的典故暗示豐富的意涵，適合使用於對偶句，又可誇示其博學。其他如道士浮丘公有相鶴經，大乙元君受黃帝、老子要訣；靈寶經中有〈飛龜篇〉，典出託名葛洪的《枕中書》，及葛洪撰《抱朴子》中；寶鏡除妖的傳說，

㉞ 劉侃如、馮沅君《中國詩史》曾將郭璞的〈遊仙詩〉與庾信的〈奉和趙王遊仙〉作比較，認爲便知其優劣。參該書頁三九九。

《抱朴子》也有記載。㉟大概南北朝時期，道教書籍已逐漸普遍爲能文之士所流傳，且蕭梁帝室曾一再編撰事類要典，如《華林遍略》之類，因此唱和之作自可成獺祭運用的兔園册子。唱和詩要用典堆砌，庾信的寫作手法亦見於其《仙山》的歌詠中：

石軟如香飯，鉛銷似熟銀。蓬萊暫近別，海水遂成塵。（二首之二）

典出《神仙傳》中的尹軌銷鉛成銀，及麻姑曾見海水揚塵之事。這種運用神仙故實的手法，尤以《道士步虛詞》十首爲極致，此批六朝僅存的道樂歌辭，音節異常和諧，辭藻亦華美典雅，爲道樂中的名篇。北周通道觀曾整理道書，並有傳受符籙的制度，步虛之應用於昇天頌讚的儀軌中，自是常事。庾信文才既高，自有應命撰述的機會。㊱

南人而羈留於北方的還有顏之推（五三一—五九〇以後）曾作《神仙篇》，其父顏協早年曾隨蕭繹鎮荊州，爲湘東王藩府文學集團中的健筆之一，屬於「典正」文風一派。之推與兄之儀也曾隨侍湘東王側，參與荊州文學集團的活動：顏協、之推在藩府，正當典正派、用事派盛行之時，㊲故表現爲一種典正的風格。其後蕭繹兵敗後，之推乃輾轉被執送北方，遂滯

㉟ 庾信詩參倪璠注、許逸民校點《庾子山集注》（臺北、源流、民國七十二臺版）。

㊱ 同⑮、頁八三—九三。

㊲ 同㉘劉漢初前引文書、頁一二一—一二三、一三二—一三三。

留於北齊、北周，困頓流離中文章始多感慨。因此〈神仙篇〉乃是有感而發，意致深沈之作，與一般仿襲遊仙之篇不同。詩中所述的遊仙動機及願望固然爲遊仙詩的常套，但娓娓敘述中則別有一種羈旅之悲：

紅顏持顏色，青春矜盛年。自言曉書劍，不得學神仙。風雲落時後，歲月度人前。鏡中不相識，捫心徒自憐。願得金樓要，思逢玉鈐篇。九龍遊弱水，八原出飛煙。朝遊采瓊實，夕宴酌膏泉。崢嶸下無地，列缺上陵天。舉世聊一息，中州安足旋。

此詩猶有湘東王文學集團的典正文風，但其中對於歲月之無常、壯志之消沈，不得已乃興起神仙之思，特有深慨。與其〈觀我生賦〉並觀，則可知其人一生而三化（至隋則四爲亡國之人），備荼苦而蓼辛，故自傷身世緬懷宗國，㊳因此〈神仙篇〉中多少具有自敘、感懷的性質。

現存北朝最晚的遊仙詩爲盧思道所作：凡有〈神仙篇〉、〈升天行〉二首，盧思道（五三四？—五八五？）與顏之推等有來往，《北史》本傳載周武帝平齊時，赴長安，與同輩作〈聽鳴蟬篇〉，顏之推同賦，而庾信推盧諸作中第一。其遊仙詩詞意清切，融鑄新舊故實，亦有特

㊳ 周法高，〈顏之推觀我生賦與庾信哀江南賦之關係〉收於《中國語文論叢》（臺北、正中、民國五十二年）頁二四〇—二四九。

色。大概遊仙文學至於六朝末期，要轉出新意既已非易事，故只能注入新典故。但是一些仙真、仙境以及成仙方法都已經道具化，加以舖陳就可成篇。因此遊仙詩史發展至此，作者漸稀，名篇亦少，文學發展的形勢所趨，實非大才所能挽其頹勢。

四、結語

遊仙詩的發展與衍變，由漢魏開始，至於隋初，長達三百餘年，其發展形勢約有五點值得注意：

遊仙詩的寫作體裁，大體與詩體的發展有關：漢魏階段以樂府爲主，晉以後漸爲五言新體所取代，至永明體的提倡，又出現音節諧調、對偶工整的新格調。惟樂府體遊仙詩爲遊仙詩的淵源之一，故後來文士仍經常模仿其體。

遊仙詩的作者問題，曹魏王朝之歌詠遊仙，與秦皇、漢武之喜愛仙真人詩、大人賦，其動機實與帝王貴族的求仙、永壽的心理有關。至於其推動方式則與貴遊文學有密切的關係：曹魏帝室鼓勵製作相和歌辭，故文學侍從也多熱烈響應；而後齊竟陵王、梁則蕭統、綱、繹三兄弟均有文學集團，集團活動所形成的文風自能形成文學潮流；直至庾信之與趙王唱和，均爲宮庭文學、貴遊文學的具體表現。另一與道樂有關的〈神弦曲〉、〈上雲樂〉及〈步虛〉，也與帝王的提倡有關。

神仙傳說爲遊仙詩的主要素材，而神仙思想則隨著道教的形成有所變化。遊仙詩作爲文學傳統之一，自有其相因相襲之處，但神仙思想及其不斷出現的傳說仍作爲創作的主要素材，因而後之作者除了因襲前代作家的語彙，常需注入新內容，以造成新的格調。以仙傳而言，《列仙傳》綜結了兩漢仙說，而其具體影響則見於庾闡的作品中；葛洪所撰的《神仙傳》，南北朝時期曾廣泛流傳，庾信詩中就一再使用。其次道經中則以上清經派的仙界結構爲主，由於茅山道曾一再整編經典，因而其影響亦最深，成爲後期遊仙詩的一大特色。

遊仙詩只是六朝詩的題材之一，而六朝詩人之選用爲創作題材是否與其宗教信仰及宗教態度有關？曹氏父子既要辯道，又要服食，故詩中也流露出類似的矛盾情緒。郭璞其人頗有方士味，而遊仙詩也常用以寄託其懷抱。最值得注意的是陳郡謝氏多信奉佛教，因而謝靈運、謝朓均無遊仙詩。固然六朝詩亡佚頗多，但其詩中涉及神仙的如是之少，豈非與當時社會中辯論佛教論心、道教養形有關，這一不尋常的現象絕非可以二謝專力於山水詩作出完全的解釋。另一與謝家齊名的琅琊王氏，目前僅存王彪之的遊仙殘句（見於《文選》卷二二，謝靈運〈從遊京口北固應詔〉詩注引），王彪之即出王羲之一系確實有奉道的傾向。由此可見當時的文士由於宗教信仰的態度，會影響其人生觀，自然其創作題材也會受到不同的考慮。㊴

遊仙詩的創作分量以魏晉爲鼎盛期，這一現象可以解釋爲在當時遊仙爲新開拓的題材，故具有一種流行性；甚至由於新風格所形成的潮流，也會與其他的題材：諸如山水、招隱、玄言等相互激盪，劉勰就曾批評魏晉詩：「正始明道，詩雜仙心」，確爲合理的觀察。至於南

㊴ 同㉓拙撰，頁二八六—二九三。

北朝時期，其發展雖未成爲主流，但因道教新的神仙觀念又逐漸加入，因而成爲不同的意趣，所以遊仙詩的發展大體與神仙道教的形成相互一致。

　　中古世紀爲道教神仙思想的形成時期，上自帝王貴族下至民間社會，均籠罩於仙道氣氛之中。遊仙詩適爲中古文學的重要題材之一，將人間世對於仙真的想像、仙境的嚮往，透過遊仙詩的歌詠完全呈現出來。從漢末至隋初，恰逢紛擾的亂世，越形加深詩人面對人生的無常感，因此借之提昇、假之詠懷，均足可滿足其隱藏於心靈深處的理想與願望，因此遊仙詩確爲中古道教的重要藝術成就。

唐人遊仙詩的傳承與創新

在唐人詩歌中，與神仙有關的系列作品，是表現唐代道教文學既能承續傳統又能創發的一類。其中以唐前的遊仙衆作爲大宗，不僅被唐代詩人賦予新意，而且另被創新，成爲具有唐詩風格的新作。從詩題到語言、意象都有迥異於六朝詩人的成績，包括大遊仙神話詩、夢遊仙詩、懷仙詩、昇天行、求仙行及學仙詩等。其詩題變化多端，不再拘限於狹窄的「遊仙」一類；至其所表現的「遊」的情趣，從語言、意象的運用特色，都可看出充分表現道教的新仙說，將其他界意識、仙界意識放在道教新起的神話架構中，表達唐人在現實世界的挫折感的情緒下，希企另一種超越性的精神境界。凡此均能爲唐詩人的觀念世界，另外提供一種宗教性、神聖性的意趣。而道教在六朝以來所建構的語言、辭彙，經由新神話、儀式的實踐，另外形成一套新的符號系統，爲唐詩人急於建立其語言符號的努力，提供認知事物關係的新視野，這就是仙、妓、仙境的隱喻關係，反映唐人新的生活經驗。類此道教語彙的大量出現，除了表現大唐文化的蘊育下，其語言、觀念具有的高度創發力，確能與其社會、文化相應，表現出充沛的活力；更能將作家個人的創作才具高度發揮，能使中國詩史上一種行將衰歇的題材獲致新變，因而注入新生命。類此創造力的表現證明唐詩確實具有其光采與魅力，此處將遊仙詩置於唐代社會文化的肌理脈絡中，嘗試解讀道教文學所透露的豐富訊息，藉以肯定一種文學傳統與創新的密切關係。

一、詩題的傳承與創新

唐詩人對於詩題的運用較具傳承性的就是樂府、古體，爲一種音樂文學的遺存。由於原有音樂性的失落，所以詩題同名，而詩意的表現則會出現不同的情況：一是模擬其詩題的情境，成爲擬古的形式；二是在陳腐的題材中注入新意，賦予新內涵；三則只襲用舊題，在形式（音樂或語言）上只略取部分，其餘則翻轉出新內容。「遊詩」的詩題在唐前的發展，從前道教時期的遠遊譜系傳承而下，經歷道教形成後所注入的新遊仙質素，在六朝文學中是少數能歷久彌新的例證之一，這自是緣於道教新創的神話、語言能適時提供新的認知關係。❶但從成果言，這只是初期開花的階段而結果則需俟諸唐朝，道教在新的社會文化環境中，使唐詩人能賦予遊仙題目具有高度的創新力，這在中國詩史上是少見的情況。

唐人作詩精於製題，但對於傳統詩題的承續卻也表現其不變中巧予變化的能力。圍繞著神仙、仙境、遊歷所形成的「遊」的主題：「遊仙（詞、篇）」與「昇天行（操）」，屬於樂府

---

❶ 有關這一問題，筆者曾從史的立場解說其發展、衍變，詳參拙撰〈六朝道教與遊仙詩的發展〉，《中華學苑》第二十八期（台北、政大中文所、一九七三。）

或古體詩的舊題，使用行、操等歌行的名稱，自是遺存音樂文學的標題性質。爲了讓題目更具有標幟唐人的特識之處，曹唐（七九七？—八六六？）乃採用〈小遊仙詩〉、〈大遊仙詩〉，以大小表現兩種不同的創作構想與藝術技巧，❷其後歐陽炯（八九六—九七一）也曾襲用〈大遊仙詩〉。類此有意在舊題上略作區別的作法，題示曹唐有意要獨樹一幟，從質、量上再創遊仙詩的里程碑，而事實確也印證這一企圖終能有高度的成就。襲用舊題的凡有八人：王績（五九〇—六四四）存五首、武則天（六二四—七〇五）一首、竇鞏（七七二—八三一）、劉復（大歷中登第）、賈島（七七九—八四三）及張祜（七八二？—八五二）均各有一首，大體在擬古及使用道教神話間，直到唐末司空圖（八三七—九〇八）的兩首、王貞白（昭宗時登第）一首，才將六朝仙境小說的人仙戀情節引入，賦予新意。由此不能不讓人懷疑運用舊題固然也可在新典故、新語言上創新，但在題材的發揮上仍存在一些制約作用。一直到晚唐司空圖等才在曹唐之後終於完成將遊仙的情境建立在六朝新仙境遊歷傳說的基礎上，使得遊仙詩獲得較大的突破，但現存的作品並不多。可見舊題所具有的約束，在當時詩人的創作習慣上仍有相當程度的影響力，這一情況也可證之於昇天行系列。

昇天行屬題非遊仙實爲遊仙一類，由於標類仍有明顯的遊仙的意趣，在六朝已是表達遊仙的詩題。唐人對此類登昇仙境的想像，不僅詩歌中有所傳續，就是古文、賦體中也有作爲

---

❷ 對於曹唐的〈大遊仙詩〉，詳參筆者〈曹唐大遊仙詩與道教傳說〉，從神話詩的觀點解說其特色，《中華學苑》第四十一期（一九九一）。

習作的；如開元詩人唐若山作〈登仙遺表〉（全唐文卷三九五）、晚唐黃滔（八四〇？—？）以人習道優元空舉步爲韻作〈白日上昇賦〉（全唐文卷八二二）之類。對於這一類想像天界歷程的作品，大多已能運用道教化的新天界說，這是緣於前道教時期的天界神話流傳不多且較不具體，所以使用新仙山作爲登昇天庭的過渡，就可增加想像的空間，現存的諸如儲光羲（七〇六？—七六三）、齊己都是從王母及崑崙、蓬萊的東、西二系仙山昇往天界，再俯瞰人間，爲傳統〈離騷〉、〈遠遊〉系昇天構想的道教化。李群玉（八〇八？—八六二）則使用嬴女、王子喬的新神仙傳說，想像輕舉的情境，利用新神話爲舊題注入新感覺。而唐末李咸用則在舊題、舊結構上，描述天上遊歷及登昇天庭，其中的玉皇、仙官確是道教的新仙界。就這一詩題言，現存的作品在質量上並不可觀，也印證唐前的遊仙舊題對於唐詩人已較不具有吸引力，所以具有創發力的大家如李杜或名家如王維等較少拈爲詩題，但也可說道教新天界說仍較屬教團內部所秘傳，而對於一般文士在採用昇天詩時仍未能予以刺激以激發其想像力。

爲了突顯唐人的創見，因而從「遊仙」的詩題轉化出「夢遊仙」、「夢仙謠」或「夢仙」、「夢遊」等，這裡雖只增加一個「夢」字，卻將唐人有意創題且能風行於時的情況充分地表現出來，仙境是幻，遊仙是幻，尤其與仙妓的狹邪之行結合，更是將其行樂的行爲隱喻於醉夢人生的行逕中，不僅詩歌有此體，就是賦體也有之，諸如王延齡的〈夢遊仙庭賦〉（全唐文卷四百二）、沈亞之（？—八三一稍後）作〈夢遊仙賦並序〉（全唐文卷七三四），前者在小序中說是「山童薦枕，須臾之間，乃安斯寢，神倏爾而逾邁，眇不知其所居」，因而上馳而遊乎天外，進入所謂夢遊仙境的舖述，所遊歷的都是仙界奇景，最後則以得洪崖先生授丹訣後出夢，感慨舊邱，空館仍爲人間世作結，屬真遊仙之作。相較於此，沈亞之序言「夜夢寓遊一方，樂態甚適」，所遊所適的其實正是唐人隱喻遊仙窟的狎妓行爲，入夢之後即由閭間人導遊，此中上玉堂，「卷紅幕兮發繡户，中有人結清處，語嫣延兮情綽，命余廕於蘭之廈」，此後進飲宴、調仙樂，並作詩以記遨遊，等夢醒之後仍覺「魂迷念兮情牽」，而爲之低迴不已。沈下賢爲傳奇小說家，因而習於採用傳奇的筆法記夢，正是唐人典型的遊仙窟的狹邪行，而這兩類夢遊也剛好是唐詩人所要表現的情趣。

在唐人所作與遊仙有關的作品中，夢遊仙一類是現存最多的，其寫作風尚自是與唐人小說也有夢遊一類有關，表現當時人發現以夢境寓寫人生，既可深刻表現人生的體驗，也可形成文學藝術的奇幻感。❸就詩藝本身言，其隱喻性更高，所以採用夢遊表現各種仙境遊歷經驗，確是符合宗教體驗的恍惚狀態，以詩語構成恍兮惚兮的迷幻世界，足以滿足人類對於仙界意識的隱微願望。目前所見的以王勃（六五〇—六七六）的〈忽夢遊仙〉爲最早，著一「忽」字表示倏忽之間，不期然而然，自六朝筆記小說中即常用此字轉換情境，王勃是否有所承襲今已不可得知，但以其早慧的詩才確能建立入夢的動機，將前此如何入遊仙境的現實界願望。設置於入夢、寤入的合理情況，所以楊林式的枕中夢記應曾啓發王延齡的山童薦枕；而王勃則是以「牽跡在方內」的江上客寐寤入仙界，應是江行而於枕中得有此奇夢，類此一機緣也開啓了唐人的先河。

---

❸ 關於唐人小說中與夢主題的問題，在有關〈枕中記〉的系列研究中均有論及。

王勃之後對於這一詩題的發揚在盛唐時並不熱烈，不過從白居易寫「夢仙」，以夢仙者入夢來想像遊歷仙境，謁拜玉皇，最後才悟及成仙需賴仙骨，而對夢仙人表示悲慨。此後「夢仙謠」就成爲正統夢遊仙境的題名，而爲隱逸及求仙者所反覆襲用，諸如祝元膺（與段成式同時）爲句曲（即茅山所在）人，篤信道教，應第不舉後即遊覽自放，他首揭〈夢仙謠〉之名，確能表現出循天梯上天路的思慕仙界之想。其後晚唐李沇（？—八九五）也寫過一首古體，而王轂（昭宗時登第）則以七絕寫作三首。沈彬（八六四—八六一）曾在唐末赴進士不第，他喜愛神仙，應舉時曾作〈夢仙謠〉及〈憶仙謠〉等，作爲納省卷之作，將個人的喜好與應舉結合，應是其中具有類似點的隱喻，確是符合當時人的語言習慣的，作爲特題，可視爲夢仙謠的一種變格。而能承續祝元膺的隱逸慕仙精神的，則尚有唐末五代的廖融，曾隱居於衡山，與逸人多相往來。他所作的〈夢仙謠〉，當行本色地表現夢遊三島的情景，有名當時。從夢仙謠的命名可知遊仙之爲歌行，歌詠遊歷仙境仍爲唐詩人製題的楷模，而在當時的道教氣氛中，應受道樂中常出現「祈仙」、「翹仙」等燕樂曲名的啓發。❹

夢仙的另一種語意，進一步則應置於仙妓文學的肌理脈絡中理解，也就是張文成〈遊仙窟〉文學的譜系，從盛唐前後所出現的隱喻，在詩史、小說史上則是經元稹（七七九—八三一）、白居易等名詩人的揄揚後，始再進一步傳爲文壇的盛事。元微之的早年生活中與崔鶯鶯

---

❹ 唐代道樂除常見的音樂史多少論及外，陳國符所撰〈道樂考略稿〉最爲簡便，《道藏源流考》（北京、中華書局，一九七五）頁二九七。

的一段情緣，既有小說〈鶯鶯傳〉，又有詩〈鶯鶯詩〉、〈夢遊春〉等委曲傳述其艷遇，歷經近人的細加考證，大體可以確定鶯鶯的身分具有藝妓的嫌疑。❺微之即推衍張文成的隱喻手法，將它運用於詩歌中，如〈會真詩〉的「真」字意指仙真，正是唐代藝妓的命名法；而〈夢遊春〉所寫的「昔歲夢遊春，夢遊何所指，夢入深洞中，果遂平生趣。」然後舖寫洞中的景象即是鶯鶯所活動的諸般風光，這段艷遇他在事過境遷後採用仙妓意象加以隱喻，一再說「我到看花時，但作懷仙句」、「近作夢仙詩，亦知勞肺腑」。所以白居易在元和五年（八一〇）的和詩〈和夢遊春詩一百韻〉也就運用同一手法，開始就說「昔君夢遊春，夢遊仙山曲。怳若有所遇，似愜平生欲。因尋菖蒲水，漸入桃花谷。到一紅樓家，愛之看不足。」所謂深洞、桃花谷及紅樓都是曲中景象的擬仙境化。元、白都將這類行爲使用懷仙、夢仙等辭彙加以美化、詩化，在當時以元白詩體的風行自然會有深刻的影響。

項斯（八〇二？—八四七？）凡有兩首，寫作的年代不詳，從作品內容言，〈夢仙〉寫的是隱居求仙的願望，他早年曾隱居杭州徑山朝陽峰，是否爲早年企求仙隱時所作？後來他曾出仕，在會昌四年（八四四）登第，授丹徒縣尉。〈夢遊仙〉所寫的天家樓景象：珠箔玉鈎、鸚鵡傳呼，就是另有一種「仙家」風光，此中的「水仙移鏡懶梳頭」，其實正是這類人間慵懶的女仙的真實寫照。類此風尚又極盛於晚唐、五代，恰與早期詞中的仙妓意象爲同一時期，

❺ 有關此一公案歷來均有學者注意，近人陳寅恪〈讀鶯鶯傳〉詳爲論證，而王師夢鷗進一步證成其說，〈鶯鶯傳敘錄〉，《唐人小說校釋》上集（臺北、正中書局、一九八三）頁九九—一〇三。

韓偓（八四四—九二三）所寫的〈夢仙〉，徐鉉（九一六—九九一）所寫的〈夢遊〉三首，前者是以洞中仙子期待阮肇歸來，寫出女仙戀凡男之情，近於女冠的「閨情」；而後者在使用仙郎與南國佳人的情約時，就更能顯豁地表達出洞中天地，其實也就是妓院的隱喻，所以「夢遊」也只是遊仙窟的同一遊歷經驗，這是最能表現唐人的語言習慣、生活情趣的新遊仙詩，但是均屬遊仙詩的一種變體。❻

相較於元稹之作〈懷仙句〉，現存唐人的懷仙詩都屬於思慕神仙生活之作：盧照鄰（六三四—六八六）有一首雜言體〈懷仙引〉，是模仿騷體的，連仙界的景物也近於楚地風光。而王勃有〈懷仙〉、〈觀内懷仙〉則是五言體，詩境也比較近於道教神話，對於思慕神仙的動機，他所作的一段序言頗具有代表性：「客有自幽山來者，起予以林壑之事，而煙霞在焉，思解纓紱，永詠山林，神與道超，跡爲形滯，故書其事。」因此所詠的仙家景致，也就是詩人在塵網中所期望的超脱塵俗的神仙世界。目前所存諸詩的寫作者多具有同一情緒，鮑溶（憲宗元和四年登第）一生窮愁潦倒，所作的兩首都表現出現實生活的不得意，因而假西王母、王子喬以寄慨。此外陳陶（八〇三？—八七九？）也曾作〈懷仙吟〉二首，他曾舉進士不第，遊跡遍於江南，作詩投獻諸方伯；晚年乃隱居洪州（今江西南昌）西山，度其幽隱的生涯。從這些詩人的經歷中可知其懷仙的動機，或困於頑疾、世厄，或仕途不得意，因此神仙世界也就成爲滿足願望的神話象徵。

---

❻ 唐代詩、詞表現娼妓與神仙的關係，詳參拙撰〈仙、妓與洞窟〉，《宋代文學與思想》（臺北，一九八九）。

在道教文學中「遊仙」既是傳承自道教形成期前後，當時名家輩出，染指既多，也就蔚爲一種詩題。中經六朝後半期的嘗試，入唐之後才隨著唐詩藝術技巧的成熟，因而又獲致再創發的新局。對於「遊仙」的舊題，有的雖是沿用卻能賦予新意，而有的則能巧加變化，如曹唐之採用〈大、小遊仙詩〉的名稱；而較直接的則是稱爲夢仙、夢遊仙，或懷仙。雖只是增益或改動一個字，卻對創作素材的選擇、創作手法的翻新，開拓出一片新天地，從唐人精於製題的表現而言，顯然是有意在舊風格之外，表現出唐代詩人所生活的世界，造就出一個新時代的新遊仙風格。

二、語言、意象的轉化與新變

唐代詩人要創造當時遊仙詩的新風格，藉以表達唐詩盛世的文學成就，最主要的就是先要突破、超越六朝遊仙詩的既有陳套，然後才能建立其具有特色的符號系統。在唐代詩歌創發力極爲旺盛的時代，遊仙詩既然已有魏晉名家的名篇在前，爲了避免淪於約定俗成的陳腐語言、意象，有些詩人雖然也寫作遊仙詩，運用仙言仙語以表仙思，但就其藝術表現言，其實無法獲致一種新鮮而有力的情緒意義。但有些則會融鑄、運用新的語言、意象，來創造新的隱喻，構成唐人特有的原創性的象徵功能。而這一分際也將決定了這首詩的文學價值，作爲判斷其文學成就的依據，以下即按照作品中所出現的仙道語彙，解說詩人所閱讀的仙傳、詩語以及當時民間所流傳的語言習慣。

構成遊仙詩的語彙，從六朝以來基本上凡有仙人、仙景及仙食、仙藥等。❼所以唐人如只是規撫舊作，就易於陷入陳腐的語言習套中，類似的情況確也曾出現於唐人的筆下。仙人有西王母，凡有三次是與傳統形象相近的：

俯視崑崙宮，九城十二樓。王母何窈眇，玉質清且柔。（劉復、遊仙）

眞人居閬風，時奏清商音。聽者即王母，泠泠和瑟琴。（儲光羲、昇天行貽盧六健）

崑崙九層臺，臺上宮城峻，西母持地圖，東來獻堯舜。（鮑溶、懷仙）

在西王母的神話傳說史上，西王母爲崑崙墉城的掌領者，這裡所見的多爲較傳統的王母形象。不過道教化之後，在上清經派中她是傳授經訣者，又是在墉城掌領女子之成仙者，根據六朝筆記小說中所載的：凡早夭女子而隸仙籍的，就統歸王母所管轄，稱爲「阿母」❽：齊己所詠的「瑤闕參差阿母家，棲臺戲閉凝彤霞。三五仙子乘龍車，堂前碾爛蟠桃花。」（昇天行）即爲類似《墉城集仙錄》所綜集的王母形象。但最能表現新王母的性格則以曹唐爲代表：

---

❼ 洪順隆對於六朝遊仙詩曾作較精密的語言分析，也比較各期的語言特色，〈試論六朝的遊仙詩〉，《六朝詩論》（臺北、文津出版社、一九七八）頁八九—一二四。

❽ 詳參拙撰〈西王母五女傳說的形成及其演變〉，《東方宗教研究》一期（臺北、文殊文化出版社、一九八七）

王母相留不放回，偶然沈醉臥瑤臺。
憑君與向蕭郎道，教著青龍取妾來。（小遊仙詩）

九天王母皺蛾眉，惆悵無言倚桂枝。
悔不長留穆天子，任將妻妾住瑤池。（同右）

後一首最能表現曹唐翻用舊典的技巧，完全是以常人的情感假想王母的心事。前一首則又換一個不同的角度寫王母，就有隱示情戀的傾向。所以司空圖所寫的王母諸女，也就增多一層人間兒女的情趣：

蛾眉新畫覺嬋娟，鬬走將花阿母邊。
仙曲教成慵不理，玉階相簇打金錢。

類此阿母是接養女子之成仙者，並爲其安排完成人間的情緣，再進一步發展就具有隱喻妓院的嫌疑。由此可見同一西王母卻在不同作家的認知中，被塑造爲多面的形象。比較言之，傳統的王母只是作爲仙界中道具式的人物；但經由詩人重新放置於新詩體的上下文之間，成爲新典故、新隱喻後，就具有新的認知關連，而變成新形象的阿母。❾

---

❾ 詳參❶拙撰，頁九九。

類此對於仙界中神仙形象的認知，較保存傳統的還有賈島的〈借得孤鶴騎〉，白鶴爲仙人的御駕之物，而「歸來不騎鶴，身自有羽翼。」身生羽翼正是見於漢鏡、漢瓦當及畫像磚等文物中，漢魏以前所記述的，也是遊仙詩的羽人形象。整首詩所用的仙人、仙物都是模擬的，只是採用唐詩的體製加以表現而已。張祐所運用的也多是舊事物，「赤足一仙翁，耳毫垂兩頸。摩娑雪毛項，騎上崑崙頂。顧我從鹿蹄，去遊遐寂境。」此爲詩的前半，所述的正是轉化自長歌行「仙人騎白鹿，髮短耳何長」等一類古仙形象，雖是運用新體來寫作，卻因非屬新事物而無法表現道教的新仙境說。至於盧照鄰的仿楚騷體，所運用的又都是舊語言、舊事物，實在已無法激發新鮮的情緒。所以從語言、意象與新事物、新現象的關係言，這類遊仙、懷仙之作實只是詩人複製、模仿的作業，並不能發揮創新的象徵功能。

在神仙神話中，道教形成期既被整備爲三品仙說：上品天仙爲上昇天界的仙真，中品地仙則以東西二仙山系統的崑崙與蓬萊爲棲集的名山，下品尸解仙也棲集名山，但多在中國輿圖上。❿所以魏晉前後的遊仙詩所出現的仙山，大多爲崑崙、蓬萊與太華山之類。魏晉以後民間的誤入仙境傳說與道教的洞天府地論相互激盪，結果名山觀念大爲改變，早期較遙遠的素樸仙山固然仍被遺存於道教圖籍中，卻更重視新起的名山洞穴；而徙移於其中的仙真也由古仙而增多許多新成仙者。⓫類此新仙山仙景、仙人形象多較道教化、人間化，除了載於道

---

❿ 詳參拙撰〈神仙品三說的原始及衍變〉、《漢學論文集》二集（臺北、文史哲出版社、一九八三）

⓫ 詳參拙撰，〈六朝道教洞天說與遊歷仙境小說〉，《小說戲曲研究》一集（臺北、聯經出版社、一九八八）

教內部各經派的經典，如上清經派的《真誥》，更集中搜集於神仙傳記集內，託名劉向的《列仙傳》仍流傳，而葛洪《神仙傳》更是當時教團內外常讀的神仙讀物。⓬加以六朝筆記小說中所記載的仙境傳說，都成爲詩人所熟知的用典來源。六朝後半期的遊仙詩內容既已開始注入新仙境、仙人，但要等到唐代才獲得較廣泛的運用。

唐代詩人固然仍有襲用崑崙、蓬瀛等陳腐意象的；如儲光羲有「天長崑崙小，日久蓬萊深」，齊己有「迴頭卻顧蓬萊頂，一點濃嵐在深井」，或項斯「昨宵魂夢到仙津，得見蓬山不死人」，都只用以象徵地表達一個遙隱在雲深處的仙境，而對讀者已較少新鮮感。所以唐代遊仙衆作大多以新仙境、仙人爲主，才能超越魏晉遊仙詩的慣常用語，而表現出新語言、新事物的新感覺。諸如上清經派所整理的《十洲記》就有十洲三島的新綜合仙山說：陳陶之寫「試於華陽間，果遇三茅知。採藥向十洲，同行牧羊兒。十洲隔八海，浩渺不可期。」（懷仙引）即爲泛用十洲之例；王勃的「麟洲富仙家」（懷仙）則直接使用十洲中的仙洲。而三島一詞，則王貞白遊仙詩發句就說：「我家三島上，洞户眺波濤」；廖融也以之作爲仙山的象徵：「翠鳳引遊三島路，赤龍齊駕五雲車」（夢仙謠）。從唐詩中所引述的十洲三島，它已是逐漸取代崑崙、蓬瀛的舊說，將它吸納進去而成爲較新鮮的海外仙山的意象。⓭因而其上的仙景也

⓬ 有關仙傳集的流傳情況，康德謨（Max Kaltenmark）有〈列仙傳與列仙〉，《中國學誌》五（東京・一九六九）；《神仙傳》則福井康順有〈神仙傳考〉《東方宗教》一（東京一九五一）、〈神仙傳續考〉《宗教研究》一七三（東京一九五三）。

⓭ 詳參拙撰，〈十洲傳說的形成及其衍變〉，《六朝隋唐仙道類小說研究》（臺北、學生書局、一九八六）

別有一番景致，王勃所描述的「紫泉漱珠液，玄巖列丹苑」，王貞白也用「霞香紅玉樹，風綻碧蟠桃」來概括三島的勝境，因此可以烘托出新仙界的氣氛。

不過最能表現道教洞天府地的新景象的，應是新仙傳所描述的修仙者所誤入的仙境，王績的筆下就有諸多描述，如先以「蔡經新學道，王烈舊成仙」的兩種《神仙傳》新典，再引出「三山銀作地，八澗玉爲天。金精飛欲盡，石髓溜應堅。」從六朝後半期既已使用的王烈在太行山中，見石裂而有青泥流出如髓，成爲服食仙藥的石髓、青泥意象，而王勃有〈觀内懷仙〉詩也襲用這一膾炙人口的服食傳說：

> 玉架殘書隱，金壇舊跡（集作路）迷。牽花尋紫洞，步葉下清溪。
> 瓊漿猶類乳，石髓尚如泥。自能成羽翼，何必俟雲梯。

金壇爲當時茅山洞天的美稱，《真誥、稽神樞》描述此中天地，就常有遊歷的奇譚，將石髓意象置於其肌理脈絡中，隱喻入洞天後服食仙藥而成仙。此類新典在唐詩人的運用中，常成爲精當的對句，如王績的「金壺新練乳，玉釜始煎香」、「桑疏金闕迴，苔重石梁危」、「翡翠映碧流，桂花凝清露」，都是較屬於洞天的景象。就是想像仙家的景致也有種新情趣，如李沇「桂花浥露曙香冷，八窗玉朗鷩晨雞」、廖融「銀河旌節搖波影，珠閣笙簫吸月華。」（夢仙謠）一類詩境。

對於新神仙的語言意象，由於較切近唐人的慕仙、求仙的經驗，這比早期遊仙詩一起手即進入神遊天地的寫法，要親切、平實得多，王績最喜使用這類新典：如「吹沙聊作鳥，動石試爲羊」，即使用皇初平養羊，化爲滿山的白石。「許邁心長切，嵇康命似奇」則直接使用魏晉名人學仙的經驗，切合實際慕仙的情緒。又如廖融「琪木扶疏繫辟邪，麻姑夜宴紫皇家」，也是當時人所常用的典故。不僅所驅遣的故實較新，就是進入仙界後也出現較真實的應對情景，這是緣於道教道書中已形成其神仙世界。所以詩人再運用其想像力來巧構拜謁玉皇的一幕，白居易所寫的一段就極爲生動：

> 人有夢仙者，夢身昇上清。坐乘一白鶴，前引雙紅旌。羽衣忽飄飄，玉佩俄錚錚。半空直下視，人世塵冥冥。漸失鄉國處，繞分山水彩。東海一片白，列嶽五點青。須臾群仙來，相引朝玉京。安期羨門輩，列侍如公卿。仰謁玉皇帝，稽首前致誠。帝言與仙才，努力勿自輕。卻後十五年，期汝不死庭。再拜受斯言，既寤喜且驚。

從進入上清界後的遊歷諦觀，到朝謁玉京內的玉皇，都與道教內部所傳的玄觀後的神秘體驗及玉皇仙班的描述相近，這是早期遊仙詩所未曾見的。李咸用描述昇天所見，也有一段新奇的遊歷景象：

> 堂堂削玉青蠅喧，寒鴉啄鼠愁飛鸞。梳玄洗白逡巡間，蘭言花笑俄衰殘。盤金束紫身屬官，强仁小德終無端。不如服取長流丹，潛神卻入黃庭閑。志定功成飛九關，逍遙

長揖辭人寰。空中龍駕時迴旋，左雲右鶴翔翩聯。雙童樹節當風翻，常娥倚桂開朱顏。河邊牛子星郎牽，三清宮殿浮晴煙。玉皇據案方凝案，仙官立仗森幢幡。引余再拜歸仙班，清聲妙色視聽安。餐和飲順中腸寬，虛無之樂不可言。

從引發昇天的動機到服丹昇天，然後想像進入天界後的遭遇。類此描述雖然反映的只是詩人的奇想，但仍有待於道教所提供的想像素材，才足以激發創作的靈感，也讓當時的讀者滿足了新的想像趣味，可證道教文化對於唐代的文學確有啓發之處。

六朝的洞天福地傳說與當時的誤入仙鄉譚結合後，藉由筆記小說的普遍流傳不僅激發唐人新的仙境小說創作風潮，也刺激唐人使用於詩歌中。[14]遊仙詩只是其中的一部分，但已是別具一格的新體裁；關於桃花源是唐人艷羨的想像之旅，王績既慕五柳先生傳主，也期望有此奇遇，所以就將它比擬爲仙境：

結衣尋野路，負杖入山門。道士言無宅，仙人更有村。斜溪橫桂渚，小徑入桃源。玉床塵稍冷，金爐火尚溫。心疑遊北極，望似陟西崑。逆愁歸舊里，蕭條訪子孫。

[14] 關於唐人的仙境小說，學棣陳雪玲，《唐人仙境小說研究》（東海中文所、一九九二）論文曾作較全面的研究；而對於詩歌的影響，則有學棣吳淑玲，《唐詩中的仙境傳說研究》（台中，東海大學中文所碩士論文、一九八七）。

整首都模擬捕魚人尋路入山，誤入桃源。但所見的只是玉床、金爐的仙景；連還歸後也是「仙界一日、人間百年」的時間意識。對於這一構想使用的情況，有祝元膺「好箇分明天上路，誰教深入武陵溪」，作爲仙界的隱喻；也有歐陽炯「赤城霞起武陵春，桐柏先生解守真」句，都是〈桃花源記〉已被視爲仙境的隱喻式符號。

從唐人盡其心力經營詩作的成果言，遊仙詩一類確能表現出他們推陳出新的努力，基於唐代文物聲華的盛況及道教文化的蓬勃，只從古典遊仙傳統中取材來模擬遊仙的情景，所能超越舊作的仍較受限制。因此道書、仙傳及筆記小說所提供的素材，就不只是獺祭騁材的辭典材料，而是激發其想像力的新事物、新意象，這些較成功的作品固然結穴於曹唐一人，但在三百年間仍有不少精采作品，表現出唐代詩人確能顯示其運用語言的原創力與彈性，才能創造出新的語彙及隱喻，由於唐人對於道教文化與生活的新認知關係，從而激發一種新鮮有力的情緒。這是在遊仙詩史上，唐人對於語言、意象的因革及變創成就，確有其獨特的地位。

三、主題意識的創意與轉用

神仙神話是中國神話中表達對於他界的願意，能夠捨離此界的諸般拘限，而進入他界作一逍遙自由的遊歷，可說是遊仙文學的創作動機。由於魏晉時期遊仙詩的寫作盛世，正遭逢時勢多變，名士少有全者的亂局，而道教所提倡的養生成仙說也適時地勃興，因而當時的文士對於遊仙遂有諸多矛盾、猶疑的情緒，即盼望仙界的存在、仙人的實有，但又疑惑人是否果能超越大限而遊歷仙界？類此質疑、否定既可見諸曹氏父子的辯道說，也可隱微地表現於當時民間流傳的筆記中，常以誤入仙界終必思歸、還歸作結局。唐人於兩、三百年後創作遊仙詩，時空條件迥異，因而對於當時人也就具有不同的社會文化意義，這是在解讀時需要深入解說的關鍵所在。

對於神仙是否可期、仙界是否可遊？唐人其實大體都能以較健康而理性的態度面對，尤其在遊仙詩中多能出之以一種嚮往、欣賞的心情。不過從唐代社會所表現的，貴族階層對之除是憧憬，尚期待以實際的服食方式獲致延生、長生的願望，所以歷來學者既已注意唐代諸帝多有因服食丹藥而中毒身亡者，而貴族士人也有勤於服食的，除了史籍、文集間有記事，至今仍可在出土文物中發現服食的器物。⑮當時的社會風尚是與道教內部的煉丹風氣相互呼應的，在中國煉丹、化學史上，這是實驗丹藥、仙藥的重要階段，無論是在實驗方法或在成就上都累積了可觀的成果；就是在中國醫學史上，也是出現多位道士、名醫的時代，對於各種服食作出寶貴的經驗。因此遊仙的詩歌、小說其實也就反映出當時文士的諸般感受，是對於仙界探求的象徵符號。

唐人創作遊仙詩，在整體結構上已擺脫了魏晉時期在結句作議論的習套，這自是表現大部分的遊仙之作，並不以理性的立場採用詩歌加以論辯，而多是以仙界意境表達其情緒，是

---

⑮ 有關唐人服食的研究，拙撰〈道教煉丹術的發展與衰弱〉曾略為論及，《中國科技史論文選輯》二（臺北·一九八二）頁九七——一一八。

將遊仙作爲抒情的表現，這是符合唐人以詩作抒情功能的大趨勢。不過在唐代仍有諷諭的實用傳統，針對帝王貴遊之勤於服食求仙，採用諷諭的立場加以批判的，諸如白居易〈夢仙詩〉的後半篇就有較深刻的反省，抒寫乞得仙藥方後的服煉歷程，據考應是作於元和元年至十年（八〇六—八一五）居長安時，反映長安都城內的社會風尚：⑯

> 秘之不敢泄，誓志居巖扃。恩愛舍骨肉，飲食斷羶腥。朝食雲母散，夜吸沆瀣精。空山三十載，日望輜車迎。前期過已久，鸞鶴無來聲。齒髮日夜衰，耳目減聰明。一朝同物化，身與糞壤幷。神仙信有之，俗力非可營。苟無金骨相，不列丹臺名。徒傳辟穀法，虛受燒丹經。祇自取勤苦，百年終不成。悲哉夢仙人，一夢誤一生。

詩中諷刺徒勞於服食者並非人盡可成仙，其關鍵就在「苟無金骨相，不列丹臺名」。這是魏晉文士辯論是否有特稟異氣之說外，道教內部所傳承的骨相、命籙說，既有先天的仙緣，始能有緣獲得丹經寶訣，勤苦學成，原爲當時道教內部續有發揮的成仙理論，而詩人只擷取其觀念以諷諭世人。賈島所作的遊仙詩，在騎鶴、洗貌而身生羽翼後，也結以「若人無仙骨，芒求徒煩食」。即以有限制的命定說否定世人一味地服食求仙。類此諷諭的手法在唐人的遊仙衆作中只佔極少數，其餘的作品除是不以詩爲議論的工具外，主要在他們對遊仙的情境具有嚮

---

⑯ 此據朱金城之說，《白居易集箋校》（上海、古籍出版社、一九八八）頁十一。

往之情。

唐代文人在現實生活中所遭遇的就是仕與隱的衝突，由於初期世家大族在政治利益、社會地位上所佔有的優勢，常使得出身較低的知識分子在尋求出路時，需要慮及攀附貴姓的仕宦、婚娶問題。後來雖經由科舉制來舉薦人才，不過黨爭的問題也常讓士子飽嘗升沈之苦。中國原有的「士不遇」的挫折感，到唐代社會因形成新的時代情境，使得深具現實感、功利感的唐代士子所表現的不遇情緒，幾乎多陷於仕與隱的現實利害的考慮上，其身分、地位的升降，讓他們對於人生的無常、無力深有體認。所以唐人的隱避、隱退山林，並好以隱士、逸士、處士諸名自居，實在是基於現實形勢之所致。道教中人的希企神仙，本質上雖有異於隱逸性格者，但由於超越現實的理想性與實際隱處求道的生活，有相當一致之處，所以仙境、神仙等也就易於成爲一種方外、世外的隱喩符號，對於隱居型文士特別具有吸引力，尤以晚唐五代的朝代末，失序的社會更會激發超脫此岸的他界、他岸意識。

遊仙、夢仙，懷仙諸作中，實際出諸道教中人的仍較少見，但有不少卻與隱居山林的文士有關，因此隱士不管是基於何種因緣而慕仙，神仙傳記中學道有成的仙人就成爲隱逸心理需求的符號，王績詩中就常有「北巖」意象：「暫出東陂路，過訪北巖前」、「誰知北巖下，延首詠霓裳」，北巖即是他隱居的所在，這位希企高隱的仙人不僅羨慕陶潛，更仰慕蔡經、王烈、許邁等學仙者，在「上月芝蘭徑，中巖紫翠房」的實際情境中引帶入想像中的仙境。他常在結句表現其惶恐情緒：「自悲生世促，無暇待桑田」、「爲向天仙道，棲遑君詎知」。王勃的也是習慣在結句表達慕仙之情的，「寥廓沈遐想，周遑奉遺誨。流俗非我鄉，何當釋塵昧。」

〈忽夢遊仙〉「道存蓬瀛近，意愜朝市賒。無爲坐惆悵，虛此江上華。」〈懷仙〉從王勃的一生言之，其人固有才華，卻也常有出世之想，結果在早逝之後也會遺傳一些奇譚。

不過就唐詩的一貫技巧，通常都喜以飄渺、空靈作結，也就是留給讀者一種想像的空間，有表達願望的：如李群玉的「濁世不久住，清都路何窮。一去霄漢上，世人那得逢。」王貞白的「悔與仙子別，思歸夢釣鼇」；也有表達思慕的惆悵的，陳陶兩首都是這樣作結：「十洲隔八海，浩渺不可期。空留雙白鶴，巢在長松枝。」「月夜勞夢魂，隨波注東溟。空懷別時惠，長誤消魔徑」；鮑溶〈懷仙〉也正是思懷之情的流露：「曾見周靈王太子，碧桃花下自吹笙」。而最能以短什抒寫對仙境的遐想，以表仰慕之情的則有下引兩首：

海上神仙綠，溪邊杏樹紅。不知何處去？月照玉樓空。（竇華〈遊仙詞〉）

蟾蜍夜作青冥燭（一作鏡），螮蝀晴爲碧落梯。好箇分明天上（一作上天）路；誰教深（一作移）入武陵溪？（祝元膺〈夢仙謠〉）

兩首都以故設問句引發思索：如何探訪仙境？也增加對仙界的想像。而王轂則採用正面描述的手法，使用琪花瑤草或異果奇花之類寫出仙景仙趣，直述仙界的奇異；也運用服食仙藥的傳說，肯定仙境的迷人氣氛：

青童遞酒金觴疾，列坐紅霞神氣逸。笑說留連數日間，已是人間一千日。

將傳統仙境中誤入者還鄉之後的時間感，由青童的笑説中點出，比較使用疑似口吻另有一種情趣。大概唐人所寫的這類作品，只在使用語言文字幻設神仙世界，當下顯現樂趣，是真是假，是幻抑虛，這種無關真實但求真趣的態度，正是以遊仙爲抒情，寄託人類在有限時空中對於他界的「迷思」(myth)。

唐人對於仙界即是當作理想世界的象徵，能登遊仙界自是凡人的一大願望，所以唐人筆記中所載的仙境小説都可視爲時的人藉此滿足遊歷仙境的心理需求；此外就是在其用語習慣中，將登仙、遊仙作爲功名得遂的隱喻，類此情況都足以反映一時的風尚。鄭處誨《明皇雜錄》多載開元、天寶軼聞，因此其中所收的語言、習慣都有其真實性，其中就有一則班景倩事：説開元選官極精當，當時班景倩自揚採訪使入爲大理少卿，路由大梁，郡守倪若水盛設祖席，景倩登舟遠去後，若水謂掾吏：「班公是行，何異登仙乎？」這句話「爲當時所稱賞。」(太平廣記四九四)也就是官位高昇，得入朝廷，即可隱喻爲「登仙」，當時人能稱賞，除因他有識人之能外，也有賞鑑其巧喻的意味。不僅位登高階有如登上仙界，還有應試得第也可使用此一隱喻，盧瓌《抒情集(或詩)》的著作體例近於《本事詩》，曾載李翱(七七四—八三六)在江淮典郡時，有進士盧儲投卷，結果翱長女見此文卷後，謂小青衣曰：「此人必爲狀頭。」李翱得知後選爲女婿。來年果然狀頭及第，纔過關試，徑赴素禮，其催妝詩曰：「昔年將去玉京遊，第一仙人許狀頭。今日幸爲秦晉會，早教鸞鳳下妝樓。」當時人將這門婚事，視爲「人生前定，固非偶然」的姻緣前定論。(廣記一八一)不過使用遊玉京、爲仙人則是基於得遊仙境的隱喻習慣，此事亦載於《唐詩記事》卷五二，登進士第之年爲憲宗元和十五年（八二〇），可見是當時流傳已久的語言習慣，並非一時興來的靈感而已。

從這類隱喻習慣解讀沈彬的兩、三首詩，就可理解其詩題及語彙自有其社會普遍認知的基礎。據計有功《唐詩紀事》卷七十一所載：沈彬爲筠州高安人（今屬江西），天才狂逸，好神仙之事。少孤，西遊以三舉爲約。「嘗夢著錦衣，貼月而飛，識者言雖有虛名，不入月矣。」這段夢遊經驗與應舉聯想，所以從洪州解至長安初舉，納省即以〈夢仙謠〉爲題，其中的詩句即爲「玉殿大開從客入，金桃爛熟没人偷。鳳擎寶扇頻翻翅，龍娱金鞭忽轉頭。」即是寫夢入月中玉殿所見，也是隱喻入京城應舉，寶扇、金鞭應是實景，也是幻影。初舉不第，第二舉自是接前題、前夢，作〈憶仙謠〉：

白榆風颯九天秋，王母朝迴宴玉樓。日月漸長雙鳳睡，桑田欲變六鼇愁。雲翻簫管相隨去，星觸旌幢各自流。詩酒近來狂不得，騎龍卻憶上清遊。（全唐詩，七四三）

這位詩酒狂逸的才子，雖自覺已狂不得，卻仍追憶「上清遊」，則所寫的仍是夢遊仙之事；其中的典故多與仙境有關，如天上種白榆、王母轄九城十二樓；但從其中出現鳳睡、鼇愁諸語，就可見其心境已不似初舉的疏狂。他所用的遊仙隱喻，在第三舉納省卷贈劉象詩的末句仍是「一枝何事於君惜，仙桂年年幸有餘」。因他的贈詩爲主司所覽而特放象登第，而他本人則一如夢讖，《唐才子傳》說他「隨計不捷」，因而一度隱居、放遊，直到南唐時才又赴辟。類此夢遊仙與應舉的隱喻關係，確能反映出唐代士子將應舉得第視爲人生大事，一登高第即有如進入仙班，當時人特別容易體會其中之妙。⑰

唐人轉用遊仙最爲世俗化的則是仙、妓和洞窟的隱喻關係，將六朝民間較素樸的誤入仙境而締結良緣的傳說加以隱喻化。《搜神後記》中所載的袁相、根碩，與《幽明錄》所載的劉晨、阮肇，其實爲同一傳說在浙江嵊縣（會稽剡縣）、天台縣兩地所流傳的兩種版本。⑱都因誤入洞天而與仙界女子結爲夫妻，完成「宿福所牽」的宿緣，然後又在思歸後，經歷了人事的滄桑。不過唐人卻特別喜好後一個版本的傳說，直用劉郎、阮郎代之，而較少提及袁、根二人。從張文成《遊仙窟》以下，這些洞窟女子常用「崔娘」之名以飾說其身分之高貴，因此當時筆記、小說所見的妓院中人，無不以仙、真諸字作「藝名」（藝妓之名），成爲平康諸坊里的共同習慣，孫棨《北里志》即是一時的冶遊實錄。唐詩使用這一隱喻法，元稹直接以夢仙、夢遊爲題，寫他與崔娘（鶯鶯）的戀情，這段艷事自會流傳於唐代文人間，因而凡寫「夢仙」系列的無不採用此一筆法，以仙家喻妓院，也以寫仙家玉女的妓女生涯、神女生涯，成爲唐代遊仙詩的一大變格。

在遊仙詩題中晚唐詩人的寫作手法，是較偏重於强調人仙戀的情調，曹唐在爲數可觀的〈小遊仙詩〉中即有多首，⑲因而啓發司空圖，王貞白多所繼作：

---

⑰ 詳參布目潮渢、中村喬《唐才子傳之研究》（東京、汲古書屋・一九八二）頁五九九〇。

⑱ 詳參⑥拙撰所申論的誤入仙境小說。

⑲ 詳參拙撰，〈曹唐小遊仙詩的神仙世界〉，《第二屆國際唐代學術研討會》（一九九二）。

> 劉郎相約事難諧，雨散雲飛自此乖。月姊殷勤留不住，碧空遺下水精釵。

這裡的月姊即是月仙、月中仙，本是妓院中人的藝名，但司空圖是用以稱呼嫦娥或月中女仙，她與劉郎相約，又殷勤相留，則是情意殷切的女仙形象。王貞白則是從離開仙境者的心境而寫，並不明言是劉郎：

> 我家三島上，洞户眺波濤。醉背雲屏臥，誰知海日高。露香紅玉樹，風綻碧蟠桃。悔與仙子別，思歸夢釣鼇。

仙即出之以「憶仙」、「懷仙」的追懷情緒，因而憶中均爲仙景、仙事，唐人要在前人之作中翻新，採用不同的視角也可形成新的效果，這是曹唐〈大遊仙詩〉最拿手的創意所在。

夢仙諸作，則項斯所寫的仍較爲含蓄，但在夢遊情境中即隱有所指：

> 夢遊飛上天家樓，珠箔當風挂玉鉤。鸚鵡隔簾呼再拜，水仙移鏡懶梳頭。丹霞不是人間曉，碧樹仍逢岫外秋。將謂便長於此地，雞聲入耳所堪愁。

天家樓中，玉鉤當風、鸚鵡傳呼，豈是天上仙家樓的景象，尤其襯托出慵懶水仙的是丹霞、碧樹的洞窟佳景，當然讓劉郎覺得「不是人間境」而想長留此地。末句則以雞聲愁人點明促歸、回歸的愁緒，將注定需離仙境與不得不離妓院合爲一體，表明狹邪客的矛盾心情，確是北里行的隱喻語。徐鉉的〈夢遊〉三首，從詩題就已表明是流連妓院之作，但將狹邪之行安置於遊仙窟的氣氛，則是恩客的一種修飾心理。前兩首一再點明，「魂夢悠揚不奈何」、「若非魂夢到應難」，一則點題，再則製造恍惚的情境，從「洞口春深道路賒」寫天明將別的繾綣情戀，都可想見當時文士與妓女之間的交往關係，第三首則是較直接使用仙妓的隱喻語：

> 南國佳人字玉兒，芙蓉雙臉遠山眉。仙郎有約長相憶，阿母何(一作無)猜不得知。夢裡行雲還倏忽，暗中攜手乍疑遲。因思別後閒窗下，織得迴文幾首詩。

恩客自稱仙郎，佳人即是仙子，而假母亦擬作西王母「阿母」，以統領仙界衆女仙，其隱喻符號後確是巧妙地隱藏唐代文人的行爲，這自是究論中國娼妓文學史的事實。

當時尚有一種宮觀女冠，雖名爲女冠但與修真女冠有別，而是風流女道士，或身在樂籍，或在宮觀而結交豪客、文人，前者如薛濤，後者如魚玄機。此外就是入道宮人或雖入道而難脫世情者，其中堅心向道者固有之，但也有尚難盡去凡心的就難免有女冠閨情⑳唐代文人也將此一題材入詩，韓偓的〈夢仙〉詩即模擬女冠的情緒，採用的是天台山中女仙的視角：

---

⑳ 詳參拙撰〈唐代公主入道與送宮人入道詩〉，《第一屆國際唐代學術會議論文集》(一九八九)

紫霄宮闕五雲芝，九級壇前再拜時。鶴舞鹿眠春草遠，山高水闊夕陽遲。每嗟阮肇歸何速，深羨張騫去不疑。澡練純陽功力在，此心唯有玉皇知。

從詩中所出現的紫霄宮闕、九級壇前，就可知是宮觀中的女冠住所與日常醮拜活動，將之虛擬爲人間仙境。不過仙界中的氣氛卻在「遠」、「遲」兩字中，表現美好仙界的百無聊賴，以外景（境）寫內情，由於時間是無窮的、空間是空曠的，對於生活於時空拘限中的塵俗中人，這是期望中的仙界；但對此中的女冠、女仙而言卻也不自珍貴，因而引發慨歎，阮郎劉郎速速其行，徒留給女仙一分惆悵。最後只有在愁緒中一心澡瀹心思，洗煉丹功，期待玉皇能知其心事。全詩即模擬女冠的心境，在唐代男性詩人擬寫宮怨之外，增加另一種「宮怨」，反映出唐人對於女冠的認知。

大體言之，唐代對於遊仙詩確有其獨到的創獲，將一種行將被淘汰的詩題，重新賦予新生命，藉以表達當時現實生活中的挫折與歡悅，不遇時可以之表達世外之想，得意時也可隱喻其昂揚的心志。從這一點言，唐人在表現仕與隱的調適時，雖不一定具有深刻的哲理，卻自有其象徵人生不同境域的意義。在中國知識分子與社會的關係史上，唐人雖或較缺乏理想性格，少談爲生民、爲萬世的大理想，而多表現其哀樂人生，卻也自具有其真實性。㉑ 所以將它轉用於遊狹邪以隱避其行，也具體表現出唐型文士的風流自賞，確也是時代的風尚中一

㉑ 傅樂成，〈唐型文化與宋型文化〉，《漢唐史論集》（臺北，聯經，一九七八）

種集體性人格、意識的特徵，因而有助於成就唐式文化的一大特色。

四、結語

在中國詩史上，遊仙詩的創作多見於六朝至唐，從原創力言，魏晉時期既已完成最具代表性的名篇，然則唐人如何接續這一傳統，再創另一可觀的成績？嚴格言之，唐代詩史上最有成就的大家、名家，對這一舊題並沒有多大的興致，以憧憬神仙的李白爲例，他就寧可採用其他的題目來表達其慕仙之思，而且使用仙言仙語也顯得當行本色，卻不被拘限於遊仙舊題及既有的寫作格式。從一種文學題材的開創、發展言，這種趨勢是完全可以理解的。但遊仙詩在這種困難的情況下，卻仍有不少人嘗試，也能獲致唐人詩作的成就，並表明了一代特有的風格，其間的衍變約有數項可言。

對於遊仙舊題注入新意，魏、晉時代道教初興，經歷南北朝的統一諸派，等入唐之後教義、制度及儀軌等即大爲整備。因此新神仙說的普遍流行其實遠過於魏晉，從神仙傳記集中所搜羅的神仙、仙界，也就能成爲道教自有的符號系統，這些新語言、意象足以使遊仙詩注入新生命。王績較早嘗試，終能綜集南北朝遊仙詩的新內涵而獲致成就，他的五首作品能從所居的北巖發興，構想修仙者的服食成仙，藉以表達其希企隱逸的思想，可說是地仙、尸解仙與輿內名山所構成的仙界，造就了不同於魏晉的新遊仙詩風格。不過繼作者仍少，要待曹唐之出，專事拓寬遊仙詩的寫作天地，終能突破創作的瓶頸，以〈大、小遊仙詩〉完成質量可觀的道教神話詩，在中國詩史上是絕無僅有的採用神話素材、道教神話，而能獲致高度成就的一位。司空圖、王貞白及歐陽炯因而能寫出較有唐人特色的遊仙詩。

若不從舊題則改變舊題而另有創作機杼，成爲夢仙、夢遊仙、夢仙謠與懷仙、懷仙詞兩類，其中仍貫串「遊」的特質，否則既可歸入其他詠神仙的系列㉒。夢遊也是遊，但詩題既已限定其入遊的動機，是先入夢再遊的發想，所以遊歷所見盡是夢中仙境，這是唐人突破舊遠遊的構思，另外創造一種符合仙界的恍惚特質。他們將六朝遊歷仙境小說的真實與虛幻，一併從唐人的生活經驗入手，王勃所開出的是夢魂進入仙界，然後從仙人、仙羽中寄託其對現實生活的不滿情緒，夢仙、懷仙均由這位天才型詩人揭開序幕，而這一詩題直如詩讖，使其早逝、早遊仙界。另一由張文成《遊仙窟》所構想的隱喻，經元稹、白居易的唱和，隨著元和體的盛行，夢仙、會真、夢遊春幾成爲娼妓文學的象徵符號，所有的唐人小說、詩歌多能運用這些隱語，它是平康里、北里中實用的語彙，並非只流行於文士的口中。這一隱語與音樂結合，成爲晚唐五代詞中仙、妓、洞窟三位一體的娼妓文學，而晚唐五代詩人也以此寫詩，使得藝妓仙化，女仙也藝妓化，成爲唐人語言中深具隱喻而又風雅的表現。

道教登仙的語言符號，對於道教盛行的唐代另有一種啓發，即用以隱喻登第、高昇，中國科舉制度初步完成於唐代，清徐松《登科記考》及各種題名錄就紀錄登第的情況。由於傳統門第所講究的貴姓、婚姻，與如何經由科第而躋身上僚，都足以關繫士人的一生成就，所

㉒ 有關其他詠神仙諸作，將另篇處理。

以唐代文士於仕與隱之間大爲措意，遇與不遇都可使用登仙、遊仙加以隱喻。雖則後人批評唐人較多功利性格而較缺少理想性，但對這一新制度下的士子，從投卷、拜座師，到投靠黨派，都關連其終身的命運，要他們不關心也難。因而得意、得遇則隱喻爲登仙，能躋身於仙班，得睹天帝的聖顏；如失意、不遇則遊歷仙界，以他界的虛無、飄渺寓託其對此界的不滿。同一隱喻卻可從不同的角度運用，這是唐人才能體會的，之前之後都不會如此真切。

而唐代帝王貴族之熱衷於服食藥物以冀得仙，也是道教文化的影響，在中國的醫藥、化學、火藥史上都是重要的階段，對此唐代詩人善用諷諭的手法加以諷刺，遊仙詩中也保有此一體，白居易、孟郊就鋪述遊仙、面聖的樂趣，讓人讀後有飄飄欲仙之慨，然後再在結句部分說：若無仙骨、仙緣，則縱使得到辟穀方、煉丹方也是徒然。這類詩與曹氏父子的辯道、反仙不同，也能反映出當時的時代風尚與社會文化的意義，對於一些貴主起到諷刺的作用。

遊仙、夢遊仙及懷仙等，在唐代雖然仍出現遊仙詞、昇天行、夢仙謠及懷仙曲等名目，其實大體已失其樂制，可歌的成分大爲降低。但由於唐代的教坊中，多因皇帝崇道而製作曲調、曲詞，其中就有「祈仙」、「翹仙」諸曲，也有「女冠子」、「天仙子」等曲牌，類似唐玄宗的親自督使作曲、排練，使得道樂成爲燕樂中的成就。因此遊仙衆作也藉此一流行風尚，而使用謠、詞及曲等名稱，仍多能反映道教音樂與遊仙文學有相互激盪之處。尤其神仙、女冠及仙妓等意象在教坊曲逐漸流散後，仍多散播於民間勾欄，然則這類與仙道、仙妓有關的曲牌，確是與遊仙文學具有相互啓發處。因此論中國詞史的第一章，遊仙詩、遊仙文學其爲濫觴仍是不可忽視的。

由此可證一種詩題、題材並非一定遵循成長、成熟及死亡的定律，只要相關的條件仍舊具足，則陳腐的題目與素材都可新變，且轉變出另一種成就。從唐代道教文化的發展，解讀遊仙詩的生發，就可發現文學風騷的帶領是需要大家在關鍵時勢中造勢，終能成就一代的文學。

郭璞〈遊仙詩〉變創説之提出及其意義

近代研究兩晉文學的發展，大多肯定郭璞的文學地位。其主要原因即六朝文學評論家從通變説的觀念對郭璞所作的評價，頗能契合今人採用歷史觀點析論文學歷史的流變，因而確定了郭璞是從陸機、潘岳等兩晉文士之後，而爲東晉初期的重要作家。《晉書》本傳所稱其「詞賦爲中興之冠」，也就是綜述六朝文論的共同看法。而確實奠定了郭璞在兩晉之際的文學地位的應該是遊仙詩，這可從當時的評論都集中於〈遊仙詩〉，而較少及於其他的作品一事得到證明。郭璞的作品爲後世的類書所徵引，經丁福保輯錄於《全晉詩》的，凡有二十餘首，其中〈遊仙詩〉即佔十四首之多，更易讓治文學史者據此有限的現存資料作一歷史的判斷。其實〈遊仙詩〉之於郭璞確實具有多方面的意義。首先是在郭璞自己的創作歷程中，〈遊仙詩〉最能具體表現其才學特質、性情遭遇；也是最足以代表其成熟期的寫作風格。其次在中古文學史的衍變過程裏，無論是玄言詩、隱逸詩，尤其是遊仙詩等類型，郭璞的〈遊仙詩〉均具有變創的意義。因而在中國文學批評自覺性萌發各種觀念的時代，作爲主要觀念之一的「通變説」——一種雛形的歷史意識，即常以郭璞作爲典型，而且以這一新觀點評定其〈遊仙詩〉的歷史地位。尤其重要的是〈遊仙詩〉在郭璞具現其方術的特長中，巧妙融合其方術與文學的專長；更進一步可瞭解其在遊仙詩史及道教思想史上的特殊意義，因此得以重新肯定郭璞〈遊仙詩〉在中古文學史上的價值。

本文即基於此一構想，分別討論〈遊仙詩〉與郭璞作品的關係；並就近人所提出的有關郭璞〈遊仙詩〉的兩大問題加以析評：其一爲〈遊仙詩〉究爲玄言詩的導始者，抑爲變創者；其二爲〈遊仙詩〉被稱爲變體，其原因何在？在遊仙詩史具有何種意義？而在緣情說與言志說的兩大系統中，又具有什麼特殊的代表性。對於〈遊仙詩〉本身的研究，將分別說明郭璞處理遊仙的「母題」，其因變之間，賦以何種新意，包括結構的、意象的，以及主題的變創等。由於郭璞在其一生創作的成熟階段完成這一組詩，因此有意識地表現一種屬於自己的獨特風格；而作品完成之後，在隨後日趨成熟的文學批評風潮中，無論是選集或評論，也都肯定地指出其特色，因此郭璞〈遊仙詩〉是瞭解六朝文學批評觀念史的一極佳的例證，值得吾人特別加以注意。

一、郭璞一生經歷與文學創作

郭璞的詞賦在當時被稱爲「中興之冠」，其文學作品有詩、賦兩種，至於疏、誄及頌等較屬於實用性文字，多可括入當時所謂文筆分類中的筆類。郭璞所作的佚失極多，嚴可均從各種文獻資料輯存於《全晉文》的，約有二十餘篇；與丁福保所輯存的詩二十餘首。雖則佚失者衆，但其重要的作品則至今仍多可及見之。劉勰在《文心雕龍·才略篇》曾舉郭璞爲例，稱許「景純艷逸，足冠中興；郊賦既穆穆以大觀，仙詩亦飄飄而淩雲矣。」其中的郊賦即《藝文類聚》所引的殘篇〈南郊賦〉；而仙詩即十四首〈遊仙詩〉之類，一代表賦、一代表詩，這是因爲劉勰撰《文心雕龍》時本就要「論文敍筆」，籠括群體。至於當時文學的主流則爲詩，且是五言詩，因此沈約〈宋書謝靈運傳論〉、鍾嶸〈詩品序〉、蕭子顯〈南齊書文學傳論〉等，主要的即在論列詩史；而有關評論郭璞的文學價値的也多與詩有關。因此要瞭解〈遊仙詩〉對於郭璞的創作歷程的重要性，需先說明其一生的創作經歷及其轉變。

郭璞早年的寫作，現存的以賦及四言詩爲多，興膳宏氏稱爲「流浪與習作的時代」❶，約可大略確定的凡有賦四篇：〈巫咸山賦〉、〈鹽池賦〉、〈流寓賦〉及〈百尺樓賦〉；而詩則有〈答賈九州愁詩〉。因爲郭璞的一生約可分爲前後兩期，而以過江爲分界：他本籍河東聞喜（今山西聞喜），近於與匈奴鄰接的前線地區，惠、懷之際，匈奴人劉淵稱兵於離石（山西中北部），河東正於其南，先受騷擾。郭璞卜筮而有「黔黎將湮爲異類，桑梓其翦爲龍荒」之歎，因而有避地東南的行動，時年三十二。遷移途中，一度至廬江（永嘉五年）、丹陽（永嘉六年）。所以郭璞渡江之後，至於建康，目睹晉元帝具有中興晉室的氣象，約已在四十歲左右，渡江以前確是流浪與習作的時代。

早期之作具有河東經驗：〈巫咸山賦〉即詠山西省夏縣的巫咸山，〈鹽池賦〉則詠山西的解池：一寫帝堯侍醫巫咸的名山，一寫鹽販之澤的奇特景觀，多與他早年從河東郭公習卜筮，

---

❶ 參興膳宏，〈詩人郭璞〉，刊於《中國文學報》第十九冊，頁十七—六八。

或熟讀《山海經》等一類奇書有所關連。其舖排文字的風格也深具漢賦的作風，這種習作的另一顯例就是模仿前賢的名作，並且具體表現其時代意識。郭璞的童年、少年時期，晉武帝一統天下，約經十年穩定之局後，就有外戚楊氏一門專橫，貴族生活亦多道德頹喪。楊氏沒落，賈氏繼起，惠帝時八王之亂，晉室紛擾，外族入侵，加以天災、饑饉，因而成爲郭璞青年時期的痛苦經驗，也激發其關懷現實的心志。因此〈流寓賦〉、〈登百尺樓賦〉等都能反映出時代苦難的痕跡：前者即是流亡歷程的真實寫照，其中多感慨深沈而無奈——「嗟城池之不固，何人物之希少」，正是慨歎時局的艱難；另一〈登百尺樓賦〉，屬於曹植〈登臺賦〉、王粲〈登樓賦〉及孫楚〈登樓賦〉的擬作。賦中的發想即仿登樓望遠因而興發故土之思，在極目遙想中，河東景象即歷歷在眼前——「矚禹臺之隆窟，奇巫咸之孤峙，美鹽池之滉汙，穿紫氣而霞起」，此下忽轉入時代哀以思的變音——「嗟王室之蠢蠢，方搆怨而極武。哀神器之遷浪，指綴旒以譬主」。類似的關懷時局、反映現實的作品，充分表現郭璞在渡江以前既已具有積極的時代意識。但由於其學習方術、關心奇異的性格，賦中也常特別提及諸神仙的事蹟：「惡王靈之雍流，奇子喬之輕舉」（流寓賦）、「異傅巖之幽人，神介山之伯子，揖首陽之二老，招鬼谷之隱士」（登百尺樓賦），凡此均已預伏下晚期的〈遊仙詩〉關懷現實與神異的種子。

郭璞過江之前因僻居河東，而較少與西晉的士族社會接觸的機會，因而流徙歷程的習作雖已表現其青年時期的文學才華，但並未獲得參預上流的契機。過江以後，由於卜筮等方術的特長，逐漸引起士族的注意，王導既深重之，引參己軍事；而琅邪王初鎮建鄴，及其爲晉王，郭璞都因卜筮有祥瑞之徵，使晉元帝「甚重之」。除了方術才能見賞之外，他的文學才能也適時地表現，深獲上流的賞譽；《晉書》本傳曾提到〈江賦〉與〈南郊賦〉；《晉中興書》說「璞以中興王宅江外，乃著〈江賦〉，述三瀆之美。」（文選李善注引）賦中即鋪陳長江壯觀的川瀆，及其奇珍異物，的確具有漢賦鋪排的規模與壯闊的氣勢，所以「其辭甚偉，爲世所稱」，由此其文才始爲建鄴（建興元年改稱建康）地區的士流所稱許，這是建康爲文化中心的地理因素而影響文士地位的顯證。而〈江賦〉之所以與先前的漢賦或魏晉賦詠山川之作不同，即因郭璞把握東晉初創時期之機，頌讚川瀆，歌詠中興，對於新王朝深具善頌善禱的美意。晉元帝初立時，一切的典章制度都亟待建立，郭璞即以方術的專長，參預國事：大興初（三一八）召爲著作郎，同一時間或稍後（晉中興書云元年，建康實錄云二年），郭璞卜立南郊壇，元帝於南郊祭天，璞復作一篇穆穆以大觀的〈南郊賦〉，莊嚴典雅，同屬郭璞中期的代表作，具現其辭賦的文學才能。

郭璞作賦的風格及其成就，劉勰在《文心雕龍·詮賦篇》將他與左思、潘岳、陸機、成公綏及袁宏並列，爲晉之賦首，其所表現的即爲東晉中興時期；而其評語：「景純綺巧，縟理有餘」，綺巧風格應與江淹所得的五色筆傳說有關❷。其實連同不知撰寫時間的〈井賦〉、〈蜜蜂賦〉、〈蚍蜉賦〉等詠物賦，都具有文藻粲麗的「縟」麗風格；至於「理」則與人生及宇宙

---

❷《文選》卷十六〈恨賦〉李善注引劉璠《梁典》，又見《詩品》及《南史、江淹傳》，江淹曾夢郭璞索還五色筆，意味著郭璞艷逸的文風對江淹有所影響。

的感悟有關，既已深受玄談風尚的影響，而形成一種理語，像〈江賦〉就常在藻麗的文筆中間有悟道論理之語：其中揮輪于懸碕，或中瀨而橫旋，忽接以「忽忘夕而宵歸，詠援菱以叩舷；傲自足於一謳，尋風波以窮年」。類似的筆法即爲縟理有餘，顯示其賦風與漢賦及其前輩作家稍有異趣，這是劉勰所謂的「文變染乎世情」（文心、時序），而遊仙的詩風也多少與此有一脈相承之處。

郭璞雖然詩、賦均被稱爲中興之冠，但六朝文論的評論重心仍以詩爲主，而且是五言詩體，此自與五言爲新興詩體有密切關係。嚴可均所收的佚詩中，除有十四首〈遊仙詩〉外，還有四首四言詩、及四首五言殘句。四言詩體中可確定爲渡江前後之作的凡有〈答賈九州愁詩〉、〈與王使君〉等，詩中都有亂離之世的時代陰影。〈答賈九州愁詩〉即一再透露：「顧瞻中宇，一朝分崩。天網既紊，浮鯢橫騰。運首北眷，邈哉華恆。雖欲凌翥，矯翮靡登。俯懼潛機，仰慮飛罾，惟其嶮哀，難辛備曾。庶晞河清，混焉未澄。」乃以具象化的手法表現晉室的分崩離析；而北眷中原，又以魏晉時期習見的禽鳥意象來象徵世網之下的危懼之情。對於亂世子民的感受而言，逃難的經歷自是一件痛苦的記憶，連作之三云：「自我徂遷，周之陽月。亂離方焮，憂虞匪歇。」寫其徂遷途中事，故爲南遷之後不久的作品，另一首〈與王使君〉又稍晚寫成，此連作之一云：「蠢蠢中華，遘此虐戾。遺黎其咨，天未忘惠」；其二云：「穆穆皇帝，固靈所授。」表現永嘉之亂後，晉元帝於太興元年即皇帝位，因此與〈江賦〉等約同時作於東晉初。這兩首詩都有玄言詩之跡，如「感彼時變，悲此物化」（答賈九州愁詩），「道有虧盈，運亦凌替」（與王使君）之類。類似的筆法也出現在其他的兩首四言體中，如

「遺物任性，兀然自縱……永賴不才，逍遙無用」（答王門子）；另一〈贈溫嶠〉可能作於明帝在東宮時，璞曾參預東宮文士的酬唱之作，其中也有「言以忘得，交以淡成」等一類詩句。這些四言詩一則距永嘉之亂不遠，二則間雜玄言，大概都是渡江後完成的，屬於郭璞過渡期之作。由於四言已是舊體，不易變創；加以多用於酬答，不易騁才，因此六朝文論較少提及，顯然非屬郭璞的代表作。

郭璞〈遊仙詩〉早在六朝時期文論家的評論中，既已被視爲他的代表作。依其一生的經歷言，〈遊仙詩〉多爲晚年之作，其詩藝純熟，而其感慨最深。當時所作的應不止殘存的十四首，而所採用的「組詩」形式——即以一詩題概括性質類似的詩組，本不必一時一地之作，近人多傾向於大多作於荊州之說。其實，郭璞在最後二年，由於王敦謀逆，需運用到璞的才術，因而强徵爲記室參軍，郭璞「畏不敢辭」（晉中興書），其心情自是極爲苦悶，因此其中部分即作於此時此地，但有些可能完成於稍早，乃遊仙風氣下的產物。詩中所出現的地名：諸如靈谿，李善注引庾仲雍《荊州記》云「大城西九里靈谿水」——而船津富彥引作「雲谿」——約今浙江省遂昌縣與湖南省永順縣，❸仍當以荊州靈谿爲是；青谿則大多依《荊州記》言「臨沮縣有青溪山」，約今湖北省當陽縣西北，陳沆《詩比興箋》即以此爲郭璞作於荊州的明證。再從詩中所表現的時間意識言，如「採藥遊名山，將以救年頹」、「臨川哀年邁，撫心獨悲吒」等情緒，適爲晚期歎逝的基調；配合其自言「尋仙萬餘日，今乃見子喬」。荊州

---

❸ 船津富彥，〈郭璞遊仙詩の特質〉，刊於《東京支那學報》第十號（一九六四年六月）頁五三—六九。

時期約爲四十八、九歲，而其尋仙的意願最早也要在年老具有遐思之時，所以〈遊仙詩〉爲郭璞四十五歲以後所作，大致可以確定。亦即太興二年作〈江賦〉、〈南郊賦〉之後，他前後出任過著作佐郎、尚書郎，多尚稱得意——《晉書》本傳說他：「數言便宜，多所匡益」。此時縱有神仙之思，也只是慕仙而已。十四首中有些純粹詠誦服食成仙之境，應該是較早完成的，因此類書中只引用這些遊仙名句。至於永昌元年，王敦作難，强徵郭璞，直至太寧二年。這二、三年間，他已處於晉室與王敦的夾縫中，依其卜筮之術所預感的大難將臨之日，以及身處其地的危機感，自易於在〈遊仙詩〉的寫作中賦予一種新的精神，這就是詠懷旨趣之所以形成的心理背景。❹

總之，郭璞〈遊仙詩〉的完成，乃是一生之中的最晚期，因此感慨也最爲深沈而動人。而在他一生的創作生涯中，由早歲的習作多以賦爲主，逐漸趨向其賦作的成熟期，此後就不再見有作賦的記載，似乎其文才已轉向詩。至於詩體則由較早期以四言爲酬贈的情形言，郭璞似乎也意識到四言詩雖爲一種典雅平正的文體，但已經不合於時代潮流，因而其晚年即多以五言詩體爲主要的創作體裁。在六朝文學的發展過程中，從地域性一觀點加以注意可以解釋文士的文學風格：郭璞隨殷祐遷至石頭（江蘇江寧西），乃逐漸進入建康的文化中心，終以〈江賦〉爲世所稱，建康文風使其文藻粲麗之作得參預上流；及其至於荊州，荊州與建康所形

---

❹ 郭璞的生平參游信利，〈郭璞正傳〉，刊於《國立政治大學學報》第三十三期（民國六十五年五月）頁一二三—一五一。

成的緊張對峙關係，及其地隨時面對北方的軍事壓力，因而使荊州一地成爲文士深具危機感的特殊境域。郭璞遊仙詩中的隱逸及求仙意識，即爲此種情緒的最佳寫照，也是六朝時期荊州文學的一種特色。

二、六朝文論之論郭璞「變創說」

郭璞〈遊仙詩〉的文學地位及其價值，六朝文學評論既已予以肯定，而且多是自當時新起的重要批評觀念——通變說加以評斷，這本是頗能符合文學歷史觀點的一種史觀。但對於〈遊仙詩〉在中古文學史的流變中究竟與何種類型具有關係？是什麼樣的關係？近代卻有了分歧的說法。這是由於六朝詩佚失過多，而郭璞本身的作品也是殘存的狀態，今人不易從第一手資料中作獨立的文學歷史的重估；其次更重要的是對於六朝文論所保留的歷史現象，基於每個人的理解，因而形成不同的解說，有關郭璞〈遊仙詩〉的變創說就產生這種分歧現象。

郭璞的〈遊仙詩〉與玄言詩的關係，毫無疑問的，是六朝文論家的評論焦點。王瑤在其〈中古文學風貌〉中，仲裁諸說之後，提出郭璞爲玄言詩導始者的新說。❺而郭璞之與玄言詩有這種淵源，並非王氏在郭璞的佚詩中發現了新資料，只是對於一般所熟知的〈遊仙詩〉作了不同的論釋而已。其主要的論據是他不採通行的鍾嶸〈詩品序〉的郭璞變創說，而採用

---

❺ 王瑤，《中古文學史論》（臺北、長安、民國六十四年）下，頁四七—八三。

《世說新語·文學篇》注引《續晉陽秋》的一段話：

> （許）詢有才藻，善屬文。……正始中，王弼、何晏好莊老玄勝之談，而世遂貴焉；至過江佛理尤盛。故郭璞五言，始會合道家之言而韻之。詢及太原孫綽轉相祖尚，又加以三世之辭，而詩騷之體盡矣。詢、綽並爲一時文宗，自此作者悉體之。至義熙中，謝混始改。

劉宋檀道鸞敘述玄言詩的發展、衍變，爲析論玄言詩體之極早者，故爲論玄言詩者所必引述。且認爲除梁、沈約〈宋書謝靈運傳論〉與此爲異外；鍾嶸〈詩品序〉，蕭子顯〈南齊書文學傳論〉的旨歸，皆宏演檀氏之意，不出其範疇。❻ 如果就論述玄言詩的發展言，確實可作如是觀，其中只在解說的重點稍有不同，但對於其文意脈絡卻形成不同的詮釋。

王瑤把握「始合道家之言而韻之」一語，認爲郭璞的〈遊仙詩〉不合於遊仙這一體的正格，而是著重在慷慨詠懷的，所表現的何嘗不是老莊的思想，所以他可以說是玄言詩的導始者。❼ 王氏之析論中古文學的發展，自有其精采之處，惟此說則有待商榷。因爲對其中「始會合道家之言而韻之」及「詩騷之體盡矣」兩語的解說，檀道鸞只是從玄言詩發展的前後關

❻ 楊勇，《世說新語校箋》（臺北、樂天、民國六十一年）頁二〇五。
❼ 王瑤前引書，頁五一。

係說明，而未明言郭璞五言爲導始。較後起的文論則從「通變」的觀點考察，因而提出變創說，這自然與「通變」說的觀念史的形成及演進有關。

對於玄言詩的發展，檀道鸞之後，沈約在〈宋書謝靈運傳論〉中曾說明：「有晉中興，玄風獨振，爲學窮於柱下，博物止乎七篇，馳騁文辭，義殫乎此」。即以東晉初期爲玄言詩獨盛的時期，但文中並未特別強調郭璞的重要性，僅泛言「自建武暨乎義熙，歷載將百」——即從晉元帝初直至晉安帝，盡爲玄言詩的天下，而遒麗之辭無聞，至「（殷）仲文始革孫（綽）許（詢）之風，（劉）叔源大變太元之氣」。從劉勰以下由於對通變說的強調，一方面解說作家的創作性，一方面則解說文運的演變。《文心雕龍·通變篇》將會通、適變統一論之；配合〈時序篇〉的「文變染乎世情，興廢系乎時序」，所提到的已涉及文學與社會意識型態的關係，就能明白指出郭璞在繼承與創新關係間的文學地位。其〈時序篇〉指出玄言詩爲東晉文學的主流所謂「中朝貴玄，江左稱盛，因談餘氣，流成文體」，這是從文學史觀點指出了晉代的文學潮流並予以批判，乃純從史的觀點論述。因而在〈明詩篇〉就特別突顯了郭璞的地位：「江左篇製，溺乎玄風，嗤笑徇務之志，崇盛亡機之談，袁（宏）孫（綽）以下，雖各有雕采，而辭趣一揆，莫與爭雄。所以景純仙篇，挺拔而爲俊矣。」這是將郭璞與同時代的作家比較之後所作的評斷。

郭璞〈遊仙詩〉變創說的提出則爲鍾嶸，因爲《詩品》及其〈序〉專論五言詩，表現六朝人對於較具代表性的流行詩體的看法；至於在品第作家中論列源流，乃基於當時較受矚目的變通觀念，由此論郭璞及其〈遊仙詩〉，實爲較具代表性的六朝人的觀點。〈詩品序〉論兩晉文學，陸、潘等人之後，即轉而專論玄言詩風的形成與發展——「永嘉時貴黃老，稍尚虛談。於時篇什，理過其辭，淡乎寡味。爰及江表，微波尚傳，孫綽、許詢、桓、庾諸公，詩皆平典似道德論，建安風力盡矣。」接下即敘述郭璞，强調其在玄風特盛之時，「先是郭景純用儁上之才，變創其體；劉越石仗清剛之氣，贊成厥美。然彼衆我寡，未能動俗。逮義熙中，謝益壽斐然繼作。」後來蕭子顯又以史家通變的觀念論列文學：「習玩爲理，事久則瀆，在乎文章，彌患凡舊，若無新變，不能代雄。」雖與劉勰的通變說有關，而其舉例則與鍾嶸相一致。在潘陸之後，「江左風味，盛道家之言，郭璞舉其靈變，許詢極其名理。仲文玄氣，猶不盡除；謝混清新，得名未盛。」所强調的靈變說，實與變創說爲同一旨趣。

郭璞在六朝文論中的變創說是近人討論的一大關鍵，而其討論的重心則在郭璞〈遊仙詩〉與玄言詩、遊仙詩的關係。由於玄言詩留傳於今者數量不多，遂使這種討論常有見仁見智的情形。首先要釐清的是六朝各類型詩的分頭發展及其中大家的崛起，與各類型詩之間的盛衰起伏等文學史實諸問題。現代的文評家大抵傾向於將六朝詩作各種類型的區別：如山水、玄言、遊仙等，因而導出一種重新釐清文學史實的作法。就是從現存少量的六朝詩中分別找出源流，借以說明每一類型詩都是其來有自，而非驟然而起的，這種文學發生學的看法大體可以信從。[8] 但六朝文論家的時代較近，所見的作品亦較多，當然瞭解各類型詩均是源遠流長

---

❽ J. D. Frodsham 著，鄧仕樑譯，〈中國山水詩的起源〉，即以此法論山水詩的發生。刊於《英美學人論中國古典文學》（香港，中文大學，一九七三）頁一一七—一六三。

地發展而成。所以從通變的觀點論詩，特別注意作品與作品之間、作家與作家之間相互因襲、變創的因革關係。因而注意及大家之崛起，常將先前不甚受注目的某一類型加以提昇，成爲典型的類型詩：此如山水詩必推謝靈運，能將先前較爲零星創作的山水之作，變成新的典型；至於郭璞則將一逐漸僵化的類型詩傳統轉化，憑個人的才具重新變創一種典型。六朝文論如〈文心雕龍·明詩篇〉之所以强調風格漸變：由正始的詩雜仙心，而江左的溺乎玄風，又轉爲山水，其理由在此。所以「莊老告退，而山水方滋」一語，解者雖多，但仍需同情地瞭解當時人論文的觀點。❾

瞭解及此，則郭璞〈遊仙詩〉的「變創」問題就具體表現當時人自有其文學識見，而非鍾嶸有所忽略或錯覺。近人研究玄言詩者努力地爬梳六朝詩，發現在魏晉清談玄理的風氣下：阮籍、傅玄、嵇康諸人詩中時見玄語，而孫楚、張華等亦詩含玄風，尤其與孫楚同時的董京且有典型的玄言詩留存。及至晉室南渡後玄風益熾，孫綽、許詢號稱玄言詩名家，支遁尤爲作手。這種考察大抵合乎多種詩體並駕齊驅的事實，但以六朝人的觀察所及，偶雜玄言或間有一首典型之作，並非是文學主流。要在永嘉前後渡江諸子溺於玄風，而當時出現的玄言詩作家較多，個人乃至集體的創作量大，始得稱爲玄言詩流行的主流。郭璞當時正處於這種玄風獨扇的文學潮流中，始有自覺性的變創感。其「變創」乃是以先前永嘉時期及江左時期的玄言詩傳統爲靈變的對象，吸收其一部分傳統遺產，但又融合了個人的才具——艷逸風

---

❾ 洪順隆〈玄言詩論〉曾予以綜合論述，收於《由隱逸到宮體》（臺北、河洛、民國六十九年）。

格。又相對於遊仙詩傳統，郭璞也會通其大部分的優點，因應新的「世情」酌加新遊仙的內涵，並且有意識地注入玄言詩優良的成分。郭璞對於遊仙詩（或當時存在而現已佚失的更接近玄言詩的遊仙詩作品）的變創是否成功，當時的文評就已從不同的立場加以評斷。

檀道鸞所說的「始會合道家之言而韻之」，應該不是完全如黃季剛《詩品講疏》所解的「東晉玄言之詩，景純實爲之前導」❿。這種前導、導始說，即將郭璞的遊仙詩與玄言詩視爲同一類型，具有前後發展的關係。一般的解說都較著眼於郭璞能在玄理詩中自創新格，使它脫出說理的、概念的表達，而採用文學的語言、增强詩的藝術性。這都是就當時玄言詩發展爲詩壇主流，因而將郭璞的遊仙詩也置諸玄言詩之列，所以才會產生前導、導始的印象。其實檀道鸞之意仍含有郭璞變創文風的意思，所謂「韻」乃是魏晉人倫品鑑、文學評論具有新意的術語，表現一種從具象手法中所表現出來的風韻、韻致⓫，乃相對於玄言詩所形成的平淡、寡味的文學風味。所以鍾嶸在《詩品》中品的評語即爲「始變永嘉平淡之體，故稱中興第一」，是更具體著眼於郭璞〈遊仙詩〉的變創性而已，並非是完全異於檀道鸞的說法。而且鍾嶸是先敍述其淵源，乃是「憲章潘岳，文體相輝，彪炳可玩」，郭璞始能對當時平淡的玄言風尚產生變創的作用。

---

❿ 范文瀾，《文心雕龍注》曾予引用，並贊同其看法，王瑤應也受到黃侃的啓發。（臺北、開明、民國四十七年）

⓫ 參徐復觀，〈釋氣韻生動〉收於《中國藝術精神》（臺北、學生、民國五十五年）頁一六九—一七八。

郭璞仙篇之所以能「挺拔而爲俊」，乃在其「艷逸」的風格；劉勰對於璞賦稱爲「綺巧」、「縟理有餘」，都可與鍾嶸從詩的源流論郭璞源於潘岳之說相互參證。因爲潘岳的藝術風格被評爲「清綺」（禮道鸞）、「摛藻清艷」（臧榮緒），代表了西晉文學中「縟旨星稠，繁文綺合」（沈約語）的典型。郭璞與潘岳的淵源關係，必非只是鍾嶸機械的源流正變論，而是指出郭璞與西晉文學傳統有所因襲，始能配合其文學才具而有所變創。其實比較更具體地從語言藝術的觀點解說，郭璞艷逸風格之形成，乃因其與當時「形似之語」的詩語風潮有密切的因緣⑫。形似之語正是鍾嶸品詩的重要標準之一，郭璞針對當世滔滔的平淡詩風，卻固執地因襲西晉時期的綺靡文風，注重意象的鍛鍊、語言的修飾。除了潘岳的風格外，還有一個更直接的淵源應是遊仙詩的傳統，如此始能造成艷逸的風格，因此能以變創性突出於東晉初期，稱爲中興第一；並得列於中品——王士禎《漁洋詩話》更且修正鍾嶸之說，認爲「宜在上品」。

總而言之，郭璞的〈遊仙詩〉在東晉初確實具有極高的文學地位，主要的即在他承續了形似之語的詩語傳統，造成了艷逸的風格。這種文藻粲麗的文才被認爲足參上流；而且當時所流傳的江淹被郭璞索回五色筆之夢的傳說，都足以顯示郭璞確能啓發來葉。這種注重視覺效果的語言藝術之美，對於玄言詩的平淡，確是具有變創、靈變的作用。所以它與玄言詩的

⑫ 參廖蔚卿，〈從文學現象與文學思想的關係談六朝巧構形似之言的詩〉，收於《中國古典文學論叢》詩歌之部（臺北，中外文學，民國六十五年）；王文進，〈論六朝詩中巧構形似之言〉，刊於〈師大國文研究所集刊〉第二十三號（民國六十八年）。

關係，不是前導、導始者；但郭璞也吸收部分玄言、玄語以入遊仙詩，因此對於先前的遊仙詩也具有變創性。當然，在遊仙詩史上，其最重要的變創意義則是注入了個人抒情詠懷的精神。

三、變體說提出的原委及意義

郭璞遊仙詩的另一個問題，就是所謂「變體」說。六朝人從變創觀點早就發現：郭璞的〈遊仙詩〉在遊仙詩史上具有特殊的意義，因爲其中具現了詠懷詩的特質。最早論及的爲鍾嶸《詩品》：

> 遊仙之作，辭多慷慨，乖遠玄宗。又云：奈何虎豹姿；又云：戢翼棲榛梗，乃是坎壈詠懷，非列仙之趣也。

雖然鍾嶸所說的郭璞源出潘岳，這是基於綺麗文風的傳承關係，而在精神上勿寧說更需溯源於王粲、李陵，而上接源頭處的《楚辭》。只有從楚辭系著眼，鍾嶸的源流說始具有意義。⑬其次對郭璞的〈遊仙詩〉具有較深刻認識的爲蕭統，《昭明文選》中特立有「遊仙」一目，其

⑬ 朱東潤，《中國文學批評史大綱》第十三章有一源流的簡明圖表（臺北、開明、民國四十九年）頁六六。

中所收的並非曹植（或曹丕）之作——曹植已使用「遊仙」作爲篇名，因爲三曹父子所作的乃採用清商專署的樂府體，本質上承續漢清商樂的遊仙傳統；而蕭統將「遊仙」一目置於詩類，乃以當時新興的五言詩體爲主。所選的兩家：一是西晉何劭（二三六—三〇二）、一是郭璞（二七六—三二四），其意義是否在對照兩種不同的遊仙詩的作法？李善注似已體會其深意，因此特別强調郭璞「文多自敍，雖志狹中區，而辭無俗累，見非前識，良有以哉！」對於鍾、蕭二家之說善加理解的話，應該是與當時的通變觀念有關。郭璞之作對於前此以何劭爲典型的遊仙詩，確是具有一種變創的意義：因他承襲了遊仙系文學的優良傳統，在逐漸僵化，且漸無新意的遊仙格套中，注入了詠懷詩的新生命。

對於何劭、郭璞二家的對比，及鍾嶸等人的提示，自能影響後世之論郭詩：陳祚明的「寄託之詞」（采菽堂古詩選卷十二）、沈德潛的「本有託而言」（古詩源卷八），都是承此而續加發揮。値得注意的是何焯的看法：「何敬祖遊仙詩，遊仙正體，宏農其變。」（義門讀書記卷二）以正變的觀點論詩爲中國人重要的批評觀念之一：這種辨體說乃因發現不同的文學類型有不同的特性與要求，有些因體製的特性、有些則因作家的專長。嚴羽的《滄浪詩品》即有詩體一章，首先强調辨體的重要，明朝格調派即承襲其說：高棅編《唐詩品彙》、李攀龍編《詩删》，均一一採用辨體作爲標準。至於清人的辨體工作，諸如王漁洋教人作詩，即有五言感興宜阮陳、山水閒適宜王韋、亂離行役鋪張敍述宜老杜之說，乃是用以與本色說相互呼應，作爲論詩的標準。⓮何焯即在這種辨體傳統及流行風尚下以正變論詩：評張景陽詠史：「隱括本傳，不加藻飾，此正體也」；而左思「多自攄胸臆，乃又其變。」（義門讀書記卷二）即爲同一種辨體的工夫。由此可知其論遊仙詩的正變，乃是沿用清人常見的變體說，而與六朝人的變創說，大異其趣，此其一；其次各類型詩的名實問題需要在一致的標準下，即題名詠史或遊仙，內容亦爲詠史、遊仙始爲正體；至於題名詠史、遊仙，而內容不盡爲詠史、遊仙，則皆爲其變，⓯考察其變之所由，則爲作家有所寓託。由此可知言志、詠懷實不完全是一種如同山水、詠史的類型之名，基本上它應屬於文學的本質問題。

近人論郭璞遊仙詩與詠懷的關係，大多强調郭璞的遊仙之作，與左思詠史、陶潛擬古、雜詩等，均爲詠懷詩之流亞，是阮公詠懷的影子。⓰這種觀察確是把握了這類組詩的共同特質；但正因其爲共同的特質所以不能只當作阮詩的影子，而是士大夫文學共同的重要本質。這一個問題需要從六期人對於文學流變的認識著手，始可得到一較寬闊的視野。鍾嶸在分析源流時，將阮籍單獨列於小雅一系；左思列於國風、古詩一系；而郭璞、陶潛分別源於楚辭一系，這種析判流派的作法是否正確，後人常有不同的意見，但至少代表六朝人、尤其鍾嶸自己的文學史觀。其實，劉勰在基本看法上也有相通之處，就是釐清《楚辭》中屈原之作爲

⓮ 黃景進，《王漁洋詩論之研究》（臺北、文史哲、民國六十九年）頁一六〇——一六三。

⓯ 康萍，〈論魏晉遊仙詩的興衰與類別〉即據此又細加分類，收於《中國古典文學論叢》一（臺北、中外文學、民國六十五年）。

⓰ 李正治，《六朝詠懷組詩的研究》（臺北、師大國研所論文、民國六十九年）頁十七。

士大夫文學之祖；而宋玉就是貴遊文學之宗，因此《楚辭》系之下被鍾嶸列出四十餘人爲例；國風小雅及古詩系統只有九人。⑰這是他在當時已清楚地辨明其中一脈相承的精神命脈，而「詠懷」正是士大夫文學的共同特質。

屈原所開啓的士大夫文學傳統具有重要的意義，當時生逢戰國劇變的時代，由於時代快速地變化，階級身分也隨之發生劇烈的變動。屈原與當時的遊士均在劇變中各自尋求其心志的理想，有些干謁諸侯以肆其志，而屈原則堅持其不離故國之念。這些士大夫俱有特殊的修養以及藝文訓練，可藉此能力俟機表現以重新獲得所失去的社會地位；但如求而不可得自是難免成爲沒落、不遇之士。基於其原有的藝文涵養，辭賦就成爲一種抒發心意的工具，藉用香草、美人以及仙真神話等意象，以比興手法隱喻地表達，或採用較長的篇幅鋪述其幽憤之情。兩漢時期部分的士大夫仍承襲這種自恃其才以改變身分之念，但兩漢社會已有轉變，遊士之風終究不能復現，因而普遍產生一種挫折感。屈原自作之中既已包涵有兩種特質：遊類與憂類，二者之間復深相關聯，成爲屈原文學的感人力量。⑱其實當時士這一階層（包括以縱橫家爲主的遊士）俱有這種知識分子的憂患意識，只是屈原最擅用辭賦的文學形式表達而已。兩漢之士在政治與文學的夾縫中，辭賦的功能一面是謀得職業，進入官僚體制的工具；

⑰ 王夢鷗先生，〈從士大夫文學到貴遊文學〉提出此二系文學的源流特質，刊於《文季》第一期（臺北、民國六十二年八月）。

⑱ David Hawkes 著，黃兆傑譯，〈求宓妃之所在〉，收於《英美學人論中國古典文學》（香港、中文大學）頁一六五－一一九。

一面也是失意之後，表現其辛酸味、挫折感的文學，士不遇賦的型式即爲其典型。⑲這種言志詠懷到了魏晉社會由於不同的社會型態，因而具有了新的歷史文化意義。

郭璞〈遊仙詩〉的詠懷本質，雖也曾受阮籍〈詠懷詩〉的啓發，但不能說是詠懷詩的變種；而是鍾嶸等所指出的，是《楚辭》系士大夫文學在兩晉社會的新翻版——郭璞即具現了《楚辭》遊仙文學中遊與憂的兩大主題：前者仍繼續遊仙的逍遙之樂，只是多賦予一層新仙說的色彩；至於後者則延續了士不遇型的詠懷之思，而又增多東晉南渡時亂世的時代意識。因此郭璞與阮籍之作，其同一旨趣就在於表現魏晉社會中知識分子的挫折感，因此同屬於遊仙文學的譜系。⑳只是阮籍多達八十二首的詩組，題名「詠懷」，其中實有多首是屬於遊仙詩，乃借遊仙的體材以寓託其懷抱。郭璞可能不止十四（今詩品尚引二句佚詩）首的詩組，則直接標出〈遊仙〉之名，內容則多所寓託。兩者異同之間，實肇因於魏晉社會及個人際遇。

大體言之，從屈原《楚辭》以下，其共同的基調均源於空間與時間的迫阸之感，這種面對時、空所形成的壓力，共同採取一種超越時空的遊仙模式，已成爲一種文學的「基型」(Archetype)；但是其表層的時代經驗卻各自有所不同。郭璞所面臨的是兩晉世族社會中寒門與豪族的階級之間的衝突，以及南渡之後動盪不安的政局。

---

⑲ Helmut Wilhel 著，劉紉尼譯，〈學者的挫折感—論『賦』的一種型式〉，收於《中國思想與制度》（臺北、聯經、民國六十五年）頁四〇三—四二〇。

⑳ 詳參拙撰，〈六朝道教與遊仙詩的發展〉，刊於《中華學苑》第二十八期（臺北、政大中文所、民國七十二年十二月）。

郭璞出身於河東聞喜，並非豪門大族——其父瑗初爲尚書都令史，乃九品官人法中八、九品的賤職，由於公方著稱，終於建平太守，也不過爲五品官而已。㉑郭璞以其才學的專長，但是一生之中所擔任的參軍（殷祐、王導所提拔）、及著作郎、尚書郎（元帝所任）、記室參軍（王敦所聘），直至後來卒贈弘農太守，也只是六品而已。至其子驁則只官至臨賀太守，也是僅屬於五品官而已。據《晉書》本傳所載：他所遭遇的不得志之情是「璞既好卜筮，縉紳多笑之。又自以才高位卑，乃著〈客傲〉。」他初以卜筮爲世族社會所注目，常需利用其「攘災轉禍，通致無方」的異能；而郭璞曾一再上疏，所依據的也是天文、曆算諸術數。由〈客傲〉一文所辯解的，可知他自以高才而多不遇。

郭璞最後所任的爲王敦的記室參軍，據何法盛《中興書》說：「璞畏不敢辭」。因當時郭璞尚居母憂，然又不得不往。以其深於天文、卜筮之術，又深刻體察當時荊州與建康之間的矛盾、緊張關係，必已預知王敦將作亂之機。郭璞在建康時期既與明帝（時在東宮）有密切的關係，又常與當時的英彥名德如庾亮、溫嶠、羊曼、桓彝、阮放等共集青谿池上，明帝之在東宮，均與之有布衣之好，而郭璞得預焉。及其往荊州，乃是在不得已的情況下前往的。故王敦駐軍于湖（姑孰），郭璞常返建康，對明帝有所建，又與溫嶠、庾亮等有所接觸，自然

㉑ 參前引興膳宏引宮崎市定《九品官人法研究》；又毛漢光，《兩晉南北朝士族政治之研究》（臺北、臺灣商務、民國五十五年）頁四〇〇。

會引起王敦的懷疑。㉒最爲無奈而可悲的事，是郭璞本就自知壽命不長，這種預知能力在傳統社會自是具有其深刻的心理作用。他既擁有方術之長，卻無攘災轉禍之方，又眼見大難將要臨頭，《世說·術解篇》就曾記載：王敦部將陳述既亡，璞哭之甚哀，呼曰：「嗣祖，焉知非福」。類似這種預感自己命運的傳說，形成時間、空間雙重的迫阨，它已並非僅爲政途中的挫折感，而是生命的危機感——一種既已預見而又無所逃於天地之間的生命之悲，深沈而有力。

郭璞對於自己出身的卑賤，以及懷才不遇的感慨，早在〈答賈九州愁詩〉中就說：「雖云闇投，圭璋特達」、「子固高楚，我伊羅葛。」其後逐漸與當時英彥來往，這種不遇之慨卻仍然存在，〈贈溫嶠〉詩中仍一再述及「子策騏駿，我案駘轡，進不要聲，退不傲位」，可知其身世的感懷成爲作品中極爲深刻的經驗。郭璞在其他的作品中，未詳寫作年代的〈蚍蜉賦〉等，即透過詠物的手法頗有自況的味道，賦中舖述洪鈞萬殊之中，「物莫微于昆蟲，屬莫賤乎螻蟻」，其物雖賤，卻自由往來於天地間，迅雷、激風；或虎賁、龍劍皆不足以懾服；尤其此一微物又具有預感之能：「感萌陽以濳出兮，知將雨而封穴。伊斯蟲之愚昧，乃先識而似悊。」另外在他所撰的《爾雅圖贊》中，詠蚍蜉云：「蚍蜉瑣劣，蟲之不才。感陽而出，應雨講台。物之无懷，自然知來。」郭璞絕非只是單純作詠物而已，其中强調物之愚昧、不才，卻反而能先識、知來，實爲璞自況其雖出身寒門，而以才學自負，又能鑑識未來的自我寫照。

㉒ 游信利，〈郭璞遊仙詩的研究〉，刊於《政大學報》第三十二期（民國六十四年十二月）頁九三—九四。

〈遊仙詩〉既多寫作於晚年，尤其是最後二年危機感最爲深切之時，詩中的感慨自也轉爲深沈，確有借遊仙以詠懷的深意。其第五首即云：

> 逸翮思拂霄，迅足羨遠遊。清源無增瀾，安得運吞舟。珪璋雖特達，明月難闇投。潛穎怨清陽，陵苕哀素秋。悲來惻丹心，零淚緣纓流。

郭璞即一再以珪璋特達自許，而不得遇之情全在「明月闇投」一語中表露無遺。正因他痛感人生不得意，因而加深了對生命苦短的悲慨，因此拂霄遠遊的神仙世界，常成爲苦悶中自我昇華的一種理想境界。另外第六首應與現實環境的迫阨有關，首四句即云：「雜縣寓魯門，風暖將爲災。吞舟清海底，高浪駕蓬萊。」雜縣之典（爰居爲一種海鳥）乃出於《國語》，說明「廣川之鳥獸常知風而避其災」，陳沆解說爲：「妖鳥國門，風暖將災，敦變已成」——其中妖鳥之說猶有疑問，原意應只說是海鳥能預知風將來而避災。郭璞即用以寓王敦之變將爲災矣，勉己宜學爰居避風，高蹈於仙境之中；所以接下即舖述神仙世界——「神仙排雲出，但見金銀臺……奇齡邁五龍，千歲方嬰孩」，借仙境、仙真等虛幻事物，彌補其現實界所不能滿足的願望。末二句「燕昭無靈氣，漢武非仙才」，應是有所諷刺的。由於寫作情境乃是多故的亂世，詩中又多採用委曲的隱喻手法，以之寓託心中的不滿與疑慮之情，因此解析〈遊仙詩〉中的神仙典故，就如解析夢境以瞭解其符號之下所隱藏的意義。陳沆所解的「燕昭、漢武，不足一盼。何物處仲（王敦），乃權勢相嚇哉！」確有些值得玩味之處。

郭璞借遊仙的題材以抒寫懷抱，遠承屈原楚騷、近師阮籍詠懷，都是遊仙詩史上不同時代的代表作：屈原忠而被謗，又不願效遊士的周遊各國，因而假借遠遊仙境，表現其內心的衝突。阮籍則生逢「天下多故，名士少有全者」的時局，因而不得已借用遊仙題材，以寓託懷抱；而郭璞則在世族社會所講究的門第出身與渡江之後的紛擾政局中，借遊仙詩以寓託其不得意之情。因此從遊仙的觀點言，都是遊仙詩在形成、發展的過程中，不同時代情境下的產物，也就是都具有遊仙詩的特質。[23]至於從其中的詠懷精神言，則它較本爲士大夫文學的基本特質，它較遠於貴遊文學的緣情綺靡說，而另行發展爲言志詠懷說的傳統。郭璞遊仙之作之所以具有變創意義，因爲它既與樸素的遊仙詩不同，增多了一層詠懷的寓託；也與玄言詩不同，因多有綺麗的文采，故在東晉初期才能挺拔而爲俊。由於他有意變創其體，成爲一己較獨特的風格。至於後世文評家的辨體說一出，始被目爲變體。所以郭璞被目爲遊仙詩的變體作家，反而適足以表現其變創的精神。

四、玄理、詠懷與仙隱：郭璞的變創旨趣

郭璞〈遊仙詩〉在遊仙詩史上有一種變創的意義，不是六朝文評家所易於明察的，就是魏晉新仙說的運用，乃將當時新興的仙隱與隱逸思想結合，成爲遊仙詩的新內容，開出一種

㉓ 同註二〇前引拙撰，從史的立場析論文學與時代的關係。

新仙境說。這自然與道教史的發展有關，而郭璞本身方士化文士的傾向，也使他更易於接受新的仙道思想。

郭璞所生存的時代適當魏晉學風轉變的時期，由於兩漢儒學的逐漸趨於僵化，至魏晉以下，除了禮學、春秋等尚能保存於部分的世家大族之中，成爲家學。當時主宰學術潮流的，一爲老莊玄理，一爲神仙方術——其中自然也注入了新來的佛理。郭璞渡江以前，局處於河東，又因非屬世家大族的身分，故較少預於玄理的談坐之中。而關於方術方面則郭璞從客居河東的郭公受業，曾得「青囊中書九卷」，因得以洞知五行、天文、卜筮之術——這部秘笈與中國風水思想有關。㉔因此郭璞的學術性格，依《晉書》所稱：是好經術，博學有高才。固然不排除其中也有注釋《爾雅》、《三蒼》、《方言》類的經籍，但仍以「奇博多通」者爲主。所注的《山海經》、《穆天子》、《楚辭》等，固然因其中具有「好古文奇字」的專長，但這類書在當時則近於道家秘笈。㉕而最能表現其專長的卜筮之術，有關於筮驗六十餘事的，名爲《洞林》；又抄京廣、費氏易等爲《新林》。由這些專長即可知郭璞爲方士化性格的文士，與當時參與撰史的干寶，以及張華、葛洪等均是具有方士色彩的知識分子。㉖

㉔ 牧尾良海曾撰〈風水思想小考—郭璞前後〉，刊於《福井頌壽記念論文集》（東京，一九六〇）。

㉕ 陳寅恪，〈陶淵明之思想與清談之關係〉，收於《陳寅恪先生論文集》下冊（臺北、九思、民國六十六年）頁一〇二一—一〇三六）。

㉖ 逯耀東，〈魏晉志異小說史與史學的關係〉，刊於《食貨月刊》復刊十二—四·五（民國七十一年（月）頁十四—二六。

由於方術爲主的學術性格，易於形成傾向於老莊自然與隱士嘉遯，而魏晉社會適足以加深郭璞的隱逸思想。有關隱逸的行爲及其理論在魏晉的發展，早爲治中古文學史者所注意。㉗由於先秦儒、道二家對隱逸行爲的描述，尤其道家予以理論化，隱逸已成爲知識分子表達其對專制政體的一種抗議。漢末天下大亂，戰爭紛起，而政局不安、纂弒頻仍，加以道家玄理，以及佛道二教的流行，遂使隱逸成爲一時的風尚。士大夫常採取隱逸的態度，韜晦自保，消極抗議。這種追求個性的自覺、心靈的自由，在魏晉時期逐漸轉變爲爲隱而隱，以隱爲高。因此最能具體表現魏晉隱逸思想的流行，一爲隱逸傳的形成及其普遍；范曄《後漢書》列有〈逸民列傳〉，提出「性分所至」，說明隱逸之倫的特性，范曄即在隱逸的風尚中有所啓悟，此後《晉書·隱逸傳》等就成爲正史中的體例之一。同一時期又有高隱傳的撰述，像皇甫謐撰《逸士傳》之類。其次就是正史中有關隱逸人物的史傳的出現，自然是因爲這類避世之人漸多，甚且蔚爲風尚有關；而且當時討論隱逸者漸多，集中於調停個人的出處問題，像葛洪《抱朴子》中就有〈嘉遯〉等篇，專論仕與隱的問題㉘。郭璞所生存的時代風尚即是隱逸之風盛行，加以其本人就具有方外性格，自易於有較深刻的感受。

但郭璞〈遊仙詩〉中的隱逸意識，則是隱逸與地仙說新結合後的仙隱思想的產物。原始

㉗ 王遙，〈論希企隱逸之風〉刊於《中古文人生活》，同註五。

㉘ 余遜，〈早期道教之政治信念〉，刊於《輔仁學誌》十一—一·二。又拙撰，《魏晉南北朝文士與道教之關係》（臺北、政大中文所博士論文、民國六十七年）頁二四三—二五七。

地仙說原以西方系崑崙樂園說與東方系蓬瀛仙島說爲主，爲仙人準備上昇天庭成爲天仙前所棲集之所，稱爲地仙。其後仙境逐漸由飄渺雲海間的仙山、仙島落實於中國輿圖上實際的名山，因而棲息的仙人或等待上天或不急於上天者，就可逍遙自在地嬉遊於名山洞府中，既可免於人間世的紛擾與死亡的危機，又可逍遙遨遊於人間。這種隱逸與地仙思想結合後的新地仙說，遍見於當時的仙傳如葛洪撰《神仙傳》，也曾搜集於《抱朴子》中，代表漢晉之際仙隱說的主要成分。《神仙傳》即有多位隱仙之流：如白石先生，就因「其不汲汲于昇天爲仙官，亦猶不求聞達者也」，而被稱爲「隱遯仙」。因此仙隱說的特色，正具體反映出當時知識分子理想中的生活境界：既不求聞達的爲官——因「天上多至尊，相奉事更苦於人間」；但又不墜於塵世生死之苦，此即避世而獲得自由逍遙的境界。㉙

郭璞的〈遊仙詩〉適於此時出現，具體反映了新仙境說，這是最具變創意義之處。遊仙詩的形成時期，以樂府體爲主，採用清商曲調來表現漢魏的神仙世界——傳統的仙境（仙景、仙樂）、仙人（御駕之物、神仙形象）……凡此遊仙詩中必會出現的意象，至西晉時期已逐漸道具化，只要堆砌神仙故實就可造出遊仙詩。此時樂府體、五言體仍然併行，但五言體的遊仙詩仍多承襲樂府詩的舊仙說：何劭之被稱爲遊仙正體，就是其遊仙之作具有較强烈的傳統性、正統性。而郭璞本人卻能吸收新的思潮變創其體，這種變體的本身是具有多方面意義

㉙ 詳參拙撰〈神仙三品說的原始及其衍變〉，收於《漢學論文集》（臺北、文史哲、民國七十二年）頁一七一——二二四。

的：就是以新仙境說注入傳統遊仙說，又與當時流行的玄言詩、招隱詩乃至山水詩能相互激盪，吸收其中一部分質素，融爲己有，鑄成新體。

郭璞生當玄言詩盛行之時，間也曾採取玄言玄語以入詩，像「漆園有傲吏，萊氏有逸妻。進則保龍見，退爲觸藩羝。」（其一）、「嘯傲遺世羅，縱情在獨往。明道雖若昧，其中有妙象。」（其八）類此詩句均與老莊思想有關，而且尚不只是模仿玄言詩的辭句，是其思想中本即具有老莊崇尚自然之義。郭璞表明自己的思想、行事的〈客傲〉一文中，就强調所仰慕的數賢：莊周偃蹇于漆園，老萊婆娑于林窟，嚴平澄漠于塵肆，梅真隱淪乎市卒，梁生吟嘯而矯跡，焦光混沌而槁杌，阮公昏酣而賣傲，翟叟遯形以倏忽，凡此均爲隱逸、方術的諸般典型。由於玄談思想、玄言詩啓發其老莊自然的旨趣，乃將談玄之語適度地注入〈遊仙詩〉中。

招隱詩即爲隱逸思想的產物，其淵源雖可往上溯於淮南小山的〈招隱士〉；但較完整的仍要到西晉時始出現，如張華、張載，以及左思、陸機等，詩中多描繪隱士的生活情境及隱逸的志趣，借以表現希企隱逸之思。㉚由於烘托隱士的情境，多置於幽遠深渺之中，也就與遊仙、山水、田園等有部分相通之處。郭璞既生於左思、陸機等名家之後，自是極熟悉招隱詩的表達手法及其中的隱逸情操。因此十四首之一就有濃厚的隱逸思想，首句「京華遊俠窟，山林隱遯棲。朱門何足榮，未若託蓬萊。」即以隱士與官僚生活作對比，引出出世之思；詩中作爲主體的情境正是隱逸世界——「臨源挹清波，陵岡掇丹荑。靈谿可潛盤，安事登雲梯。」

㉚ 洪順隆，〈論六朝隱逸詩〉收於《從隱逸到宮體》，頁一——二五。

就是安排一個山水清境作爲安身立命的處所；接著以莊子、老萊子作爲理想人物，表達其「高蹈風塵外，長揖謝夷齊」的高隱心願。這首作品可說是隱逸詩的另一種型態的發展，至少可說是與招隱之作有血緣關係。至於採用招隱詩的意識以入詩，就極爲多見：「翹迹企潁陽，臨河思洗耳」（其二）、「長揖當路人，去來山林客」（其七）、「嘯傲遺世羅，縱情在獨往」（其八），及「尋我青雲友，永與時人絕」（其十二），都是在感慨人世之不遇、懷抱之不申，窮達既自可悲，因而興發其希企隱遁、永與世絕之念。

郭璞將隱逸、神仙思想結合而成的仙隱說，引入〈遊仙詩〉中而成爲新的風格的就是第二、第三首：其中塑造出「青谿千餘仞，中有一道士」，修道情境是「雲生梁棟間，風出窗戶裏」，即是實際修道的道士自會與早期遊仙詩泛詠遊仙的情境有別。所以郭璞以問句形式表示「借問此何誰，云是鬼谷子」，就更與地仙之修道而有所成者的過程相近。類此道士修道得仙的構想對於梁戴暠〈神仙篇〉的學道成仙詩有所啓發，此篇可說是較早的一篇典範。而第三首烘托修道者的情境最爲膾炙人口：

> 翡翠戲蘭苕，容色更相鮮。綠蘿結高林，蒙籠蓋一山。中有冥寂士，靜嘯撫清絃。放情凌霄外，嚼蕊挹飛泉。赤松臨上游，駕鴻乘紫煙。左挹浮丘袖，右拍洪崖肩。借問蜉蝣輩，寧知龜鶴年。

其中綠蘿一意象與曹植〈苦思行〉有關係：「綠蘿緣玉樹，光耀燦相掉」，又有「中有耆年一隱士，鬢髮皆皓然」，都可證地仙思想在魏晉時期的痕跡。另外鄒潤甫有一首佚詩，其中有句云：「潛顯潛九泉，女蘿緣高松」之句（文選卷二二注引），類此綠蘿、女蘿諸植物與一些虛幻的仙境景物，自是具有一種落實於人間世的印象。而「靜嘯」的嘯原是漢晉之間興起的道士養氣、練氣的方術，多與道士、方士或方士化名士聯絡在一起，爲初期道教的養生法之一。郭璞使用嘯作爲冥寂士的動作之一，在遊仙詩中饒具新意。㉛此外新出現的仙真形象常與古仙搭配出現，成爲極具新穎感的神仙群像。第六首云：「陵陽挹丹溜，容成揮玉杯，姮娥揚妙音，洪崖頷其頤」，容成、洪崖均賦予仙真群像一種新的形象。㉜如果連十四首「左顧擁方目，右眷極朱髮」一併考察：方目、朱髮爲《列仙傳》、《神仙傳》等仙傳所描述的神仙造型，而這兩部仙傳的流行正是晉時神仙道教之風最盛時的重要讀物。㉝可見郭璞在仙說的承襲和創用中頗具自覺性。

郭璞另一首具有創意的作品是第十首，其前半所述的仙境：「璇臺冠崑嶺，西海濱招搖。瓊林籠藻映，碧樹疏英翹。丹泉漂朱沫，黑水鼓玄濤。」敘述的方式乃模仿山海經的筆法：先敘山名，次述水源，依次述及動植礦物等，整齊羅列。郭璞所注的《山海經》，搜羅資料極爲週備，至今猶爲重要的著述，此一秘笈與汲冢所出的《穆天子傳》，除記遠方異物外；中有神

㉛ 參拙撰，〈嘯的傳說及其對文學的影響〉，刊於《中國古典小說研究專集》第五，（臺北、聯經、民國七十一年十一月）頁二一—六八。

㉜ 洪順隆，〈試論六朝的遊仙詩〉，收於《六朝詩論》（臺北、文津、民國六十七年）頁一一三有統計。

㉝ 同註二八引拙撰，頁四三二—四三三。

仙樂園及諸神仙，更重要的爲一種遠遊的神話傳說，當時人多嗜讀此二書，陶淵明即有「泛覽周王傳，流觀山海圖」的習慣。郭璞既爲此類方術秘笈的注釋者，則詩中的崑嶺指崑崙，招搖則出南山經第一條；丹泉爲〈海外南經〉中「飲之不死」的赤泉；黑水則爲〈西山經〉崑崙山四水之一；其餘碧樹、瓊林、朱沫、玄濤等色彩感鮮明的意象語，除具有《山海經》中描述巫術性植物的筆法外，又與「振髮晞翠霞，解褐被絳綃」等配合，構成一個彩色繽紛的仙境。郭璞之具有五色筆傳說，這類襲自《山海經》的造語，最具有獨樹一幟之處，形成艷逸的風格。

對於郭璞〈遊仙詩〉的研究，歷來都各有其分類法。㉞除了前述反應其心態者，對於現實界（京華、朱門）的不滿，對於隱逸者（道士、冥寂士）的嚮往，尚有一種直承自屈原的憂世情懷，即是對於生命有限的孤獨感、無常感，類此時間意識爲遊仙詩的基調，而且是魏晉詩中常常表現的人生之悲感。神仙思想雖遠在戰國時期既已有素樸的傳說，歷經兩漢社會的求仙風尚，至於魏晉時道教才以其較爲體系化、擬科學化的方式綜合成仙道說。其中最突出的是服食變化說，依據巫術性的思考原則，相信經由金丹、仙藥等的服食可傳達其神秘性的呪術能力，藉此變化其形體，達成其羽化成仙的願望。魏晉紛亂的世局，無疑的會更形刺激其潛藏於心靈深處的隱微願望，是一種集體的夢：安定和諧的社會與長生不死的壽命。㉟

㉞ 如前引船津富彥、興膳宏、及洪順隆諸氏。

㉟ 同二八參前引抽撰，論金丹的修煉及服食。頁二五五—二〇三。

郭璞既爲方士化文士，自然會更深信當時傳說中的神仙世界。

郭璞内心的矛盾，就是自己既已預感壽命之不長，但又習聞神仙之可期。如果遊仙詩是語言符號的象徵，就像夢一樣，自可解析出其意識深潛之處所隱藏著的生命的危機感：首先是歲月推移、寒暑更迭的飄逝之感：「六龍安可頓，運流有代謝。時變感人思，已秋復願夏」（其四）、「晦朔如循環，月盈已復魄。蓐收清西陸，朱義將由白。寒露拂陵苕，女蘿辭松柏。蕣榮不終朝，蜉蝣豈見夕。」（其七）這些是亘古以來文人感時之悲；而更覺逼迫者爲年歲將老，乃是真切的感受：由「臨川哀年邁，撫心獨悲吒」（其四）及「採藥遊名山，將以救年頽」（其九）。可確知郭璞以四十八、九歲之年，既已預感年壽將盡，因此年邁、年頽是自身實質所感的，而非歎逝憂老的老調而已。此時只有借服食或有關服食之說以自慰：「圓丘有奇草，鍾山出靈液。王孫列八珍，安期錬五石」（其七）、「呼吸玉滋液，妙氣盈胸懷」（其九）、「登嶽採五芝，涉澗將六草」（其十一）。考察郭璞的生平但言其精於卜筮等方術，而未聞有修煉丹藥的道術，所以應是想像中的服食傳說而已。其詩中有云：「淮海變微禽，吾生獨不化。雖欲騰丹谿，雲螭非我駕」（其四），正是以當時流行的變化說爲背景，變化說的主要依據之一即是生物變化說（其餘爲神話傳說的變化說、與素樸的科學的物質變化說），最常舉爲例證的生物觀察實例，依考古所見及文獻所記載的爲蟬、蚌及螢等。郭璞在〈爾雅圖贊〉中就綜集有當時流行的說法：

蟲之精絜，可貴惟蟬。潛蜕棄穢，飲露恆解。萬物皆化，人胡不然。（蟬條）

萬物變蛻，其理無方。雀雉之化，含珠懷璫。與月盈虧，協氣晦望。（蚌條）

在生物之中，蟬蛻蛇解爲尸解變化成仙的呪術性思考的依據；而雀雉入海化爲蚌、腐草化爲螢，則爲李約瑟所說的錯誤的生物觀察。㊱郭璞在《山海經》的注釋中，有時也會從玄理的立場解說變化神話。㊲其實「變化」是與「生產」同爲古人思考生命的延續的模式之一，郭璞相信物與物的不同範疇間可以互相變化的「眞實性」，卻又以較爲理性的態度，說明人與物間不能變化的事實。這與當時葛洪之堅信變化說，且從事煉丹的實踐是頗爲不同的。正因如此，其詩中所流露出來的是作爲詩人的生命悲感，而不是道士超脫生死、努力於修煉的一種追求。

由於郭璞以兼具方士與文士的身分，嫻熟地運用神仙的新舊故實而作想像之遊，這是遊仙文學傳統中漢武帝之所以飄飄然有凌雲的奇幻之感，而劉勰也如是觀察郭璞的新大人賦，評爲：「飄飄而凌雲」。遊仙的神秘性體驗當與巫師的幻覺經驗有關，在原始宗教中，以儀式性的動作象徵體驗，或以神話性的語言象徵傳述人類隱微的昇仙之夢，其後發展出來的遊仙文學對於想像之旅，更可謂極盡奇幻之能事。郭璞在青谿道士及冥寂士中，幻設修行得仙，

㊱參拙撰，〈葛洪養生思想之研究〉，刊於《靜宜文理學院學報》第三期（臺中、民國六十九年六月）。

㊲王孝廉曾討論郭注從玄理的觀點解說夸父變化爲鄧林之事，〈夸父的神話〉收於《中國的神話與傳說》（臺北、聯經、民國六十六年）頁一三二—一三四，

因而有見神的幻覺：「閶闔西南來，潛波渙鱗起。靈妃顧我笑，粲然啓玉齒，」以及與浮丘、洪崖偕遊一類。另有一首比較具有動態描述的是第九首，在服氣之後即轉入遠遊情境：「登仙撫龍駟，迅駕乘奔雷。鱗裳逐電曜，雲蓋隨風迴，手頓羲和轡，足蹈閶闔開。東海猶蹄涔，崑崙螻蟻堆。遐邈冥茫中，俯視令人哀。」最末從高空之上俯瞰四海的景象，可謂想像出奇，它應是基於登山遠眺的經驗，加以誇張地想像；而又能配合神仙新說：魏晉的道教法術中習見的「乘蹻術」，即經由積思之後，乘蹻飛行於空中，乃是道士修行的神秘性幻覺經驗。[38] 郭璞或曾知有此術，而有此想像的飛翔。又第十二首當也是敍寫同一種俯瞰的景象——「四瀆流如淚，五嶽羅若蛭。」這是極奇特的奇幻、寫實兼具的景象，稍後庾闡（二八六—三三九）也有「三山羅如粟，巨壑不容刀」之句，也近於同一構想，爲早期遊仙詩中較少見而奇特的手法。應是神仙思想中三品仙說的轉變，使名山逐漸落實於中國輿圖上；而地仙也多逍遙飛行於三山五嶽之上，所以所見的景象也比較人間化、寫實化，而又深染神仙、道教的色彩。

總之，郭璞的〈遊仙詩〉之所以具有變創的意義，在於他能通變，掌握了世情、時序等兩大因素，對於原先流行的樂府舊體遊仙詩，或雖屬五言新體而內容仍襲舊意者，大膽地予以變創。在遊仙詩的舊傳統中，採取其中遠遊仙境的深層結構；但卻能因應新仙說的興起，增入新的神仙群，像洪崖就是江西豫章地區普遍流行的仙真，因而在荆州時即採取入詩；其次《列仙傳》、《神仙傳》均在郭璞前後編成，這些屬於新流行的神仙事蹟也經援引，如容成

---

[38] 同二八引拙撰論道教的法術傳說，頁五八二—五九三。

之類。至於深具本色的修道經驗，尤爲一大轉變。由於新的神仙意象的運用，其遊仙詩自有創新的風格。郭璞對於玄言詩，則擷取其中部分的玄言入詩，借以調和遊仙詩，完全呈現仙境式的傳統手法，類此固是已習染世情，但反而對玄言詩的平淡風格造成衝擊，雖然所變未盡能完全成功，至少是以先知先覺的方式有所啓發於後代詩人。基本上，郭璞其人其事是晉世仕與隱衝突中的一種典型：〈答賈九州愁詩〉已有「未若遺榮，悶情丘壑。逍遙永年，神簪收髮」之悟，其後經歷一生不甚得意的宦途，到晚年的〈遊仙詩〉中，乃轉而借遊仙以抒懷。只是「永偕帝鄉侶，千齡共逍遙」，終爲一場虛幻之夢——郭璞個人之夢、傳統遊仙詩人之夢，也是魏晉文士普遍存有的集體潛意識中的出世之思，因此在當時，這些詩篇的文學價值早就被時人所肯定。

五、結語

大概說來，郭璞的文學地位是建立於〈遊仙詩〉之上，而六朝文學評論又適以新起的通變說爲批評觀點，所以其人其詩在中古文學史上早經定評。郭璞雖突出於東晉初的中興時期，鍾嶸卻僅列之於中品而已。這應該與其作品分量不多有關（佚失者不算），因此未能成爲某一類型詩的大家，而對於當時及後世發生更深遠的影響力。只是在兩晉之際，因他具有靈變的地位，因而能迴出於當世平淡的文風而已。

郭璞遊仙詩被評爲「艷逸」，確是與其綺巧、縟理的賦風有其一致之處。其詩之所以艷，乃因在六朝形似之語的語言自覺的潮流中，前有張協、陸機及潘岳的開拓，先已注重語文的華麗、意象的鍛鍊，因此配合這一階段新環境的發現、新感性的形成，對於美的意識乃具有飛躍性的突破。因而文論中非常注重主客和諧的觀照，為自然之美、人生之美的再創造，故緣情綺靡說對於郭璞的艷格自有其影響。但由於士大夫文學長遠的言志詠懷傳統，適與魏晉的時代格局相互激發，因此郭璞並非是「為情而造文」的貴遊文風；而是心有鬱陶，有感而作，是屬於有真感情、真感慨者，只是他所採取的題材是借飄逸的遊仙以抒發之而已。所以郭璞遊仙之作是形似之言與詠懷傳統的一種新組合，因而能迥出於當時平淡、靡弱的文風之上。

郭璞的作品能引起南北朝文評家的矚目，並為後世論六朝詩者所析解的，主要的還在詩中具有一股不得不抒發的鬱抑之懷。由於入世之志難申，只得借出世之思以釋懷，由於亂世名士少有全者的時局，魏晉文士的詠懷常隱藏於隱喻手法中：阮籍詩中就常透過禽鳥與網羅意象的對照，曲折地表達衝決世網的決心與艱險。類此比興之法在郭璞的手中，幾盡為一片神仙意象所構築的神話世界，其出世的遯隱群仙越飄逸，其仙境的飄渺雲海越純淨，也就越表現其內心深處的渴望益為殷切。因此〈遊仙詩〉中所象徵的確是豐富而多義，千百年來讓讀詩者各憑其慧解，解說郭璞寓託之所在，類似《詩比興箋》的箋注即為其顯例。今人之確解郭詩的旨趣者，尤需從其外緣與內在的研究來，探索其中所自敘的隱奧之處。

大體言之，郭璞的〈遊仙詩〉在中古文學史上的新評價，只要深入再發現六朝人所提出的「變創說」的過程及意義，自可確認郭璞本人之作〈遊仙詩〉，無論在題材的選擇、語言的運用、意象的鍛鍊，以至於主題的表現，均自覺性地有意靈變。因此無論是將其置諸遊仙、玄言或招隱等類型詩的發展中，或是只從言志詠懷的文學本質論之，郭璞均具有承襲、創發之功，由此更足以進一步肯定其價值，並奠定其文學史上的地位。

曹唐〈大遊仙詩〉與道教傳說

曹唐（七九七？～八六六？）在晚唐詩史上，特以創作爲數百餘的遊仙詩聞名，爲當時詩壇的一大盛事；也是從六朝至唐遊仙詩史上數量最多、選材最具特色的寫作成果。流傳至今他的作品保存於《全唐詩》的也只得兩卷（卷六四〇、六四一），除去混入的薛能、曹鄴六首，僅存一百五十五首，其中就有大半是屬於遊仙之作，因而頗受研究遊仙文學者的矚目。近年來美國 EDWARD H. SCHAFER 教授曾有專著詮解曹唐詩中的道教意象、辭彙及其旨趣，[1]而國人則有程會昌、唐亦璋及近期梁超然氏所作的相關研究。[2]類此研究均大有助於理解曹唐詩中的玄秘世界，也爲這位被張爲《詩人主客圖》歸爲瑰奇美麗主之入室者的創作風

---

[1] EDWARD H. SCHAFER, THE SEA OF TIME, Poetry of Ts'ao T'ang, The Univ. of California, 1985.

[2] 較早期有程會昌〈郭景純曹堯賓遊仙詩辨異〉，刊於《國文月刊》第八十期（一九四三）；又有唐亦璋〈神仙思想與遊仙詩研究〉，刊於《淡江學報》第十四期（一九七六）；近期則梁超然有〈晚唐桂林詩人曹唐考略〉，《廣西師範大學學報》一九八九第四期；〈晚唐桂林詩人曹唐和他的詩〉，《唐代文學論叢》（陝西人民出版社），此二稿爲參加南京一九九〇唐代文學國際研討會後梁氏所贈，在會中並相與討論，頗得切磋之益，特此致謝。

格，作出較公允的歷史評價。本文則進一步從道教文化史的立場，嘗試解説曹唐與道教的一段道緣；並從神話與文學的理論與方法，詮解曹唐如何運用「瑰奇美麗」的道教神話傳説作爲詩歌的創作素材，從中表現他具有創意的豐富想像力，及寄意深遠的旨趣。在遊仙詩發展史上，他的主要貢獻就是將一種行將衰歇的題材，重新賦予新意，以道教新創的神話傳説作爲神話的架構，將遊仙的「遊」趣，重新安置在新出的神仙世界中，讓人與仙的接遇關係具有世俗的人間情趣與道教的宗教體驗，這是他遠遠超越唐代詩人之處；而且更重要的是他能不囿於神話素材，而在原有散文敍述體的敍述事件外，發揮詩歌體的抒情功能，儘情抒發人仙之間的內心活動，這是遊仙衆作的得意處，也是吾人需要重新肯定其價值的所在。

一、曹唐生平與詩集

在晚唐詩人中，曹唐其人與杜牧、李遠等有所交往，也與鄭嵎等相過從。但有關其生平事跡的現存資料極爲簡略，唐詩人傳記集如計有功《唐詩記事》、辛文房《唐才子傳》，多是根據唐人筆記《北夢瑣言》、《靈怪集》等撰爲小傳；❸ 有關他的詩集，梁超然指出唐宋時流

---

❸ 晁公武《郡齋讀書志》卷四亦有同一引文，本文所引的《唐詩記事》卷五八（臺北，中華書局，一九七〇）頁八九〇～八九一，辛文房《唐才子傳》卷八，較詳盡的研究有布目潮渢、中村喬《唐才子傳之研究》（東京，汲古書院，一九八二）頁四七三～四七六。

行頗廣，見於著錄的版本亦多，元代時已逐漸湮沒；至明人輯制前人詩集的風尚時，始有唐平侯、范邦秀輯，范晃跋《二曹詩》——曹唐與曹鄴，又列於《唐詩百名家全集》中，即《曹從事集》，至清人才編爲《全唐詩》中的兩卷，又《全唐詩續拾》補詩一首；至於傳記中說他也「工文」的散文，則《全唐文》並未錄存，至今是否尚有殘存者，就有賴於今人的輯佚。根據這些零散的資料，大體可以推知曹唐的一生經歷了晚唐漸次衰微的時代，從德宗貞元末到懿宗咸通中的六十餘年生涯中，主要活動的時間約在穆宗長慶至宣宗大中年間，其中最奇特的經驗就是年輕時曾入道，後來還俗後輾轉於邵州、容管任從事，中間一度入京應科舉並不得意，而終以使府從事的微職度其一生。類此人生的體驗多少反映於遊仙詩中，在唐詩人中只有李商隱可以媲美。所以清薛雪就比較兩人，說是「一樣靈心，兩般妙筆」（《一瓢詩話》），指明他們的文學才華都能巧妙運用其道教經驗，而在人世經歷及創作途徑上兩人之間有所淵源也各有其獨到之處。

曹唐字堯賓，本籍桂州臨桂（今廣西桂林）。他早年「初爲道士」的確實時間與地點，史料上並無明確的記載。不過從他的詩集中仍可以發現一些與道教有關的痕跡：一是宮觀的描述，一是與道教人士的來往。這些題材自是唐代詩人常有的道教經驗，不過堯賓既曾出家爲道士，後來在科舉之路、仕宦之途又頗多挫折，因而在歌詠道教的宮觀勝景與酬贈道教人物時，也就自然流露其內在的情緒。其〈仙都即景〉中五言一首詠黃帝登真的遺跡，並描述山景；七言一首的後半仍寫黃帝昇仙事，前半則寫眼前景，在旌節、笙歌中想像登天的景象。仙都在《雲笈七籤》卷二七洞天福地中，列有第二十九仙都山洞，名曰仙都祈仙天，「在處州縉雲縣屬」——即今浙江省麗水縣附近。不過從詩意言，並未明白說明爲道士時所賦，也可能是遊經之所。至於他所交遊的道門中人凡有劉尊師、王錫等，劉尊師就是衡山道士劉玄靖，他曾到陽朔一帶修煉，與曹唐、曹鄴有交往。唐武宗在藩時即頗好道術修攝事，即位後更廣召道士，劉尊師即在這種情況下應召赴闕，當時還有鄧元起、趙歸真等在朝從事修金籙道場的活動。曹唐有〈送劉尊師祗詔闕庭〉詩——《全唐詩》所錄三首之三，與曹鄴集中〈送劉尊師應詔詣闕〉同，疑爲曹鄴作品。曹唐詩中有句云「錦誥淒涼」、「暫辭華表」；尤其「從此枕中唯有夢，夢魂何處訪三山」，都寓有惋惜之意；此外〈送羽人王錫歸羅浮〉詩，對於王錫之歸羅浮，在結句中透過「最愛葛洪尋藥處，露苗煙蕊滿山春」，表達對養神煉藥的欣羨之情。

堯賓還俗之後的世俗生涯並不甚得意，他也曾隨從世俗，參與科舉：梁氏考證他在穆宗長慶二年（八二二）前後應蕭革之辟，入邵州刺史幕府任從事三年後，一度於敬宗寶曆元年（八二五）至京師應舉。其後又於寶曆二年入容管經略使嚴公素幕府爲從事，至文宗大和二年（八二八）又赴京應舉，曾在京師一段時間。後來曾遊江南，與杜牧相識，宣宗大中七年（八五三）至岳州會李遠，可能亦任從事。九年又至京師。辛文房說他「大中間舉進士」；《太平廣記》卷三四九引《靈怪集》說：「進士曹唐」、「久舉不第」。❹可推知他確是在科舉中多有挫折，而所任的諸府從事都只是中級僚屬而已。❺所以辛文房說他「薄宦，頗自鬱悒。」在詩中常以病馬自況，有「風吹病骨無驕氣，土蝕驄花見臥痕」等膾炙人口的名句，抒發其內心深處的悒鬱與落魄。類此還俗後的挫折、無成就感，均促使他在所營構的神仙世界中，藉飄渺、虛幻的遊歷仙境滿足現實世界所欠缺的心理需求。

根據傳記資料可知堯賓所作的遊仙詩數量頗多，計有功說：「所作遊仙詩百餘篇」；而辛文房則說是「作大遊仙詩五十篇，又小遊仙詩等」，這是較近於實際數目的說法，《全唐詩》卷六四〇從「漢武帝將候西王母下降」以下，凡有七律十七首均與道教神仙神話有關，屬於組詩形式：每一傳說分成數章，有時一章歌詠一事，如「蕭史攜弄玉上昇」之類；有時則數章詠一事，如「張碩重寄杜蘭香」、「玉女杜蘭香下嫁於張碩」，但不管是何種作法，都是分題吟詠而又獨立成章。卷六四一則錄有「小遊仙詩九十八首」，均屬絕句體，只有總題而不另立獨立的分題。不過從早期的記載中，標明大、小不僅表明所採取的詩歌體製有別，也顯示他是採用不同的藝術手法處理不同的題材。組詩的形式是中國詩歌較少見的形式之一，遊仙詩

---

❹《靈怪集》爲張薦所撰，但薦活躍於德宗貞元年間，此條記載應是羼入，非原書所有；而《類說》卷二三、《說郛》卷六則引《宣室志》，記事相近，惟缺不第事。張讀爲薦之孫，大中六年登進士，撰《宣室志》的時間，在大中五年以後、咸通末年以前。他多記當時事，又與曹唐同時，故應是較可信的一條資料。

❺《郡齋讀書志》作「爲府從事卒」；布目潮渢、中村喬句點時，則作「卒作遊仙詩」；從《唐詩記事》作「後爲使府從事，咸通中卒，作遊仙詩百餘篇」，可知卒字應屬上讀，府從事爲其最高官階。

常用此一體制的只有一固定的詩題就是「遊仙詩」，〈小遊仙詩〉較近於傳統的方式；而只有〈大遊仙詩〉才是運用道教神話傳說，在一個題材中分列數個小標題，數首爲一組，而「大遊仙詩」則爲總標題。

有關曹唐之創作遊仙詩，尤其〈大遊仙詩〉的動機及其旨趣，只有辛文房有較詳盡的敍述：「唐始起清流，志趣澹然，有凌雲之骨，追慕古仙子高情，往往奇遇」，因而作大、小遊仙詩，「紀其悲歡離合之要」。這一段話說明他的出身是道士、清流，雖曾因「平生之志激昂」而投身於宦海之中；但終究有修道者的性情，也仍保有傾慕神仙的願望。關於曹唐的入道及脫離道籍的緣由雖已無法得知，但其人具有道士的澹然性格，應是他寫作遊仙詩的契機。其中關鍵性的辭句，諸如奇遇、悲歡離合之類，正是遊仙衆作的題材，也就是他有感於神仙道教神話的素材，特別突顯其中人仙之間的奇遇感。

曹唐的文學活動中，「以能詩，名聞當世」（廣記引），辛文房則特別强調他的文學成就，並根據傳說說是「與羅隱同時，才情不異」。在後世流傳的逸事中，就以他與羅隱（八三三～九〇九）對談遊仙詩一事著稱——不過實際上羅隱比曹唐晚生約四十年，恐不能相與論詩，所以計有功就不指實其人，只說是「其友人」。先問：「聞兄遊仙之製甚佳」；然後嘲以「洞裏有天春寂寂，人間無路月茫茫」爲鬼詩，這兩句正出自「仙子洞中有懷劉阮」，原是描摹仙子在洞天中有所思懷的情緒，洞裏與人間對，頗符合其情境；但當時張讀所記的傳奇，「人間」卻作「水底」，以切合「江陵佛寺中亭沼」的眼前景象；計有功更說成「井底」，以呼應友人所問的作鬼詩之事。這類屬於中國文學中的名詩傳說，在當時更附會爲一種讖詩，張讀說是曹唐在江陵佛寺的幽勝情境，吟得「水底（洞裏）」兩句詩後，都自覺「常製皆不及此作」，其後「忽見二婦人，衣素衣，貌甚閑冶，徐步而吟」此二句，他迫問不應而消失不見，復問寺僧法舟，舟驚告：「兩日前，有一少年見訪，懷一碧牋，示我此詩。」唐爲之惘然，數日後卒。這是當時張讀所記下的傳說，辛文房則稍有異辭：「忽一日晝夢仙女，鶯服花冠，衣如煙霧。倚樹吟唐詠天台劉阮詩，欲相招而去者。」驚覺後，明日，暴病卒。這兩則傳說都是小說家言。梁超然則引《湘皋集》卷三說他是「因暴疾，卒於家」。但當時傳說中所說的不管是親遇或夢見佳人，均折射地反映他自己也感動於神話中的奇遇事件，才會傳出這類名句傳說。這兩句流傳於後世，直到清黃子雲《野鴻詩的》仍對它大爲稱讚，甚至認爲「玉溪無題詩，千妖百媚，不如此二語縹緲銷魂。」可見他的能詩名氣中，寫仙境奇遇的奇幻感有名當時，也傳譽後世。

曹唐創作〈大遊仙詩〉，能夠在當時及後世造成感動的力量，實與他靈活運用神話與詩歌的關係有關。關於神話與文學的關係，在文學理論中學者已有深刻的探討，嘗試解釋作家運用神話從事創作的原理。因此神話的定義，如馬克蘇勒（Mark Schorer）就說是「神話是一個統御一切的意象，它給日常生活的事實賦予哲學的意義」；而神話與詩的關係，神話是「詩中不可免除的基礎」。❻這一觀察固是用以解釋西洋文學傳統，不過用來解說道教文學也有其

---

❻ 此部分神話與文學的資料，參見 Myth and Literature, ed. JohnB. Vickery, Lincoln: Univ. of Nebraska Press, 1969, pp.67~68。

啓發性的。一般對於神話的分類，如馬林諾斯基（Malinowski）研究托伯蘭島人（Trobriand Islanders）的文化，就有三種類型的分法：一是傳說，敍述過去的事，常作爲信史；二是民間或神仙故事，用以娛人娛己；三是宗教神話，反映其宗教信仰、道德以及社會結構的基本因素。文學批評家如福格森（Francis Fergusson）即取作他文章的思想架構，用以分析作品。❼

曹唐對於道教神仙神話的態度，實兼取二、三種，他不只描述神仙的事跡，而是將神話作爲詩中不可免除的基礎，然後重新創作，借以表達其主題。他深刻體會當時流行的唐人小說與詩歌的文體功能各有其妙處，一般而言小說與史傳具有深厚的淵源，其文學功能重在敍述事件的起訖，透過人物的相互關係，在情節發展中獲致悽惋欲絕的藝術效果。由於敍述人物與事件的時代限制，對於人物的內心活動較無法深入描摹；或對於事件的始末仍留下諸多讓讀者參與創作（想像）的空間，因而就使曹唐有發揮其詩才的機會。唐詩則具有抒情、浪漫的文學功能，常可在小說敍述所不及之處盡情發揮其想像力：其中較突出的就是在原有的神話傳說的架構上，就其未曾出現的場景、事件或人物的內心活動抒發他創造的想像力以造成奇幻感，類此將作者的創作主旨透過仙言仙語、神仙故事，委婉地表達其人生旨趣，確是典型的中國神話詩，其喻旨（tenor）完全溶合於喻依（vehicle）裏，不僅娛己娛人，而且也經由悲歡離合的情節傳達道教的人生哲理，借以激發讀者的情緒，這是他的遊仙詩能「大播

❼ 陳鵬翔〈從神話的觀點看現代詩〉中對福格森〈神話和文學顧忌〉的說明，收於《文學創作與神思》（臺北，國家，一九七六）頁二七五～三〇二。

于時」的主因。

在唐代詩人中並不乏與道教有深厚因緣，且能在濃厚的道教氛圍中，運用神仙神話作爲創作素材的，李白固然已有此一嘗試；而李商隱更有一些隱晦的作品來寫出道教的玄秘經驗。曹唐則在入道而又還俗後，在薄宦的鬱悒情緒中，以「追慕」的心境，有意運用人仙之間的悲歡離合，創作大量的神話詩，這是中國遊仙詩、道教文學中數量最大、品質最高的一批道教神話詩。雖然目前所存的已多殘闕，不易完全瞭解其最初的構想；但經由原先素材的推想，仍可解讀出其中所隱寓的主題旨趣，確定其爲一批可珍貴的遊仙組詩。

二、誤入仙境、降眞與仙眷

曹唐的道教神話詩既是採用「遊仙詩」的文學類型，因此他的處理技巧及中心主題，就集中在表現「遊」的趣味上。辛文房早就揭示曹唐的創作旨趣，是追慕古仙子的高情，「往往奇遇」，也就是一種遇仙傳奇，在奇遇的過程中，發生諸般「悲歡離合」。這一說法確能綜合唐宋人以下對遊仙詩的印象，也是曹唐在處理同一遊仙題材時具有特識之處。遊仙文學不管是遊仙詩或遊仙小說，發展至晚唐階段，前人既已廣泛運用諸種技巧與素材，早就成爲陳腐的意象和隱喻，以義山的高才也只是取用道教故實，另以新題或無題隱喻其個人的遭遇與感觸。堯賓在這一文學史的困境中如何賦與新生命，重而創作出新典範，就有賴於他的「才思」、「才情」來突破困局，造成遊仙詩史的新高潮，這就是他從「情」緣再創作的道教遊仙、遇仙神話。

從道家到道教，不管是哲學思惟或宗教形式，這一構設的神仙世界都是一個理想的精神境界：就是捨離世間情，而超越向一無情、絕情的境界。道家道教中人本是深於情，故也深知情累，因而在入而復出之後，就形成一套超越的人生哲理以解決修道者的情關，這是道教修行者極爲實際的實踐問題，也是常人在入道前、後所要面對的人生關卡。道家以哲學的證驗態度，提昇人生這一根本的人性問題，形成其超越哲學中深刻的人性論、人情論。道家哲學及原始宗教（巫教）與中國祭祀制度下的祭司、祝官，發展到道教出現後，形成入道者實際面臨的修練經驗，這是研究中國道教教義、制度時需要解決的根本問題：包括性的壓抑與昇華、情的轉移與超越，而現實世界中所要建立的修道軌則，就深刻觸及修道者的出家、捨家；入道後對於性與情慾經驗的轉化，類此問題在佛教輸入中國後顯然更易被突顯出來。

在深層心理學裏對於性的本能，晚近的學者其實已能較深刻指出其中所隱藏的秘密，常人既已在現實的壓抑或不滿足的狀態下，經由化裝而出現在夢的象徵符號中；而一位宗教修行者更需經由不斷的身心試煉，將這些體驗以諸般符號隱喻地浮現、昇華，爲宗教心理學至今仍在挖掘的深層意識。從原始宗教、民間傳說到道教（或其他宗教）經典，均曾以不同的方式紀錄此類神秘經驗，六朝時期的筆記小說、道教典籍就曾保存一些極爲珍貴的資料，分別以隱喻的符號錄下。而曹唐爲何入道後又還俗？現在已無從知悉其實際的原因，但可相信的是他較一般文人有親身的體驗，入道者在性與情上的困擾，也較有機會能較深刻地解讀這批人仙奇遇的奇譚。本來神話學家就已說明神話是人類溝通意識與無意識之間的橋樑，這些象徵符號隱微地表達內心深處的理想與願望，因而神話詩更是一組組隱喻性的符號，值得深入解讀並詮釋其中的喻意。

道教有關人仙奇遇的遊仙譚，凡有三大類型：一是誤入仙境型，凡間男女與仙界女、男的遇合、分離；二是仙人下降型，仙界之仙命定與凡人的戀愛、婚配；三是修道成爲仙眷型，男女因修道成功而成爲神仙眷屬。這三類的主題又都以「情緣」爲其核心。關於情緣這一通俗化的思想意識，從六朝到唐代則是一個極具創意的觀念，本是用以解說人際關係，尤其是男女關係，在思想史上或許它並不被承認具有什麼深刻的思辨意義。不過在中國本有的宿命思想的基礎上，融合印度佛教的緣論，道教卻逐漸形成一套緣命觀。它不僅流行於知識階層，引發正反的論辯；更被民間通俗化、淺易化爲中下階層的宗教意識，用以解說錯綜複雜的人際關係。曹唐所關注的奇遇、悲歡離合，均可在情緣的高角度觀照下獲得理解，只是他是出諸形象化的思維，而非概念煩瑣的思辨，而這正是詩人的看家本領。

現存的曹唐詩中，處理得最精采的就是遊歷仙境類型，其中最爲典型的即爲劉、阮誤入天台傳說。根據民間文學類型學的理論，組合「情節單元」(motif，一譯母題)可發現遊歷仙境類型有四：觀棋、服食、人仙戀、隱遯，曹唐在大遊仙詩中所處理的人仙戀，爲最能表現悲歡離合的奇情之作；至於隱遯類則有題詠武陵之作。在筆記小說史上，劉義慶及其文學集團所整理的《幽明錄》，曾錄存劉晨、阮肇傳說，就傳說學的立場，其實與託名陶潛《搜神後記》中的袁相、根碩，是同一傳說的兩種版本，它原是素樸的民譚；但在道教的靈寶經派、上清經派中，因他們獨特的洞天說，因而也能呼應當時社會盛行的誤入仙鄉譚，成爲民間傳說與道教神話相互激盪的文學類型。❽到了唐代則有兩種演變：一是朝世俗化的〈遊仙窟〉的性質發展，成爲唐人遊狹邪的隱喩，爲娼妓文學的世俗形式；另一則朝宗教的性格演變，劉、阮在誤入仙境通過試煉後，終於悟道成仙，爲道教神話的宗教文學。堯賓其生也晚，對兩種新出的版本都頗爲熟悉，因而也能兼含有其中的兩種質素，得以形成新的神話意境。

爲了重新確定曹唐在神話詩寫作上的成就，首先要以劉、阮遇仙爲一個案，說明神話傳說在這些詩歌中的作用是作爲一種基礎，而非採取敘事詩式的詠唱這段人仙之間的戀愛事件。換言之，〈大遊仙詩〉不能單純當作一種敘事詩。在中國抒情主流的詩傳統中，其實並無完全符合西洋嚴格定義下的敘事詩，但也出現一些具有敘事性質的故事詩，而曹唐處理的劉阮傳說是否也是呢？❾就現存五首劉阮誤入天台詩，固然其敘事的次序仍大體遵循原有的結構：如誤入洞穴、仙女出迎、完成婚配、懷歸及返鄉、不能再回歸。由於此一故事的奇幻感，從記錄的南北朝初及其後，直到唐代社會都是時人盛傳的故事，曹唐不是要將它原本的散文的敘述變成詩的敘述，而是將他的創作建立在大家熟知的故事間架上，只要提綱挈領地勾勒就足以引起讀者的整體印象。從文類的觀點言，散文的、小說體的文體功能，其重點在於敘述事件；而韻文的、詩歌體的文體功能，則重在表現抒情的浪漫的本質。這套組詩並非爲了要

---

❽ 詳參拙撰〈六朝道教洞天說與遊歷仙境小說〉，刊於《小說戲曲研究》第一集（臺北，聯經，一九八八）頁三～五二。

❾ 有關故事詩的研究，詳參邱燮友先生《中國歷代故事詩》（臺北，三民，一九六九）。

複現劉阮遇仙的情節，而是要以具有創意的運用想像力，深入劉阮與仙子的情意世界中，化身爲劇中人，深刻演出他們的內心戲，產生類似詩劇般的藝術效果。因爲演出的效果逼真，不僅大播于時，且還傳出作者將終前的幻覺傳聞。辛文房對其創作的真實感，就有一句貼切的評語說是「感憶之所致」，正是因過於深入創作情境中而成爲恍惚的審美經驗。

曹唐在劉阮傳說的故事間架上，第一首〈劉晨阮肇遊天台〉，就有意摒棄原有的瑣碎細節，諸如入山迷路、饑餒食桃及蕪菁、胡麻飯糝引路等現實生活的敍述；而直接寫出仙境，並扣合詩題的「遊」字，以此描寫誤入的情景：

樹入天台石路新，雲和草靜迥（一作細雲和雨動）無塵。煙霞不省（一作是）生前事，水木空疑夢後（一作裏）身。往往雞鳴巖下月，時時犬吠洞中春。不知此（一作何）地歸何一作依處，須就桃源問主人。

首聯即簡潔地烘托出天台仙景，只用「石路」一意象作爲誤入的因由；次聯表達劉、阮二人本自有仙緣，爲原先民間神話中較不明確，而被道教化以後才突顯出來的宿緣觀念。三聯所出現的新增景物，如雞鳴、犬吠意象銜接了現實與虛幻，並將原本山、溪的實景，改變爲仙界場景，「洞中」就是洞穴、洞天之中；末聯則以設問句引出下一首〈劉阮洞中遇仙子〉：

天和樹色靄蒼蒼，霞重嵐深路渺茫。雲實（一作寶）滿山無鳥雀，水聲沿澗有笙簧。碧沙洞裏乾坤別，紅樹枝前日月長。願得花間有人出，免（一作不）令仙犬吠劉郎。

整首詩都以仙山的景象來襯托出氣氛，只在末聯才預示仙子將出的心願。在雲靄蒼茫中，有笙簧的仙樂，三聯則使用仙界的時間意識，爲仙境小說極爲重要的母題。至此就開始出現唐人俗化、妓化仙府的意象，諸如花間、劉郎等隱語，爲值得注意的「轉變」功能。

作爲劉阮傳說主體的是洞中天地、婚配、服食及懷歸，不知是曹唐未加以歌詠，或早已佚失。現存的是直接就接上〈仙子送劉阮出洞〉：

殷勤相送出天台，仙境那能卻再來。雲液每（一作既）歸須强飲，玉書無事莫頻開。花當洞口應長在，水到人間定不迴。惆悵溪頭從此別，碧山明月閉蒼苔。

曹唐雖以劉阮傳說爲主，但也採取袁相、根碩傳說中贈送腕囊，並囑付慎勿開的禁忌，將它替換爲神仙事物「玉書」，且贈別之時多了飲薦雲液。原文是由三四十人，集會奏樂，「共送劉阮，指示還路」，也被簡化爲只有仙子相送而已。而其中的旨趣即在於反覆陳述不可能再來：其中花長在即隱喻仙子永遠的思念，水不迴則喻寫劉阮出洞後的命運。與原文相較，二位仙子所具有的宿緣已了的超脫，至此已增加了人間的情緒：如殷勤、惆悵及蒼苔深閉的象徵。類此借用仙鄉故事的間架卻渲染世間情，成爲較易激動當時讀者的心靈深處。尤其他新增了〈仙子洞中有懷劉阮〉，最能表現唐人對劉阮故事的新解，並賦加了現實社會的生活習慣；

> 不將清瑟理霓裳，塵夢那知鶴夢長。洞裏有天春寂寂，人間無路月茫茫。玉沙瑤草連溪碧，流水桃花滿澗香。曉露風燈零落盡，此生無處訪劉郎。

整個（敍述的都是）被唐人俗化妓化的新傳說，其中較突出的意象凡有謾理霓裳、風燈零落，而其懷思情緒則是緊扣著洞中、洞裏的遊仙窟意象，表現洞裏春思，有懷劉郎。要證實這是娼妓文學的風尚下的劉郎、阮郎，就是最末一首〈劉阮再到天台不復見仙子〉，原文只有「忽復去，不知何所」，以此暗示再歸。而在此詩中則被改寫爲不復重見，即設想劉、阮再度回到天台而不見仙子，其中所用以隱喩的景象完全是人間的仙窟：

> 再到天台訪玉眞，青苔白石已成塵。笙歌冥寞閒深洞，雲鶴蕭條絕舊鄰。草樹總非前度色，煙霞不似昔年春。桃花流水依然（一作前）在，不見當時勸酒人。

其中的關鍵詞：一是玉真，爲唐代妓院女子的隱名，可以照應勸酒人；其次笙歌冥寞、蕭條舊鄰，均爲將人間北里的景致加以仙境化的描寫；至於草樹煙霞、桃花流水則只是一種假相而已。可說詩中所用的洞中春對照了人間路，活現出妓館中人與尋芳客的關係。

神話與文學的關係，即是神話文學的藝術功能，是一種隱喩性的符號作用，在不斷創造的藝術活力中，神話象徵是可以因時間、空間而作出不同的解讀的，作家既不是單純地以詩重新複述神話的情節，自需依照當時的社會文化、作者的思想意識，重新創造詩中的神話意識使之成爲新神話。曹唐正是在唐代以洞窟、仙女隱喻妓院、妓女的風尚之下，重新有意詮釋了劉阮傳說。從唐代前期張文成作《遊仙窟》所反映的狹邪生活，到後期孫棨錄成《北里志》，娼妓文化中所使用的當時隱語：雲仙、月仙、謫仙及絳真等名多隱指妓院中人，因而相對的一連串劉郎、阮郎、仙郎、仙夫，也無非是唐代士子的風流遺跡，這是劉阮故事流傳的新社會文化背景。⑩曹唐既熟知其事，也擅於使用此類新辭彙，在〈小遊仙詩〉中至少也有三首就有同一性質的暗示：

玉皇賜妾紫衣裳，教向桃源嫁阮郎。爛煮瓊花勸君喫，恐君毛鬢暗成霜。

偷（一作鬪）來洞口訪（一作等）劉君，緩步輕擡玉線（一作綠纏）裙。細擘（一作細拍，又作旋擘）桃花逐流水，更無言語倚彤雲。

降闕夫人下北方，細環清珮響丁當。攀花笑入春風裏，偷折紅桃寄阮郎。

三首都有意世俗化劉阮傳說，將原本只是「宿福所牽」的婚配關係，通俗化成爲情郎的典

⑩ 詳參拙撰〈仙、妓與洞窟～從唐到北宋初的娼妓文學與道教〉，收於《宋代文學與思想》（臺北，學生，一九八九）頁四七三～五一五。

故：其中偷訪、偷寄的「偷」字，既已意味有違清規，在唐人的風尚中，均明指妓院中人；暗寓宮觀女冠或妓院的僞裝，這是當時的事實。⑪ 第二首較著實寫出提著玉線裙的人間仙子；至於玉皇教示下嫁、絳闕夫人下凡的折桃偷寄，則是運用神女降真的母題而成爲新的隱喩。

曹唐在道士生活時，依照當時的制度與習慣必曾研讀陶弘景所編撰的《真誥》；而他既喜奇遇的事跡，也必熟知神女下降凡男的香豔傳說，因此干寶《搜神記》所記的杜蘭香傳說自也是成爲他創作取材的好素材。根據魏晉神女傳說的流傳，當時至少有成公知瓊下降弦超、杜蘭香下降張碩、及何參軍女下降劉廣等，前兩則可爲這類仙女嫁凡男的典型，爲民間冥婚習俗及宗教降真的體驗下的產物。⑫ 曹唐是否曾廣泛地取用已不可確知，今只殘存了兩首杜蘭香嫁張碩一組，從詩題到詩意顯然已非原作的篇數。因爲現存於《搜神記》卷一或《杜蘭香別傳》的，其故事情節大體都提及杜蘭香三歲溺死，爲西王母接養於崑崙，並遣授配君；經由婢女的通傳後，嫁與張碩，而後有贈詩、贈物諸母題，最後則「以年命未合」爲由求去，別後曾再度邂逅。在這一神女下嫁凡男的結構中，特別強調神女爲早夭女子，聽命王母要她許配凡男以完成姻緣。整個情節確是具有悲歡離合的人神奇遇，曹唐可能因杜蘭香後來道教

⑪ 詳參拙撰〈唐代公主入道與送宮人入道詩〉，收於《第一屆國際唐代學術會議論文集》（臺北，學生，一九八九）頁一五九～一九〇。

⑫ 詳參拙撰〈魏晉神女傳說與道教神女降真傳說〉，收於《魏晉南北朝文學與思想會議論文集》（臺北，文史哲，一九九〇）頁四七三～五一三。

化爲女仙，故選用這則作爲神話素材。

不過現存的兩首，第一首即爲〈張碩重寄杜蘭香〉，當有先寄一首以敘明接遇的因由，今已不存，所以重寄都在表明期待的惆悵情緒：

> 碧落香銷蘭露秋，星河無夢夜悠悠。靈妃不降三清駕，仙鶴空成萬古（一作里）愁。皓月隔花追欵（一作款）別，瑞（一作飛）煙籠樹省淹留。人間何（一作有）事堪惆悵（一作遺恨），海色西風十二樓。

詩中所詠的應是婢女通言後，張碩先有所寄，但久候不至，乃又重寄以表意；或是對仙女別後而思懷，乃又寄詩追憶。曹唐當時所見的應是較完整的版本，或是已道教化的新版本，所以即以靈妃相稱，並以仙鶴意象替代「鈿車青牛」的御駕物。此詩只抒寫通傳後仙女未降，因而冀其再降的心境，完全是細心揣摩張碩的心情所作的代寄，這是唐代詩人常用的方式。另一首〈玉女杜蘭香下嫁於張碩〉則近於敘事詩的性質，歌詠仙女下嫁凡男的奇特姻緣：

> 天上人間兩渺茫，不知誰識杜蘭香。來經玉樹三山遠，去隔銀河一水長。怨入清塵愁錦瑟，酒傾玄露醉瑤觴。遺情更說何珍重，擘破雲鬟金鳳皇。

首聯寫玉女的出身乃是渺茫難知；次聯則寫由天上而人間的遙隔景象；三聯則表現人仙婚配

的情緒，玉女下嫁，淪於塵穢，用怨、愁二字及傾、醉二動作寫出；末聯則在下嫁了結塵緣中，對於人仙之間的悲歡離合，離後遺情，何等珍重；並以擘破金鳳皇持贈，既是定情，也暗示別後可作紀念。都能運用詩歌來傳達浪漫的情意，其委曲纏綿的情趣韻味，是散文體小說所不易獲致的，這是文體各有不同功能的緣故。曹唐所用的正是唐人習用的今體——七律，與原文中贈歌的五言詩風格具有不同的情趣；並且他不用原詩的辭彙與用意，而是完全新創的情節及結局。可惜原作已不全，不然就可體會詩劇式的一齣人仙戀的演出。

東晉前半期上清經派的降見體驗中，勾容地區的一楊（羲）二許（謐、翽），承襲魏華存夫人從江北帶入江南的道法，在哀帝興寧三年（三六五）前後展開持續的扶乩降筆的宗教活動，這是修行上真道的秘傳法門，爲上清經派清整舊天師道的房中術（黃赤之道）之後，新創的接遇神女的二景之道，即不行夫婦之迹而感應陰陽二氣的冥通法。《真誥》首篇〈運題象〉四卷，專論「冥數感對，自相儔會」（卷十九），凡舉三例：一是萼綠華降羊權，二是九華真妃安鬱嬪降楊羲，三是雲林夫人王媚蘭降許謐。後兩則都是降真的實錄，爲楊羲、許謐與神人接遇後逐次記下的珍貴宗教史料。在道教史上茅山派到唐代頗有發展，其高道與帝室、貴族的關係密切，而道派中流傳的道經也常爲道士所誦讀，曹唐初爲道士——或曾在浙江一帶生活，自會有機會誦讀《真誥》等一類道書，對於首篇的三則神女降真的事跡當有深刻的印象，中唐李商隱既對它印象深刻而常見於詩中的典故。⑬曹唐採取這類道教神話，現在僅

---

⑬ 鍾來因〈李商隱玉陽山戀詩解〉，刊於《唐代文學研究》第一輯（山西人民出版社）。

殘存一首〈萼綠華將歸九疑留別許真人〉，從製題到內容都顯然有誤，萼綠華所匹配的是羊權而非許真人，應是曹唐僅憑寫作當時的印象而未察明原典的緣故，從末句「留與人間許侍中」可以推知，應是根據紫微王夫人授答許長史的，要將交梨火棗等物「當與山中許道士，不與人間許長史」，在《真誥》中多稱許長史——因他曾擔任護軍長史及「給事中散騎常侍」，許侍中或即據此而得到的印象。

由於《真誥》曾廣爲唐代的道士所讀，且開篇即爲萼綠華詩，所述的降見羊權事也較簡潔扼要，故最爲詩人所豔稱，義山詩〈重過聖女祠〉的名句：「萼綠華來無定所，杜蘭香去未移時」；或〈中元作〉有句云：「羊權雖得金條脫，溫嶠終虛玉鏡臺」，即應爲曹唐所熟讀的，因此之故才拈取萼綠華、杜蘭香爲素材。在歌詠萼綠華時的詩中云：

> 九點秋煙黛色空，綠華歸思頗無窮。每悲馭鶴身難任（一作住），長恨臨霞語未終。河影暗吹雲夢月，花聲閑落洞庭風。藍絲重勒金條脫，留與人間許侍中。

在構成神女降真的傳說中，萼綠華事件具備各種母題：包括羊權的士族年少的身分、神女自述的謫降情由、贈詩、贈物，及泄密即去。曹詩現存的一首即爲將歸留別所贈，頗疑尚有其他的作品敘述降真的前因後果。此詩的創意所在乃選擇原文未曾寫明的，萼綠華謫譴期滿後將歸九疑的關鍵時刻，詩題標明將歸、留別是相當高明的戲劇手法，也是中國詩歌中表現抒情本質最拿手的贈別場面。

神話與文學的創作原則既非要將詩歌附屬於神話，自可任意在神話原有的敘述之外，翻空出奇，另創一個發揮想像力的空間，是爲創意、喻託之所在。曹唐精熟道教的義理，設定萼綠華宿命所犯的先罪已經期滿，謫降臭濁的償過、救贖將終⑭，而將歸九疑的清淨仙境。在這將別留詩相贈的時間裏，既有無窮歸思，也有悲恨情緒。他使用九點秋煙點出九疑，至於雲夢月、洞庭風的風月意象則寫出將歸的美好處所，以外景烘托內情，表現歸去的嚮往之情。類此人間化的情趣也表現於贈物的動作中，原文爲火澣巾一枚、金玉條脫一枚——一種腕釧，詩中則改作爲藍絲所重勒，其動作也因而具有象徵作用，既將定情物留與人間的情人，也在重逢中留下一絲情意的約束。類此不囿於神話原文，卻又能別出創意之處，就成爲曹詩的一大特色。

中國詩的抒情傳統，本就是以寫情見長，曹唐所選的奇遇事件又特多愛情神話，經由詩歌體的歌詠，就更增益了一分浪漫的情懷。最後要討論的是神仙眷侶，「有情人終成眷屬」，已是國人心理的美滿結局，何況是結成永不分離的快樂仙眷，這是〈蕭史攜弄玉上昇〉的主題。另一對照組則爲〈織女懷牽牛〉，本是一對恩愛繾綣的佳偶，卻因觸犯天條，落得只能期待一年一次的聚會，屬於幽怨的神仙配偶。曹唐對於古仙確有獨到的領會，高情易於感動作者，也易於激動讀者因緣於此。

---

⑭ 詳參拙撰〈道教謫仙傳說與唐人小說〉，收於《中央研究院第二屆國際漢學會議論文集》文學部，（臺北，中研院，一九八九）頁三五三～三七四。

蕭史神話見於《列仙傳》卷上，曹唐必曾閱讀此一現存最早的仙傳集：蕭史喜吹簫，能致白鶴、孔雀于庭。秦穆公女弄玉好之，公以女妻焉。蕭史教弄玉吹簫，數年後吹似鳳聲，鳳凰來止其屋；又數年，一旦隨鳳凰飛去。此為早期神仙神話中少見的佳偶，曹唐所作的就是選擇蕭史先成仙，然後攜弄玉一同上昇的精彩片段：

豈是丹臺歸路遙，紫鸞煙駕不同飄。一聲洛水傳幽咽，萬片宮花共寂寥。紅粉美人愁未散，清華公子笑相邀。緱山碧樹青樓月，腸斷春風為玉簫。

在新的敘事視角下，首聯即從不同時飄昇著手，在神仙史上也有蕭史先學仙得道的說法，他就是選擇先離後合、先悲後歡的寫法；二聯的幽咽、寂寥為別後的相思之情，洛水、宮花用以襯托弄玉的公主身分。趙道一《歷世神仙體道通鑑》卷三就保存了秦侯本不甚贊成的一種說法，不過曹唐也常故意逆轉神話的情節，先讓紅粉美人有愁，然後蕭史再笑相邀。最後則以神仙美眷終能在仙境共同吹簫，作餘音裊裊的收場。

蕭史詩的「腸斷春風為玉簫」，是就弄玉思懷蕭史的心境而寫的，在傳統男性中心的社會裏，兩性關係也自然投射於神話，將閨女思情郎、怨婦思歸夫的情景隱喻地表現於詩中，所以從懷思觀點言也可題作「弄玉懷蕭史」。比較另一首民間神話的題材〈織女懷牽牛〉，就可知道是同一兩性意識的產物，有關牛郎織女的神話，民俗學者已有多數的研究成果。⑮曹唐自是熟知先前的文獻記載、民間神話及詩人歌詠，但他使用神話素材時，既已熟稔自己的一套手法，就不必斤斤計較相關的分歧說法，而只著重在寫一「懷」字，爲了表現佳人的流淚，是「眼穿腸斷爲牽牛」，就大大抒發成一首斷腸詩：

北斗佳人雙淚流，眼穿腸斷爲牽牛。封題錦字凝新恨（一作思），拋擲金梭織（一作結）舊愁。桂樹三春煙（一作天雲）漠漠，銀河一水夜（一作帶）悠悠。欲將心向（一作就）仙郎說，借問榆花早晚秋。

比較弄玉的斷腸，織女更是傷悲，弄玉只是在宮中吹簫等待，最後終有同昇之日；織女卻須隔著銀河空等，所以有一連串的新恨、舊愁，所有的景象也都是愁人眼中的情緒投射：春煙漠漠、銀河悠悠，日日夜夜，有多少話要向仙郎細訴；結句即使用設問式，激切地期待秋日早早來臨。在民間神話中常以散文敘述故事情節，就是六朝筆記小說中有多次敘及牛郎織女，也仍作爲節日或星辰說話等簡筆紀錄，絕少在「責令歸河東」後（宗懍、荊楚歲時記）再敘寫織女的心境。這是傳統筆記小說中簡記式筆法的缺憾，但也留給詩人有較多的想像空

⑮ 有關此類研究，較近期有姚寶瑄〈牛郎織女傳說源于崑崙神話考〉，刊於《民間文學論壇》七四、四；洪淑苓《牛郎織女研究》（臺北，學生，一九八九）。

間。

曹唐既嗜以奇遇類型爲遊仙詩的題材，他就充分運用詩歌體的文體功能，以彌補筆記小說、神仙傳記及道教實錄所不足之處，將散文體所一貫忽略的內心情感盡情發揮；同時他又不囿於散文的敍述限制，採取人間化的人情反應，大大設想其抒情性。因此散人與詩不只是文類的敍述形式不同，兩者所擔負的文體功能也大有異趣。曹唐確是能充分悟及其間的差別，因而成功地創作出一批主題爲愛情、婚配的〈大遊仙詩〉，讓一時的讀者在歌詠後爲之激動、讚美不已。

三、仙宴、滄桑與觀棋

曹唐搜選奇遇後，所寫的數達五十篇的〈大遊仙詩〉，除前兩類型是現存較爲完整者外，還有其他數種屬於凡間男子與仙界神仙接遇的神話，現存的作品中以西王母神話群最具特色，分別表現出不同時期的西王母形象；其次就是麻姑神話，爲道教神話中對於滄海桑田的時間意識具有一超越的觀點，與此相關的還有仙境觀棋及白羊變化兩類。最後還可討論單獨成篇的遊仙傳說，包括成組的桃花源傳說被仙道化，雖未標作遊仙詩卻也有此種旨趣。在道教神話中常常出現的情節單元就是「宴」——一種折射地反映生理需求與宗教儀式的行爲，本節將先討論宴在道教神話的出現情況，並進一步分析其深層的民族文化心理。

在中華民族的生活史或飲食文化史上，與宴有關的辭彙均與安樂、安閒及安享有關，是農業民族在辛勞工作後平常居家或非常的節慶生活，故有休息、和樂、享受的意義。其中宴會、宴飲、寡饗等詞，都集中地表現安樂享受食物並獲致狂歡的情景，通常都與儀式相配合，除了作爲人與人之間、團體之間的儀禮外，也可資於事人以事神，成爲奉事鬼神的宗教儀式，用以表達禮敬之意。道教形成後，承續前道教時期的祭祀精神，宴成爲仙宴、仙廚，是人間用以款待神仙的儀式，也是神仙用以相互接待或接待凡人的神通。所以仙宴仙筵諸情節除具有俗世宴飲、宴會的生理滿足感外，也常具有宗教儀禮的儀式性。而更重要的是在修行過程中，基於教義與修練的需要而採用絕食辟穀的方法，在生理極端匱乏的情況下所產生的幻覺狀態，而有幻想、幻嗅的感官經驗，就會出現仙廚、仙宴的情景，這是幻覺心理學可以理解的情況。⑯

由於「宴」在中華民族的集體意識裏，具有如此豐饒的深層意義，既能表現現實生活的匱乏狀態下的遂願心理；也是表達人與人、人與無形界的儀式行爲。道教神話在曹唐的運用中，出現多場宴請的場景就絕非偶然，而是他敏銳地把握宗教、神話中最具關鍵性的場景效果。其中有兩次是出現在西王母神話中，關於西王母這位中國神話史上的不朽女性，從先秦古神話時期既已扮演一至爲重要的腳色，《山海經》、《穆天子》等文獻及相關器物中均有豐富的資料。曹唐取用〈穆王宴王母於九光流霞館〉爲題，並非原始的穆天子與西王母，而是被道教化了的神話。穆王西遊而賓于西王母，觴於瑤池之上，西王母乃有歌謠相贈，這一時期

---

⑯ 詳參拙撰《不死的探求～葛洪抱朴子內篇研究》（臺北，時報文化，一九八六）頁二一～二三。

的西王母爲西方之國中的神聖女王，有關其身分的推測學者考證已多。[17]後來道教化了的西王母神話也多經吸收、改造後，增益一些較濃厚的神仙色彩，晚唐五代杜光庭撰《墉城集仙錄》中有〈金母元君傳〉可謂前此階段的集大成。曹唐是否處理過相關的素材已不足徵，但殘存的宴集詩則只摘取在九光流霞館的精彩片斷，流霞爲仙酒名，流霞館爲崑崙仙境中的仙館。此種選取角度爲曹唐運用神話所一貫使用的高明手法：

> 桑葉扶疏閉日華，穆王邀命宴流霞。霓旌著地雲初駐，金奏掀天月欲斜。歌咽細風吹粉蕊（一作藻），飲餘（一作酣）清露溼瑤砂。不知白馬紅韁解，偷喫東田碧玉花。

全詩只爲烘托仙宴的情景，驅遣神話意象群諸如霓旌、金奏、粉蕊、瑤砂，造成神仙筵席的氣氛，而以穆王八駿的白馬偷喫碧玉花的諧趣場面作結。在宴樂中，又强調了仙酒、仙樂；卻未見西王母所歌的白雲謠，可見他並非完全依附於原神話的母題，反而另增偷喫玉花的新動作，證實他是有意表現其創作地想像力。

西王母神話衍變史在道教化的階段，最主要的是西王母與茅盈的授經關係，殘存於北周編《無上秘要》卷二〇引顧歡《道迹經》，即有《茅盈內傳》敘西王母爲茅盈作樂事；其後在

---

[17] 有關西王母的研究，較早有顧實《穆天子傳講疏》，後來衛挺生有《穆天子傳今考》內篇（臺北，中華學術院，一九七〇）頁二五四～二七六。

東晉孝武、安帝時期，被王靈期等一類人改造爲《漢武內傳》，成爲漢武與西王母的人神接遇傳說。⑱而從此將原本流傳於六朝筆記如《漢武故事》中的神仙化漢武帝，進一步改造爲道教化的漢武，因而被收錄於後來的西王母傳記中。⑲由於《漢武內傳》的藻麗文筆，頗受唐代文士的喜愛，因而常成爲文學典故出現於詩歌中，這一道教傳說中的漢武帝也成爲曹唐所驅遣的神話素材。

現存兩首有關漢武接遇西王母的精彩場景：一是〈漢武帝將候西王母下降〉，一是〈漢武帝於宮中宴西王母〉，前者也就是採用將降前期待的情緒。根據敘事詩的寫作原則，作家選用神話素材時，既不願淪爲神話的附庸，而是神話的詩化敘述，就需巧妙選用整個情節中最關鍵、精彩的部分，以此切入事件的核心。曹唐並不縷述七月七日的節日中齋戒焚香的儀式，而將時間凝固在整個等待中將下降前的刹那，這是等待情緒達到高潮前的緊張時刻，也就是戲劇表演學上主角方要登場前的關鍵場景，觀衆（讀者）也認同劇中人高度緊張的情緒，在急管繁絃的快節奏後，忽地一片寧靜，屏息張望主角的出場：

崑崙凝想最高峰，王母來乘五色龍。歌聽紫鸞猶縹緲，語來青鳥許從容。風迴水落三

---

⑱ 詳參拙撰〈漢武內傳研究〉，收於《六朝隋唐仙道類小說研究》（臺北，學生，一九八六）頁二一～一二二。

⑲ 相關研究有 K. M. Schipper, L'Emperenv Wou des Hans dans la l'egende Taoiste, Paris, 1965。

清月，漏若霜傳五夜鐘。樹影悠悠花悄悄，若聞簫管是行蹤。

《內傳》的文本既是由漢武的敘事觀點，寫出等待前的準備與聽聞初降的感受，卻較缺乏漢武的內心戲，這是中國古典小說較易忽略的心理描寫，曹唐卻細膩而敏銳地彌補了其間的心理空間：首聯寫漢武在期待中，凝想崑崙——王母治所、五色龍——御駕之具，都是專一注想與王母相關的事物；而紫鸞即爲傳中王母「乘紫雲之輦，駕九色斑麟」的轉化，轉化的還有「青鳥」——在古神話中三青鳥爲傳訊使者，到六朝筆記小說中猶存，道教傳說則轉變爲玉女群。因爲唐人詩的對仗習慣：紫鸞對青鳥，的是妙對，所以仍保存了青鳥意象。二聯的猶縹緲，連接後半的漏苦霜鐘，格外淒冷，樹悠花悄，分外靜謐，完全表現「將」字的題意。末句「若聞」則呼應前面的猶聽，而「簫管」則是二唱之後，「雲霞九色，簫鼓震空，龍鳳人馬之衆，乘麟駕鹿之衛……」排場盛壯，也就是預示了行蹤將臨。

宴請的場景，在《內傳》中是由王母「設以天廚」，也就是神仙神通術中的坐致行廚，爲王母讓漢武大開眼界的方便法，更是宗教體驗中「清齋百日」後的幻覺體驗。此詩卻改由漢武於宮中宴請：

鼇岫雲低太一壇，武皇齋潔不勝懽。長生碧字期親署，延壽丹泉許細看。劍佩有聲宮樹靜，星河無影禁花寒。秋風裊裊月朗朗，玉女清歌一夜闌。

詩中的意象多用漢武帝的歷史實錄，如太一壇、延壽觀、甘泉等；⑳不過武皇齋潔所期的，卻也經由長生、延壽表現其探求不死的願望。後半則著重在寫出夜宴圖：宮樹、禁花、秋風、朗月，然後結以玉女奏樂清歌的情景。曹唐完全是以宮中行宴樂的情景想像夜宴，卻有意捨棄西王母爲漢武作樂的現成材料，爲他突破原有格局的方法。而且兩首都是最後一句才能拈連上原文，除非是另有其他的作品專寫下降的簫管排場、清歌的盛壯畫面，否則即爲點到即止的筆法。

在〈小遊仙詩〉中也並未放棄有關西王母的材料，採用七絕體的形式較適宜，表現一種與〈大遊仙詩〉不同的情趣，其中並不是摘取一部分事件，而是對神話中的整體事件寄寓感慨。穆天子歡會西王母後，又命駕東歸，只留下一段歷史上難解的公案。曹唐就從歡會即去的一點加以歌詠：

九天王母皺蛾眉，惆悵無言倚桂枝。悔不長留穆天子，任將妻妾住瑤池。

此一手法近似所謂翻案法，但是從違反原本神話事件的觀點言，即是在沒有事實處假設虛構其情節，然後再作議論。

對於《漢武內傳》中所述的，漢武求仙而上元夫人一再訓戒，原是撰者有意假借仙真之

---

⑳ 顧頡剛早期的《太一考》於此有詳論。

口，一方面影射東晉孝武帝的縱淫暴行，另一方面訓示修道者要專心修行，原是具有教團內部教科書的功能。曹唐對這段對話印象特深，正爲可加以議論之處：

武帝徒勞厭暮年，不曾清淨不精專。上元少女絕還往，滿竈丹成白玉煙。

傳文中曾一再痛責「此子性氣淫暴，服精不純，何能得成真仙」、「雖有心求慕，實非仙才」，後來武帝雖得到了寶經，卻因不修至誠而違反道法，「每事不從王母之深言，上元夫人之妙誡」，所以後來王母、上元夫人絕迹不至，而武帝也求仙不成。此詩所云「不曾清淨不精專」，就是敍寫這一件事；所以後半上元夫人的煉丹自成是爲曹唐自己的設想，原文只作上元夫人不至，武帝求亦不應。唐代諸帝多喜愛服食求仙，但是卻不放棄帝王生活的享受，故服食而致病者特多。唐詩中就常以漢皇比喻玄宗，而玄宗也崇道最深，〈小遊仙詩〉中即有兩首似即諷喻唐帝的歌舞生活，並諷刺求仙帝王到頭來終難免一死：

武皇含笑把金觥，更請霓裳一兩聲。護帳宮人最年少，舞腰時挈繡裙輕。

天上邀來不肯來，人間雙鶴又空回。秦皇漢武死何處，海畔紅桑花自開。

笑看霓裳羽衣舞的風流帝王應是玄宗，把它置於遊仙詩中，除了霓裳曲的神話外，應與玄宗等的好道有關。至於秦王、漢武則是爲了不死而求仙，但其行爲又不符修仙者的清靜自持，所以雙鶴空回即隱喻二帝最後仍求仙不得而俱死，紅桑花（疑指扶桑）只有在仙境中兀自盛開。以此隱喻天上人間原是自有仙境，只是求仙者無由得至而已。

此外在傳中西王母曾命侍女作樂，爲六朝仙傳中極爲有名的一段文字，也成爲諸仙降見時常見的仙樂場景：命侍女董雙成吹雲和之笙、與王子登彈八琅之璈、石公子擊昆庭之鐘等，構成仙樂飄飄的諸天妓樂景象，唐人喜愛以之入詩，多位侍女如許飛瓊、董雙成也最爲有名，不僅有地方風物傳說附麗其上，且有李德裕作〈桂花曲〉歌詠。[21] 曹唐也是取用董雙成入詩：

> 笑擘雲液紫瑤觥，共請雲和碧玉笙。花下偶然吹一曲，人間因識董雙成。

詩是從飲酒發想的，雲液喻酒，雲和喻樂，即是馳騁想像以再造諸天妓樂的奇幻感，也可能即人間的士子攜妓作樂，而特以神話意境自許。

宴請主題還有一首〈王遠宴麻姑蔡經宅〉，也是魏晉流行普遍的道教神話之一，較完整的傳記見於東晉初葛洪的《神仙傳》，凡有〈王遠傳〉、〈麻姑傳〉，均敘述王遠（字方平）降於蔡經家，度化蔡經成仙，得補官僚。王遠在七月七日降見，侍從盛壯；既至又召麻姑，也是仙真的排場。在蔡經的家中，麻姑所顯示的神通，其中就有「天廚」美酒，和之以水，飲畢，

---

[21] 參註[18]前引拙撰有初步的註解，頁一〇三～一〇六。

王遠也遣左右至餘杭姥處酤酒，從吳地胥門至餘杭，須臾信還，得一酒囊，酒五斗許。仙傳中王遠、麻姑的故事都發生於蔡經的家中，所以曹唐的詩題正是題作〈王遠宴麻姑蔡經宅〉：

> 好風吹樹杏花香，花下眞人道姓王。大篆龍蛇隨筆札，小天星斗滿衣裳。閒抛南極歸期晚，笑指東溟飲興長。要喚麻姑同一醉，使人沽酒向（一作下）餘杭。

先寫王遠登場，次用授陳尉符文、平書事後，即轉入飲宴的情事。餘杭酤酒也見於〈小遊仙詩〉中：

> 八景風回五鳳車，崑崙山上看桃花。若教使者沽春酒，須覓餘杭阿母家。

後世民間所流傳的麻姑獻壽的民俗題材，較早的淵源即傳承自此一仙家的奇幻趣味。

在王遠召請麻姑時，各進行廚之後，就出現了一段有名的滄海桑田的對話：麻姑自說云：「接待以來，已見東海三爲桑田，向到蓬萊，又水淺於往日，會時略半耳，豈將復爲陵陸乎？」遠嘆曰：「聖人皆言海中行復揚塵也！」對話中透露出時間的蒼茫感。因爲只有神仙能超越於死亡，又能御空往來，才得見海陸嬗變，這是道教神仙家所塑造的「智慧者」(the wise man)原型，以超越時空的智慧觀照宇宙人生，對比短壽見淺的凡人，形成一種超越的時間觀。這段滄海桑田的對話從此也成爲中華民族的共同智慧，用以感慨世事的變遷，其蒼茫，推移感兼具哲人的領悟、詩人的愁緒。因此自出世流行以後就爲詩人所喜用，唐時此一典故仍是新鮮、有創意的時期，曹唐自也不會放過此一絕佳的題材：

青童傳話便須回，報道麻姑玉蕊開。滄海成塵等閒事，且乘龍鶴看花來。

海上桃花千樹開，麻姑一去不知來。遼東老鶴應慵惰，教探桑田便不回。

青童君是上清經派早期道書中常見的仙君，與蓬萊仙島有關：青爲東方色，青童爲活躍於東方仙山的不老神仙；遼東老鶴則爲丁令威化鶴歸來的傳說。兩首詩均觸及滄海，桑田事，不過在不死的神仙世界裏，時間是没有意義的，故在神仙的玄觀中世事滄桑，盡成等閒，他們只是悠閒地乘鶴看花，桃花千樹才是仙家景致。詩中也因而透露出這位在薄宦中浮沈的詩人，一輩子在「鬱悒」的情緒下産生一種虛幻的嚮往。大概時間意識在曹唐的感受中特別深刻，因此也一再出現於其他的神話敍事中：

長房自貴解飛翻，五色雲中獨閉門。看卻桑田欲成海，不知還往幾人存。

叔卿遍覽九天春，不見人間故舊人。怪得蓬萊山下水，半成沙土半成塵。

兩首作品俱在後半表現滄海桑田、人事全非之感；《神仙傳》爲曹唐所熟讀的仙傳，費長房見賣藥老翁，乃隨從入壺，得見仙宮世界，因此學道，得授仙術（卷六）；衛叔卿在太華山與諸仙奕棋，並告訴其子「後數百年土滅金亡」。在道教相對論式的時間意識裏，仙界一日，人間百年，故詩中多强調幾人存、不見故人，爲遊仙歸後常有的母題。

對於時間意識的隱喻，神仙神話中最有名的即是誤入仙境的觀棋類型，目前〈大遊仙詩〉中並未留存這類題材，不過從六朝至唐正盛傳著爛柯山傳說，曹唐也不會放棄此一動人的素材。從漢代既有仙人六博鏡，至於晉世則虞喜（三〇七—三三八）《志林》錄信安山王質觀二童子對棋，局終，發現斧柯已爛，遽歸，才知「鄉里已非」；劉敬叔《異苑》卷五則載有另一種版本，是二老翁相對樗蒲。曹唐既嚮往神仙世界的無紀歷，在〈小遊仙詩〉中就活用此一素材：

> 洞裏煙霞無歇時，洞中天地足金芝。月明朗朗溪頭樹，白髮老人相對棋。

白髮老人即是智慧老人的原型，洞中天地，永遠如一；而圍棋即是娛樂，早在戰國以前國人既已發明這一門智兼遊樂的活動，仙人六博更在娛樂外，常用以隱喻世事難測如棋局。農業社會時民人多勤奮力田，下棋就成爲一種有智慧、有閒暇的休閒生活，而遊仙詩即兩次使用棋局意象：

> 白石山中自有天，竹花藤葉隔（一作滿）溪煙。朝來洞口（一作裏）圍棋了，賭得青龍直幾錢。

東皇長女沒多年，從洗（一作洒）金芝到水邊。無事伴他棋一局，等閒輸卻賣花錢。

在此圍棋有輸有贏，而仙界則作爲無事消遣的活動，也成爲世人豔羨的神仙行徑。

道教神話曾使用不同的方式敍述世事滄桑，遊仙的母題之一就是從仙境歸來後，發現無復親屬、鄉里已非。類此情境的遽變出之以極富戲劇性的手法，形成奇幻、詭譎感，在小說的敍述中，即常在現實事物的敍述中突然逆轉以逼顯出惡境頭，讓劇中人有所啓悟，也激起讀者的心靈震憾。曹唐對此一奇幻感的營造，是保留少部分的敍述，而致力於歌詠劇中人的情緒，這一手法正是詩的主要藝術功能。他採取《神仙傳》中的〈黃初平傳〉（卷二），分別在〈大、小遊仙詩〉中處理，黃初平十五歲牧羊，道士見其良謹，擕至金華山石室中。後來其兄初起請問道士，乃能訪求得見，已是經四十餘年後再度相見；即問所牧羊，初平引見才發現滿山白石盡變爲羊，凡有數萬頭，其兄也因此好道學仙而得成。「後乃俱還鄉里，親族死終略盡，乃復還去」，中間相隔五百年，造成人事全非的遽變。曹唐兩首詩都著重在表現白羊變化，這是從六朝起詩人就習常使用的白石典故：

莫道眞遊煙景賒，瀟湘有路入京華。溪頭鶴樹春常在，洞口人家（一作間）日易（一作自）斜。一水暗鳴（一作迴）閒遶澗，五雲長往不還家。白羊成隊難收拾，喫盡溪邊巨勝花。

共愛初平住九霞，焚香不出閉金華。白羊成隊難收拾，喫盡溪頭巨勝花。（小遊仙詩）

〈大遊仙詩〉題作〈皇（黃）初平將入金華山〉，所以較有敘述的意圖，先寫將入，繼寫山中的景致，然後表現「不復念家」的傳文內容，其下即省略大段的初起覓弟而直接歸結於白羊事，結句的構思則略同於穆王的白馬偷喫玉花，也與〈小遊仙詩〉中「供承童子閒無事，教剉瓊花餵白騾」，均有異曲同工之妙，大概他頗得意於這類結局，故也挪用於另一首〈小遊仙詩〉中。但兩首相較之下，後者較偏於總體的觀照，而表現四十餘年的蒼茫感則一，其藝術效果確是既奇幻又神秘。

對於時間意識的主題，曹唐還處理過仙境遊歷傳説中的隱遯類型——小川環樹稱爲仙鄉譚的變型。㉒在陶淵明生存的時代環境，由於亂離的世局，激發多種誤入仙境傳説；而洞庭湖流域一帶的實際地理更也易於蘊育出入山隱耕的傳説。當時劉敬叔《異苑》、庾仲雍《荊州記》均有所記載，與陶淵明有關的《搜神後記》，更有〈桃花源詩〉前記的類似紀錄。此類傳説全結穴於淵明一詩，事因詩因人而傳，所以唐人有關的題詠之作蔚爲風尚。曹唐也有〈題武陵洞五首〉，也屬於遊仙詩系列。《唐詩紀事》更引述〈遊仙詩〉一絕——未見於〈小遊仙詩〉中，被視爲「屬對清切」的詩例。前五首全從武陵人的觀點，寄託晚唐人的社會意識。曹唐也採取慣用的藝術手法，並不遵循〈桃花源記序〉的順敘法，陶潛是按時間的前後關係、事件的因果關係，從武陵人如何誤入敘起；他所採取的是凝固在一個關鍵時刻、場景，然後將桃花源的遊歷經驗一一倒敘，採用類似西洋史詩「從中間開始」（in medias res）的方法

㉒ 小川環樹《中國小説史の研究》（東京，岩波，一九六八）頁一三二～一四五。

——這是羅馬詩人與批評家霍雷士（Horace）「詩藝」（Ars poetica），沿襲亞里斯多德的情節觀念，認爲中間爲情節發展的關鍵，將開場前的情節倒敘交代。㉓曹唐不只從事件的中間開始，幾乎是選在高潮的頂點，因爲讀者早已知道前情，他要著力的是情緒的氛圍及當下的情境、情緒，而前情只是片斷，精彩鏡頭式的突出於這一情緒之中：

此生終使此身閑，不是春時且要還。寄語桃花與流水，莫辭相送到人間。
溪口回舟日已昏，卻聽雞犬隔前村。殷勤重與秦人別，莫使桃花閉洞門。
卻死重來路不通，殷勤回首謝春風。白雞黃犬不將去，且寄桃花深洞中。
桃花夾岸杳何之，花滿春山水去遲。三宿武陵溪上月，始知人世有秦時。
渡水傍山尋絕壁，白雲飛處洞天開。仙人來往無行跡，石逕春風長綠苔。

第一首凝定在武陵人將辭別還家的場景，以桃花與流水借代送別者，而桃花源即與人間隱然相對。二首寫將別的景象，前村雞犬爲桃花源的依依之景，殷勤話別爲依依之情。此一「殷勤」的情緒就過渡到第三首，拍合莫閉洞門，而有恐慌之感——能否重來？四首爲歸途的遲遲吾行，跌入武陵月、秦時人的回憶中；五首則是寄託願望的心境，武陵人重回尋覓洞天，才發現已是仙人無行蹤，「春風」則是回應第三首的謝春風，石逕綠苔則暗示久無人蹤。類此

㉓ 張漢良〈史詩的文類研究〉，收於《現代詩論衡》（臺北，幼獅，一九七七）頁五一～六六。

五首既獨立而又相連貫的組詩，重新設想武陵人進出仙境的奇遇，的確有想像出奇之處。

在仙境遊歷傳說的情節單元中，最具有人間性、現實性的就是懷歸母題，它可溯源至屈原〈離騷〉在昇天前的忽臨睨舊鄉，而導致僕夫悲余馬懷，可說是懷鄉的原型。凡男既已誤入仙境，美女與婚姻、服食與永生均可滿足，卻仍會思歸、懷鄉，且明知既出就不能再回歸。這一原型應是中華農業民族的安土重遷性格的反映，斯土信美而非吾土，仙境雖好而終歸人間。曹唐正是掌握其關鍵：懷歸而再歸。不過到了晚唐社會，大唐的風光已不再，他承襲了唐人的桃源詩傳統，卻仍有不落俗套的表現。唐人已將桃源仙道化，曹唐則進一步將陶潛的後人也結上仙緣而寫入遊仙詩中：

> 靖節先生幾代孫，青娥曾接玉郎魂。春風流水還無賴，偷放桃花出洞門。

玉郎就如誤入仙境的劉郎、阮郎一樣，有仙緣接遇仙女青娥，桃花出洞門猶紅杏出牆，則隱喻一種遊仙窟的風情，可說是將人仙戀安置於桃源傳說的新表現。

曹唐運用神話素材，擅於掌握敘事詩中的關鍵情節，在神話所未有之處無中生有，大大發揮詩歌體的抒情功能，無論是仙宴場景或是離別場面，俱爲人情所最不能堪之處：其中又以時間意識爲最精彩，一別數百年，再面對人事全非的難堪的惡境頭，猶如元人度脫劇——神仙度化，當場啓悟，讓讀者認同劇中人，在激動之餘沈靜回味，體悟人生的無常感。神話詩寫作至此意境，自是能大播于時，感動晚唐社會中在同一時代環境下具有同一感受的心靈。

四、結語

曹唐其人及其詩，在晚唐詩史上，他的評價只是與羅隱等齊名，不能算是大家。他的作品風格在張爲的《詩人主客圖》中，列於瑰奇美麗主武元衡下，與趙嘏、長孫佐輔同列於入室三人中。不過綜合考察《全唐詩》現存的兩卷詩，可以發現曹唐自有其獨到、聰明之處，就是擅用其獨特經驗——曾爲道士，讀過道書，也懂得發展其性情——志趣澹然，追慕仙蹤，因而專門在道教的神仙神話中，選擇自己特別有興趣的素材，寫出〈大遊仙詩〉五十篇、〈小遊仙詩〉近百篇，這是唐代詩人中寫作遊仙詩數量最多的一位，也是從六朝以來遊仙詩史的寫作冠軍。依據文學創作的通例，一種題材從萌芽、成長到達創發的高峰期後，就會逐漸消沈，乃至消失。準此以論，遊仙詩應在六朝前半既已經過了此一自然發生學的定律，㉔然則曹唐如何突越這種創作的瓶頸？

在唐代遊仙詩的寫作多少違反了文學發展的定律，大家如李白也以其高才繼續寫作，除可歸因於唐人詩藝的完美表現外，最重要的是道教在唐代的蓬勃發展，爲遊仙思想帶動了另

㉔ 詳參拙撰〈六朝道教與遊仙詩的發展〉，收於《中華學苑》二八（臺北，政大，一九八三）頁九七～一一八。

一波高潮，出現多采多姿的遊仙詩題與素材。㉕曹唐出生於晚唐，本是一個相當不利於遊仙詩創作的條件，他卻巧妙地扭轉不利的形勢，反而逼使尋找出一條極爲特殊的創作方向：其中較重要的是如何運用神話素材，經重新處理後並賦予新意。從「神話與文學」的觀點重新評價曹唐的作品，不只是套用新理論、新觀點借以肯定其中的新價值；而是透過這一現代的詮釋方法，落實到曹唐本有的創作意圖，揭而出之以發現其中的隱奧，從而針對其作品所兼具的敍述、抒情手法重加評定。

由於中國詩史的特質是具有强烈的抒情成就，因此發展出不同於西洋文學的傳統，在歐西文學史上希臘羅馬神話一直是詩人層出不窮的創作靈感，同一神話經常反覆處理，各出機杼，也發展出波瀾壯闊的神話詩。以火神普羅米修斯爲例，就在不同的時代中被賦予不同的社會文化意義，雪萊創作的詩劇中，火神被釋，除了先前已有紀元前五世紀艾斯格勒斯 (Aeschylus) 的「普羅米修斯被綁」(prometheus Bound) 與「普羅米修斯獲釋」(prometheus Unbound)，靈活運用神話素材爲劇本，雪萊正借此表達其民主社會的理想。在中國文學史上曹唐是較少數採用大量道教神話——袁珂稱爲「仙話」㉖，且在藝術技巧有大突破的一位，他之能運用神話素材，實緣於他有機緣接觸，且體會特深、感情深入，才能推陳出新而特多別出心裁之處。

㉕ 關於唐代遊仙詩與道教之關係，參拙撰〈唐人遊仙詩的傳承與創新〉。

㉖ 袁珂《中國古代神話》(上海，商務，一九五七) 頁二七。

曹唐深切認識神話詩的創作，神話自是統御一切的意象，是詩中不可免除的基礎；但神話同時也是民族集體共有的知識與智慧，爲同一文化背景者所熟知、體認，所以神話只是提供作爲基礎、間架：就像牛郎織女說話已是婦孺皆知，而劉阮誤入天台也是流傳普遍的奇遇譚。因此詩歌不應只是神話的重覆敍述，這可能變成一種創作能力的浪費，而應是運用神話再創作，是創造的想像力的高度發揮。曹唐不願將他的遊仙詩作爲仙話、神話的附庸、附屬品，而將它從被綁中釋放出來，因此採取諸般策略：有時從高潮處倒敍，如題武陵洞；有時觀照全局，在原作所缺處著手，如劉阮與仙子的贈答；有時則選擇關鍵的情節從部分回顧全體，如萼綠華的留別贈詩；有時甚至在原作所無處，想當然耳地出其臆想，如漢武宴王母。類此翻轉、逆轉的手法大大豐富了原作，激發了讀者的想像力，從而讓他們獲得高度的滿足感。

對於中國文類學的研究，一些深有識見者早已指出：同一題材使用小說與詩會形成不同的藝術效果，王夢鷗先生曾比較陳鴻《長恨歌傳》與白居易〈長恨歌〉，就明白指出不同的文類具有不同的藝術功能。[27] 散文的敍述體在敍事功能上，如交代人物、情節發展等，均可達到發展事件的效果；惟獨對於人物內心的意識狀態：如感情、思想等，常感有表現不足之處，這自是傳統小說美學在心理描寫上猶處於發展中的狀態，使它不致於構成文類的限制。曹唐

---

27 王夢鷗先生〈長恨歌的結構與主題補說〉，收於《傳統文學論衡》（臺北，時報文化，一九八七）頁二二四～二三二。

自是深知筆記式小説、傳記體的缺憾，因此採用詩筆時，就大大發揮了唐詩的抒情功能。在他採用的人仙奇遇傳説的悲歡離合諸事件中，寫情説緣，寫等待和離別，俱能淋漓盡致地作心靈的告白，可説是神話詩將神話所缺之處，彌補得恰到好處，將詩的抒情功能發揮到極致。

不過採用神話素材的最關鍵處，還在詩人能否把喻旨完全溶合在詩中各質素裏，曹唐其人有凌雲之骨，激昂之志，但投身仕途，卻終身浮沈於「薄宦」之中，常以病馬自喻，其內心深處「頗自鬱悒」；加以晚唐社會，國事日非，世路多艱，神仙道教在此一情況下，常成爲心靈的逋逃藪。曹唐特別選用奇遇的神話素材，正是此類心境折射地反映，他表現在詩中的主題，不管是劉阮之誤入仙境，抑是黃初平之隱居牧羊，常在奇趣中透露出一種嚮往之情。本來神話就會賦予日常生活的事物有一種哲學的意義，深入集體心靈的深處，可以發現隱微的理想與願望，神話成爲與夢相似的符號，是溝通意識與無意識之間的一座橋樑。然則一旦遊歷仙鄉歸來，發現人事全非的蒼茫感；或認同麻姑，發現滄海桑田的無常感，都是經由符號解讀後，直指民族心靈的深沈處。神話詩寫至於此，已不只是娛己娛人的娛樂價值，而是經由原型來傳達真理，啓發智慧，獲致神話詩的藝術功能。

在遊仙詩史上，唐代的社會文化豐富了一種即將衰歇的詩體，將當時人的創造力表現於語言、文學中，這是一個富於創發力的時代，詩人高度發揮了語言的隱喻功能，聯結了事物與事物的新關係。所以遊仙窟的社會風情，形成劉郎、阮郎與仙郎對比仙女、玉女與謫仙的關係，類此隱語充分表現了唐人優雅的語言品質，讓唐式的風流增添一種仙言仙語中的氣氛、情調。曹唐承襲此風，特別有興趣處理其間的悲歡離合，在元稹的〈會真詩〉外，他是賦予遊仙另一種社會意義，在唐人的遊仙衆作中，自會有其新的評價。

曹唐其人，以入道爲道士始，而以寫作遊仙詩大播于時，最後連他的暴卒也與仙女的奇遇結合而成爲詩歌傳說，可見終其一生都蒙上一層道教神話的氛圍。因此從神話與文學的立場、從道教文學的立場，重新評估這位鬱悒而終的詩人，他應具有比瑰奇美麗主的入室者更貼切的地位，清詩人厲鶚在〈前後遊仙詩百咏自序〉中自承效顰郭璞、學步曹唐，而寫作三百篇遊仙詩。可見在遊仙詩史上曹唐的地位倍受肯定，所以他的遊仙詩是唐代也是中國神話詩的瑰寶。

（本論文曾於一九九〇年十一月南京國際唐代文學會議上宣讀，特此說明。）

曹唐〈小遊仙詩〉的神仙世界初探

唐代詩人的創作成就，局面開闊，堂廡深廣，其中與道教文化有關的厥爲步虛、遊仙及涉道詩等，曹唐其人及其詩是道教文學的瑰寶。在他的一生中所創作的遊仙詩，數量之多、品質之精都可說是唐詩中的異數，不僅生前既已聞名當世，身後也因此一詩題而爲仿效者所繼踵。不過對於這類表現優異的道教文學應如何加以評價，則是一個耐人尋味的問題。近人從史的立場，評定他在遊仙詩史上的成就與地位，是屬於弘觀的考察❶。而較微觀的研究、譯介工作，也由EDWARD H. SCHAFER教授完成，獲得突破性的研究成果❷，這都是前人所未有的貢獻。在中國的遊仙詩發展史上，魏晉爲鼎盛期，南北朝則漸趨衰歇。唐人繼起，但以其豐沛的創作力在曹唐之前卻一無突破，因此有的試改舊題而另闢蹊徑，如夢遊仙、憶

---

❶ 較早期有程會昌〈敦景純曹堯賓遊仙詩辨異〉，刊於《國文月刊》第八十期（一九四三）；又有唐亦璋〈神仙思想與遊仙詩研究〉，刊於《淡江學報》第十四期，（一九七六）。

❷ EDWARD H. SCHAFER, THE SEA OF TIME, Poetry of Ts'ao T'ang, California, 1985.

仙系列❸。曹唐則以〈大、小遊仙詩〉爲名，大變新局，新變出前所未見的遊仙詩新風格，遠邁於前此與道教有緣的諸多詩人。這些〈小遊仙詩〉數達百餘的大量作品，即以唐人所擅長的新體重新處理遊歷仙界的宗教體驗，其精巧的隱喻、富贍的辭彙，創造出一個玄奧的神仙世界。也因此他所使用的語言意象不易索解，註家絕少，使後人不易進入其神話世界中。此文將試從其出身際遇、閱讀經驗分析其語言習慣，並從語言的運用中試著瞭解他的生平志趣、人生觀點，由此確定這些遊仙詩在道教文學史上的藝術價值。

一、曹唐的生平際遇與寫作環境

道教在唐代社會有高度的發展，由於它所結構完成的神仙世界及其成仙方法，直接關涉及人生的終極關懷，讓在現世受到挫折、困頓者有一嚮往、探求之道。深具敏感心靈的文學人就常以道教作爲創傷心靈的逋逃藪，希求從其中獲得撫慰與昇華，因而一些涉道、遊仙的作品多屬這些自我調適的產物。唐代詩人中逃於道或與道教有緣者都曾留下珍貴的文學成果，而曹唐之所以成爲其中的翹楚，實緣於其生平際遇：他是少數曾真正入道的文士，故有緣獲讀道門秘授的圖籍，並能有機會體驗道士的生活；後來還俗後的仕履生涯又多失意。類此不

---

❸ 詳參近撰〈唐人遊仙詩的傳承與創新〉，收於《中國詩學會議論文集》，（彰化師大，一九九二），頁四〇九～四四〇。

遇的情緒促使他深刻體驗人生，因此能因緣湊合地運用道教神話語言以隱喻其人生觀，寫出深味有得的道教文學，藉以表現他所探求的生命的終極意義。

有關曹唐的一生事跡，史料所存的極爲零散、簡略，此緣於他並無顯赫的任官經歷，自不爲史家所重。但由於他所創作的一批質量俱佳的遊仙詩，在生前既已「以能詩，名聞當世」，故見載於當時人的筆記雜錄，也多爲後世的詩人傳記集所收錄❹。除詩之外，他也「工文」❺。不過目前所殘存的詩集應是明人所輯存的：唐平侯、范邦秀輯成《二曹（唐及鄴）詩》；又收於《唐詩百名家全集》爲《曹從事集》，後經《全唐詩》編爲兩卷（六四〇、六四一）；此外佚詩一首輯入《全唐詩續拾》；而《全唐文》則未能輯得所佚失的古文。由目前所殘存的作品中，有部分詩題及內容尚可提供今人勾勒其生平事跡❻。

曹唐字堯賓，本籍桂州臨桂（今廣西桂林）。他年輕時「初爲道士」的宮觀、道派，應與這一區域有所關聯。由作品中知道他所交往的道門中人有劉尊師、王錫，其中劉尊師就是衡山道士劉玄靖，敬宗寶曆初曾奉召入宮，回答長生事不合上意，放歸後曾到陽朔一帶修鍊，

---

❹ 晁公武《郡齋讀書志》卷四亦有同一引文，本文所引見《唐詩記事》卷五八（臺北，中華書局，一九七〇）頁八九〇～八九一；辛文房《唐才子傳》卷八，較詳盡的研究有布目潮渢、中村喬《唐才子傳之研究》（東京，汲古書院，一九八二）頁四七三～四七六。

❺ 同上註。

❻ 近年梁超然有〈晚唐桂林詩人曹唐考略〉，《廣西師範大學學報》一九八九第四期；〈晚唐桂林詩人曹唐和他的詩〉，《唐代文學論叢》（陝西人民出版社）。

即於此時與曹唐、曹鄴曾有交往。「武宗會昌中復召入禁中」❼，堯賓乃作〈送劉尊師祇詔闕庭〉——其中第三首也見於曹鄴集，題作〈送劉尊師應詔詣庭〉，應是各有所贈。劉玄靖是與鄧元起、趙歸真等奉召赴闕，共修金籙道場❽。桂林在江南，按照當時道派的發展情況，應屬於茅山教團的傳布區域，這是當朝帝室最爲信任的道派，影響力也最大❾。

SCHAFER 教授就在解讀、譯介曹唐作品時，發現他除引用《列仙傳》、《神仙傳》等仙傳集外，其仙言仙語所用的道教故實大多與茅山派有關；敍述神仙事跡的諸如《漢武帝內傳》、《海內十洲記》；陶弘景所輯錄的《真靈位業圖》、《登真隱訣》；修鍊類道經諸如《上清外國放品青童內文》、《青要紫書金根衆經》、《北帝說豁落七元經》、《靈書紫文經》、《太一帝君真玄經》及《黃庭內景經》等❿。目前雖已無法明確指出堯賓所用的全部道教故實的出處，但這些上清經派的道書中，其中所出現的道教地理（仙界）、人物（神仙）等，確是解開詩中玄奧意象的鑰匙。而更重要的是其中的道教思想、神話及其儀式，形成堯賓想像力的依據，經巧妙綴成豐富而多變化的仙界意象。

堯賓創作遊仙詩的另一種契機，就是他還俗後沈鬱下僚、久舉不第的不遇情緒。從他一生的仕履約略可考知：在穆宗長慶二年（八二二）前後曾應蕭革之辟，入邵州刺史幕府任從

---

❼《歷世真仙體道通鑑》卷四〇有〈劉玄靖傳〉，（道藏鱗八字）。
❽孫克寬，〈唐代道教與政治〉，收於《寒原道論》（台北，聯經，一九七七）頁一四七～一五一。
❾宮川尚志〈唐室の創業と茅山派道教〉《佛教史學》一～三（一九五〇）。
❿SCHAFER 前引書，頁一三七～一三八。

事三年；敬宗寶曆元年（八二五）一度至京師應舉。又曾於寶曆二年入容管經略嚴公素幕府任從事；至文宗大和二年（八二八）再應舉，不第，滯留京師。其後遊江南，結識杜牧；宣宗大中七年（八五三）至岳州會李遠，所任亦應是從事的一類職務；九年又至京師。這次他是否中舉，記載有異：辛文房說他「大中間舉進士」；但《太平廣記》卷三四九引張薦《靈怪集》，既說是「進士曹唐」，又說他「久舉不第」；而張讀《宣室志》則未載他不第一事。張讀爲張薦之孫，撰述的時間與曹唐相近，應較可信⑪。類此應舉、流移於各地的經驗，使他常與家人、友朋一再離別，在遊仙詩中就被表現爲仙人的別情歡會。

堯賓一生所任的俱屬於從事一類的職務，直到「咸通中卒」，也是任「使府從事」。所以辛文房說他的仕履生涯，是「薄宦，頗自鬱悒」。還俗後的仕宦之路既是鬱悒不展，而其人的志趣，又是「平生之志激昂」。類此激昂的性情，加以「志趣澹然，有凌雲之骨」，因而將處於現實世界所遭遇的不遇、失意，就以道教的神仙世界作爲他所追慕的理想，這一點辛文房在詩人小傳中即有明白的說明：由於他「追慕古仙子高情，往往奇遇。」將人仙奇遇的結果，「紀其悲歡離合之要」，就成爲傳誦一時的遊仙詩。也就是說堯賓之爲人，「起自清流」，而出入於宦途後，既受挫於科場，也鬱悒於官場，因而加深他寄意於遇仙、誤入仙境的傳說中。

---

⑪《靈怪集》爲張薦所撰，但薦活躍於德宗貞元年間，此條記載應是羼入，非原書所有；而《類說》卷二三、《說郛》卷六則引《宣室志》，記事相近，惟缺不第事。張讀爲薦之孫，大中六年登進士，撰《宣室志》的時間，在大中五年以後、咸通末年以前。他多記當時事，又與曹唐同時，故應是較可信的一條資料。

在唐人所開拓的詩歌題材中，雖則豐富多樣，但他卻特別採用「遊仙」的題目，這就涉及唐代詩人對於遊仙詩的寫作態度。

在遊仙文學的發展史上，魏晉時期適當道教形成之際，漢世以來較爲素樸的仙說、求仙風尚，激起文士及民間創作遊仙之作，所以最具典型的遊仙詩與仙境、遊歷小說都在此一期間內出現，道教的洞天傳說與遠遊、遊仙詩的寫作風潮，在魏晉時期恰逢一些才華洋溢的詩人，因此創造出一批最具代表性的作品。而在南北朝時期新的道教神仙傳說固然也間或出現於遊仙詩中，但並未出現特別精采之作⑫。入唐之後，詩題、語言均產生較大的變化，理應出現新的局面，不過襲用舊題的現存者不多，在堯賓之前，只有王績（五九四－六四四）存五首，是成績最可觀的；其餘武則天（六二四－七〇五）、竇鞏（七七二－八三二）、劉復（大曆中登第）、賈島（七七九－八五四）及張祜（七八二？－八五二）均只有一首，除王績、竇鞏較能運用唐人在語言及體制上的創新，而具有唐詩的面貌；其餘都近於擬古，在仙言仙語、神仙新典的運用上並未能表現出唐詩的風格⑬。因此堯賓乃在此一衰頽的寫作風尚中，大力振興此一詩題。

在堯賓之前既已有詩人採用夢遊仙一類的詩題，以夢入仙境的情境來敍寫遊歷仙界、朝

---

⑫ 詳參拙撰〈六朝道教與遊仙詩的發展〉，收於《中華學苑》二八（臺北，政大中研所，一九八三）頁九七～一一八。

⑬ 同註③拙撰。

見玉皇的新仙說，這一手法對堯賓也有啓發作用；要不就是以〈遊仙窟〉的手法隱喻誤入仙鄉的狹邪之遊，成爲唐人特有的隱喻習慣⑭。至於大家如李白、名家如李賀則是另用其他的題目來抒寫慕仙的情緒，也能獲得可觀的成就⑮。他們所以不採用「遊仙」舊題，而採用新題；或改變舊題而另立機杼，都可見當時的詩人如何創新的諸多方式。堯賓其實就在這種創作環境下，從不變中求新變：一方面對於唐人所要創新的新遊仙詩寫法加以吸收，然後傳續唐詩在語言、辭彙上的創獲之處；另一方面又要擅用他本身的專長，將豐富的道教新仙說引入舊題中，經由傳承與創新造成他的新風格。

曹唐之所以能聞名當世，其作品都與遊仙詩有關，至於他所寫作的數量固是頗爲可觀，而諸家所載則多有出入：計有功說是「所作遊仙詩百餘篇」，而辛文房則說「作大遊仙詩五十篇，又小遊仙詩等。」曹唐詩集在唐宋時流行頗廣，版本亦多，到元代才逐漸湮沒。計、辛兩人所根據的都是當時所能看見的版本，保存的情況雖非原貌，但較諸明人所輯的應較完整，所以所說的應是近於原作的數目。也就是全部數量約百餘，而僅〈大遊仙詩〉既有五十篇，目前《全唐詩》所輯存的僅得十七首而已，佚失頗多；〈小遊仙詩〉凡有九十八首，另附《唐詩紀事》所引的一首，則數近百首；至於兩卷內其餘題材的作品所佔的已不多。根據中國

---

⑭ 詳參拙撰〈仙、妓與洞窟～從唐到北宋初的娼妓文學與道教〉，收於《宋代文學與思想》（臺北，學生，一九八九）頁四七三～五一五。

⑮ 有關李白、李賀的遊仙、涉道詩，將另篇處理。

人流傳詩文的習慣，名篇大致較不易佚失，然則百餘遊仙諸作既能名聞當世，也就易爲後世嗜好此道者所抄存，可知九十八首小遊仙詩應與原先流傳者所差並不多。

從曹唐的一生考察這組作品，〈大遊仙詩〉乃是唐詩中難得一見的道教神話詩，在中國一向較缺少敘事詩、神話詩的傳統中，自是具有不可忽視的文學價值⑯；〈小遊仙詩〉則採短什的形式，篇篇自有一段奇遇，而總體合觀又是具有同一慕仙的情緒。其寫作時代與情境雖非一時一地，但由於他生平所經，要不流連於諸多使府間，就是一再受困於京師，其間多次出入，總不能成就世俗的功名，所以在創作遊仙詩的情緒上還是頗爲一致的。故九十八首的前後次序是否成於堯賓之手，抑是後世流傳、刊刻者的輯錄，目前其實無可確證。

梁超然曾引《湘皋集》卷三說堯賓乃「因暴疾卒於家」；而當時人張讀則紀錄一則讖詩傳說，辛文房所載的雖略有異辭，但都敘及兩位仙女詠曹唐〈大遊仙詩〉中的天臺劉阮詩，數日（或明日）後即暴卒⑰。類此傳說的真實意義應是他生平所追慕的人仙奇遇，竟然在生命終結時實現於夢幻或幻覺中。雖則其人入道後又出道，而生前、卒時及身後都因道教傳說的傳揚，以致於獲得文學生命的長生、不朽，可知他確是結合道教、文學因緣於一身的道教文學家。

---

⑯ 詳參拙撰〈曹唐大遊仙詩與道教傳說〉，原宣讀於一九九〇年南京「唐代文學國際研討會」，後刊於《中華學苑》四十一期（臺北，政大中研所，一九九一）頁一〇七～一四〇。

⑰ 同上註，頁一一一～一一二。

二、戲劇性空間：天地宮府

曹唐創作百餘首遊仙詩，雖非集中於一時一地內完成，但綜合整體的印象即可發現此中自有其大布局、大結構，即仙界結構及活動於其內的諸仙聖衆。由於每篇俱爲一完滿具足的獨立體，在一神話間架上歌詠一件奇遇；而總標題「小遊仙詩」之下乃隱藏著仙界輿圖，作爲諸仙登場的舞臺。在這一浩瀚的時間之海、空間之海中，SCHAFER 教授是較早的探索海中奧秘者，他選擇其中的重要仙島、仙真詳加解說、譯介，確能使西方讀者想一探《時間之海》者免於迷航。他並未完全找出曹唐據以構設仙界的整體結構，其中實涉及道教的宗教宇宙誌、神秘輿圖說。但能以仙島爲解說重點，擇要譯述，實不失爲一較佳的探訪方法，尤以解說部分引述道書、筆記及唐人的相關詩作，也是一種較爲有效的引導遊覽的作業，對中國人而言也具有諸多啓發之處⑱。

在「蓬萊」部分他例舉了五六與六八兩首；「扶桑」部分也例舉九五與三九兩首，方諸部分則因與青童一起介紹，因而大批譯介了八八、四一、五五、五四、七、七〇、四七及三

---

⑱ 筆者在一九八四年與柏夷教授（Stephon R. Bokenkamp）結識，因而與 SCHAFER 教授聯絡，並有緣得讀其譯介曹唐詩的大作，當時曾提及詳註曹唐詩之願，惟牽延多年，僅成草稿，而教授已遽歸道山，故誌此以資紀念。

一等八首；洞天（The Hollow Worlds）部分選譯三、七二及九一等三首。除此之外他也以仙界中人爲主，在「玉妃及其服飾」(Jade Consorts and Pelagic Costumes) 項下，譯出八七、二八、四八、二三、三〇、九六等六首；麻姑（Miss Hemp）項也較多地譯出九〇、六五、五二、四四、四六、一、八九、八一等八首；另在譯介玉女及女神（Nymphs and Goddesses）時有二六、六三兩首；再加上介紹詩體與相關術語時，也譯出八三、二七兩首；解說蜃樓 (Clam Caotles and the Fata Morgana) 時則未譯介作品，而只是作爲補充說明蓬萊等海上仙島的成因。大體說來他主要的興趣在東方仙島系統，而對於崑崙的西方仙山系在此書中並未一併譯出，所以總共約只譯出了三十三首而已。

曹唐是否曾在分別寫出百餘首遊仙詩之後，按照寫作年代或仙界性質自行編次，並冠以〈小遊仙詩〉的總題？由於目前並未存留小序等解題性文字，因而讓後人無從詳悉他如何安排仙界與仙真的關係。根據道教內部的道書出世、流傳，及教團內部有意編纂的集大成之作；其中編列神仙位階的，諸如陶弘景的《真靈位業圖》；編次洞天府地的，如司馬承禎的《天地宮府圖》均屬較有條理的道門必讀物。曹唐既曾入道，熟讀上清經系的道書；又生當晚唐，也必習聞當朝茅山派高道所編撰、流傳的道教傳記集。所以他將一己所讀所感的神仙奇遇、感遇事跡，選作歌詠的題材，雖是分別完成於仕履所經的不同階段，但在作品與作品之間卻隱然有一完整的天地宮府、仙真位業的構圖。因此如同 SCHAFER 教授的嘗試，在此試將〈小遊仙詩〉中所出現的仙界、仙真取出，重新置於道教輿圖、仙真品位的肌理脈絡中，就可找出曹唐最多感觸的仙人奇遇事件，較常出現在何種情境？也就是可以界定他所寫的道教化新遊仙詩的題材特質。

曹唐通常引述的神仙傳記集中，以葛洪《神仙傳》爲較常見，此書就有多處述及成仙的位次，如「夫仙道有昇天躡雲者、有遊行五岳者、有服食不死者、有尸解而仙者。」[19] 而這些神仙事跡也是葛洪結構其三品仙說的材料，他曾「按仙經云：上士舉形昇虛，謂之天仙；中士遊於名山，謂之地仙；下士先死後蛻，謂之尸解仙。」[20] 當時所流傳的三品仙所棲集、治理的處所，大體已有一致的說法，就是上仙可昇登紫庭天界，拜爲仙官、仙卿等仙界職司；而中仙爲不汲汲於登天者，可棲集於崑崙、蓬萊等名山，空中結爲宮室；至於中仙之次或下仙，則常棲集諸名山洞室，總領鬼神。類此說法在陶弘景所整備的真靈位業圖表上，按照朝班品序、真靈階業，將上清經派中人所搜集的神仙「埒其高卑，區其宮域」，成爲龐偉而繁複的道教神統譜。司馬承禎乃「披纂經文，據立圖象」，又將天地宮府整理出一套洞天福地說，作爲上天遣派群仙統治之所。所以堯賓之前有關天地宮府的結構既已大致確定，他所據以創作的奇遇傳說，即是同一洞天福地說的成仙譚[21]。

---

[19] 葛洪的神仙品類見解常雜見於傳文中，《神仙傳》卷三劉根傳引出此文，另卷一彭祖傳也有一段更詳盡的敘述。

[20] 葛洪《抱朴子·論仙篇》曾引述此文，另〈黃白篇〉、〈金丹篇〉也有相關的文字，都可概見其說法。詳參拙撰〈神仙三品說的原始及其衍變〉，《漢學論文集》第二集，臺北，文史哲，一九八三）頁一七一～二二四。

[21] 三浦國雄〈洞天福地小論〉曾有初步的論述，收於《中國人のトポス——洞窟、風水、壺中天》，（東京，平凡社，一九八八）頁七一～一一二。

天仙與天界神話即是最稱高、上的仙格，其原始與紫廷（紫微）信仰有關，到南北朝時期則已發展爲繁複、多層的天庭說。堯賓除偶而泛用「天上」（二八）、「重天」（六六）外，曾用過「三十六天路」（九二），它最早有《魏書．釋老志》所錄的當時道書之說：「二儀之間有三十六天，中有三十六宮，宮有一主。」其後道教中人又具體化地表達爲六重天：欲界六天、色界十八天、無色界四天、四梵天、三清天及至高的大羅天㉒。堯賓只泛用以表示「星月滿空」的上天之路而已：其中的三清天，包括太清天、上清天及玉清天，即爲三清境，他也曾選用其一以表示天界：「金鞭遙指玉清路」（六七），其意即指往玉清天之路，也泛指上天之路，陶弘景《水仙賦》既云「通九玄于金闕，謁三素于玉清」，將元始天尊（天寶君）所治的清微天借代地作爲最高仙境的代表。而最高一重天的大羅天中則有玉京山，《洞玄靈寶玉京山步虛經》云：「玄都玉京山在三清之上、無上大羅天中，上有玉京金闕七寶玄臺紫微上宮，太上無極虛皇天尊之治也。」（道藏藁字）所以第三五首即據此天界說而作：

紫羽麾幢下玉京，欲邀眞母入三清。

誦詠天尊從玉京山紫微宮下來，在紫羽麾幢的擁簇下邀請真母入三清境。類此「大羅之境，

㉒宋、張君房編《雲笈七籤》卷二十一；又《猶龍傳》卷二所載的文字略有異同。

無復真宰，惟大梵之氣，包羅諸天下空之上。」㉓表現出梵氣滿布的狀態；但從紫微宮名、紫羽御乘諸詞卻仍可見其原始紫微（北辰）信仰的遺跡。

〈小遊仙詩〉中最常使用的天界則爲「九天」一詞，凡有五首：

九天天路入雲長，燕使何由到上方。（一二）

叔卿遍覽九天春，不見人間故舊人。（四四）

碧瓦彤軒月殿開，九天花落瑞風來。（五一）

且欲留君飲桂漿，九天無事莫推忙。（五五）

九天王母皺蛾眉，惆悵無言倚桂枝。（九三）

九天一詞自古即指上天多重、多方的多數天觀念，不過道教天界說在持續繁複化後，即吸收舊說，由三清玄元始三炁各生三炁，合成九炁以成九名，並天各有名如郁單無量天之類。堯賓的筆下並不細表何種九重天，而只泛稱多重多層的天界，可知道書中作爲諸天隱名的天界，在詩歌講究形象化思維的習慣下，其實只是作爲一種隱喻符號，拱托爲神仙的聖域，作爲仙真活動的舞臺、場景而已。

天廷固然是群仙昇登的至高仙境，但在神仙傳記集內最常見的則是名山洞府，堯賓所用

㉓ 張君房上引書，同卷引《元始錄》。

以寫作的成仙奇異事跡，也就最常述及各類名山，其中又以原始的東、西二系仙山爲典型。崑崙山爲巫教(shamanism)信仰區內的「世界大山」(world mountain)，在大地的中央，爲升登紫廷、天廷所上下的聖山㉔。道教自是容受崑崙神話，作爲仙真棲集及昇登前的名山，上清經系的《海內十洲記》中有三島，即爲崑崙與方丈(扶桑洲)、蓬萊，其中的崑崙墉城即爲西王母之所治，也是女仙得道者所隸籍之所。所以唐末五代杜光庭輯爲《墉城集仙錄》，專述女仙的事跡，作爲西方仙山系的聖山；而蓬萊、扶桑則在先秦的傳說中，由於海市蜃樓與東海海島神話所構成，在燕、齊及秦、漢的求仙行動中，一直被視爲海上仙山的探訪目標。道教自也在形成期加以吸收，作爲中國輿圖外的仙真棲集所。

堯賓在〈小遊仙詩〉中凡六次使用崑崙仙境，作爲神仙宮闕及女仙棲集之所在：

宮闕重重閉玉林，崑崙高闢彩雲深。(七)

崑崙山上桃花底，一曲商歌天地秋。(二五)

八景風回五鳳車，崑崙山上看桃花。(四三)

崑崙山上自雞啼，羽客爭昇碧玉梯。(七七)

從此百寮俱拜後，走龍鞭虎下崑崙。(八四)

㉔ 有關這一問題，Eliade 所撰 Shamanism 有弘觀的考察，日本御手洗勝先生的相關研究即以中國神話爲例論證之，〈崑崙傳説と永劫回歸〉，《古代中國の神々》(東京，創文社，一九八四)頁六八一～七一九。

海上風來吹杏枝，崑崙山上看花時。（九七）

除這六首外再加上與西王母有關的就更多了。堯賓所理解的崑崙山在仙界的地位，從詩中可知確能當行本色地表現出來：如羽客爭著由山上的碧玉梯昇上天廷；百寮在朝拜紫微宮的太帝後，又紛紛下到崑崙，都表明崑崙是上天下地所必經之路。而描述崑崙的景象，即由宮闕、桃花等構成仙景；至於其中的女仙，凡有自稱「妾」（七）、真妃（二五）及元君（七七）等，也都能具現出棲集女仙的墉城特色，確是充分運用崑崙的場景功能。

崑崙即居衆山環繞中，故有彩雲、景風諸景象，而蓬萊、扶桑就較多海洋的意象：

淨掃蓬萊山下路，略邀王母話長生。（一）

怪得蓬萊山下水，半成沙土半成塵。（四四）

青龍舉步行千里，休道蓬萊歸路長。（五五）

金鼇頭上蓬萊殿，唯有人間鍊骨人。（六八）

第一首先有「桑葉枯乾海水清」一句，與四四、六八兩首都觸及滄海桑田的時間推移感，這也是堯賓最喜歡表現的仙界時間意識；同一主題也見於八九首，「東溟兩度作塵飛，一萬年來會面稀」。在《十洲記》中就述及蓬丘外別有圓海繞山，水正黑爲冥海，所以稱作東溟；金鼇則用巨鼇承託的古神話，也強調出茫茫大海中海上仙山的特色。與之有關的就是仙島上有不死藥，則詩中有話長生、鍊骨人等，俱屬遊仙詩常見的主題。

東海上另有扶桑，《十洲記》説是太帝君太真東王父所治處，但堯賓卻有「新授金書八素章，玉皇教妾主扶桑」（九五），使用的是上清經系《上清太上八素經》的授經神話，不過只使用玉皇傳授經訣的部分，而非經上有主治扶桑的説法。此外「暘谷先生下宴時」一首（三九），由於暘谷、湯谷與扶桑日出神話有關，故 SCHAFER 也視爲扶桑仙詩。

中國輿圖外的仙境還有「玄洲」見於第六首：「玄洲草木不知黃，甲子初開浩劫長。」舖寫玄洲的仙景，《十洲記》也有一處玄洲，「饒金芝玉草」；不過上清經系的道書中常見的玄洲則是作爲仙真的棲集所，其道教化的色彩較深，十洲中的玄洲則保持較素樸的緯書輿圖説。類此中國東西兩系統的仙山約曾出現十餘次，又以最富盛名的崑崙、蓬萊爲主，作爲海中遙遠的仙境象徵；而其餘的仙洲則較少出現，尤其與青童有關的方諸山即未曾直接出現。凡此均因他寫作所取材及刺激其引發追慕之思的，都是來自神仙傳記集的仙境奇遇，而其中所載的海上奇遇較少，自也限制其採用的情況。

從作品中仙真登場、遊歷所及，多屬於中國輿圖上的名山洞府而言，它都是中品地仙所棲集、治理之所，這不僅與道教形成後名山漸由海上轉移於中國境內的趨勢符合，也緣於仙傳集、民間傳説及道書的傳授多集中於洞天福地之故。不過堯賓一貫的創作手法，並不在以詩歌體複述散文體的敘述，反而儘量以故意簡缺的方式，暗示仙真所遊歷事跡的所在。在當時讀者或較易了然於心，但今日就覺得類此仙界、仙真未同時一起出現，就需要細加探訪了。其中有直接點明名山的，也有但稱洞天的，而最多的則是只由仙真登場，因此需依據原典才能確知是何處的名山洞府，當然也有的但敘述仙界的景象，而不必一定要指實爲何處名山。

將山名點明的凡有四處：塗山、白石山、金華及緱山，「風滿塗山玉蕊稀」（八），爲韓（一作蘇）君的棲集所；「白石山中自有天，竹花藤葉隔溪煙。」（一五）其中所居的仙人閒散地圍棋，疑爲《神仙傳》中的白石先生，他因隱居白石山而得名。在中國凡有四處：分別在河南澠池東北、江蘇吳縣西北、浙江龍遊縣南以及廣西桂平縣南，葛洪既未明言，也就無法確知在何處。黃初平所住之處，「焚香不出閉金華」（四〇），即《神仙傳》所述的，他曾在金華山養羊，所生的羊全都變化爲石，在浙江金華縣北，爲三十六洞天之一。緱山則爲周靈王太子晉在此乘白鶴登僊處，所說「猶在緱山樂笑聲」（八六），即《列仙傳》王子喬騎鶴見家人、鄉人事，其地在河南登封縣，因別後仙去，所以「太子真娥相領行」句，就是寫這位太子列於仙班後的情景。

堯賓在所採用的洞天意象中，也喜愛直接寫出與「洞」有關的語彙，這是訴諸時人對於洞府的印象：

洞裡煙霞無歇時，洞中天地足金芝。（一八）

偷來洞口訪劉君，緩步輕抬玉線裙。（二六）

洞天雲冷玉花發，公子盡披雙錦袍。（七二）

石洞沙溪二十年，向明杭日夜朝天。（八三）

洞裡月明瓊樹風，畫簾青室影朦朧。（八七）

類此的洞天仙境，第一八首寫圍棋；二六首則與二三「教向桃源嫁阮郎」、四五「便向金壇取阮郎」一樣均使用人仙姻緣的傳說，乃取諸六朝民間的「誤入洞穴」奇遇譚。其他三首則一致敍及冷的情境：雲冷（玉亦冷）、白暮煙盡水銀冷（八三）、香殘酒冷玉妃睡（八七），凡此均應與堯賓對洞中天地的感覺有關，爲遠離紅塵、塵濁的清冷世界。

堯賓對於大部分仙真登場的名山洞府，大多不直接點明，而是一種隱藏的場景，留給讀者自行發揮想像力，讓大家集中注意力於出場的仙真形象及其動作，他們才是劇場的主體。其實全部遊仙詩不管是在天上或人間，重要的是在登場演員的形象、演出及襯托的氣氛，SCHAFER 教授即多次使用 dramatis personae 解說仙真在仙境的劇場效果[25]。有關天地宮府的仙界說，是同一道教神話文化中所共知的，這類神仙譜系與事跡固是支持成立的大架構，但當時人既已熟知之，就可不必細表而加以模糊化，就反而可以細加欣賞仙真登場後的作工、唱腔。類此詩歌的表現手法其實完全符合中國戲劇的原理，所以曹唐所重的正是仙真奇遇的悲歡離合之要，那才是戲劇的精神、韻味之所在。

三、戲劇性代言者：高仙上真

曹唐的創作遊仙詩是以神仙遊歷仙境作爲動作主體，與傳統遊仙衆作多有異趣，後者多

---

[25] SCHAFER 前引書，頁一一〇。

以「我」的第一人稱視角表現我的遊仙動機、歷程及願望，就是唐人寫作夢遊仙也重在表現我之所夢所遊。而曹唐則將本人隱身於幕後，以導演的立場讓所有登場的神仙成爲代言者(persona)，讀者直接觀賞這些演員登場演出奇遇、遊歷後，然後再思索整齣演出的創作意旨。由於神仙是每場的實際演出者，因此其名號、裝扮形象及角色身分，就成爲詩中的敍述要點，不同的仙界也自有其仙聖，彼此之間朝宴、往訪，構成遊歷的動作。所以曹唐的系列遊仙詩，在創作理念與表現手法上，確有超越舊作之處，表現出一種近於敍事的、戲劇的小型詩劇效果。

SCHAFER 教授就在譯介前先列出仙聖名稱並予以簡要解說，尤其對他特別感興趣的玉妃、麻姑及青童等加以專節譯介、說明，期使詩中的登場角色能獲得清晰的理解，這是頗能符合曹唐詩特質的研究方法。由於堯賓所採用的是精簡的七絕詩體，勢需依據經濟、有效的原則重點地介紹、描述角色，而對神仙的遊歷就只能作提綱挈領式的提示，因而造成今人閱讀時深覺其玄奧、難解之處。因爲仙傳、道書所敍述的道教神話，常需詳列神仙的長串名號、華麗服飾，以及降真情境中足以撼動修道者的降駕場面。不過這些細節都只在詩中簡約地表現，加以曹唐本人有意重新組合、甚至採用出奇的想像，就更加使這批作品中登場的神仙，雖是演出精采，卻有隱約煙霧中的朦朧感，讓人有細加探索的趣味。

有關神仙的譜系早在陶弘景撰《登真隱訣》既已歸納出：「三清九宮並有僚屬，左勝于右，其高總稱曰道君，次真人、真公、真卿，其中有御史、玉郎諸小輩，官位甚多。」具體的神統譜即是《真靈位業圖》，乃是綜括諸仙傳、道書而成的。至後乃又有九仙，所謂「世之昇天之仙凡有九品：第一上仙，號九天真王、第二次仙，號三天真皇、第三號太上真人、第四號飛天真人、第五號靈仙、第六號真人、第七號靈人、第八號飛仙、第九號仙人。」㉖也是按階位而分的。關於女仙的事跡則杜光庭在所輯《墉城集仙錄》中所列的次序，首爲元君、次爲夫人、次爲各類女子得仙者。當然在女仙得列於仙傳者外，還有各種采女、玉女等侍從，凡此都是按照尊卑位次以構成神仙世界，曹唐即在這種神仙傳統下分別讓大、小神仙出現於詩中的世界。

《位業圖》的第一階位，即排列出以「玉清境元始天尊爲主」的至尊圖，「已下則道君皆得策命學道，號令群真，太微天帝來受事……，自九宮已上、下清已下高真仙官皆得朝宴焉。」其第二中位則列出：「上清高聖太上玉晨玄皇大道君」，註云「爲萬道之主」。在曹唐詩中所列的稱皇、帝、君者，最多的就是玉皇，凡有六次；其餘紫皇、皇君及太帝各一次。玉皇爲簡稱，但到底是第一中位的「玉皇道君」、「高上玉帝」，或是第二中位萬道之主的簡稱？在《八素真經》中說「天帝太微君來受事於玉皇」（道藏遜中、6b），可知實際統治萬道的則是太上玉皇。從詩中所述的可知玉皇即是被朝拜的至尊：

上元元日豁明堂，五帝望空拜玉皇。(二)

㉖ 張君房前引書，卷三〈道教三洞宗元〉所載；另《道教義樞》引〈太真科〉的說法稍異，類此說法尚多，不贅引述。

瓊樹扶疏壓瑞煙，玉皇朝客滿花前。（七五）

五帝應是五方帝（東方青帝靈威仰、南方赤帝赤熛怒、中央黃帝含樞紐，西方白帝白招拒、北方黑帝叶光紀），與群真前來朝禮，構成朝請玉皇的情景，符合朝宴道君之說。

堯賓對於玉皇的職司，除號令群真外，特別喜歡配合女仙的出場：

玉皇賜妾紫衣裳，教向桃源覓阮郎。（二三）

外人欲壓長生籍，拜請飛瓊報玉皇。（七九）

新授金書八素章，玉皇教妾主扶桑。（九五）

賜衣、授書雖未必有用典的出處，不過卻符合玉皇的職掌、身分。八素章即八素經訣一類，與修練長生術有關，所以掌領長生錄籍也是其職守。至於「紫衣裳」則是神仙的服飾意象：玉皇本身所著的服飾，在第五一首也有句云「玉皇欲著紅龍袞，親喚金妃下手裁。」在中國服飾史上，卷（袞）龍衣爲天子的禮服，畫龍於衣，其形卷曲，因龍爲帝王的象徵，天上的皇帝以紅龍爲服飾確也符合其身分。在七六首中則有「彤閣鐘鳴碧鷺飛，皇君催熨紫霞衣」，以鐘鳴而示知朝宴時辰將近，故催促「丹房玉女」趕快熨平朝衣，從紫色雲霞紋的霞帔，就可推知應是高尊上仙。

上界女仙中一些以「妃」爲名號的，在曹唐的筆下是特別被賦予一種情趣的，其構想應與人間帝王的妃嬪有關，但轉用於仙界的情境中則增多一層浪漫的神眷之情。「金妃」的金字自是標明其至高的身分，由玉皇親喚、金妃親裁，雖不寫情而情自見。第五三首也出現金妃，同樣是表現仙眷的真情：

赤龍（一作紫雲）停步彩雲飛，共道眞王（一作皇）海上歸。千歲紅桃（一作千載桃花）香破鼻，玉盤盛出與金妃。

從赤龍（或紫雲）、真王（或皇）的用語推測，縱非玉皇也是高仙，以攜歸的芳香紅桃用玉盤來盛出給與金妃，在動作中表現情意。堯賓擅長這種寫法，也表現於紫皇與玉妃間，由侍女爭報皇君歸來，側寫玉妃空守紅房的思念之情：

絳節笙歌繞殿飛，紫皇欲到五雲歸。細腰侍女瑤花外，爭向紅房報玉妃。（六一）

在遊歷的動作中，赤龍停步，彩雲翻飛；絳節笙歌，五雲飄送，寫出高仙出遊的盛壯排場，爲神仙傳記及道書中常見的敍述筆法，屬於動態的仙駕場面，堯賓多以精簡的文字加以表現。靜態的筆法則有百寮朝拜的情景，「紫微深鎖敞丹軒，太帝親談不死門。」（八四）所寫的正是朝禮的場面，類此至尊訓示長生不死訣要的寫法，爲道書造構的基本模式。

堯賓的筆下既有玉皇與金妃、紫皇與玉妃，自也有兒女出現，第七〇首有「東皇長女没多年」，《位業圖》第一左位爲「東明高上虛皇道君」，疑即東皇，既是東皇的長女也就活動於天界中。此外第五七首還有一位「萬歲蛾眉」，在上界彈瑟閒遊，應是泛指女仙子。

SCHAFER 教授所譯介的作品，較少崑崙仙界及其女仙，不過在漢代以來民間流傳的空間觀念中，東王公、西王母成爲東西、陽陰的神仙統理者，所以《集仙錄》首錄的兩位元君都爲陰氣凝化而成的高仙：聖母元君爲「洞陰玄和之炁凝和成人，亦稱玄妙玉女」，不僅是太上老君之母，也是廣傳道訣者，曾「勑太一元君述還丹金液之要，以傳於人世。」堯賓就曾以太一元君爲主角，描述其夜降的情景：

太一元君昨夜過，碧雲高髻綰婆娑。手抬玉策紅於火，敲斷金鸞使唱歌。（五〇）

碧雲高髻的髮飾、役使金鸞唱歌的動作，在降駕時所出現的確是一位華麗莊嚴的高仙。另外尚有一首述及元君的乘御情景：

海上風來吹杏枝，崑崙山上看花時。紅龍錦襜黃金勒，不是元君不得騎。（九七）

崑崙山上的另一位金母元君爲「西華至妙之氣」所化生，主陰靈之氣，「位配西方，母養群品，天上天下三界十方女子之登仙得道者咸所隸焉。」在《漢武內傳》中西王母曾降靈於武帝之所時，即是「乘紫雲之輦，駕九色斑麟。」此詩則想像應騎黃金勒的紅龍，這是以元君的形象登場。

由於神仙的形成常經過長期的衍變，故有千面、千般的形貌，西王母即爲其顯例，在遊仙衆作中也就保存著不同階段的王母形象：較原始的事跡即是以西方女王的身分款待穆天子，道教吸納這段古神話後加以神仙化，〈金母元君傳〉即予收錄。不過曹唐則以有情的角度設想這一段情緣：

> 九天王母皺蛾眉，惆悵無言倚桂枝。悔不長留穆天子，任將妻妾住瑤池。(九三)

類此寫皺眉、無言的王母，內心滿是惆悵、悔恨，實非仙界中人，疑是以王母爲代言者而另有其喻意。在唐人的語言習慣中，六朝以來母養早夭女子之成仙者的王母、阿母[27]，卻被轉化爲遊仙窟中的假母，類此風尚也爲堯賓寫入遊仙的格局中：

> 王母相留不放回，偶然沈醉臥瑤臺。憑君與向蕭郎道，教著青龍取妾來。(六〇)

阿母勉强挽留流連瑤臺者，小女仙只得轉託致意「蕭郎」騎青龍來「娶」，這類寫法應是反映

---

[27] 詳參拙撰〈西王母五女傳說的形成及其演變——西王母研究之一〉《東方宗教研究》一期（臺北，文殊出版社，一九八七）頁六七～八八。

出唐代士子之遊狹邪，其中必有時人一讀便曉的喻意，屬於唐代仙妓文化的產物㉘。倒是「淨掃蓬萊山下路，略邀王母話長生。」（一）應是東王父相邀，所話者爲長生之事，還能略存兩漢時西王母的形象。所以從西王母神話的衍變史，理解在不同時空格局內的王母形象，才能將曹唐的詩分別放在不同的肌理脈絡中解讀。

曹唐筆下還有另一有名的女仙麻姑，其仙格照《集仙錄》所列，「乃上真元君之亞也」，目前所知早期的事跡都收錄於《神仙傳》中，由王遠降見於蔡經家後，引介麻姑在「按行蓬萊」後一起降駕。彼等有關滄海桑田的一段對話，後來成爲道教表達時間意識的名言，曹唐曾一再使用，而直接敍及麻姑的就有第四六、八一兩首；至於表現法術的一段，說蔡經弟婦新產，她前來拜見時，求得少許米，擲地「皆成真珠」，這段故事原應有灑米驅產婦經血的辟邪作用，堯賓即誦詠其事而成詩：「蔡家新婦莫嫌少，領取真珠三五升。」（九〇）

海內仙山中的高仙，SCHAFER 教授特別譯介青童及相關的方諸山。這位上清經派的仙真，《位業圖》第二左位列有「九微太真玉保王金闕上相大司命高晨師東海王青華小童君」，一般稱上相青童君、方諸青童君，別號東海小童，其治所在東海的方諸山㉙。在《紫陽真人內傳》中有蘇林授紫陽君道訣——其中既有東海小童君所藏的，蘇林之師涓子曾指示東海小

㉘ 詳參⑭拙撰。

㉙ 神塚淑子〈方諸青童君をめぐつこ——六朝上清派道教の一考察〉，《東方宗教》七六、（日本道教學會，一九九〇～十一）頁一～二三。

童獲得訣法，所以堯賓才有青童拜問紫陽君的經法場景：

酒盡香殘夜欲分，青童拜問紫陽君。月光悄悄笙歌還，馬影龍聲歸五雲。

又有「碧海靈童」（五四）也疑與之有關。由於青童與蘇林有一段因緣，所以另有一首雖隱去敍事者卻又隱指青童：

青錦縫裳綠（一作白）玉璫（一作襠），滿身新帶五雲香。閒依碧海攀鸞駕，笑就蘇君亂橘嘗。（三〇）

既是穿青飾綠，又有碧海意象，確有青童的嫌疑。蘇君即《神仙傳》中所述的蘇仙公，一說即蘇林。此詩所用的覓橘事即是仙公依神仙所預示的，在疾疫時取庭中井水一升、簷邊橘葉一枚治療病人。類此糅合兩件事在一詩中，已非單純用典的技巧，而是以相關的神話、人物捏合，成爲新的遊仙內涵。

中國輿圖內的名山洞府，都由地仙、尸解仙所治理、棲集，這些古仙按其出現於仙傳中的時代先後，約可分作三批，較早的被輯錄於《列仙傳》中，其敍述較簡潔。有寧封之名見於第四首中：「真王未許久從容，立在花前別甯封」，真王應如真人、真公之例，是上界高仙。堯賓所述的相別事件則非原有，這一情況也見於安期先生，在《列仙傳》中只說是成仙後棲止於蓬萊山。不過堯賓所述的分棗事，則是上清經書中太真夫人與安期先生的一段對話，因安期降見，夫人乃設宴款待，引出一段自說昔與女郎遊於安息國西海際，兩人共食一棗的二千年前的往事㉚。堯賓將它表現於詩中：

侍女親擎玉酒卮，滿卮傾酒勸安期，等閒相別三千歲，長憶水邊分棗時。（五六）

將時間稱作三千，是堯賓習用的時間單位：不過前半寫成的侍女勸飲雖不見於原傳之中，卻較原文的設宴更能切合太真夫人久別勸飲的情景。此外第二四首也寫兩仙的對話，安期曾敍及在九河見司陰君與兩漢夫人共遊，並回答有關「陽九百六之期，聖主受命之劫」諸事，安期之所以能「大似人間年少兒」，而不受時間的影響，即因其保有金液丹法，所以「視之，可年二十許。」

堯賓雖是取材於仙傳，卻又能加以靈活運用，讓神仙的演出具有新創的趣味。《神仙傳》所提供的諸如黃初平化羊爲石，被設想爲「白羊成隊難收拾，喫盡溪頭巨勝花。」（四〇）壺公與費長房故事，也都被用以强調時間意識（三、五二）。他對上清經派的神仙事跡取材最多，茅君（一一）——大茅君盈、中茅君固；小茅君（二〇）爲衷，《神仙傳》既有茅君，不

㉚《無上秘要》卷四，13a 引；卷七、100，111a 均《道跡經》爲顧歡所輯的古道經，杜光庭編撰《墉城集仙錄》卷四太真夫人傳亦述及此事。

過上清經派自有其《茅君内傳》，事跡則爲經派内所載，堯賓即取用朝天禮儀及東妃邀請清談等素材。《紫陽真人内傳》敍述學道受訣諸事跡中，除堯賓所用的青童拜問之事，又有西登白空山遇沙野帛先生受《泰清上經》事。堯賓將其表現爲「沙野先生閉玉虛，焚香夜寫紫微書。」（七八）應屬於傳授經訣的形象。

《漢武内傳·外傳》屬於東晉新造構的道教傳記，不過唐代詩人卻常取爲事類，堯賓在〈大遊仙詩〉中曾用王母、上元夫人降見事，〈小遊仙詩〉則用東方朔偷桃事，不過轉變作「方朔朝來到我家，欲將靈樹出丹霞。」（六四）成爲要乞討到中土栽種，因而質疑三千年後誰還在的時間觀。《外傳》附載封君達常乘青牛，號爲青牛道士，善藥及下針。堯賓即運用其中的青牛事：「不以姓字語人，人通識乘青牛，因以青牛爲名。」將它寫成「青牛臥地喫瓊草，知道先生朝未回。」封君達後入玄丘山，此詩疑即以山中洞天作爲場景。不過曹唐所讀的道書尚有部分一時不易察明的：但稱先生的有三六、七三；稱君的有上陽君（六七）、九陽君（八八）；稱上卿的有九六、稱鼂伯的有九四；此外尚有丈人（八〇）、三洞真人（八五），疑均爲泛稱，乃用以表明其神仙的身分。

總之，曹唐所運用的高仙、高真及其侍從，是前此遊仙詩所未曾有的豐富、多樣。由於他曾熟讀道書，故所表現出來的神仙名號、職司及其身分、形象大多有所本，只要略稱或暗示就可成爲作品中動作的主體，甚至也有省略不提的。其中大部分的名稱已可察出其出典及轉化、翻新之跡，但也有一部分至今猶有待考察的。將仙真的事跡置於原典的肌理脈絡中解讀，無疑地確可增益掌握其性格，但創作爲一種藝術品，他常加以創造的想像，甚至有時只以神仙事件隱喻當時的生活，乃至他的生活經歷。類比登場的神仙只是他的經驗的化裝表演，在作品中確是值得探索的隱微之處，尤其整齣遊仙的演出基本上是個大隱喻，因而這些登場的主角確可分從不同的角度加以觀賞、研究，那是豐富多變的角色內涵。

四、神仙活動：朝宴、閒遊與閒情

曹唐既在詩中呈現仙界作爲神仙登場的前臺，然而構成遊仙的動作的則是神仙的諸般活動。他的創作素材與靈感多採諸六朝至唐的道教神話，基於道士生活的實際閱歷、廣泛閱讀的經驗，經由他創造的想像力，乃能構成他的心目中一幅理想的神仙行樂圖。類此想像的世界是道教神話文化的產物，採用道地的神話語言，仙言仙語地幻設出活生生的遊仙景象，這是曹唐遊仙詩迥出前人，並能讓時人及後人感到「瑰奇美麗」的所在。由於七絕體製較短小，不若排律、古體的易於鋪排展延，故每一首僅能把握其片斷，表現此一神仙行樂圖的一角。若綜合各首之所述，就可發現在他的筆下實已匯聚多方的素材，完成一幅頗稱完整的構圖，讓人得以一睹天地宮府中的神仙之樂，而解讀這些隱喻性符號也就能理解其中所寓託的旨趣。

神仙之遊中最盛壯的就是「朝宴」，道君皆得受高真仙官的朝宴，因而受朝者、朝拜者均需著冠服、備儀駕，構成壯觀的仙界盛景。凡此自是人間世朝臣百寮朝謁帝王的朝儀的折射地反映，在朝中朝臣進奏，而皇帝也例需有所曉喻。此一構想轉用於道教行事中，即表現於道經的造構出世模式，都由仙聖朝請，然後天尊再頒示經訣、訓告以流傳下世，成爲一種固定的習套，而表現於儀式時，就是在宮觀或醮所舉行的朝儀。類此朝禮科儀形諸文字即是仙真朝聖的情節，而繪諸圖象，即是唐宋的朝元仙仗圖。所以道教類書如《無上秘要》就特別將六朝古道書的相關敘述輯爲「衆聖冠服品」上、下卷（卷十七、八）、「天帝衆真儀駕品」（卷十九）；唐初所編撰的《洞玄靈寶三洞奉道科戒營始》道藏（儀三）卷三法具品、法服品；卷六常朝儀也都有明確的規定㉛。從這些冠服、儀駕的豐富資料可以理解堯賓所敘述的朝宴情節。

有關朝禮的描述，至少見諸八首作品中，也分別表現出整個朝謁的不同過程，首先即是預備早朝的情景：

南斗闌珊北斗稀，茅君夜著紫霞衣。朝騎白（一作獨乘青）鹿趁朝去，鳳押笙歌逐（一作隨）後飛。

唐時的京官於寅時趨朝，例需先行整裝以待漏入閣，大多仍是稀星殘月當空的時辰㉜。此詩寫「夜」著朝服，以待寅時準備早朝，反映出唐人對於仙官朝聖的想像。至於紫色霞帔的服

㉛ 有關法服的記載，道藏尚有多種，較有規模而與《科戒營始》有關的，尚有《科戒儀範》等。

㉜ 有關早朝事參王夢鷗先生〈有關「一枝花話」的一點補證〉，《傳統文學論衡》（臺北，時報文化，一九八七）頁二四七～二五二。

制從「衆聖冠服品」所載的加以理解，例需建某冠、披某帔某袍（或裙）、並帶劍佩玉或符文，始爲全套的佩飾。至於儀駕則需乘某輿、御某靈物，建某旌節，並有侍衛環侍、前驅後從、笙歌導行以成爲盛壯的儀仗。在此即以自騎白鹿，而前導笙歌後從飛鳳精簡地表現出儀駕的盛壯排場，實即模擬朝臣、藩臣準備進京朝覲的畫面，在古神話、圖刻中既已作爲題材，及至後世乃進一步世俗化爲神明出巡繞境的儀仗。戰國時期屈原之寫遠征時既已需備具儀仗，而道教化之後乃將郊天、封禪之儀維繫於此一種神聖的道教式「昇天儀禮」的傳統中。

惟儀駕進行的途中，類似儀駕品所述、朝元圖所繪者，堯賓並未表現於詩中，不過卻把握了刹那間的景象：「紫羽麾幢下玉京，即邀真母入三清。」（三五）則其情景宛然，大隊儀駕正從天而降，此即堯賓所擅長的擇取一個精采畫面以表現其精神，近似電影蒙太奇的手法。而當所有的高真仙官在侍從環衛下，聚集在宮闕前，然後依序排班，準備入朝。在道教的朝科中凡高功入奏前，常有整衣整冠的動作，並吟出「嚴裝顯服」之文，就是模擬朝客準備入闕朝覲，這就成爲「雲彩玉帶好威儀，三洞真人入奏時」（八五）的景象。朝儀、官儀是天上、人間都要講究的，所以著雲霞衫（帔）、佩玉帶並持笏上奏，即是爲了表現仙官的官儀。百寮朝拜，仙班儼然，此時至尊即會説經訓告，爲衆真演法，在《道藏》中凡題作某帝尊説某經的俱有類此的開頭套式，堯賓即概括其印象爲：「紫微深鎖敞丹軒，太帝親談不死門。」（八四）因道經所降示的大多與不死之道有關，所有的經訣也如「太帝説」一樣都是誦轉經文者需加寶奉的。等朝謁後應還有一場盛宴，此即「朝宴」，遊仙詩中即有衆多的仙宴，但只有第七五的一首似是寫朝宴時衆仙飲瓊液的場景：

瓊樹扶疏壓瑞煙，玉皇朝客滿花前。東風小飲人皆醉，短尾青龍枕水眠。

在瓊樹、瑞煙的仙景中，朝客小飲之後，醉臥花前，類此陶然的場面當即天山朝宴的寫照。而在神仙生活中朝謁至尊是各階仙官的職務，堯賓自己身爲使府從事既無緣上列朝班，而上京時也僅屬應舉的身分，故在反覆描述仙官上朝的想像中，應有一種沈鬱下僚的苦悶。從唐人的語言習慣中，本就有以登第爲登仙的隱喻關係㉝，然則入朝何嘗非隱喩未第者的隱微願望？所以「朝」之一字應有深刻的人生隱喩，象徵人生願望的實現：官儀赫赫，仙宴微熏，正是唐人對科舉入仕的一種理想。堯賓也曾從另一個角度加以表現：

絳樹彤雲户半開，守花童子怪人來。青牛臥地喫瓊草，知道先生朝未回。（八二）

青牛先生入朝未回，所以洞户沈寂，童子留守、青牛閒臥，成爲仙家即景之一。至於朝請既罷，紛紛返駕的情景，表現爲「從此百寮俱拜後，走龍鞭虎下崑崙。」（八四）則是打道回府去也。此外，尚有一首則是具體描述歸途中的宴罷閒情：

㉝ 詳參❸拙文，頁四二八～四二九。

> 百辟朝回閉玉除，露風清宴桂花疏。西歸使者騎金虎，嚲鞚垂鞭唱步虛。(十)

百辟、百寮朝罷，既深閉玉除；而清宴既畢，桂花香亦漸疏。這時公事既了，所以使者在西歸的途中，可以弭節緩歌，此爲「朝回」的樂趣之一。另有第六十六首寫朝回的興致與得意之情，則用另一種方式而更注入一種浪漫氣氛：

> 朝回相引看紅鸞(一作泉)，不覺風吹鶴氅偏。好是興來(一作好見上清)騎白鶴(一作鵠)，文妃爲伴上重天。(一作旋驅旌節旋昇天)

朝回既相引文妃共看紅鸞，因而興發共騎白鶴、旋驅旌節上九重天的喜悅。凡此環繞「朝」的去、回，反覆誦詠朝禮之儀、朝回之樂，應是深刻隱喻著久舉不第者的願望，若是有朝一日能驅旌節入朝宴，自是足以驕其妻妾，曹唐寫作這些朝宴詩，應是在前往京師應舉前的心願吧？

在唐代社會不管是貴爲京官、藩臣，抑僅屬中下級僚佐，前者均需夜起著裝以待漏入閣，後者更需「寅而入，盡辰而退；申而入，終酉而退」㉞，以度其衙吏的公事作息時間。類此相互對應的即是仙官的入朝，讓白衣人、世間人所傾慕之處就在其盛壯的排場：「絳節笙歌繞

㉞ 韓愈曾寫〈上張僕射書〉(韓集卷一七)，又王夢鷗先生前引文有詳論，㉛，頁二五〇。

殿飛」是紫皇遊行的儀駕；「侍從皆騎白鳳凰」則是沈侍郎夜遊的儀仗（一七），總是因公而遊、應事而出的情景。相對於此的就是「閒」，悠閒自遊、自處，或是從事飲宴、清談及圍棋等交誼活動，總是無事而遊，悠然而居，這大概也是側面反映出一位使府從事的僚佐心境吧？

堯賓的遣詞用字一向經濟而有效，所以遊而著一「閒」字則情趣立出，玉色雌龍由「真妃騎出縱閒遊」（一二五）、不解悉的萬歲蛾眉「旋彈清瑟旋閒遊」（五七）、或是「暫隨梟伯縱閒遊」（九四），俱屬深得遊之趣，故使用「縱」字寫縱其所如，漫無目標，也就是神仙中人所樂的「汗漫真遊實可奇，人間天上幾人知」（一一九），汗漫而遊始是真遊、閒遊。他能寫出閒遊的情趣，確能體會閒中三昧：

> 閒乘小鳳出彤霞，略尋舊路過西園。（七一）
> 東妃閒著翠霞裙，自領笙歌出五雲。（二〇）

出了彤霞、五雲所象徵的上界，自在地尋訪人間洞府，那是隱逸仙人的居所。從葛洪撰《神仙傳》起就一再强調：中品仙不亟亟於登仙，即因苦於仙界官曹的職司、朝班，寧可自在、逍遙地棲止於名山洞府中㉟。這些介於天上、人間之間的閒散畫面，他有時採用側筆，不直

㉟ 詳參⑳拙撰。

接寫出隱逸仙人之閒，而寫童子、坐騎之閒：沙野先生的玉虛洞天緊閉無事，所以「供承童子閒無事，教剉瓊花餵白驢。」（七八）；青牛先生朝宴未回，守花童子所看顧的「青牛臥地喫瓊草」（八二），坐騎、看門的也是一樣無事閒；塗山上「赤龍閒臥鶴東飛」，而瓊臺上則是「碧花紅尾小仙犬，閒吠五雲嗔客來。」在堯賓所慣用的藝術手法中，常用御駕之物的閒散來烘托主人的清閒之趣，所以第三一首就是綜合兩種閒的寫法：「鶴不西飛龍不行，露乾雲破洞簫清。少年仙子說閒事，遙隔彩雲聞笑聲。」龍、鶴兩種主要乘御物既是不行，則少年仙子（SCHAFER 說是簫史）的說閒聞笑，也是一幅悠閒自得的神情；或是冬日有久別的老友來訪，乃以「遼東歸客閒相過」，寫出話雪的閒情，應爲日常生活情趣的仙道化。寫遊、閒遊除是點題，更形象化「逍遙遊」，落實道家遊的精神而爲戲劇的演出情境。

曹唐爲了進一步摹寫仙家的生活情趣，就採用另一種彼此邀訪、來往的方式加以表現，其作品中直接使用「邀」字的凡有五處：東王公使人淨掃蓬萊路，「略邀王母話長生」（一）；或是東妃覺得「清思密談誰第一，不過邀取小茅君」（二〇），這是邀請共話、清談的情景。還有另一種邀飲、邀宴的情景：

天上雞鳴海日紅，青腰侍女掃朱宮。洗（一作灑）花蒸葉濾清酒，待與夫人邀五翁。（二八）

昨夜相邀宴杏壇，等閒乘醉走青鸞。紅雲塞路東風緊，吹破芙蓉碧玉冠。（四七）

在仙家的生活中飲、宴的動作，是衙役中人所期望的悠閒自得，飲宴作樂，這是遊仙詩中最常見的意象：酒、宴及行廚等。不管邀請的目的為何，都是為了消遣仙家生活的無事，其中自有許多具體的動作能生動地表現出來㊱。

唐人的生活中既有李白詩人式的春夜宴桃李園、或是韓熙載貴遊式的夜宴，而堯賓也曾較完整地寫出神仙式的夜宴圖，一樣是表現縱飲、縱樂的醉趣：

青苑紅堂壓瑞雲，月明閒宴九陽君。不知昨夜誰先醉，書破明霞八幅裙。（八八）

寫一位著明霞八幅裙的仙子在紅堂宴請九陽君，醉後即就裙上書寫詩文，著一「破」字只為寫其醉態。類此寫法中的紅堂場所、月明氣氛，尤其醉寫霞裙，實均有唐人隱喻遊仙窟的嫌疑，仙子與九陽君其實只是一種戲劇的代言者而已。他還有兩處寫終宴，其中的六二也有同一氣氛：

聞君新領八霞司，此別相逢是幾時。妾有一觥雲母酒，請君終宴莫推辭。

君與妾之間的宴飲，以仙家隱喻人間，則新領的八霞司也只是新的使府僚佐，雲母酒也只是

㊱ 詳參⑯拙撰，頁一二五。

美名而已，應是曹唐從事新職，妻室或妓家宴別的寫照。至於「夜降西壇宴已終，花殘月榭霧朦朧」(三七)、「暘谷先生下宴時，月光初冷紫瓊枝」(三九)，則分別以花殘迷霧、冷月寒枝喻寫風雨、淒清之感，確是以仙宴喻寫人間宴終人散時的心情。

曹唐本人是否善飲、嗜酒不能確知，但在遊仙詩中則是出現相當數量的酒、醉諸意象：關於酒名除一般性地使用清酒（二八）、春酒（四三）、桂漿（五五）外，也有特別修飾為「雲母漿」（四五）、雲母酒（六二）的兩首，均有影射仙窟中人的嫌疑。按照王遠所說的仙酒：「乃出天廚，其味醇醲，非世人所宜飲。」故需以水和之；而地上則只有餘杭姥所釀堪飲耳。所以堯賓特別運化此一典故入詩，敘寫在崑崙山上時，「若教使者沽春酒，須覓餘杭阿母家」。他又擅於運用仙家久別歡會的神話象徵以抒寫人間的情境：酒既是好酒，杯也是佳品，而且勸飲的情境也是久別重逢，所以「花底休傾綠玉巵，雲中含笑向安期」（二四）、「侍女親擎玉酒巵，滿巵傾酒勸安期。」（五六）都是使用太真夫人的勸飲典故；要不就是運用西王母請武帝試飲的典故，想像為「笑擎雲液紫瑤觥」（六九）。不過最能表現仙家飲酒的樂趣及其氣氛的，就是在詩中能寫出整體的飲醉情境：

酒釅（一作曉）春濃瓊（一作瑤）草齊，眞公飲散醉如泥。朱（一作玉）輪軋軋入雲去，行到半天聞馬嘶。（一四）

真公醉態可掬的行樂圖，正是畫題、戲劇演出中常見的吉祥、喜慶題材，「醉仙」正是真公的最妥切的寫照。

堯賓之寫作遊仙，常有一種假遊仙體而抒寫人間世的筆法，飲酒也常用在這一情境中，如借用兩位神仙的久別重逢，安期與太真夫人一別三千年猶有敘事的成分。至於根本隱去劇中的角色，而只留下內心獨白或對話式的表現法，實即一種送友、贈友詩，卻被安置於仙境的肌理脈絡中：

東溟兩度作塵飛，一萬年來會面稀。千樹梨花百壺酒，共君論飲莫論詩。（八九）

一萬年乃夸言其離別之久，兩度滄桑則喻寫其變化之大，因此百壺酒也為夸飾飲酒之多，而「論飲莫論詩」也極寫其但求痛飲之切。凡此都可知曹唐是巧借遊仙體而寫作他的人生經驗，因此就擴大了遊仙詩的寫作內容，故能多達百餘，當時贈者與受者、作者與讀者之間都能了然於這一手法與寫作對象。他也採用當時的語言習慣中，將帝王、宮廷比擬為玉皇、仙宮的隱喻關係，不直述帝王的生活，而間接採用戲劇手法模擬之。唐代諸帝中以玄宗最為崇道，因而最易被神仙化，就是從唐詩人的習慣言，玄宗也常被喻為同是熱衷求仙的漢武帝。所以表現帝王的生活自不可缺少醇酒、歌舞與美人，在堯賓的筆下就被化裝為如是的劇場效果：

武皇含笑把金觥，更請霓裳一兩聲。護帳宮人最年少，舞腰時掣繡裙輕。（七四）

月影悠悠秋樹明，露吹犀簟象床輕。嬪妃久立帳門外，暗笑夫人推酒聲。（一一）

年少的護帳宮人、帳門外久立的嬪妃都是劇場上的背景人物，雖站在燈光、月光最明亮處，其實要角仍是武皇與夫人，仍是玄宗與貴妃。詩中使用「武」字應有影射唐武宗之嫌，在唐代諸帝中這是兩位崇道的帝王，曹唐生當武帝大崇道教之際，此中不應只是單純地歌詠帝王的好仙，而「暗笑」貴主的微意也盡在「護」帳「久」立之中。

關於道教的飲食文化還有行廚及丹藥，本是最能表現神仙的神通法術及變化法術的「立致行廚」，它遍見於仙傳中，能即刻變現出奇珍異物、芬芳異常，非世間所有。不過堯賓卻從另一個角度寫侍女的準備行廚，也是出奇的想像：

去住樓臺一任風，十三天洞暗相通。行廚侍女炊何物，滿灶無煙玉炭紅。（五八）

洞府中顯現出侍女正在炊煮著仙物，屬於仙界的服食意象；另有一首則寫出「滿灶丹成白玉煙」，（七六）即是上元少女正在煉丹的景象，爲丹房玉女的職司。

神仙在洞府中的娛樂還有一種棋戲，屈原在〈招魂〉中的人間樂處既有博戲作盛宴的餘興；而漢代鏡飾既已取作圖案，即爲仙人六博鏡，在中國遊藝史上從此棋藝、樗蒲就作爲神仙悠閒的動作之一。遊仙詩及小說俱曾出現這類母題，它既是鬥智性的休閒，也用以隱喻世事的變化無常。六朝所流傳的「誤入仙境」傳說，曹唐即取用其中的老翁相對樗蒲作爲仙界生活的景象：

洞裡煙霞無歇時，洞中天地足金芝。月明朗朗溪頭樹，白髮老人相對棋。

洞中既是無虞仙芝靈藥，故可以對奕消遣時光。這類動作曾出現多次，東皇長女既可到水邊洗金芝，也可「無事伴他棋一局，等閒輸卻賣花錢」（七〇）；或如白石先生一樣地與仙侶賭上一局，表現出洞中無事：

白石山中自有天，竹花藤葉隔（一作滿）溪煙。朝來洞口（一作裡）圍棋了，賭得青龍直幾錢。（一五）

在農業社會裡農人通常要力田勤作，要不就是官衙中人於寅時即要入衙門從事；但是類此朝來即可圍棋，而不必汲汲於生產勞動，豈非悠閒神仙？可見仙界圍棋確爲道教神話的母題之一。類似的洞府遊藝，在天界尚有投壺，它原屬古代主客燕飲的娛樂，賓主依次投矢於壺中，勝者則酌酒飲負者，《禮記》既有投壺禮，爲講論才藝之禮。由於有競賽故頗以爲樂，故彤閣中的「丹房少女心慵甚，貪看投壺不肯歸」，而不願爲皇君熨霞衣（七六），也是極寫其爲行樂事；另有詠穆公投壺的一首：

北斗西風吹白榆，穆公相笑夜投壺。花前玉女來相問，賭得青龍許贖無。（九二）

白榆即樂府「天上何所有，歷歷種白榆」，本爲榆之皮色白的白粉，轉爲星名；而投壺之爲神仙之戲也見於《神異經》中。笑樂投壺與圍棋一樣，在輸贏中輸卻賣花錢或賭贏青龍，也是爲無事的神仙憑添一些樂趣，凡此都表現出凡間世俗對於仙家樂趣的一種想像。

總之，在一位使府從事的想像世界裡，神仙的生活是多采多姿的，絕非如他所過的寅入辰退，申入酉退的刻板公務的作息表。而期望能一如高仙上聖既可戴冠服、環侍從以朝玉皇，也可閒遊、宴飲或對棋、投壺，因而搬演神仙的行樂圖，足可消解沈鬱下僚的苦悶。他的寫作遊仙詩其實是苦中作樂，以奇幻的仙界生活寄寓其不能滿足的現世願望；更進一步則是採用遊仙的格局，將日常生活的種種隱喻地表達出來：老友的久別重逢、妻妾的杯酒贈行等，都可隱藏於神仙活動的符號中，這也是自我解脫的心理遂願法。入朝與閒放的對比其實也就是唐人徘徊、調停於仕隱之間的寫照，能仕能隱俱是人生的抉擇，但對鬱悒的薄宦中人，則其迫於生計，進退不得，曹唐都一一發之於詩中。因此寫神仙生活愈樂，也就表現其心理的需求愈切，這是曹唐借詩以消憂的象徵手法。

五、神仙世界：色聲交揉的奇幻感

唐末張爲撰《詩人主客圖》時，將曹唐列於「瑰奇美麗」入室的三人之末，例句首即引遊仙句，可見其評定確與遊仙詩的風格有關[37]。不過從整體的風格言，其實與李商隱、李賀有其淵源，所以薛雪比較義山、堯賓，說是「一樣靈心，兩般妙筆」（一瓢詩話）。其實從語言、辭彙的運用最可分析出他的妙筆，曹唐熟讀道書，從六朝以來道教既已逐漸發展出一套語言符號系統，尤其是扶乩、降真詩既有六朝詩的密緻風格，也有其獨持的宗教語言，用以表現其宗教信仰中既神聖又神秘的體驗，〈小遊仙詩〉所運用的語彙多與此有密切的因緣。此外他又吸取唐代詩人風華絕佳的詩語經驗，經融鑄爲一種適宜表現神仙世界的語言符號，造就出時人評定爲「能詩」、「工文」的成就。

作家尤其詩人在選擇其語言時會受到題材的制約，此即內容決定形式的原則，成功的語言符號的創用使得曹唐與遊仙詩結合爲一，因此具有其標幟作用。其一生薄宦，政治成就並不高，因而激發他戮力經營詩文的藝術，所以在詩語的精緻、細膩上，顯然需考慮其能否充分表現出神仙的「奇遇」情境。中國的巫祝傳統本就有降神、見神的宗教體驗，屬於神媒、靈媒經由精神集中、專一的修練後，進入恍惚狀態而接遇神人。道教既在此一根基上，精緻化爲存神、存思的法門，在精神高度集中後，形成與降駕的神仙感應，晤對的降誥、真誥體驗。從宗教的幻覺心理考察，其幻視、幻聽常具有鮮豔的色彩感、飄忽的流動感，此即仙傳、道書的冠服、儀駕之所以一再錄於真跡，特立品目加以收錄的緣由。類此神聖、神秘的奇幻經驗被世俗化的筆錄所保存下來，即成爲後世小說、詩文的藝術奇幻感，也是圖笈、壁畫最

---

[37] 丁福保輯《歷代詩話續編》（臺北，木鐸翻印本，一九七三）頁一〇〇。

能彰顯其圖象、色彩特質的美感所在。

堯賓既在深厚的道教傳統、豐贍的宗教氣氛中寫作，想要如實地重現這些奇幻的宗教藝術，就促使自己需具有特殊纖敏的感官，能深刻感受其中瑰奇美麗的感覺，然後才能掌握仙言仙語的符號特性。其寫作策略中乃綜合多方的專長，就是排除一般平常、日常的語言，而採用道教化、神仙化的詩語系統，因此較少直接使用一般口語化的名詞，而多用隱語式的代語。其次較少單用名詞，而多用修飾語以形容名詞的各種樣態，這是爲了營構神仙世界所採用的語言策略。對於動詞則多集中焦點來表現「遊」趣，遊本就是動作，而在特定的時、空中的行動，就是爲了彰顯諸般遊歷，他靈活運用不同的動詞，將唐詩中具詩眼效果的語句形式，調整出高度靈活的詞性位置，並非固定於上四下三的七絕句式，借以達到變化語句結構的效果。

曹唐所幻設的仙界是長春而沒有秋天的，春象徵生氣、美好，而秋則是衰微、悲傷，這是用季節隱喻天上、人間，這一對照即見於第三首中：

騎龍重過玉溪頭，紅葉還春碧水流。省得壺中見天地，壺中天地不曾秋。

玉溪所顯現的春日紅葉、碧水長流，就是春景即仙景；又用壺中天地點出「不曾秋」。所以他用秋字時都隱指著人間：「月影悠悠秋樹明」爲帝王居；還有「一曲商歌天地秋」(二五)的商歌與第一首發句「玉簫金瑟發商聲，桑葉枯乾海水清」的商聲，五音中的商屬金屬秋，用以隱喩人間有秋天；另外黿伯過翠水頭所見的「宮殿寂寥人不見，碧花菱角滿潭秋」，也是人間的寂寥秋月。而天上是不曾秋的：諸如「叔卿飽覽九天春」（四四）、「芝蕙芸花爛浪春」（二三），乃爲天界之春；「玉洞長春風景鮮」（八〇）則爲洞府之春，這是仙界與春季的隱喩關係，全部作品中不見夏季而只有一處描寫冬天的凍寒景象（六五），可知在仙界意象中季節的原型性，是以春、秋爲對比的原型。

在朝與夕、白日與黑夜的時辰對照中，曹唐顯示一個有趣的經驗，除了茅君趁朝早朝、白石先生朝來圍棋；「方朔朝來到我家」（八四）強調朝爲一早的時辰外，仙界的活動仍以長晝爲主。但卻也出現了不少「夜」及「月」景，其中實在大有意味：除了茅君夜起、青童與紫陽夜酒（四一）、夜宴杏壇（四七），其他均與降真的時辰有關：「太一元君昨夜過」（五〇）、「碧海靈童夜到時」（五四），都是指明道教徒接遇仙真都在夜晚，在《真誥》中既有許多紀錄，像沈侍郎的夕遊也近於同一往降或遊某家的情況。凡此都是承續巫覡的夕降、夜降的降神傳統，道教化之後也延續在夜間扶乩、存神的宗教體驗，成爲一種深具神秘氣氛的夜降、夜遊情境，都一一表現在遊仙詩中。月與夜又有關聯：暘谷先生下宴時，「月光初冷紫瓊枝」；紫陽夜酒後，但見「月光悄悄」，或是「月明閒宴九陽君」（八八）、「洞裡月明瓊樹風」（八七），均屬夜宴中的月下即景；其次就是地仙所住的洞府景象，「月明朗朗溪頭樹」，可以對棋；至於表明「月明花裡合笙簧」，則已是仙妓所住仙窟的隱喩；較特別的月下之景，則在崑崙宮闕中「使妾月明何處尋」（七），也表現出同一月明懷人的情緒，都具有以天上景喩寫人間情的意義。

對於仙景的辭彙除了宮殿本身，多採用景象的烘托法，取用色彩字複合成詞：如金殿（五、六二）、紅房（六二）、朱堂（七九）、紫微（八四）；或是月殿（五一），造成金碧輝煌之感。至於摹狀則多用煙、霞、雲等意象：煙則絳煙（五）、瑞煙（七五）、彩煙（四二）都用以襯托金殿及玉皇接見仙官之處；溪煙（一五）、煙霞（一八）及煙露（三十三）則用以寫洞天的景象。霞字意爲雲霞，可隱喻仙界在雲霞中若隱若現的視覺作用，透露出神聖、神秘感，因此多以色彩字複合成詞：碧霞（六三）、彤霞（七一）可喻天界；丹霞（六四）可喻崑崙；而九霞（四〇）則爲初平所住的雲山。雲字也是天上景，道書常以五雲、五色雲爲祥瑞之雲，備有五色者之謂：「元洲有絶空之宮，在五雲之中」㊳，堯賓即以「五色雲中獨閉門」（五二）來隱喻宮府；五雲則用以隱喻天界，凡有六見（一三、二〇、三〇、四一、六一、六七），並可喻爲車駕即「五雲輿」（一七），至於「雲車」（三六）則是古神話中既已出現的。直接表示祥瑞的可用祥雲（三五）、瑞雲（八八），此外彩雲（七、三一、五三）則是泛指彩色之雲；或單爲表明一種色彩的，如紅雲（四七）、彤雲（二六、五九、八二）：「青雲斜倚錦雲深」（一六），則是描寫雲彩疊現之狀。類此將天空的景象加以具象化，正是道教綜合前此神仙神話的成果，並廣泛運用於道經中，成爲道教的語言符號系統，表現出道教神話文化

㊳《雲笈七籤》引，唐人常用五雲、五色雲，《幽怪錄》載玄宗與葉法善步虛赴廣陵觀遊，諸士女仰觀曰：「仙人現於五色雲中」；又《舊唐書鄭肅傳》，言鄭家世代多才，蕭仁表自謂「天瑞有五色雲，人瑞有鄭仁表」。

的特色，曹唐乃得據以用之，形成其語言藝術風格。

對於仙界諸景的營構還另有一種手法，即是樹與花、草的意象，也多襲用神仙神話中與玉有關的聯想關係：諸如以「瓊樹」（七五、八七）寫仙樹，崑崙山上的仙界植物則使用桂枝（九三）、杏枝（九七）；其餘的尚有劍樹（七三）、柏林（一六）、及青林（七一）等，數量並不多。草除了紅草（七一）外，最常見的是瓊草（一四、八二、九一），使用瓊字實承續古人瓊玉樹的用法，借以隱喻仙界的樹木。花則較爲常見，天界所見的凡有琪花（二一）、瑤花（六一）及芸花（三三）三種；至於瓊花則「雲朧瓊花滿地香」（七九），是描述朱堂外的景色；其餘兩次是作爲服食物，仙子可「爛煮瓊花勸君喫」以免衰老（二三），或是沙野先生的供承童子「教斲瓊花餵白驢」（七八）。這些花名都從玉，乃襲用古神話中的神仙植物，爲食之可長生之物。道教也將其吸收作爲神仙服食物，故堯賓取以入詩，作爲仙界的寶物。

在國人的想像世界中，又喜愛將世間花種賦與神話的色彩借以表現吉祥、吉慶，其中桃花是最常見的，在《漢武內傳》中就載有王母與漢武食桃，且說「此桃三千年一生實耳，中夏地薄，種之不生」；又有東方朔偷桃事。堯賓即融合兩種典故爲一，而寫出方朔到崑崙山向王母祈求桃種，「三千年後知誰在，擬種紅桃待放花。」（六四）因此在他的神話知識中「崑崙山上桃花底」，既是一曲商歌的地方（二五），也是崑崙山上看桃花的賞花所在。西方仙山固然有之，東方仙山也有桃花：「海上桃花千樹開」（四六）；所以真王從海上歸來，也攜回香破鼻的「千歲紅桃」（一作千載桃花）；就連洞天中也有思念劉郎的女仙子在「細擘桃花逐流水」的情景，與降闕夫人在春風裏攀花巧笑，「偷折紅桃寄阮郎」（九八），都是以桃花隱喻情愛，表現仙窟中的仙子對於劉郎、阮郎的寄情信物。桃花之外還有杏花，「海上風來吹杏枝，崑崙山上看花時」（九七），也屬於神話化的仙花。他在詩中運用神話植物的，還有一種隱指扶桑地理的扶桑花，「海畔紅桑花自開」（三四），即以兀自開放著的花，對比著秦皇、漢武與仙無緣。

對於遙遠海中的仙山需以花妝點，就是在中國輿圖上的洞天福地也不乏奇花異草，在仙境小說中這是堆砌仙境的場景，而堯賓即以精約的筆法選取其中一種，配合著仙真的動作，借以構成仙界的奇景：初平即隱憂著「白羊成隊難收拾，喫盡溪頭巨勝花」（四〇）；或以花開花落設喻，「不知誰唱歸春曲，落盡溪頭白葛花」（六三），巨勝花、白葛花都是可服食之物。就是尋常可見的名花，在他使用遊歷仙境的框架以敘事的手法中，也會被賦與另一種仙景的點化工夫，梨花即是經此點化之手的：「梨花新折東風軟」（八六），可爲太子真娥的遊行增添一種仙界的氣氛；而「千樹梨花百壺酒」（八九），也是以梨花來顯示美景當前，作爲好友久別重逢的論飲場景。類此將尋常事物化爲神奇的手法，最典型的即爲唐人筆記中的玉蕊花傳奇，因其特殊的花種而與神仙結了不解之緣。當時長安城的士庶多前來玉蕊院看花，蔚爲一種風雅盛事㊴。曹唐即將它轉用於麻姑故事中：

> 青童傳語便須回，報道麻姑玉蕊開。滄海成塵等閒事，且乘龍鶴看花來。

㊴ SCHAFER 前引書，頁三二一。

在仙界中，速看玉蕊花開也成爲神仙的雅事；它甚至還被從玉蕊院中移到塗山，成爲「風滿塗山玉蕊稀」的仙景（八）。由此可見堯賓擅用花名所引帶出來的花團錦簇的聯想，既可造成强烈的視覺效果，又可烘托出神仙的悠閒、高雅行事，確有運典以構成象徵效果的妙趣。

在靈活運用花的屬性以作爲象徵、襯托，確實是唐人生活的具體表現，當時人既可賞富貴、艷麗的牡丹，[40] 也可品味黃蜀葵的清淡、蕭疏之美。[41] 類此園藝史的遺跡也曾見於堯賓的生活，而一一表現於遊仙詩中，他即巧妙地以花作爲仙界的場景，讓神仙活動於其間：「隔花相見遙相賀，擎出懷中赤玉符」（三二），是隔著花叢之景；至如真王「立在花前別甯封」（四）、「玉皇朝客滿花前」（七五）、「花前玉女來相問」（九二），則爲一些以花前作背景的動作；「玉女暗來花下立」，是手挼裙帶探問燕昭王的情調（二二）、「花下偶然吹一曲」（六九），則爲董雙成吹曲的場景。將音樂美的聽覺意象配合繁花似錦的視覺意象，構成美好的場景效果，他喜愛使用這一氣氛：「笙歌暫向花間盡」（八〇）是玉洞中丈人私宴的勝景；「欲飲尊中雲母漿，月明花裏合笙簧。」（四五），也是隱喻仙窟的美景。尤其他巧妙使用花開、花落以造景，如「洞天雲冷玉花發」（七二），用花發對照洞天雲冷之感；又如「九天花落瑞風來」（五一），以天花的繽紛飛落來襯托月殿之美，更是借外景以寫內情的妙筆，凡此都使他

---

[40] 李樹桐，〈唐人喜愛牡丹考〉，《唐史新論》（臺北，中華，一九七二）頁二二二～二八一。

[41] 詳參拙撰，〈唐人葵花詩與道教女冠——從道教史的觀點解說唐人詠葵花詩〉《中外文學》十六～三期（臺北，一九八七、十一）頁三六～六三。

的遊仙情境造成另一種奇幻的情趣。

曹唐其人具有纖敏的感官知覺，所以選用字句也就特別强調其鮮明、亮麗的效果，這是一種藝術的審美氣質與癖好，自然地表現於藝術品中，縱使有時是原已固定的神仙名號，也會選用其中讓人印象較深的簡稱：如玉皇、紫皇；金妃、玉妃；采女、玉女；與青童、紫陽君、碧海靈童、青牛等，在道書習見的長串名銜中擇取最顯目的名號以入詩，其考慮自是與道經造構者稍有異趣之處。爲了形象地表現仙真的突出造型，他也在諸多構成冠服的文字中，特別焦點地描摹其服飾意象：除了杏壇宴醉後，寫過一次芙蓉冠：「紅雲塞路東風緊，吹破芙蓉碧玉冠」（四七），爲當時道士所用較貴重的冠品。其餘均寫霞帔，玉皇所著的紅龍衮、皇君與茅君的紫霞衣，可能是青童君所著的青錦裳綠玉璫、上卿教製的赤霜袍（九六）、洞天內「公子盡披雙錦袍」（七二）、三洞真人表現威儀的雲衫玉帶（八五）、朝回後伴著文妃所穿的鶴氅（六六），凡此均爲男高仙、高真所服佩的鮮明衣裳，在宗教幻覺中固是耀目，就是文字所刺激引發的也是威儀赫赫的神仙形象。女仙則以裙爲主，東妃閒著翠霞裙，西漢夫人著九霞裙，在青苑紅堂中仙子著明霞八福裙，偷出洞口的仙子則「緩步輕抬玉線裙」，此外則玉皇曾賜女仙以紫衣裳。除此之外還有髮飾、腰飾等，太一元君夜過時，「碧雲高髻綰婆娑」裝飾得華貴莊嚴；而絳闕夫人下北方時，「細環清珮響丁當」（九八），則是夭嬌多姿地帶笑降臨。類似的神仙冠服多取自道書、仙傳，在中國服飾史上，本來雲霞紋爲飾，配以各色裙裾，即爲帝王、妃嬪貴婦之所服。這批華麗異常的法服與服飾，則是中國宗教服飾史的珍貴史料，它襯托出詩中高貴而莊嚴的群仙嚴裝顯服的形象。

在聽覺意象上爲了襯托出高仙上真，就出現諸多仙樂，道書中常在「仙歌品」中大量輯錄仙真出場時所使用的樂器、諸天妓樂及儀駕音樂等，它即是降真時幻覺中的樂音，也是道教文學中的聽覺意象。通常道書中凡有三種情況：一是仙宴時的歌樂，二是儀駕時的行進樂聲、三是獨奏或少數詞樂的吹奏。玉洞中丈人的私宴使用的是「笙歌」，其餘三次均爲儀仗行列中，用以表現整體演奏的情形：東妃「自領笙歌出五雲」（二〇）；青童辭別紫陽君後，「月光悄悄笙歌遠」；以及紫皇歸來時，「絳節笙歌繞殿飛」，都表現出行進中較大場面的儀駕盛壯的情況。有時詩中也運用樂器以顯示聲情：除了太子真娥領行時，「當天合曲玉簫清」（八六），是寫兩人（可能爲蕭史、弄玉）的相和而成曲，爲神仙美眷的歌樂氣氛。此外「玉簫金瑟發商聲」（一一）、「手把玉簫頭不舉」（四），則是表示悲傷的曲情；「一曲商歌天地秋」（二五），則因金聲、商調的蕭瑟的調子，本就具有悲壯的調性。玉笙則由董雙成善奏雲和曲，「共請雲和碧玉笙」（六九），都爲唐人喜用《漢武内傳》中的諸天伎樂的典故；此外尚有琴瑟樂器，乃由萬歲蛾眉「旋彈清瑟旋閒遊」，它是此聲只應天上有，用以對照「下界笙簫曲」的紅塵之樂。

音樂意象中還有一些值得注意的曲名：一是道樂的步虛，西歸使者唱步虛，正是入朝時旋遶玉京山所聽聞的；另一處爲「水風暗入古山葉，吹斷步虛清磬音。」（十六）步虛爲道教儀式中模擬昇天的旋遶步行，虛聲長吟，此處則用以表示宮府或宮觀傳出的道樂；另一則是「雲謠」，因爲敦煌所寫的正有《雲謠集》，另《花間集》敘有「唱雲謠則金母詞清」之句，顯示它與道曲有關。曹唐即在三三首的後半寫出「玉童私地誇書札，偷寫雲謠暗贈人。」就將其置於神話氣氛中，雲謠之曲乃天上所偷傳於人間的，這是唐時常見的音樂神話，用以夸言此種樂音非人間世所得聞。

綜合這些視覺、聽覺意象，可以解析出曹唐所具有的靈敏感官，因此才能建構出他心目中的神仙世界，由於整體九十八首予人一個完整的印象，爲一大布局一大構圖。所以試就全體解讀足以見其質地感、色彩感，確是能適合表現仙界的氣氛，導引讀者進入他所幻設的假象世界中，感受其氛圍，呼吸其空氣，而形成讀遊仙詩時有如漢武帝之讀〈大人賦〉一樣有種「飄飄然有凌雲」之感，這是作品所提供的想像世界。根據物理學的理解，金、玉均屬質地密實、觸感冷冽者，但其光澤則予人燦爛奪目之感，用以象徵仙界的堂皇、高貴以及高不可攀、遙不可及。而使用金字結合的複詞，凡有金妃、金鸞、金虎、金龜及金芝（有生命物）；金華、金壇、金殿（地名或建築）；金石、金觥（礦物）；金瑟、金策、金書、金剪刀（文具）；金鞭、金絡頭、黃金勒（乘御物）；與玉字複合成詞的凡有玉皇、玉妃、玉童、玉郎（仙名）；玉林、玉花、玉蕊（植物）；玉色雌龍、玉鞭（乘御物）；玉卮、玉酒卮、玉盤、玉壺（盛用器）；玉簫、玉笙（樂器）；玉詔、玉簡、玉策、玉符（文書用具）；玉冠、玉線、玉線裙、玉帶、綠玉璫（服御器）；玉炭、玉煙（燃用物）及玉清、玉溪、玉洞（地名）及玉梯（用具）等。其他的礦物則只有白礬、水銀、真珠及丹等，次數均不多。從其中大量使用金、石造詞，不管是原就不可分離的仙名、地名，或是有意鑄詞、選詞，均能造成光采、富麗的色彩感，而實質則是遙遠、神聖而又神秘的一個由金與玉所構成的世界，遙而不可及，對於薄宦的曹唐及同一身份地位者，總是虛幻的存在，神話與夢一樣的奇幻空間。

從色彩學來分析作品中的顏色字，除了顯示中國人傳統的顏色美學外，也敏銳地感覺得出那是曹唐所幻設的多采世界，適合於凡塵之眼中的仙境之美。這是大紅大綠的世界，從馬王堆出土文物的用色到金碧山水的細緻塗彩，乃至道教壁畫（如永樂宮的朝元仙仗圖）、華南寺廟的建築美學，均是傳承一種中國式色彩學。在他所用的辭彙中，紅字及相關色彩所造的複詞：凡有紅樹、紅桃、紅桑、紅葉、紅草（植物）：紅雲、紅水、紅火、海日紅（氣候、自然）；紅龍袞、紅綃（器物）；紅房、紅堂（建築）以及紅龍、紅鸞、紅尾（動物）；有時也換用相近的朱、彤、赤、丹諸字，而組成諸如朱扉、朱堂、朱宮（建築）；朱輪（自然）；彤雲、彤霞（氣候）及彤軒（建築）；赤霜袍（服飾）、赤玉符（文書）；還有丹田（內丹、身體用語）、丹房、丹軒（建築）及丹陵（地名）。朱紅色使用的特別頻繁，可用以表現其中所寫的富貴、吉祥之意。次則爲藍、綠色系列的辭彙，碧、綠色系爲大地、海洋之色，也是國人喜用的色系：碧鷺（禽名）、碧花（植物）；碧雲、碧霞、碧海、碧水（自然）；碧沙、碧瓦（礦物）；碧玉笙（樂器）；碧玉冠、碧玉鞭（用器）及碧字、碧淚等。大自然物、礦物及其製品呈現碧色是正常的，萇弘的「碧淚垂」則是神話。青字也使用多次；青龍、青牛、青鸞（靈物）；青林、瓊草青（植物）；青錦（紡織物）；青苑、青室（建築）；另有翠水、翠雲裙；綠玉巵、綠玉璫。碧、青屬藍色系；翠、綠則爲綠色系，由於都是大自然的本色，最易被人類所採用；植物、礦物也特多此一顏色，其製品及染色物也就呈現出同一碧綠的色調。

五方色中其他色彩較少用，而多用白色凡有白龍、白鸞、白鳳凰、白鶴、白鹿、白驢及白羊（靈物、動物）；白榆、白葛花（植物）；白礬、白玉煙（礦物）；此外尚有白日、白髮；

及素書等，都能如實地反映出想像中的靈物及自然現象。其餘諸色中玄則有玄洲的地理名；黃則有黃龍及「草木不知黃」，都是不多見。不過紫色作為一種神聖又神秘的色彩則頗爲曹唐所襲用，因其原始即與北極、紫極信仰有關，乃是北極光所形成的自然天象，被當作自然崇拜後，就出現衆多與紫有關的辭彙：凡有紫微宮、紫微書；紫皇；紫霞衣、紫衣裳；紫瓊枝、紫羽；紫瑤觥，紫柴及紫水，道教特別崇尙紫辰，而修練時臻於至高之境時也現出紫氣、紫色，所以乃在道書中成爲一種特異之色，爲道教中人所喜愛。

類此不同質地、色彩的辭彙，本就各自具有引發美感的作用，這是由於國人在民族性格與傳統文化中所長久形成的：對於宮廷宮觀的建築、帝王貴遊的服飾打扮，以及遊蹕時旌節、侍從的旗幟、乘御，常造成一種富貴、吉祥的華麗感，它是組合諸般質地、色彩所形成的。類此顏彩繽紛而來的仙界假象、幻象，形成一種非世間的、非尋常的奇幻感，這是曹唐有意經由詩人的出奇想像以逼近宗教性的神秘體驗，將語言符號所造成的幻覺與宗教恍惚所感應的幻覺結合爲一，成就道教文學的特殊審美特質，對於仙界及其生活確是融合真實與想像所形成的更豐富的感覺經驗。在視覺、聽覺之外，也還有一種嗅覺意象，凡有「滿身新帶五雲香」（三〇）、「瑞香煙霞溼衣巾」（三三）及破鼻的「千歲紅桃香」（五三）；在實際的焚香場所中，則有「焚香獨自上天壇」（十二）爲齋醮時。初平「焚香不出閉金華」則爲靜坐時；至於其他的芳香感則多與酒之香混合：「酒盡香殘夜欲分」（四一）、「香殘酒冷玉妃睡」（八七），都是酒宴後的殘香。在中國香料史上，國人善用各色香以除臭、辟邪並用以集神，成爲宗教場所的特有氣氛，後來在不同情況的香味也就形成中國文人常使用的嗅覺意象。肌肉運動意象在曹唐的筆下則多與服食有關，道教中人深信屬性傳達的巫術性原理，凡仙藥仙丹都可經由服食而轉化於服食者的身上，因而獲得不可思議的力量，所以詩中常出現喫的意象：「紫梨爛盡無人喫」（八）、「爛煮瓊花勸君喫」（一三）、「喫盡溪頭巨勝花」（四〇）、「青牛臥地喫瓊草」（八二）；此外則「教㪷瓊花餵白驢」（七八），全部都是與喫仙藥的服食動作有關。曹唐也深通詩眼的效用，特別喜愛使用一「破」字；諸如人間肉馬「踏破先生一卷書」（三六）、東風「吹破芙蓉碧玉冠」（四七）、或是「千歲紅桃香破鼻」，此一關鍵字也多能寫出動作中輕微地聲響的效果。

大體言之，這些不同感官的感覺常是多種交揉，也形成「共生感覺」（synesthesla），讓各種感覺互相轉換，形相的聲音、聲音的形相能交錯運用。曹唐在每一首作品中幾乎多少都使用感覺的交揉、轉換，而全部的遊仙詩又成爲整體高度的感官交揉、交錯的狀態，構成聲色繽紛的藝術效果。因此讀者閱讀時也要發揮所有的感官知覺作用，六根交相爲用，始能獲致仙界、仙人生活的立體感、真實感，才能構成在虛無飄渺中，仙山、宮闕及神仙儀仗，若隱若現、似真還幻的「瑰奇美麗」之感。

六、遊仙動作：動詞運用與結構

曹唐遊仙詩大體上仍能傳承遊仙詩的特質，就是「遊」，不過對於遊的旨趣，由於取材及創作動機是爲追慕古仙子的奇遇，所著重的是仙子之間、人仙之間的悲歡離合之情。因此類此遊仙、仙遊的情趣，較多融鑄道教所流傳的新神仙傳説的奇遇事件，因而具有敍事、歌詠的性質。而魏晉的遊仙則是當時的文士承續遠遊的譜系，有憂有遊，因憂而遊，所以最典型的結構，即是動機（空間的迫阨與拘限、時間的短促與無常）、遊歷（仙人、仙境、仙藥）及願望（祈願、頌禱）或質疑，也就是它採用的是遠遊、樂府的賦體、歌體等音樂形式。而唐人則已不完全受舊遊仙格套的限制，而純寫仙之遊或遇仙情節，堯賓就更進一步徹底地揚棄因憂而遊的模式，全從仙遊的奇遇情境另行建立一種新的遊仙結構。

由於採用短什的七絕體，而非賦體的舖述或歌體的誦詠，堯賓勢必要改變前此所用的動機→遊歷歷程→願望的習套，才能高度而有效地運用四句的起承轉合，尤其唐人擅於使用辭彙、單字以點出題旨。從類似關鍵字（key words）——不一定是詩眼的使用，可以證明〈小遊仙詩〉中也一再强調「遊」的特質：它包括了直接表明爲「遊」的動作，或是採取與行動有關的動詞：諸如騎、駕、乘（或眠、臥）某種御駕物；或者表示動作的行、步、走及過、逐、蹀躞等；也有表示歷程的動詞，如出、去、來、到、別、歸、回等；而對於上天下地的遊歷則有上、昇或下、降及入之類。由於這些動作詞態使用廣泛，即可知道都圍繞著遊歷、遊行而成爲一種仙遊行動，巧妙地表達出唐人精於鍊字的工夫。

關於遠遊的原始意義，從中國早期的宗教體驗加以考察應與巫教（shamanism）有關，這是薩滿教區內基於宇宙中心説，使巫王或巫師等靈媒可上天下地，經由世界大山（崑崙、蓬瀛之類）或世界大樹（建木）而成爲人神間的媒介。它經由精神集中、專一的修練而可體驗翱翔、飛行的恍惚狀態，在存思、存想中登昇者可藉由存想某種御駕物以獲得某種遊歷的神秘體驗[42]。類此原始宗教的經驗經由想像後，常成爲世俗化的文學、藝術，諸如〈遠遊〉、〈離騷〉中的上征情境，或神話傳說中的昇天情節，它表現於儀式中則可作爲郊天、封禪中模擬登天面聖的儀禮，或世俗化爲喪葬儀禮中的昇天圖。早期的傳說及由此衍變而成的神仙神話，均提供古器物的圖文、音樂文學的歌詠，成爲諸般圖繪及描述登天遊歷的題材，遊仙詩即爲此一昇天神話、儀式的流裔，而道教的仙真遊歷傳說更是道教版本的神仙說話。

堯賓熟悉遊仙文學（詩及小說等）的傳說，也熟讀道書的仙界奇遇，故能完全掌握道教仙遊的奧妙，當行本色地寫出「遊」之趣，直接寫出遊字以點題的，凡有六次：其中有沈侍郎「不知今夕遊何處」（一七）；夜宴終了之後，朦朧中感覺「誰遊八海門前過」（三七）；以及與「閒」字有關的三次閒遊、一次真遊等遊行動作，將遊、閒遊、真遊諸字詞置於其上下文的肌理脈絡間，不僅敘述了遊者的動作、態度，也具有點明題目、題旨的作用。這是魏晉遊仙詩中較少見的，它們通常直接舖述遊歷的過程，就是唐人也較常以實際動作顯示遊而較少用文字上直接點明遊字的。

高仙高真的儀駕需有「遊」的坐騎，綜合全部出現的種類與次數，可以發現曹唐確是有意以御駕物表現仙之「遊」，所以對道書中冠服品的擷取運用尚屬取樣式的，但對儀駕品幾乎大多予以採用。因而詩中雖不明言遊而遊意自現，這也是魏晉遊仙詩雖也曾使用遊的動作，但實不若道教化以後的形象化，而他也因而能較所有唐代詩人之作遊仙詩者，運用得更爲當

---

[42] 詳參拙撰〈崑崙、登天與巫俗傳統〉，《中國詩學會議論文集》（彰化，彰師大國文系，一九九四）。

行本色。其原因其實應歸功於道教儀駕品一類描寫的啓發，造成極其講究的臨場感：其中出現最多的是龍、次者爲鸞鳳及白鶴。曹唐寫作的體例中，凡同時出現兩種的都意指多數或泛用：如「且乘龍鶴看花來」，分別是青童、麻姑所騎的；「走龍鞭虎下崑崙」是百寮所御的；或如「赤龍閒臥鶴東飛」（八）、「鶴不西飛龍不行」（三一），則以諸靈物來表示一切無事；行動緊湊的則用「馬影龍聲歸五雲」（四一）、「龍影馬嘶歸五雲」（六七），都是寫道別後群仙衆聖速速其行的聲勢。此外還有一次用「且緣鸞鶴立相仍」（九〇），則喻寫蔡經未能一時拋卻塵緣。所以他同時併用兩種靈物時都有其特別的涵意，其餘大多單用一種靈物以爲儀駕。

龍本即爲神話中的圖騰神物，衍變爲御駕之物後，在道教降真、朝元時俱已轉化爲仙聖的儀駕，除了描寫衆羽客昇天時爲表現其多數，曾使用一次「因駕五龍看較藝」外（七七）；其餘都强調不同顏色的龍：青龍凡六見（十五、五四、五五、六〇、七五、四二），由於「青龍舉步行千里，休道蓬萊歸路長」（五五），青屬東，故可理解爲東方神龍；另有一次爲青虯（四九）。南方色則有紅龍（九七）、赤龍（八、五三），由於兩次均提及「海上」，疑是指南海；西方色則爲白龍（五、三五）；中央色則有黃龍（四、七），只有北方色的黑（玄）龍未曾出現。此外則有一次强調「雌龍」爲真妃所騎（二五）、及石洞中在床下懶眠的小龍（五三）；單言「龍」字的只有一例（四五）。可見曹唐最常用的龍乃得諸道書的傳統，成爲出入仙界的主要儀駕。

鸞鳳也是轉化自神話中的靈物，增益了儀駕的多種陣容：其中「閒依碧海攀鸞駕」（三〇）、或是「無央公子停鸞轡」（四二），均未標明其爲何種色彩；其他有標明的凡出現紅鸞三次（五七、六六、七三）、青鸞、白鸞、及金鸞各一次（四七、七七、五〇）；性質相近的靈禽如鳳則有一次作爲隨駕，「鳳押笙歌逐後飛」（一一）；一次作爲坐騎，「閒乘小鳳出彤霞」（七一）。鶴也是經轉化後的靈物，以王子晉化爲鶴最有名，稱爲「遼東老鶴」（四六）；又因秦皇漢武不能作成仙，徒讓「人間雙鶴又空回」，則是御駕之物；此外還有雲鶴（四八）爲雲中冥冥飛去的鶴鳥，在新出土的秦漢墓葬物中，白鶴確是作爲昇天之物。靈禽中較特別的還有沈侍郎的侍從所騎的白鳳凰（十七），都是儀駕行列中擁簇前行的景象。

對於御駕之物的控御、乘騎之用，除了洞府無事時其坐騎可以閒散，如沙野先生的白驢、青牛先生的青牛；其餘大多是動態地描寫乘御的靈物，藉以顯示出「遊」的旨趣。曹唐爲了打破舊有格套化的遊仙結構，就先突顯出神仙及其侍從等動作主體如何掌控其乘御物，以表明這是「遊」的一種動力，因而動詞型態的「騎」、「乘」兩字，自需接下有一個受詞，成爲騎某物、乘某物的句式，然後在七言句的上四下三或上三下四句式中，再點明乘、騎的目的，也就構成遊歷的過程與目標。所以在所有的遊仙動作中，雖不明言遊卻仍能蘊有遊的推動力。

曹唐的敍事手法中有時點明動作者，但也有隱去的：如「騎龍重過玉溪頭」（三），屬不提騎御者之例，通常都會將乘御的主人翁加以敍明：如「真妃騎出」的是有金絡頭的雌龍、「不是元君不得騎」的是有黃金勒的紅龍，及「天子不解騎」的青龍，這是將騎的動作與乘御物分在兩句內，佔了全詩的一半，可見是遊的主結構體。而大部分則集中表現在一句內，在全詩四句中所佔的比例較低，類此手法諸如「西歸使者騎白虎」（一〇）、茅君「朝騎白鹿趁朝去」（一一，一本作獨乘青鹿）、沈侍郎的「侍從皆騎白鳳凰」（一七）、及「好是興來騎白鶴」。與騎相近的則尚有乘字，「閒乘小鳳出彤霞」（七一）、「且乘龍鶴看花來」；也有用駕字的，「因駕五龍看較藝」（七七）。在想像世界中這些有金絡頭的雌龍、黃金勒的紅龍，正是圖畫上所繪的乘御狀態，既經御駕、騎出也就暗示這是一段登昇、遊行的歷程，生動地描述出堯賓想像中的仙駕的排場。

第二類則是有關行、步、走，及與之相反的動作爲停、臥等，先要看出現這些字眼的句子在詩中所佔有的位置，就可理解它所帶出的遊歷情況：首句例有「太子真娥相領行」，然後敍述遊行的排場，是作爲動作主體者的行動。二句例則是先述溪影樹影作爲場景，然後才有動作：「人家皆踏五音行」（九一），所行的正是星月滿空的天路。三句例則有前半寫主人留君宴飲，不要忙著回去，只要「青龍舉步行千里」，就是蓬萊之遙也不覺長。（五五）這是留人勸飲詩，將它置於遊仙的情境中。置於末句例的則有寫天上的樂趣足可長留，連坐騎的白龍久住後，也「斜倚祥雲不肯行」（三五）；寫洞府的則是酒釀春濃，真公爛醉，在迷糊中「行到半天聞馬嘶」（一四）。由此可證「行」的動作其發動可出現在不同的情況下，但都是具有關鍵性地表示行動的起始、進行中或結局，故足以關繫及全體的結構。

「步」字則用以表示較小的速度、動作：寫偷出洞口的仙子「緩步」輕抬裙裾，是爲行動的過程，結果則是尋訪不著。或五丘嶺中提醒「人間肉馬無輕步」，免得踏破先生之書；也有寫動作的初起與結束的，青龍「舉步」指步行之始；赤龍「停步」則是真王從海上歸，引出歸後的重點動作。曹唐使用動詞準確而有效，都符合字意之妙，故使用「走」字以表示急行、沒有規律；杏壇宴後，「等閒乘醉走青鸞」，是醉後急走，致讓東風吹破芙蓉冠。要不就是百寮朝拜完後，紛亂雜沓地「走龍鞭虎」（八四）；相反的就是停字，當朝客要昇天時，「無央公子停鸞轡」，先向嬌妃索玉鞭後再走。此外尚有在末句寫坐騎在睡覺的情景，朝宴時高真都醉倒了，故也使得「短尾青龍枕水眠」（七五）；或洞天中因連著杭日朝天，仙、獸俱疲，「不覺小龍床下眠」（八三），龍眠出現在詩末常用以表示遊的結束。

第三組即以動詞表示動作的出發、過程及抵達，凡有去、來、過、到之類。「去」字表示前往、前去的行動，在首句出現的有「去住樓臺一任風」，然後敘寫十三天洞之所見，即有侍女行廚（五八）；或是「雲鶴冥冥去不分」，既是一開始就飛去，就隱喻後來與玉女之所期並沒有結果，所以次句接「落花流水」以喻，這也是喻寫世間男女不諧的仙言仙語之例。出現在第三句的有崑崙宮闕既已開，隱喻仙男仙女在分離後，「黃龍掉尾引郎去」，結果妾自是無處可尋（七）。另有第四十五首的結構也是相近，前半寫欲飲的情況，此中有樂事，乃「更教小奈將龍去」，迎取金壇阮郎前來同樂共飲，也是世間男女戀情的一種隱喻寫法。此外就是真公醉行後，用「朱輪軋軋入雲去」，來點明日落的時辰。另有兩例則置於句末，都是倒裝句式的情況：一是塗山的無事，「何事韓君去不歸」，而紫梨早已爛盡，喻有惋惜之意；另有一首則是三洞真人有事，「爲嗔西去上天遲」，乃鞭龍促行。「去」字大多可置於句末爲常見的行動之態，少數也置於句首、句中，乃因其各有強調的重點之故。

「來」字凡用七次，在四句中所見的位置不同，作用也互異，不過都是對於行動的動因有具體的效果：「天上邀來不肯來」在起首即寫出動因，結果是人死而花自開（三四）；用在第二句則先寫出桃花盛開之景，「麻姑一去不知來」，原因是老鶴不肯爲之通音信（四六）。或是用以襯出場景的，如月殿開，「瑞風來」，玉皇欲著朝衣，乃喚金妃裁衣（五一）。但大多出現於第三句中：白石山的晨景中，「朝來洞口圍棋了」，而終句即以賭贏作結（一五）；或寫九天之遠不易到，只有煩「玉女暗來花下立」，親問昭王有求仙真意否？（一二二）都是只點明所來的處所及目的，作爲推動整個事件之用。至於在末句作結的寫法，則來字也有輕重意義的區別，如王母留人不放，「教著青龍取妾來」是表示願望（六十）；采女受事後，欲書密詔，「佯喝青虯使莫來」，則是表示警告（四九）；至於玉蕊開的音信傳到後，「且乘龍鶴看花來」，則是一起來看花的倒裝，爲韻協之故，也是强調之用。可知「來」字的動作通常是以場所作爲著眼點，强調動作者從他界而來，其中隱然有溝通、穿越此界與彼界的動作，故具有「遊」的動作性格。

「過」字其意爲過訪、經過，並非長時間停留之詞，不過一樣起到引發動作的效果：一起始就寫「太一元君昨夜過」，則後三句都是寫所見所聞的：包括形象、行動等（五〇），屬點明動作者；而不點明的就是某仙「騎龍重過玉溪頭」，接下則就其眼睛所見的紅葉、碧水，興發其感慨（三）。兩首在寫作時視角不同，其餘則都出現在第三句中：有前半先敍景者，用以烘托出冬景後，「遼東歸客閒相過」，因而引起話題而談古早的雪景（六五），這正是隱喩堯賓與老友重逢話雪的戲劇性代言體；此外或因閒遊，而「略尋舊路過西園」，因而得瓜（七一）。兩首的末句都用「因」字：「因話」、「因得」，即因而之意，有過某事因有某果之意。至於另有一例則是宴終霧迷時，「誰遊八海門前過」？問誰經過，結果是只聽到風雨中空洞一聲；這一首更可能根本就是倒裝句，乃在朦朧中，因風雨聲中空洞一聲，故驚起而發出疑問？

「到」字爲動作中某一階段的完成，即到達之意，用以描述不同情況的到達：如果出現在首句，則是某一事件的開始，「方朔朝來到我家」，一早即來，是從王母的視角來說的，到達目的地即是抵達到此，接下才寫出要求種紅桃之事（六四）。置於第二句中則需要先描述某種情景，再接續某種到達的情況：先有絳節笙歌的排場出現，接下才預示「紫皇欲到五雲歸」；後半再寫侍女爭報玉妃之事（六一）；或先必出現主角東皇長女，然後再呈現出「從洗金芝到水邊」，乃引出後半的棋局來（七〇）。或是先述說九天路長，再質疑「燕使何必到上方」？在否定中肯定其到不了，才能引發玉女下凡問昭王事；至如真公在醉中「行到半天聞馬嘶」，則爲行動中的某一段的完成。可見完成某一動作後，常是另一個動作的開始，此即時間的連續性、無限性，爲中國語言哲學中所表現的語意、語法等特性，被曹唐使用於詩藝之「遊」的持續動作中。

按照遊的旨趣，歸、回兩字也是表明某種動作的完成，但基於時間的流動性、持續性，生命狀態是不斷地完成、不斷地出發，所以需以某一事件爲單位才能對時間作短暫地切割，這是不得已的。方生方死，方死方生，時間在遊的動作中，就要視曹唐如何切割，並以此連續事件以成爲不斷的時間之流。「歸」字放在文脈的中間偏前，則表示某事的完成，目的是在引帶相續的某事，前述以「五雲歸」來喻寫紫皇欲到，即爲一明顯之例（六一）；相同的結構也見於五三首中，赤龍在停步後，「共道真王海上歸」，也是爲了接續用玉盤盛仙桃給金妃之事。類此歸家後夫妻久別重逢的情景，在曹唐流移於從事、應舉的一生中，作爲一家之主者遠行歸家，何嘗不是夫妻間另一小別勝新婚的溫馨，所以可說是一種世間情的隱喻詩。

從對於切割時間的觀點言，整首詩最好是以一個事件作爲起訖，不一定要順從時間的前後關係，而是以動作爲起訖的因果關係，較順暢地展開事件的情節發展，而將「歸」作爲事件的結局，所以有出現在末句中四三句式的第五字用法：諸如宴罷之後，青童在月光、笙歌中，「馬影龍聲歸五雲」（四一）；公子拜別上陽君後，遙向著玉清路行進，「龍影馬嘶歸五雲」（六七）；或是洞中宴罷，玉妃醉眠中，「不覺七真歸海中」（八七），所歸的即是所來之處，剛好都是用以寫別後歸家的情景。至於另兩首也用歸字之意的，塗山的一切顯得稀、閒及無人，故問「何事韓君去不歸」？是出之以境中視角及局外人而兼有的感慨與期望（八）；至於丹房玉女的「貪看投壺不肯歸」（七六），則是心中慵懶之故。所以「歸」字本身喻有歸到生命原鄉的歸屬感、安定感，尤其「家」中所寓的原型性格，縱使盛宴是歡樂，但宴罷的「酒盡香殘」，就總是會有歸家的心理欲求。曹唐的一生既漂泊於使府之間，這些歸家、歸宿的意旨他應有借神仙酒以澆心中塊壘的深意。

「回」字的使用，就如它的發聲韻味一樣是較平淡些，只是有回來、回家之意而已，爲敘述狀態的動詞；不過它也有連續展延時間、事件的作用，故常出現於第一句中：「百辟朝回閉玉除」，指朝罷即可回家，所以西歸使者才會閒唱步虛以表示其愉悅之情（十）；「采女平明受事回」，則因攜有丹契而要書密詔（四九）；「八景風回五鳳車」，則隱喻回到崑崙山後，即可看花、飲酒（四三）；至於「王母相留不放回」，則是強挽之而不使回（六十）。某件事的完成則可回到某處，都在空間上需要先有一定點作爲基準，作爲兩點之間去與回的動作，上朝與退朝即是一去一回；另外有一種情況則是寫無目的回的，如天上（彼界）邀秦皇、漢武（此界），所以派出去雙鶴，但到達「人間（的）雙鶴（卻）又空回」（三四），象徵從此界到彼界的傳訊並沒有預期的結果。至於另一遼東老鶴則因慵惰之故，「教探桑田便不回」，實因王子晉探過滄桑後即有所悟之所致。

第三組也是頗爲重要的對立觀念，就是昇與降、上與下，在遊仙思想中是最古老而素樸的關鍵字，爲古神話、宗教中溝通人神關係，象徵此界與彼界、此岸與彼岸的溝通動作，在求仙者探求長生不死及樂園情境的神話、儀式中，天上、人間的區隔象徵著神聖（聖域、神界）與塵俗（塵世、人界），也深刻表達出終極關懷的生與死。所有求仙者都期望突破這一區隔，而使生命的無限性成爲可能。而這些動詞在早期傳說中已有登、昇等字，道書也普遍使用，但曹唐所重者在遊的歷程，對於登昇並不特別喜歡處理，不過他卻完全了然於昇天神話，所以「崑崙山上自雞啼，羽客爭昇碧玉梯。」（七〇）是以崑崙的世界大山神話爲背景；另一首「海樹靈風吹彩煙，丹陵朝客欲昇天。」（四二）也是以仙山爲上天之道，這些羽客、朝客等詞也可稱爲道士，也意味著人神間的媒介者。「昇」是爲往上的過程，用「上」字則兼有方向及由下往上的方位感，較典型的是「文妃爲伴上重天」（六六），一本即作「旋驅旌節旋昇天」，可見上、昇均指同一登舉之道，爲表達願望之詞；或如三洞真人「爲嗔西去上天遲」（八五）；碧海雲童「徒勞相喚上瓊池」，瓊池即爲仙境的象徵。表現爲儀式行爲時則寫出求仙者，「焚香獨自上天壇，桂樹風吹玉簡寒。」（十二）天壇爲祭天之所，其高需拾級而上，卻有高處不勝寒之感。

在巫俗中有一關鍵字即「降」，指降神、降真及降乩之類，爲無形的神尊降附於身。在道教神仙傳説中仍保存降字，但卻常出之以形象化的描寫，堯賓即運用這一降的用法，先描述洞裡的景象，而後「乘風使者降玄都」，再擎出赤玉符相贈與。（三二）其實像太一元君的夜過都是夜降，即降真、降誥。由於遊仙詩是以形象表現爲主，因而大多使用「下」字，表示降下的動作，通常出現在首句中，寫出下降的活動：「紫羽麾幢下玉京」，而後才邀真母入三清（三五），應是以天尊高仙爲主角描寫其在羽幢的擁簇中降下於玉京盛境。「西漢夫人下太虛」（一七），則是降下後再描述其形象，並出示素書；同一結構也見於最後一首的「絳闕夫人下北方」，一旦降下後接著就先刻繪其環珮丁當，然後寫出情戀之切。只有百寮「走龍鞭虎下崑崙」一首是出現在末句中，大體都寫著從天上降下的動作，乃是把握住整個遊歷過程中最關鍵的行動，慢鏡頭式地突顯神仙下降的精采畫面，可謂著一「下」字而動作盡出矣。

曹唐爲了寫出遊的動作，使之能傳神寫照，也注意及諸多細節，諸如所用的鞭策之物，也是特別考究其質地；凡有金鞭（六七、八五）、玉鞭（五、四二），並描述其應用的情況，則「金鞭遙指玉清路」，就使得龍、馬急歸五雲；「頻著金鞭打龍角」，也是爲了急著要上天朝禮（八五）；甚至對跳蹈慢行的白龍，也要「爭下紅綃碧玉鞭」（五）；而西歸使者一旦朝罷騎虎，自可悠閒地「彈鞚垂鞭唱步虛」（一〇），諸多驅策的方法實可謂是爲了寫盡不同狀況的儀駕遊行，這也是曹唐仙歌特別豐富之處。他巧妙地轉化人間對於御馬的經驗，而加諸龍、虎之上，卻未見用諸翩翩飛翔的白鶴、鸞鳳之上。類此形象地表達出一幅升天遊地的圖象，在唐人其他擬作的遊仙諸作中，少有寫得如此當行本色的，這完全歸因於他重新賦予「遊」

的旨趣，是經由不同的動詞來驅遣靈物，用以構成遊歷的動作。

曹唐對於遊仙詩體的最大貢獻之處，是他真正地擺脫了樂府詩體的舖述遊蹤。一般唐代詩人大多仍是遵守「遊」的結構而略加調整，因此往往易於形成一種習套；而他則在採用唐人的新體後，仍需遵守七絕體的格式、句法，卻能利用有限的字數、行數，精確而豐富地表達出遊的趣味。對於新的結構形式，他以多種動詞表現不同的動態，有時一首中只有一個主要地展現動力的動詞，有時也需結合二至三個，但總是以穩定而定向地朝向一個目標集中，如此就會形成整體的遊動、流動感，而成爲一幅幅活潑生動的遊仙圖，全體綜合起來又成爲一幕奇幻而又活潑的神仙世界。它在不自覺中將讀者帶入其中，跟隨著上天下地，周遊四方，這是宗教文學的美感經驗。因此在神仙遊歷的體驗中，既有宗教式的恍惚之感，也有詩歌文學的想像之美，因此〈小遊仙詩〉確是深得「遊」的個中三昧。

七、主題與思想：長生、滄桑，無限與有情

在中國遊仙詩史上，詩人假借遊仙所表現的主題思想，大多與他們所關懷的人生歸趨問題有關，而到了唐代後半葉，遊仙詩題既已讓歷來的詩人發揮殆盡，因此要如何才能推陳出新，在傳統中題材中表現出個人的才華，也就成爲創作者的一大考驗。曹唐即是晚出，之所以創作遊仙詩，其主要的動機雖是對古仙子的奇遇之情有所追慕，對仙子間的悲歡離合有所感慨，因而運用道教獨特的語言系統中的諸多仙言仙語，驅遣故實，寫出一幕幕仙子遊歷的

仙境。不過在華麗、熱鬧的視覺、聽覺等感官意象中，這些登場的神仙及其豪華的儀駕，其實都只是「戲劇性的代言者」，全部百首左右的〈小遊仙詩〉都是道教神話詩，其中透過神話素材多所隱喩，可說在神話語言中既隱藏而又暴露諸多隱微的訊息。只要從曹唐的一生經歷就可解讀出其中所透露的宇宙觀、人生觀，當中既有他傳承自道教的終極關懷問題，也有假借仙言仙語折射地寫出他的生活及生命感的：包括了長生與死亡、永恆與無常、無情與有情，以及神仙界的熱鬧與冷清之感等，其中所表現出來的主題實在極爲豐富而多樣化。

道教神話主要的是爲了解決人類生活上的共同困境：生存與秩序，對於人類存在的保證問題，試圖經由神話思維的方式探求生命的永生、樂園的安樂。曹唐自是在入道出道的衝突與調停中，對此有深刻的體驗與觀察，所以開篇的第一首就在蕭瑟的商聲、枯乾的桑葉情景中，由東王父「略邀王母話長生」。東王公與西王母自漢世以來就分在東西、象徵一陽一陰，也分別掌管男、女仙之得道隸於仙籍者，由這兩位高真共話「長生」正表現出人類所共同困惑也是道教中人所要探問、解決的大問題，所以將這首蓬萊島上話長生的圖象置於首篇，應是表明其爲整個遊仙詩的重要主題。〈小遊仙詩〉中即有多首假借神話人物的故事間架，分別探問長生的種種，因此「長生」一關鍵性辭彙也就反覆出現。這些人物從古神話到歷史上的名士俱有之，幾於較爲有名的求仙者俱成爲他探問求仙的代言者：首先如后羿與嫦娥，出之以后羿因爲偷靈藥反而不能昇仙的視角作敘事：

忘卻教人鎖後宮，還丹失盡玉壺空。嫦娥若不偷靈藥，爭得長生在月中。（三〇）

嫦娥神話在唐人的詩中特別受到青睞，常寫她雖已獲致長生而反得寂寥；曹唐在此則是表現出后羿的追悔，而有艷羡嫦娥的偷藥之意，這是從長生的主題加以發揮的。此外他又運用周穆王西行得見王母，卻又東歸而失去了長生的良機，而質問人間帝王不知「汗漫真遊」的奇妙，因此不能勉力求仙，他即借此而感慨地設問：「周王不信長生話，空使萇弘碧淚垂。」（二九）后羿、周王俱爲與王母有關的古史人物，也同樣因不能把握仙機而失去長生的機會，曹唐既入道而又還俗，重入紅塵中，是否也有一種求仙不成的感歎？

從秦漢以下帝王、文士的求仙正是曹唐不輕易放過的良好題材，因爲唐代諸帝即有崇道求仙者：前有玄宗，後有武宗，而二位帝王的宮闈生活又極其豪奢，根本不符合求仙者需清虛自持的原則。基於中國詩、文的諷諭傳統，多慣用影射的手法曲加諷刺，所以東晉時上清經派即以漢孝武帝隱喻晉孝武帝，將漢武帝作爲求仙帝王的箭垛式人物，在《漢武內傳》中假借上元夫人之口有許多重責之言：「此子性氣淫暴，服精不純，何能得成真仙」、「雖有心求慕，實非仙才」；文中又說後來武帝雖得到寶經，卻不修至誠，違反道法，「每事不從王母之深言，上元夫人之妙誡」，所以王母、上元夫人就絕跡不至，而武帝也因求仙不勤，終於不得長生。曹唐對這段對話印象特深，也在詩中作爲可議論之處：

> 武帝徒勞厭暮年，不曾清淨不精專。上元少女絕還往，滿竈丹成白玉煙。（九）

此詩所云「不曾清淨不精專」，就是隱指這件事；所以後半上元少女的煉丹自成，自爲曹唐的設想之辭而已，原文只說上元夫人不至，武帝求亦不應。他一再諷諭的帝王中還有燕昭王，燕使既無由到上方，而有勞玉女的下問（二二）；或是對天上邀來卻又不肯來，徒讓雙鶴空回，因而發出深沈的悲嘆：「秦皇漢武死何處，海畔紅桑花自開。」（三四）歷代帝王之求仙都因不能專精而徒然，最終又身死何處？諸如此類疑是曹唐有意借此諷諭崇道而又不能專修的唐武宗，其中當有借古諷今的微意！

曹唐也以多情才子而對於歷史上的求仙文士，表現出一種同情的瞭解，其中最有名的即是方士化文士嵇康與阮籍，兩賢者都因生逢亂世多故而致力於求仙，對於他們的名士行逕，諸如阮籍登山訪孫登的逸事，即被歌詠入詩：

飢即餐霞悶即行，一聲長嘯萬山青。穿花渡水來（一作能）相訪，珍重多才阮步兵。（一九）

詩中一聲「珍重」，即是詠史，也足以自況：雋烈多才的嵇康雖曾有幸遇王烈而得見石玉髓流的特殊機緣，卻是終不能脫離生死。所以曹唐借由求仙者上天壇焚香祈求的情境，寫出對嵇康的分外關切：「長怕嵇康乏仙骨，與將仙籍再尋看。」（一二）在道教的求仙神話中，要修成仙需具仙骨或名登仙籍，這是道書中所一再強調的：只有名在仙籍者始能授經傳訣，修成正果。他本人既曾身入道籍，浸淫於道教的長生思想中，所以就借用遊仙詩來表達對於長生的憧憬，其後的退出道門是否也曾有一分悔意？雖不能從詩中清楚地看出，但他既是嚮往

「太帝親談不死門」（八四）、也對「外人欲壓長生籍，拜請飛瓊報玉皇」（七九），表示由衷的關切之情，都一再顯示他深知玉皇是掌管人之生死者，因而對於歷來求仙者的諷詠，何嘗不也是有一些深刻的寄寓？

宇宙變化，人事無常是哲人、詩人深有所感的現象，老莊哲學即以超越的觀點解說無限與有限、本體與無常，道教中人也在其教義中出現劫數觀，以超越、通脫的觀照態度解說宇宙、人生，從大地的悠長時間觀察人的一生，固是不足以一瞬，就是山川也會有變化，因而道教神話中最有名的即是所謂「滄桑」的時間感。葛洪在《神仙傳》中採用神仙神話紀錄這則饒具創意的事跡，應是漢晉之際的新說。故在王遠召請麻姑，各進行廚之後，就出現了精采的滄海桑田的對話：麻姑自說云：「接待以來，已見東海三爲桑田，向到蓬萊，又水淺於往日，會時略半耳，豈將復爲陵陸乎？」遠嘆曰：「聖人皆言海中行復揚塵也！」對話中透露出時間的蒼茫感。因爲只有神仙能超越於死亡，又能御空往來，才得見海陸嬗變。這兩位高真正是道教神仙家所塑造的「智慧者」（the wise man）原型，以超越時空的智慧觀照宇宙人生，對比短壽見淺的凡人，形成一種超越的時間觀。這段滄海桑田的對話也從此成爲中華民族的共同智慧，用以感慨世事的變遷，其蒼茫、推移感兼具有哲人的領悟、詩人的愁緒，最爲詩人所喜用，唐時此一典故仍是新鮮、有創意的時期，曹唐自也不會放過此一絕佳的題材，而反覆出現於遊仙詩中。

滄海、桑田的變化無常，在生命短暫的人間確是不易察覺的，而需由成仙者進入仙界，從彼岸回歸才能諦觀此岸、此界，這是一種對照的時間觀：山中一日，世上百年。他曾運用壺公與費長房的神話，壺公所朝出暮入的「壺」，即是彼岸、仙界的象徵，也是原始葫蘆、混沌宇宙的形象化。此中天地乃是永恆、無限，而壺外世界則是短暫、有限的，壺公乃日日出入其間，諦觀世事，渡化有緣。費長房即是有仙緣者，乃能度世成仙。曹唐的筆下即以壺中天地象徵仙界：「省得壺中見天地，壺中天地不知秋」（三）；因而他就試從費長房的視角冷觀世事：

> 長房自貴解飛翻，五色雲中獨閉門。看卻桑田欲成海，不知還往幾人存。（五二）

長房既已成仙，已脫卻生死的大限，這時再返觀桑田、滄海之變，就足以對照出人世中生命的短暫，而興發一種蒼茫感。

類此機杼他又使用了《神仙傳》的衛叔卿傳說：叔卿在太華山成仙後，漢武帝才發覺自己有眼不識真仙，因而派遣使者與叔卿之子度世前去召請，結果看見了叔卿與諸仙博戲，並預示其子有「後數百年間，土滅金亡」之語，即人世將有劇變！這是從彼岸返觀世事的無常。堯賓有感於此，特別採用仙境小說的還歸母題，敘說出人間世的無常感：

> 叔卿遍覽九天春，不見人間故舊人。怪得蓬萊山下水，半成沙土半成塵。（四四）

即假設叔卿從彼界返回此界後，這一情境特別易於彰顯出人事全非、山海變遷。唐人對於麻姑神話的喜愛，就在這段時間觀所激發的人生苦短之感。而對照於此堯賓又特別喜用仙界的仙花爲喻，花本是短暫之美，既開又落；而仙界之花則因其特殊的稟賦也較能長久，不過它仍是有開謝的，故賞花也需及時。在花中一大千的構想下，堯賓曾兩次取與滄桑的時間意識結合：

> 海上桃花千樹開，麻姑一去不知來。遼東老鶴應慵惰，教探桑田便不回。（四六）
>
> 青童傳語便須回，報道麻姑玉蕊開。滄海成塵等閑事，且乘龍鶴看花來。（八一）

桃花開、玉蕊開，便應趁著最美之時欣賞，美即永恆，滄桑又何妨？這是借用賞花而渾然忘卻一切的寫法，表達唐人看花的心境。類此以遊仙的故事間架喻寫人事，是他一向慣用的手法，丁令威成仙後，化鶴歸來，發現城府依舊而人事全非，也是神仙說話中用以表現時間意識的隱喻，堯賓即常用以喻寫久別重逢的感慨：

> 水滿桑田白日沈，凍雲乾霰溼重陰。遼東歸客閑相過，因話堯年雪更深。（六五）

在神話情境中，好友雪夜過訪，在絮絮長談中，因而興發其對久年前記憶的滄桑感，此乃借詠仙事亦詠人事。

曹唐爲了表現仙界的時間意識，還採用了另一種手法就是誇張時間的單位，用以對照人世的短暫，凡有百年、千年及萬年等三種類型。在道書中習於使用萬年、千年的時間單位，傳經授訣都是以此作爲標準，而論劫數時更是常見萬萬年、億萬年等年數。類此時間觀的形成應與印度佛經傳入有複雜的交涉關係，是值得作比較的課題㊸。而在詩人的修辭手法中，卻增多一種誇飾的趣味。大體言之，民間所傳承的筆記小說仍較素樸地以「百年」爲單位，諸如王質入山之類。仙界的一日、一春即是世上百年，他將它運用於詩中：

> 一百年中是一春，不教日月輒移輪。金鼇頭上蓬萊殿，唯有人間鍊骨人。（六八）

鍊骨人是指道教的「益易之道」，道經中常見，即以《漢武內傳》爲例：有所謂炁化血、血化精、精化液、液化骨之法；而後一年易炁，二年易血，三年易脈，四年易肉，五年易髓，六年易筋，七年易骨，八年易髮，九年易形，此即「變化易形，變化則道成，道成則位爲仙人。」一旦成仙即可長住蓬萊，則時間是綿長而無盡的。

不過曹唐最喜用的「三千」年數，則取自上清經派的安期與太真夫人的對話，《無上秘要》卷四即收錄《仙果道跡經》之說：安期先生降真時，設酒果廚膳飲宴，然後自說：「昔與女郎遊於安息國西海際，食棗異美，此間棗永不及也。憶此未久，已三千年矣。」夫人云：

㊸ 有關中國與印度時間觀的比較，詳參拙撰，〈六朝道教的度脫觀〉，一九九三年十一月四川大學宗教研究所，「道家與道教國際學術會議」。

「吾昔與君共食一枚，乃不盡，此間小棗那可相比耶？」然後安期又提起與西漢夫人相遇，「見問以陽九百六之期、聖主受命之劫」，請太真夫人加以解說，故夫人說出一段陽九百六的劫期說：「天地有大陽九、大百六；有小陽九、小百六。天厄謂之陽九，地虧謂之百六，此二災是天地之否泰、陰陽之孛蝕也。大期九千九百年，小期三千三百年，而此運鍾聖王不能禳，至於滅亡遺吉，自復快耳。」「夫陽九者大旱燋海滴而陸燃，百六者海竭而陵潤自填，四海水滅，溟洲成仙。」（又見《墉城集仙錄》引）這段頗長的論災劫之言最能表達道教的劫運觀。曹唐對此一段對話曾多次運用，也正是唐世將亂的預兆：

侍女親擎玉酒巵，滿巵傾酒勸安期。等閑相別三千歲，長憶水邊分棗時。（五六）

花底休傾綠玉巵，雲中含笑向安期。窮陽有數不知數，大似人間年少兒。（二四）

兩首的敘事者都是太真夫人，由於安期先生有「燒金液丹法」，降見時「乘駮驎，著朱衣、遠遊冠、帶玉佩及虎頭鞶囊，視之可年二十許，潔白嚴整」。故言一別三千歲，而不遭世厄，永遠是年少兒的形貌，象徵著青春永在。

關於三千年的時間單位，另一爲詩家所喜愛引用的即是崑崙山上的仙桃，三千年一結實，稱爲千歲紅桃。如女仙子被玉皇分派前往獨主扶桑，也有「與君一別三千歲，卻厭仙家日月長」之句（九五），類此仙家一別就是三千歲的寫法，有時也習慣作一萬年：

東溟兩度作塵飛，一萬年來會面稀。千樹梨花百壺酒，共君論飲莫論詩。（八九）

一開始就以東海已有兩度滄桑陵陸之變，用以表現已相隔萬年，不過這是運用神話象徵，來抒寫他與友人的離別之久、見面之難，爲典型的隱喻手法。其他使用萬年之例也有襲用仙鄉的形式的，就是仙界時間觀的表現法：

玉洞長春風景鮮，丈人私宴就芝田。笙歌暫向花間盡，便是人間一萬年。（八〇）

洞天一宴便是人間萬年，可謂極誇飾之能事。所以在詩中出現的仙真也就有萬歲峨眉（五六）、萬年少女（六八），都是不必淪於浩劫、永年長春的存在。大概言之，在仙界自是有種異於塵世的時間，才能構成他界的特質，凡是快樂的都期望其永遠，準此可以對照人世的短暫，它成爲傳統仙境小說中的母題。[44]

曹唐在遊歷仙境主題的另一重要的發展，就是將「情」一字作深刻的發揮，神仙世界本是要脫離世間情的，絕情、無情的莊子哲學轉化成爲道教的修養論，「無情世界」的便成爲一種理想；但在堯賓的筆下卻是有情的：至尊如玉皇、紫皇仍與金妃、玉妃間有眷眷之情，至於崑崙山的王母與穆天子的一段情緣，也一再玉現於詩中，使女高仙也是有嫉妒、有血肉之情者，

---

44 錢鍾書也曾注意及此，《管錐篇》（二）（臺北，蘭馨室，一九八三）頁六七〇～六七三。

這是由於唐代的社會風尚、文人生活使得堯賓對神仙世界另有新的喻意。其中有些作品其實是根據唐人對於神話所賦予的新意，重新作過處理的新神話，而不只是複述舊神話的情節而已。堯賓正是在唐代以洞窟、仙女隱喻妓院、妓女的風尚之下，重新有意詮釋了劉阮傳說，從唐代前期張文成《遊仙窟》所反映的狹邪生活，到後期孫棨錄成《北里志》，娼妓文化中所使用的當時隱語：諸如雲仙、月仙、謫仙及絳真之類多隱指妓院中人，因而相對的也有一連串的恩客辭彙，如劉郎、阮郎、仙郎、仙夫之類，也無非是唐代士子的風流遺跡，這是劉阮故事在唐代流傳的社會文化的肌理脈絡㊺。曹唐熟知其事，也擅用此類新辭彙，〈小遊仙詩〉中至少就有諸多暗示，其中以第二六首最爲典型：

> 偷（一作閒）來洞口訪（一作等）劉君，緩步輕抬玉線（一作綠繡）裙。細擘（一作細拍，又作旋擘）桃花逐流水，更無言語倚彤雲。

這首詠劉晨、阮肇的作品，只從仙女的動作、心緒來寫，與〈大遊仙詩〉同一題材的敘事性質稍有異趣。將原本只是「宿福所牽」的婚配關係，通俗化成爲情郎的典故：其中偷訪、偷寄的「偷」字，既已意味著有違清規，在唐人的風尚中，多是明指妓院中人，暗寫宮觀女冠或妓院的僞裝，這是當時的社會習尚所形成的語言習慣，與六朝時期因誤入仙境，得遂仙緣

㊺ 同⑭前引拙撰中的仙妓辭彙。

的素樸民譚有所區別。[46]所以諸如細擘桃花的百無聊賴的動作、斜倚無言的神情，雖有洞口、彤雲的仙界景象，卻仍是妓院風光的暗示；尤其桃花本是無情物，卻又輕逐流水而去，則已明顯地喻寫情已注定而沒有結局。在唐代的仙妓詩中扮演仙郎的都只是偶遊洞窟，故薄情的是郎，而多情的則多是仙娘，曹唐的隱喻筆法也算是經驗老到的入微觀察了。

在全部的作品中，頗有諸多置於遊仙格局中的女仙、妃子多有同一喻意：崑崙仙境中，第七首的情郎騎黃龍去後，「使妾月明何處尋？」第六〇首王母相留客人使醉臥瑤臺，仙子只得憑借君轉告蕭郎，「教著青龍取妾來」；或是第六二首，聞君因領新職而話別，「妾有一觥雲母酒」，勸君終宴而莫辭；甚至在九五首中「玉皇教妾主扶桑」，而情意殷切地與君一別，這些自稱爲妾的敘事語氣中，情意或幽怨或歎惋，豈是模擬已臻無情之境的神仙中人？在他的筆下，畫簾青室，香殘酒冷中，玉妃酣睡（八七）；或是慵懶的丹房玉女（七六），尤其細緻刻劃一位懷春的少女，凡此都是以人間情揣摩玉女的心境：

風動閒（一作寒）天清桂陰，水精簾箔（一作外）冷沉沉。西妮少女多春思（一作春思亂），斜倚彤雲盡日吟。（五九）

---

[46] 六朝劉阮傳說，詳參拙撰〈六朝道教洞天說與遊歷仙境小說〉，刊於《小說戲曲研究》第一集（臺北，聯經，一九八八）頁三～五二。

詩中水精簾的擺設、風吹清桂的場景，都是用以陪襯深閨的場景，以此襯托出思春的少女情緒，所以末句以斜倚空吟寫出人間兒女的情懷。就是世間男子的情戀，在雲鶴遠去、落花流水的暗示下，也引出「不知玉女無期信，道與留門卻閉門」的空多餘慕。這類詩其實都是人間男女情緣、情戀的寫照，曹唐只是熟於練地運用神仙神話作爲喩依而已。

曹唐精熟於各種神仙的題材，也曾運用另一種神女傳說及神女降真的傳說，都是屬於民間文學中的「女神爲人妻」、及「女神悅凡男」類型，其情節單元凡有神女（得道或王母所養）受命下嫁，降見後帶來服食物或財富、健康，而終則必須再度離別等。類此神婚神話除有巫山神女瑤姬外，六朝民間傳說凡有成公知瓊、杜蘭香、何參軍女；或道教降真傳說的上清經派女仙萼綠華之降羊權、安鬱嬪之降楊羲、王媚蘭之降許謐，均爲神女的類型[47]。曹唐既對人仙奇遇特別感到興趣，自也不會放過這一批大好素材，他將誤入仙境與神女降真說結合後，從女仙的敍事視角著眼，其中第二三首則未明言仙子的名號：

玉皇賜妾紫衣裳，教向桃源嫁阮郎。爛煮瓊花勸君喫，恐君毛鬢暗成霜。

教妾下嫁郎君是爲了一了情緣，而爛煮瓊花勸君食即爲贈凡男的仙物，此一紫衣仙女確能符

[47] 詳參拙撰〈魏晉神女傳說與道教神女降真傳說〉，《魏晉南北朝文學與思想研討會論文集》（臺北，文史哲，一九九一）頁四七三～五一三。

合神女降真的形象。另一首則載明名號稱爲夫人的也較符合《真誥》的習慣：

降闕夫人下北方，細環清珮響丁當。攀花笑入春風裏，偷折紅桃寄阮郎。（九八）

與這一首章法結構相似的，即爲第二七首：

西漢夫人下太虛，九霞裙幅五雲輿。欲將碧字相教示，自解盤囊出素書。（二七）

同一題材寫作太多，難免會有筆法相近之處：使西漢夫人降靈，只爲教示經訣而已，整首詩的氣氛較爲肅穆莊嚴；而相對於此，絳闕夫人則是環珮丁當，聞其聲如見其人，加上攀花的動作、含笑的神情，配合春風、紅桃及偷折以遙寄的舉止，儼然是一位多情的仙子。類此仙姬、夫人自是天上神女的形影，更是人間神女的最佳寫照。

總之，曹唐並非一時一地完成的遊仙衆作，其題材及所表現的主題確是豐贍之至。在一位中級幕僚的想像世界中，神仙生活固是長春、悠長，不再有時間、空間的拘限，顯示出一種非人間的非常境況：既有朝元、朝宴的盛壯排場，也有邀宴、清談的悠閒，這是沈鬱下僚、碌碌於使府從事者的內心願望。相對於此，人間世既有滄海桑田的時間推移，也有人事壽命的無常、無奈，因此古史神話中求仙的帝王、名士又幾人能超越此一千古大限？所以詩中一再表現出一種無常的生命悲感。不過在全部的作品中，曹唐心目中的仙界，其整體的印象又如何？從他慣於使用的觸覺意象及部分關鍵字則大有意味：其中出現最多的諸如寒（一二玉簡寒、六三酒寒）、冷（三九月光冷、五九冷沈沈、六三冷月、七二雪冷、八三水銀冷、八七酒冷）、凍（六五凍雲）、清（一海水清、八六玉簡清、九一樹影清）、涼（九六風涼）；加以他又特別喜用稀（八玉蕊稀、一一北斗稀、八九會面稀）、疏（一〇桂花疏、三六竹葉疏）、殘（三七花殘、四一、八七香殘）、盡（四一酒盡、八〇花間盡、八三煙盡）、閉（一〇閉玉除、閉金華、獨閉門、閉玉虛）；如果再配合上風、露及水等意象，不禁讓人覺得洞天的清冷，仙人所居的世界是深閉而幽深的。雖則目前史料不足以徵實他之所以出道之故，但在他所運用的語言符號的意識深處，或許道門生涯就是這樣一種非人間的非常的「他界」？所以他才特別以世情夸寫仙眷的繾綣多情，並以不斷的朝宴烘托仙境的富麗多姿，這種以有情來溫潤無情，從有限中希企無限，應是一種較深沈的創作動機吧？

八、結　語

在唐代的詩人中以擅寫一種題材而獲得成就的，曹唐即爲其中的顯例。由於他曾爲道士，還俗後在薄宦生涯中又特多鬱悒，因而激發他廣泛運用夙所熟稔而又深愛的道教神話，在遊宦生計中陸續寫下數達百首的遊仙詩。但他所用以創作的態度不盡同於其他詩人，他所寫的常是隱喻人生諸多經驗的面面：不僅誦詠古仙的悲歡離合，也借此委曲地表達他與友朋的久別重逢、離家遠行的送別與還家，甚至遊狹邪於北里仙窟，都可借助遊仙的隱喻法來加以表現，這就是爲何他一生的作品中特多遊仙詩的主因。在古代詩人中少有這樣當行本色的，其中抒寫神仙眷侶或仙女懷春，在唐代詩人中也是少見的筆法。所以元人虞集《道園學古錄》就曾敘及「客有好仙者持唐人小遊仙詩求余書之，惡其淫鄙」，乃別爲賦五首（卷三〇），雖未明言是曹唐所作，但「淫鄙」之評正是要到曹唐才如此大量寫作仙妓、仙女思春的，這也是他在創作取向上頗爲奇特之處。後來晚唐五代詩人繼踵者多，但在表現上就真的難免有「淫鄙」之譏了！

曹唐在寫作遊仙詩時所下的工夫極深，由於他的專注與努力，才將此一行將衰歇的題材大大振興，而能名聞當世，其詩風之所以得列於「瑰奇美麗」之林，實與他能承李商隱、李賀之後，高度運用文字的修辭技巧有關。他能化腐朽爲神奇，巧妙地將道教語言系統中的語彙、意象，從遊仙詩陳腐、因襲的意象中，另賦予新意。由於他能綜合視覺、聽覺及嗅覺、觸覺諸意象語，使一首首詩融鑄而成爲色聲交揉、瑰奇美麗的感覺世界。他又透過動詞的使用，在整體結構中推動主角的動作，成爲遊仙的動力，凡此都可見其駕御文字、詞性的靈活變化能力。在新體中他只選用簡練的七絕體，因而造成精簡甚至簡缺不足的情況，反而能促使讀者也參與創作，激發其對神仙世界的想像力。

在遊仙詩史上，曹唐的靈心、巧筆使他發現了神仙典故與唐人新事物、新生活間的關係，就大大地加以發揮，以新的認知關係重新創造了新的隱喻世界。他既可闡發世界的變化無常、憧憬神仙的長生永年，也可誇飾神仙的朝元、朝宴的奇景；更能借助世情以渲染仙亦有情，借用神仙之遊以誇張人間之遊，在筆法的多變上確是少有其匹的。所以在他的生前既已名聞當世，也爲後世識者所仿效。但由於道書的用典較爲冷僻，註家絶少，至今始有SCHAFER教授初探其意象之海，此處又從而綜論其全部作品的創作機杼，期望能肯定其人其作在道教文學上的地位，重新對「瑰奇美麗」的評價賦予一種新的詮釋，應該也是千年後今人所解讀的詩中妙旨吧！

六朝樂府與仙道傳說

在漢末魏晉南北朝神仙道教蓬勃發展，其宗教活動及仙道傳說盛傳於世，而播於樂府的即爲初期道教藝術之一。六朝樂府中以清商曲辭最爲民間文學的主流，號稱清商新聲，郭茂倩《樂府詩集》即分爲六類：〈吳聲歌〉、〈神弦歌〉、〈西曲〉、〈江南弄〉、〈上雲樂〉、〈雅歌〉。其中〈神弦歌〉、〈上雲樂均〉與道教及民間祭儀有密切關係。〈吳聲歌〉、〈神弦歌〉及〈西曲〉等主要曲調產生的時代較早，大約在東晉、宋、齊三代，屬於「南朝前期民間歌謠」。其時間約當道教初期開教時代，爲神仙道教與原始巫祝混合時期，〈神弦歌〉適可代表民間祠廟的宗教祀神歌謠。〈江南弄〉、〈上雲樂〉及〈雅歌〉三類則產生的時代較晚，其曲調約製成於梁代，歌辭爲梁武帝及其臣下所作，屬「後期文士擬作」。❶其時代已進入道教第二期教會組織時代，❷〈上雲樂〉則爲上清經派的宗教歌曲，〈神弦歌〉和〈上雲樂〉爲清商曲辭，重要的道樂則爲〈步虛〉，《樂府詩集》雜曲歌辭曾收錄庾信〈步虛詞〉等作品（卷七十八），據吳

---

❶ 前、後期之說，參蕭滌非《漢魏六朝樂府文學史》頁一八三（臺北，長安出版社，民六五）。

❷ 道教分期說，採用常盤大定《支那に於ける佛教と儒教、道教》（東京，東洋文庫）。

競《樂府解題》云：「步虛詞，道家曲也，備言衆仙縹緲輕擧之美。」❸道家曲者即道觀所唱，爲道士於醮儀中作樂誦經的聲調。其曲制部份目前仍保存於《道藏》中，至於文士所仿作的，則北齊庾信〈步虛詞〉十首爲六朝僅存的代表作，乃是道教藝術的重要成就。清商曲辭與雜曲歌辭等，因聲制散落，理解匪易。至其歌辭內容及產生背景與神仙道教之關係，則按辭考意後猶可蠡測其大概的情況。

一、〈神弦歌〉與仙道傳統

〈神弦歌〉產生於吳地，原爲吳聲的一部份，惟因其內容專門頌述神祇，故具有宗教上禱祝取樂的功能，與一般吳聲之純爲普通風謠者有異，故自成一部。〈吳歌〉的體製整齊，而〈神弦歌〉則每一首不常爲四句，每句的字數也多比較參差：凡有三言、四言、五言、六言各種句式，此種形式變化自與其爲宗教性音樂有關。〈神弦歌〉爲濱海地域的宗教祀歌，其所祀的神祇代表民間信仰與神仙道教交疊演進過程中的一種現象。

《古今樂錄》曾載有〈神弦歌〉十一曲、詞十七章。歌中所出現的地名，凡有白石、青溪及赤山、湖就等，均在江寧附近。白石一地，蕭滌非以爲即今江寧深水縣北二十里有白石

---

❸《樂府詩集》七十八引，惟唐、炙轂子《雜錄注解》五卷引一條〈道觀所唱〉，參增田清秀《樂府の歷史的研究》附錄三章、吳競の樂府古題要解（東京、創文社、昭和五十）

山。❹又《吳興記》云：「於潛縣（今浙江於潛）東七十里，有印渚，渚旁白石山，峻壁四十丈。」❺兩處雖同名爲白石，當以江寧白石山爲是。青溪一作清溪，《太平寰宇記》引錄地志證其在江陵：

清溪在縣北六里，闊六尺，深八尺，以洩元（玄）武湖水，南入秦淮。（卷九〇引上元縣志）

水源北出於鍾山，舊經巴南九里，入於淮，溪口其埭側有清溪祠，其溪因祠爲名。（同右引輿地志）

惟據《江寧府志》所載：吳赤烏中鑿東渠名青溪，通城塹以洩後湖水。溪即因祠而得名，爲江寧的古蹟，其祠在「金陵脯」，原爲青溪小姑沈水處，金陵即在今江蘇南京及江寧縣境。赤山、湖就均爲舊名，即唐時所稱的絳巖、絳巖湖：

在絳巖湖側山上有龍坑，即湖神也。本名赤山，丹陽之義出於此。天寶初改名絳巖山。❻

---

❹ 蕭滌非前引書，頁二一〇。

❺ 《世說、言語》篇八十一註引。

❻ 《太平寰宇記》九十《句容縣志》引《絳巖山圖經》，又《江南通志》引《輿地志》，所言大體相近。

赤山即赤山磯，絳巖湖即《湖就姑曲》的湖就，《建康志》曾言：「湖在句容、上元兩縣界，上接九源，下通秦淮，周二十里。」其湖寬廣，故曲云：「大姑大湖東，仲姑居湖西」。今江蘇省江寧及句容等地，適爲江南地區原始巫教與初期道教流行之「濱海地域」。❼〈神弦歌〉即產生於江寧附近，其所祀的神祇凡有蘇林、趙尊（宿阿曲）、道君（道君曲）、聖郎（聖郎曲）、白石郎（白石郎曲）等五位男性神尊；另有嬌女（嬌女曲）、青溪小姑（青溪小姑曲）、湖就大姑、仲姑（湖就姑曲）、明姑（姑恩曲）五位女性神尊；又有採蓮童（採蓮童曲）、明下童（明下童曲）的二童子神，除末一首（同生曲）泛詠歲月遷逝之悲外，均有特定的奉祀對象，《樂府詩集》所錄的，且依神祇性別及尊卑排列。其歌曲的性質並非屬於宗廟登歌，而爲民間祠神歌，即祠廟信仰的宗教歌曲。《宋書樂志》載：「何承天曰：或云今之神弦，孫氏以爲宗廟登歌也。史臣案：陸機孫權誄：肆夏在廟，雲翹承機。不容虛設此言。又韋昭孫休世上鼓次鐃歌十二曲表曰：當付樂官善歌者習歌。然則吳朝非無樂官，善歌者乃能以歌辭被絲管，寧容止，以神弦爲廟樂而已乎？」孫吳之時應自有其宗廟登歌，而民間也另外流行祠廟祀神的樂章。

初期道教的分佈地區，當時張角太平道的勢力曾遍佈青、徐、幽、冀、荊、揚、兗、豫八州，于吉太平青領道則爲吳會人士所崇奉，即于君道。江寧等濱海地域原屬巫俗信仰盛行

---

❼ 陳寅恪〈天師道與濱海地域之關係〉，以「濱海地域」的觀念解釋初期道教的分佈情形。收於《陳寅恪先生論文集》上冊，（臺北、三人行、民六三）

的區域，”初期道教即以巫教信仰爲基礎，糅合諸多複雜的因素發展而成一種新興宗教，道教的教團組織及其宗教型態在其後也對巫俗信仰具有回饋作用。尤其蜀中三張五斗米道的宗教勢力，曾隨張魯而遍佈四川、華北，又隨東晉而南遷，天師道治與本地信仰相互影響，並混合發展爲祠廟信仰，可稱名爲「民衆道教」，以別於「教團道教。」❽其宗教特質即爲神仙術道教、通俗化佛教及原始巫祝道的混合體，❾江寧附近〈神弦歌〉所祀的神祇即此類祠廟信仰的產物。

宿阿曲所云：「蘇林開天門，趙尊閉地户。」蕭滌非疑蘇林爲晉宋時與蔣侯齊名的蘇侯神——即東晉叛亂的蘇峻。❿事實上，蘇林應爲仙道傳説中的蘇仙公，今本《神仙傳》載：桂陽（今湖南郴縣）蘇仙公，漢文帝時得道；《御覽》引《神仙傳》則言蘇仙公名林，字子元，周武王時，濮陽曲水人（今河北濮陽縣南）。桂陽蘇仙公據《桂陽列仙傳》云：「耽，漢末時，郴縣人，少孤養母至孝，後仙去。」⓫即有蘇耽傳述其事。濮陽蘇仙公則《雲笈七籤》錄《玄洲上卿蘇君傳》云：「諱林，字子玄，濮陽曲水人。」（卷一百四）此錄爲周季通所撰，

---

❽ 此二詞爲窪德忠所用，參〈道家と道教〉中國思想Ⅱ（一九七三）。

❾ 參宮川尚志《六朝宗教史》、第七章、〈民間の巫祝道と祠廟の信仰〉（國書刊行會，修訂增補本、昭和四九）。

❿ 蕭滌非前引書、頁二〇九，蘇侯神事蹟，宮川尚志前引書有詳細的考證。

⓫ 《水經》來水注引，參清人侯康《補後漢藝文志》。

《隋志》雜傳的蘇君記，即此一種仙傳。⓬《宿阿曲》所言開天門的蘇林，當即此一蘇君，爲上清經派的仙真，原本應爲祠廟信仰中的尊神。趙尊事則不詳，即云「真官」，當亦屬道教傳說中的仙真。《道君曲》的「道君」也與道教習慣的稱號有關，據陶弘景撰《真靈位業圖》所列的仙真階位，玉清三元宮第一中位爲元始天尊，稱「上合虛皇道君」，其左位、右位亦有道君；第二中位及左右位則漸少道君的名號，第三中位以下就不設道君，僅第六中位右位地仙散位著「道君」名目而不設名號。《位業圖》即爲道教的神統譜，依仙真尊卑之位，詳列其仙界的譜系。⓭道君雖可能爲地仙，疑所祀的即爲道教階位較尊的仙真。蘇林、趙尊、道君等均爲仙道的觀念逐漸影響於民間祠祀的遺跡。

聖郎、白石郎則近於自然崇拜之類，崇拜山嶽溪泉一類的自然神祇，爲農耕社會常見的民間祭祀，《水經注》所載的祠廟即多此類泛靈信仰。《聖郎曲》中只泛言「仙人在郎旁，玉女在郎側。」可見其爲祠廟中的主神，惟其神格則難以考明。白石郎當屬山嶽信仰，史坦因嘗考西元二世紀河南出土的碑石即有白石神君，稱爲將軍，碑陰載祭酒之名，此無極山神與務城神君、磚石神君、壁神君之類，均具有庶物崇拜的性格，其宗教儀式間也受道教的影響。⓮白石郎疑與白石神君類似，葛洪《神仙傳》載白石先生：「中黃丈人弟子，至彭祖時已二千

⓬ 詳參拙撰論文《魏晉南北朝文士與道教之關係》五章一節（政大中文所博士論文，民六七）。

⓭ 參拙撰〈洞仙傳之著成及其內容〉收於《中國古典小說研究專集》一（臺北、聯經，民六八）。

⓮ 參史坦因、〈紀元二世紀の政治、宗教的道教運動について〉、《道教研究》二（東京、昭森社、一九六七）。

餘歲」、「常煮白石爲糧，因就白石山居，時人號爲白石先生。」即與白石山有關，因其服食，故能「日行三四百里，視之色如四十許人。」又不汲汲於昇天，寧爲地仙，與〈白石郎曲〉中所云：「郎艷獨居，世無其二。」辭意相近，當是同爲民間祠祀的仙真。

女性神及童子神俱屬於祠廟信仰，近於民間私祀之類，除青溪小姑外俱不可考。青溪小姑：「相傳漢秣陵尉蔣子文遇難，小姑挾二女投青溪死。……小姑，蔣侯第三妹也。」（江寧府古蹟）蔣侯爲南朝最著的民間神，孫吳時尤爲隆祀，爲貴族軍民所奉祀，本爲非自然死後而成的厲鬼，其後卻具有守護神的性格。⑮青溪小姑當亦緣此而立祠，其傳說盛行於六朝民間，故六朝文士多採入筆記中。其餘嬌女、湖就二姑及明姑等亦爲祠廟信仰，與宮亭湖女神、⑯梅枯廟神⑰之類近似。至如〈採蓮童曲〉所述的東湖扶菰童應屬於湖神；明下童則述走馬事，其本事不詳，亦爲地方性信仰。

祠廟信仰本多深具巫俗信仰的色彩，其宗教儀式採歌舞樂合一的原始祭祀形式，以巫覡擔任祭典的重要角色。〈神弦歌〉產生於江陵附近，南方的巫風本即盛行，楚巫、越巫均曾盛

---

⑮ 參宮川博士前引書，又參內田道夫、《中國小說研究》後篇（評論社、一九七七）。

⑯ 《搜神記》卷四有二條，一言宮亭湖女神化爲女子，倩估客買絲；一言女神借官吏犀簪，復使大鯉魚還籍。事涉神怪，爲民間傳聞。

⑰ 《異苑》卷五載梅姑生時有道術，卒後成神，頗著神驗。

極一時，自戰國以至兩漢未嘗稍衰，尤其漢末至魏晉，巫俗與道教遍及社會，影響深遠。⑱巫俗信仰及道教均以巫覡、道士等爲神靈媒介，借舞樂等儀式以交通神人，獲致娛神娛人的功能。其實際的情形有如漢末董卓部將李傕所喜的巫道：

> 傕性喜鬼怪左道之術，常有道人及女巫歌謳擊鼓，下神祠，祭六丁，符劾厭勝之具，無所不爲。（《三國志》卷六注引獻帝起居注）

六朝的巫俗承漢之遺風，《晉書·夏統傳》所載的可作爲當時的實錄：

> （統）其從父敬寧祠先人，迎女巫章丹、陳珠，二人並有國色，莊服甚麗，善歌舞，又能隱形匿影。甲夜之初，撞鐘擊鼓，間以絲竹。丹珠乃拔刀破舌，呑刀吐火，雲霧杳冥，流光電發。統諸從弟欲往觀之，難統。於是共紿之曰：「從父間疾病得瘳，大小以爲喜慶，欲因其祭祀並往賀之，卿可俱乎？」統從之，入門，忽見丹珠在中庭，輕步佪舞，靈談鬼射，飛觸桃柈，酬酢翩翩。統驚愕而走，不由門，破藩直出，歸責諸人曰：「奈何諸君迎此妖物，夜與遊戲，放傲逸之情，縱奢淫之行。」

---

⑱ 參宮川尚志前引書，及〈六朝時代の巫俗〉（《史林》一號、一九六一）；〈六朝時代の社會と宗教〉（《東方學》二二號、一九六二）。

女巫及道人即古巫之遺，故能操持歌舞及新出法術，以此娛神邀福，實即《楚辭・九歌》之屬。故元沈貞〈樂神曲〉，言吳人「上鬼祀，必以巫覡迎送舞歌登獻，其詞褻慢，禳災邀福。」類此民間使用舞蹈、歌詞作爲祀神的表演儀式，本可使終年勞作的民人有娛樂的效果，此即一弛一張的宗教性休閒，爲孔子所允許的狂歡活動。⑲其中「褻慢」的特質，當與通俗信仰所包含的農業社會的祭祀儀禮有關，依據模仿巫術（Imitative magic），以人類的性行爲交感影響農作物的生長，表現爲舞蹈動作則具有性的縱放與狂熱。其褻慢的性質至六朝時期是否仍具有原始巫術的成份，目前雖不可考，但是至少沿襲類似「聖婚」（Sacred marriage）的宗教儀式，而有男女巫者歌舞迎神，作象徵性的「神的配偶」（the divine consort）以祈求豐饒，〈神弦歌〉應爲此類民間通俗信仰的產物。

巫俗信仰的歌舞佚樂即爲夏統一類知識分子所反對，大抵多以淫祀視之。而當時新興的教團道教則以其清修性質也批評民間的淫祀，東晉葛洪嘗評述其情況：

> 卜而徒烹宰肥腯，沃酹醪醴，撞金伐革，謳歌踴躍，拜伏稽顙，守清虛坐，求乞福願。
>
> 《抱朴子・內篇道意》

又劉宋初期徐氏所撰道經《三天內解經》卷上也載當時的俗民「弦歌鼓舞，烹殺六畜，酹祭

---

⑲ 此條資料參《禮記、雜記》，言子貢觀蜡，見舉國若狂，孔子則以爲是「一張一弛，文武之道也。」

邪鬼。」⑳清商之樂的樂器中以絲竹爲主，主要的樂器爲琴、瑟、笙、簫、竽等，又以鼓來調整節拍。所記的樂器中撞鐘擊鼓、撞金伐革，即鐘、鼓一類樂器；絃歌、絲竹，即樂府所言「絲竹更相和」的琴笙一類，可知所使用的樂器與俗樂相近。至其踴躍、鼓舞之狀，即屬於祀神的舞蹈；謳歌、歌舞即爲祀神的樂章，類此迎送舞歌，登獻其詞，實爲巫系文學的傳統。

〈神弦歌〉即屬巫系文學，當具有原始宗教的同一特質，諸如祀神的舞蹈，或雛形儀式戲劇的表演等，惟至今流傳的則僅存《樂府詩集》中所錄的歌詞，今人猶可據此推知其實際演出的情形。〈聖郎曲〉所述的：「仙人在郎旁，玉女在郎側。」仙人、玉女在神仙道教流行之後，如漢鏡銘文中所見的多美化爲仙人玉女之類，「左亦不佯佯，右亦不翼翼。」或即敘述其動作；至於「酒無沙糖味，爲他通顏色。」則以俚語而爲鍾伯敬連讚爲「妙妙」，當即以民間流行的譬喻，敘寫其人神交通的情節，適爲〈九歌〉中巫者所致幽怨的「人神交感」之遺跡。〈白石郎曲〉的第二首也鋪述神仙的景象：「積石如玉，列松如翠。」固然可作爲白石山的奇境，亦可作爲祠廟祭典的道具場景，以烘托神秘、奇麗的情調，而引出白石郎的性格，故描寫爲「郎豔獨絕，世無其二。」祭祀而卻艷稱其容貌、姿態，若繩以〈九歌〉之例，實爲男覡扮郎，女巫歌舞，表演人神交感的聖婚儀式。六朝社會的巫俗傳說則已稍加詩意化，人間性較濃，故較著筆於神祇情感的幽怨，爲美化的描寫而已較少褻慢及鄙俗的成分。

---

⑳道教對俗禱的清整意義，參楊聯陞、〈老君音誦誡經校釋〉，《史語所集刊》二八期（台北、中研院民四五）。

女神的歌詠則有〈嬌女詩〉的第二首以河水的流動作爲象徵，解説嬌女情感的狀態：「上有神仙居，下有西流魚。」魚的意象本即爲具有性愛、婚配的神話象徵的原型。㉑因此結句所云：「行不獨自去，三三兩兩俱。」就明顯流露出企求男女婚配的願望。嬌女的女神如非其本事原就具有男女私情，即具有高禖廟的神媒性格，故祭祀者歌詠美滿的神仙，對照流魚相俱，以表現祀神的祈願。具有同一嫌疑者爲〈青溪小姑曲〉所云：「小姑所居，獨處無郎」。雖然在明代曾被祀爲節婦，即因其本事有「挾兩女投溪中死」，蕭滌非即疑其爲已婚。㉒但詩中又强調其獨居，顯然有非盡屬貞節的故事，在六朝的傳説中，《搜神後記》曾述謝家沙門竺曇遂，「年二十餘，白皙端正。」因偶入廟中看，卒爲青溪廟中姑所召；《續齊諧記》也載趙文韶善歌，秋月之夜，青溪女神召其唱和，「留連宴寢，將旦別去，以金簪遺文韶，文韶亦贈以銀盌及瑠璃匕。」類此六朝的早期傳説猶保留有青溪小姑的風流韻事，適可作爲人神戀愛的旁證。男巫娛神的儀式劇可能即其原有的祭儀，因此「開門白水，側近橋梁。」白水與〈嬌女詩〉的河水，橋梁與「蹀躞即越橋上」的橋，均爲祠廟附近的實景，應是投水而死後的地方風物遺跡；但在歌曲中也可解釋爲情人之橋，都具有神話象徵的深意。

巫師在祭儀動作中多需配合道具的使用，以表演祭祀遊行的儀式。依據《楚辭》所保存的巫俗記錄，在祭祀舉行的地點往往有遊行的表演，〈嬌女詩〉所言：「北遊臨河海，遙望中

㉑ 此一説法可參聞一多、〈説魚〉《神話與詩》（台中、藍燈、民六四）。

㉒ 蕭滌非前引書頁二二一。

菰菱。」所述的遊行、遙望當即巫師乘舟的實際行爲，模擬女神降臨的巡遊儀式。「河海」則爲其祭祀的場所——「芙蓉發盛花，綠水清且澄」，爲江陵一帶河澤的實景，其祭祀場面中有歌樂伴奏，故「弦歌奏聲節，髣髴有餘音。」應爲一種祭儀的寫實記錄，此類水濱的祭儀爲江南湖澤地域的常祀，農業社會的祭禱實具有袚除禳災及邀福謝恩等功能。另一首湖就姑的祭祀亦爲水神的祭儀，所謂「孟陽二三月，綠蔽蘋荇藪。」與〈採蓮童曲〉所述的：「泛舟採菱葉，過摘芙蓉花。」多是與芙蓉、菱芰、扶菰的生產有關，故其祭祀可能爲農耕祭儀的表現。巫師在祭儀舉行時常扮神遊行以禳災邀福，巫師的服飾及巫師集團所扮演盛壯的儀仗行列，常成爲遊行的狂熱高潮，此類侍從多採自神話傳說中的靈獸異禽，以鮮艷的色彩、奇誕的造型，滿足人類的嗜奇欲望，㉓故〈神弦歌〉的部份描寫固然可解釋爲後世文人套用《楚辭》中的成語，爲一種文字事類的驅遣，但此種曲辭多僅爲《樂府詩集》所保留的文字紀錄，而其事實則爲吳地所實際舉行的民間祭儀，因此在當時應有些實際表演的場面：

白石郎，臨江居，前導江伯後從魚。（白石郎曲）

明姑尊八風，蕃藹雲日中。前導陸離獸，復從朱鳥麟鳳凰。（姑恩曲）

㉓ 同類的祭儀參 David Hawkes，黃兆傑譯〈求宓妃之所在〉《外國學者論中國之學》（一九七三、香港中文大學）。

江伯、陸離獸爲遊行列中的前導，而魚、朱鳥及麟、鳳凰等靈禽異獸則爲巫師或民衆所化粧，或手持道具而成爲諸神的侍從，此種祭儀中遊行的節目爲黎庶佚樂之所需，常成爲祭典的高潮，至今猶爲民俗專家田野調查的對象。㉔至於其中較靜態的場面則可視爲祠廟的神像雕刻或圖繪，此即早期民間祠廟中的壁畫，亦爲重要的民俗藝術。

〈神弦歌〉中還有〈宿阿曲〉、〈道君曲〉等具有仙道傳說性質的歌辭，顯示其祭儀並非完全爲一般的巫師所職掌，而應由道教人士所主持，當時的道士本即具有原始巫師的本質，惟道教教團較具有組織化、精純化，故其宗教儀式即遵循道教軌儀，以崇祀道教的仙真，其中扶箕降真的法術實與〈離騷〉所述的巫咸夕降一樣，同屬於薩瞞信仰（Shamanism）中神人交通的神靈媒介，爲巫師、道士於恍惚狀態中所形成的幻覺，而以爲是仙真所降告的情景。〈宿阿曲〉即敘述此一奇幻之境：

蘇林開天門，趙尊閉地户。神靈亦道同，眞官今來下。

天門、地户與人門的三界觀念，《楚辭·招魂》即有此一說法，漢人墓中也有此類陪葬物。㉕眞官來下即天仙降眞以賜福人間，即所謂「邀福」之意。「宿阿」二字，其意難明，十一首即

㉔ 此一觀念可參龍彼德〈中國戲劇源於宗教儀典考〉、王秋桂、蘇友貞譯，《中外文學》（民六八、五）。
㉕ 馬王堆中的帛畫，即非衣中的昇仙圖，參日本、平凡社譯《馬王堆漢墓》。

多以祭祀的對象爲曲名，疑宿阿亦同其例，可作爲神祇之名，此從它弁於衆曲之首，又有蘇林、趙尊等仙真爲其役，可推知此一「神靈」的神格頗爲尊崇。〈道君曲〉二句則疑爲殘句，描述道士祭祀道君的幻景，「中庭有樹自語，梧桐推枝布葉。」樹能自語，枝葉推布，或即敘述神至之狀，乃純爲幻覺狀態中的幻象。

大抵而言，〈神弦歌〉爲巫風殷盛的吳地之民間祀神歌辭，其地區即爲當時江南沼澤密布的濱海地域，因此其祠廟祭祀也多爲水神之祭，凡有嬌女、白石郎、青溪小姑、湖就姑、採蓮童等，均與沼澤溪流有關，屬於河湖的守護神，故其敘述手法近也於〈九歌〉中的湘君、湘夫人一類，由此可以推知諸神的職司及其性格。「禳災邀福」爲民間祭祀的主要功能，其儀式乃經由巫師及巫者集團所形成，凡神祇巡遊以驅災度厄，或褻慢歌舞而取媚神意，均與當時巫覡的祭祀活動有密切關係。〈神弦歌〉的歌辭既質樸自然，而所敘述的祭儀景象又神詭奇絕，「能夾雜不少有情趣之描寫，與貴族所用之郊祀歌異其面目。」㉖是爲〈神弦歌〉的藝術價值之所在。

二、〈上雲樂〉與道教傳說

梁陳樂府多爲民歌的擬作，或沿舊曲而譜新詞，或改舊曲而創新調，〈江南弄〉、〈上雲

㉖ 蕭滌非前引書頁二〇八。

樂〉即梁武樂工根據舊曲而改制的新聲。《古今樂錄》說：「梁天監十一年冬，武帝改西曲制江南弄、上雲樂十四曲：江南弄、上雲樂各七曲。」（樂府詩集卷五十引）《通典》也說：「梁有吳安泰善歌，後爲樂令，精解音律，初改四（當作西）曲，別爲（爲字補）江南上雲樂。內人王金珠善歌吳聲、四（西）曲，又製江南歌，當時妙絕。今（當作令）斯宣達選樂府少年好手，進內學習。」可知〈上雲樂〉的製作乃是樂工依梁武帝的旨意改制而成的新曲。

據《古今樂錄》：「上雲樂七曲，梁武帝製以代西曲：一曰鳳臺、二曰桐柏、三曰方丈、四曰方諸、五曰玉龜、六曰金丹、七曰金陵。」其中的〈方諸曲〉與〈江南弄〉七曲中的〈江南弄〉一曲，其和聲都是根據〈西曲〉中的〈三洲曲〉改制而成的。《古今樂錄》載：「方諸曲、三洲韻」因〈三洲曲〉的和聲特別婉媚曲折，其實〈鳳臺〉、〈桐柏〉、〈玉龜〉、〈金丹〉諸曲也都有和聲。〈西曲〉多以五言爲主，〈上雲樂〉則爲三言、五言句式所構成，自然在聲調上有較特殊之處。

近人以爲「江南弄、上雲樂在當時樂府中實是一種新穎的創制，它采擷了吳聲、西曲、雜舞曲以及外國音樂的優點，造成聲調曲折、句法參差的新聲。」〈上雲樂〉與外國音樂、宗教有密切關係的論點，確有特識。其主要論據有二：梁武帝利用三洲韻和改制〈江南弄〉、〈上雲樂〉，曾得當時名僧釋法雲的幫助，法雲當是諳熟梵音的沙門，梁武本人又極崇信佛法，故推知必受到印度及西域音樂的影響，此其一；《隋書·音樂志》（上）稱：「梁三朝樂第四十四設寺子導安息孔雀文鹿胡舞登連上雲樂歌舞伎。」將胡舞與〈上雲樂〉連在一起演唱，顯示出〈上雲樂〉與外國歌舞的關係較密切。[27] 其實除了外國宗教音樂的影響，〈上雲樂〉既爲歌頌神仙的道教樂曲，應該也要注意其與道樂的關係。

梁武帝曾於普通三年從陶弘景受道法，至天監三年才下詔捨道事佛，但依《陶隱居內傳》所載，仍與弘景書勑相望，並營道館以居；又令衡山道士鄧郁之合丹，可知梁武未嘗決絕道法，[28] 對於道教儀式及道籍亦知之甚稔。道教音樂除〈步虛〉爲儀式中的主要樂曲外，陶弘景在《真誥》中嘗抄錄仙真歌詞多種，多爲鈔錄梁以前的古道經如顧歡《道跡經》等，其中就保存有仙真降誥的資料，代表上清經派的神仙觀念：諸如天地結構、仙真類別以及道教法術等。陶弘景整備茅山道法，並貴爲梁武的國師；而道教軌儀自劉宋陸修靜初立規模後，至又得到大發展，〈步虛〉即爲道門專用的音樂。梁武既「弱年好道，先受道法，及即位，猶自上章。朝士受道者衆。」（隋志）上章爲道教徒悔過自陳的宗教儀式，貴爲帝王耽好如此，對於道樂自有其親切之感。武帝於天監三年捨道事佛，天監十一年又改作〈上雲樂〉，但是猶未能忘懷年少時的宗教情懷，故有此改作之舉。依《通典》之說：〈上雲樂〉的曲調乃由吳安泰所改製的，其歌辭的製作或梁武所填寫，或臣下精熟上清經典者所仿作。故樂辭中即是頌述道教的仙真仙境，本就有道樂及道門歌詩的傳統可以依循，因此自需重視其道教的影響。〈上雲樂〉七首所詠的仙境仙真，即茅山道派的上清經法，除第六首金丹是歌詠服食仙

---

[27] 王運熙《清樂考略略》，收於《樂府詩研究論文集》第二集。

[28] 參陳國符《道藏源流考》附錄二、頁二七七（古亭書屋翻印本、民六四）。

藥外，所歌頌的仙境依次爲鳳臺、桐柏山、方丈山、方諸山、玉龜山及金陵福地等，此類道教的宗教性輿圖遍見於陶弘景以前的道籍，諸如顧歡撰《真迹經》、《道迹經》以及上清經派的重要經典《洞真經》均有收錄，陶弘景撰《真誥》時即多加採錄，此外北周編《無上秘要》亦曾分類撰集。㉙其卷二十二「天界宮府品」即列有鳳臺、方諸宮、方丈臺等，諸宮府均爲仙真之所居，註明「出洞真經及道迹真迹經」，至於其地形又散見於道籍中，如方諸山：

紫微夫人曰：方諸山正四方，故謂之方諸。一面長一千三百里，四面合五千二百里，上高九千萬丈；又有長明大山，夜月高丘……。

此條爲《真迹經》所錄，《無上秘要》卷四、《真誥》卷九俱引之，乃是一種道教的神秘性輿圖說，其餘的仙山也多有此類仙真降誥所記錄的宗教地理。至於〈金陵曲〉所述的：「句曲仙，長樂遊洞天。」則爲道教道治的洞天福地，爲實際地理的宗教化、神秘化，《道迹經》曾詳載其說：

句曲山腓間有金陵之地，方三十八頃，是金壇之地，地肥土良而井水甘，居腓地，必度世見太平。河圖内元經曰：乃有地肥，土良水清，句曲之山，金壇之後，可以度世

㉙ 諸道經考證，參石井昌子、〈真誥の成立に關する一考察〉《道教研究》一，（東京、昭森社、一九六五）。

上昇曲成。又河圖中篇曰：句金之山，其間既有陵，兵病不往，洪波不登，山之謂也。金陵古名之爲伏龍之地。福地記曰：伏龍之地，在柳谷之西，金壇之右，可以高栖，正金陵之福地也。句曲山又名爲句金之壇，以洞天內有金壇百丈，因以致名。（《無上祕要》卷四、《真誥》十一引則文句小異）

道教地理乃源於緯書地理說，金陵爲南朝都城之所在，茅山據傳爲茅君所領治之山，爲南朝上清經派的本山。此類仙境的次序即由天上宮府的鳳臺以至人間福地的句曲，可見其排列次序中隱有特殊的用意。其中〈金丹曲〉置於第六，暗寓服丹新昇而樂遊洞天之意：

和云：金丹會，可憐乘白雲。

紫霜耀，絳雪飛，追以還，轉復飛。九眞道方微，千年不傳，一傳裔雲衣。

梁武曾一再使陶弘景、鄧郁之煉丹，其迷戀丹藥，嚮往昇仙，可作爲六朝奉道帝王的寫照。〈金丹曲〉中大量驅遣丹道變化的術語：紫霜、絳雪均爲伏煉金丹的結晶現象，耀、飛則一寫其結晶的光芒，一述其變化無窮；還指還丹、轉指九轉均爲煉丹的名詞，《陶隱居內傳》卷中曾據《登真隱訣》的佚文，言勑給郁之九轉藥具，令還山營合。在操作過程中，營合多樣的礦物燒煉，會引起劇烈的化學變化，當時的道士常詫爲奇景，實爲初期擬科學（pseudoscince）的成就，惟因其中參合了法術、宗教，乃有乘白雲，入仙鄉的遊仙幻境。㉚〈上雲樂〉的歌辭與六朝晚期的道教化遊仙詩有關，然因較著重仙境的描摹，其遺辭用字多使用仙言仙語——即扶箕降筆的仙真歌辭，《道迹經》嘗抄錄多首，皆爲五言體仙歌，大抵多先述某仙真降，其下即錄所歌之辭。如方諸青童降歌之例：

次方諸青童又歌曰：

太霞扇神暉，九氣无常形。玄轡飛霄外，入景乘高清。手把玉皇袂，攜我晨中生。眄觀七曜房，朗朗亦冥冥。超哉魏氏子，有心復有情。玄挺自嘉會，金書東華名。賢安密所研，相期陽洛汧。（《無上祕要》卷二〇引《道跡經》，《真誥》未引）

陶弘景曾抄東晉楊羲及許掾所寫的仙歌，其中一首如：

清淨頤東山，蔭景栖靈穴。愔愔閑庭虛，翳薈青林密。圓曜映南軒，朱鳳扇幽室。拱袂閑房內，相期啓妙術。寥朗達想玄，蕭條神心逸。（《真誥》卷四）

其下即註云：「閏月三日夜右英作示許長史」，許長史即許謐，爲茅山道派的早期道士，所謂

㉚ 金丹變化等，詳參拙撰〈道教煉丹術的發展與衰落〉，《中國科技史論文選》十一輯，（台北，一九八二）。

「作示」，乃經降筆所示。此類歌辭不爲嚴可均所輯錄，實則〈上雲樂〉的歌辭即襲用此一類仙歌的情調，〈鳳臺曲〉即云：

和云：上雲眞，樂萬春。

鳳臺上，雨悠悠，雲之際。神光朝天極，華蓋過延州，羽衣昱耀，春吹去復留。

其他諸曲也大量使用道教名詞：「金書發幽會，碧簡吐玄門。」（〈方丈曲〉）「摐金集瑤池，步光禮玉晨。」（〈方諸曲〉）「交帶要分影，大華冠晨纓。」（〈玉龜曲〉）至於演述仙真的羽衣飛昇，上朝天極，如「桐柏真，昇帝賓。戲伊谷，遊洛濱。」（〈桐柏曲〉）「霞蓋容長肅，清虛任列真。」（〈方諸曲〉）「耆如玄羅，出入遊太清。」（〈玉龜曲〉）都特別有一種道情，而與初期的遊仙風格有不同的情趣。

〈上雲樂〉既屬清商新聲，乃襲用〈三洲曲〉而改製者，〈三洲曲〉以五言爲主，〈上雲樂〉則由三、四、五言所構成，其曲調多變化，尤爲美聽，而和聲婉媚實爲道教藝術之動人者，故後人乃依其曲調另製新詞。〈方諸曲〉云：

和云：方諸上，可憐歡樂長相思。

方諸上，上雲人，掌守仁，摐金集瑤池，步光禮玉晨。霞蓋容長肅，清虛任列眞。

句式爲三——三——三——五——五——五——五，其和聲部份即重覆「方諸上」，而「可憐」的句型凡有多種：如〈桐柏曲〉「可憐真人遊」、〈玉龜曲〉「可憐遊戲來」、金丹曲「可憐乘白雲」，當即仿自〈三洲曲〉的和聲技巧，與曲意不需有必然的關係，故《古今樂錄》稱「方諸曲，三洲韻。」〈三洲曲〉本爲民間曲調，多敍兒女情長而形成婉媚自然的風格。〈上雲樂〉則爲頌述仙真之用，其曲調應當有異於〈三洲曲〉之處，而較有一種道家唱詠的風味，謂其間受外國歌舞影響則可，但論其關係較爲密切的則不能不注意及道教音樂及其歌辭的傳統。

〈上雲樂〉七曲，梁武之後文士依聲填詞的仿作，現存者凡有梁周捨及唐李白、李賀的〈上雲樂〉；唐王無競、李白的〈鳳臺曲〉；及陳謝燮的〈方諸曲〉。周捨之作質木無文，純爲祝壽之用而填詞，謝燮之作則詞調較爲接近：

望仙室，仰雲光，一繩河裏，扇月傍。井公能六箸，玉女善投壺，瓊醴和金液，還將天地俱。

通篇多搬弄神仙的掌故而較爲膚泛，近於遊仙詩系統而較少道教的典實。大抵梁武初製此曲時，乃用諸道觀等宗教場所，與佛寺的梵樂並用，以烘托宗教氣氛，故爲一代新聲，可謂爲六朝道教藝術的代表作。

三、〈步虛辭〉與道教齋儀

六朝樂府中〈清商曲辭〉錄有〈上雲樂〉，而〈雜曲歌辭〉中則錄〈步虛詞〉，前者的主要曲調屬於清商系統，而步虛聲始爲道教音樂的正統，其產生的時代及流行程度較〈上雲樂〉更早更廣，爲道教齋儀中所使用的宗教樂曲。郭茂倩曾列於〈雜曲〉中，當因其屬於新興的樂府，既因遊仙諸什已列於〈雜曲〉(卷六四)，又有部份外國曲辭：如〈燉煌樂〉、〈阿那瓌〉、〈高句麗〉及〈法壽樂〉等梵樂也列於〈雜曲〉之部，(卷七八)故此一道樂遂並雜廁於〈雜曲〉中。《樂府詩集》所錄的〈步虛詞〉四十八首，除庾信外，均爲隋唐之作，而對於道教齋儀中所用的〈步虛詞〉反而未能加以著錄，其中原因當歸因於道籍本就具有秘傳性，尤其道教的齋儀書純爲道士行法所用，一般文士確實無緣得睹秘藏，故郭茂倩多漏列〈步虛詞〉的原作。

步虛聲爲道樂，其與佛教梵樂的關係，爲中國音樂史的重要課題，亦爲道教齋儀發展的一大關鍵問題。步虛聲的起源，據云可溯至曹魏，且其早期傳說既與佛經的梵唄深相關涉，可知它本就爲疑義較多的說法，據劉宋劉敬叔《異苑》所載：

> 陳思王曹植字子建，嘗登魚山，臨東阿。忽聞巖岫裏有誦經聲，清通深亮，遠谷流響，肅然有靈氣。不覺斂衿祇敬，便有終焉之志，即效而則之。今之梵唱，皆植依擬所造。

一云：陳思王遊山，忽聞空裏誦經聲，清遠道亮。解音者則而寫之，爲神仙聲。道士效之，作步虛聲。㉛

步虛的使用，當在道教齋儀粗備之時，曹魏時期道教還在草創階段，故可知「一云」當爲後起之說，因爲佛教所用的梵唄已先有是說，梁慧皎撰《高僧傳》即云：「原夫梵唄之起，亦肇自陳思，始著太子頌及睒頌等，因爲之製聲，吐納抑揚，並法神授。」（卷十三）曹植的魚山製聲，究爲佛樂，抑是道樂疑均屬後人的依托，然由此可以推知佛教梵唄亦約於魏晉時輸入中土，經唄之盛則始自宋的中世而極於齊初。㉜至於道教音樂則必爲宋以前已有創用之聲，與靈寶經派有密切的關係。

道籍的著錄以東晉初期葛洪《抱朴子·遐覽篇》爲最早，而書目中卻未見有步虛之名，其後葛巢甫（爲葛家後人）靈寶經派始用於誦詠。據信東晉末葉出世《太極眞人敷靈寶齋戒威儀諸經要訣》曾述及靈寶齋法，注曰：

仙公曰：常想見太上眞人在高座上轉經而說法也。

㉛《異苑》卷五，又殷芸《小說》亦引此條，參《余嘉錫論學雜著》中〈殷芸小說輯證〉（台北、河洛、民六五）；另清汪汲《詞名集解》卷二引《吳苑記》也有同一說法，參陳國符前引書附錄三。

㉜參周法高〈佛教東傳對中國音韻學之影響〉，《中國語言論叢》（民五九、正中）。

仙公即葛玄，孫吳時人，爲葛洪的從祖，靈寶經派經典有依托於葛仙公的名下的，此一經派發展其勢力約於東晉至劉宋之際，其重要的成就即爲靈寶齋法的創用，步虛聲即爲舉行齋法時所必用的音樂，故劉宋顧歡撰《道迹經》即載有「登室步虛保仙符」㉝；而陸修靜在《大上洞玄靈寶授度儀》中即述其使用過程：「禮十方畢，師起巡行，詠步虛詞。」（《道藏》化字號）可以代表南朝道派之使用步虛。至於北朝則北魏高道寇謙之嘗得「雲中音誦，新科經戒。」㉞雲中音誦一說即華夏誦步虛聲，一說爲《老君音誦戒經》所載的「八胤樂音誦。」此類道樂的使用均歸因於陸、寇二人的清整道教，制定齋儀，自需配合齋儀而趨於完備，其後才能普遍地流行。此類盛大莊嚴的道教祭儀多見諸六朝古道經中，如以下所錄的即爲重要的兩段敘述：

今臘月二日多寒雪，遠近略無來者。唯三月十八日，輒公私雲集，車有數百乘，人將四五千，道俗男女狀如都市之衆，看人唯共登山，作靈寶唱讚，事訖便散。（《真誥》二，陶弘景在註語）

張好薄帳，若淨屋之中，備廚具，令辨集人，令清潔，請三洞法師。法師務取一上（人）聽明了了分明者爲法師，法師與主人唱道，布二高座，高座上一人，稱和爲五人，

㉝《無上祕要》卷二二引。

㉞陳國符前引書附錄三有考證；另陳寅恪〈崔浩與寇謙之〉（同註七）及楊聯陞前引文。

其餘道士次次旋行耳，高座上法師執步虛立成，稱唱人，下人旋行，徐徐高趣而望天，若聽雲中有鴻鵠聲。

前一條爲陶弘景在註語中所實錄的當時靈寶齋法，生動地刻劃道教儀式已有一定的規模，而後一條則見於《洞淵神呪經》卷七—約爲南北朝末、隋初撰成的，故推測其爲六朝末的實際情形。㉟

步虛聲者即謂無實字，而虛聲吟詠，簡稱步虛，用以吟詠步虛辭，原爲葛巢甫靈寶經派的儀軌，據《太極真人敷靈寶齋戒威儀諸經要訣》所載的，可以推知早期靈寶齋法中口詠步虛的情形，其儀式均先要啓事，燒香祝願，禮十方畢：

齋人以次左行，旋繞香爐三匝，畢，是時亦當口詠步虛躡無披空洞章。所以旋繞香者，上法玄根無上玉洞之大羅天上，太上大道君所治七寶自然之臺，無上諸眞人，持齋誦經，旋繞太上七寶之臺，令法之焉。又三洞弟子諸修齋法，皆當燒香歌誦，以上象眞人大聖衆繞太上繞君臺時也，故不無上正眞大道者，亦可道高座。

此一段記載可作爲道教初期儀軌的實錄，其情景頗富於宗教的神秘作略，因大羅天即爲道教

㉟《神呪經》卷七的撰成年代參大淵忍爾《道教史の研究》四章（岡山大學共濟會，一九六四。）

的天界結構，在《洞玄靈寶玉京山步虛經》中也有類似的記載：「玄都玉京山在三清之上，無上大羅天中，上有玉京金闕七寶玄臺紫微上宮，太上無極虛皇天尊之治也。」靈寶經派即構設此一最高天府，讓道衆行齋法時可以模擬旋遶香爐，口詠步虛，以假想昇虛的情景，而具有宗教儀式的效果。現存道藏中有《洞玄靈寶玉京步虛經》，爲隋以前或六朝末既已成立的道經，與《玄都大獻經》共爲表裏——即《太上洞玄靈寶中元玉京玄都大獻經》——玄都大獻經爲讀誦經典，玉京山步虛經則專爲吟詠之用，兩者俱爲道教的重要齋儀要籍。㊱類此儀式實屬於模仿巫術（Imitative magic）性所形成的一種儀式，經典中所述的玄都玉京山的景象具有強烈的暗示作用，而步虛聲的音樂與動作則具有催眠般的效果，故言「法」、「象」等均爲「模擬」步昇仙境之象。

步虛辭在《道藏》之中凡保存多處：陸修靜《太上洞玄靈寶授度儀》：禮十方畢，次師起巡行，詠步虛，其辭十章，與《洞玄靈寶玉京山步虛經》所錄的「洞玄步虛吟十首」基本相同。其歌辭多爲五言詩，或十句、十二句、十三句、十四句、二十二句不等，當即爲「步虛躡無披空洞章」，至少道經所存的爲六朝的原貌，而非後代所擬作的，此由唐法琳《辯正論》及玄嶷《甄正論》所徵引的可證：

玉京山經步虛詞云：長齋會玄都，鳴玉扣瓊鐘，法鼓合群神，靈唱靡不同。

㊱ 參吉岡義豊《道教と佛教》第二，（豊島書房、一九七〇），頁二四五——二四六。

如步虛詞讚詠玉京，但云：煌煌耀景，迢迢寶臺，舍利金姿，龍駕欻來，鳴風應節，靈風扇章，紫烟成宮，天樂相娛。（〈辯正論〉）

所引的步虛詞即見於現存的《步虛經》中，法琳當為撮引其文字[37]，原文的文句則為：

煌煌耀景敷。一章

岧岧天寶臺。三章

舍利曜金姿，龍駕欻來迎。六章

神鳳應節吟，靈風扇奇花。七章

紫烟結成宮。十章

天樂適我娛。一章

玄嶷也曾以護法的觀點引述其說：

躡雲綱者，靈寶玉京山僞經虛詞：「旋行躡雲綱，乘虛步玄記」。此是道陵、修靜等僞造。

[37] 分見《大正藏》、五二、五四八及五六六。

此爲釋教中人的臆測之辭，因它並非張道陵所造的，惟其中的齋儀當以中土原有的音樂爲主，間也曾受梵樂的影響。此因《步虛經》所述的歌辭文字即有部分襲取佛典的成份，如〈步虛第一〉：

稽首禮太上，燒香歸虛無。流明隨我迴，法輪亦三周。玄元四大輿，靈慶及王侯。七祖生天堂，煌煌耀景敷。肅歌觀大漠，天樂適我娛。齊馨無上德，下僊不與儔。妙想明玄覺，詵詵巡虛遊。

法輪與散見於各章中的萬劫、十方之類，多有佛經用語的痕跡。因而佛教護法者即詆爲「僞造」，其實應爲六朝道士融合了本土樂曲與外來梵樂加以整飾之後的道教儀式音樂。〈步虛詞〉十章與諸道經中所錄的大體一致，可見爲普遍通行的靈寶齋法，其內容誠如晁公武所言：「其章皆高仙上聖朝玄都玉京，飛巡虛空所諷詠，故曰步虛。」（郡齋讀書志）十章的次序依次爲歌詠、禮香起巡、旋行諸天、嵯峨玄都、吐納成仙、逍遙上京、攜手玉京、玉京仙景、乘虛逍遙，及玄都仙集。有關步虛的聲調，今傳《玉音法事》即有虛聲記譜法㊳，其經雖非必六朝原著，惟所記的譜式當與六朝的原調有密切的淵源。近人逯欽立引錄此類譜

㊳ 《道藏》養字號，此經爲道教科儀書，乃後代道士所撰集的，並非六朝古道經。

式，以爲漢以來的遺法，可借以推知早期聲調的舊觀。㊴陳國符則「疑其曲譜所記，蓋非六朝步虛聲之舊矣。」㊵道籍的流傳原具有秘傳性，其中有歷久不變者、亦有後世增飾者，步虛聲的實字虛詠，拉長聲調，其圖型如文末所附圖。

此種聲調所受的印度梵樂影響之深淺，由於聲制散落已無從肯定。而陸修靜《靈寶授度儀》言：「詠步虛辭」、「師弟子遶壇梵詠。」即將步虛、梵詠並提，陸修靜其人又與佛教人士及經典夙即稔習，因而恐不免多少受其影響。㊶至於步虛聲所用的樂器，自六朝以下已迭經更革，其曲調亦代有創新，故不宜以見存的田野調查資料斷爲古道樂，㊷惟六朝道樂所用的樂器，以鐘、鼓、玉磬爲主，所謂：「鳴玉扣瓊鐘」、「法鼓會群仙」，據《太真科》所述的即爲「金鐘玉磬」㊸，此種金石樂器較近於漢代的雅樂系統，聲音莊重，適合道教儀式的氣氛；而絲竹爲主的清商系統則發音哀怨、婉媚，其效果也自是不同，此爲其與〈上雲樂〉不同之處。〈步虛詞〉以五言爲主，句式整齊停勻，虛聲引詠，反覆永歌，其聲情亦與〈上雲樂〉的三五交錯、巧於變化者有所不同。此種莊嚴靈唱的效果，誠如《太真科》所述的：「非唯警戒人衆，亦乃感動群靈。」於靈音妙樂之中，恍惚虛幻，人神交感，因而獲致宗教性的幻覺經

㊴ 逯欽立、〈漢詩別錄〉，《中研院史語所集刊》十三本。
㊵ 陳國符前引書、頁二九三。
㊶ 大淵忍爾博士前引書，〈陸修靜傳〉述其生平頗詳，惟其與佛教之關係，應曾有來往而關係不深。
㊷ 有關道樂的沿革，參陳國符前引書中〈道樂考〉。
㊸ 《要修科儀戒律鈔》卷八引，爲宋朱法滿所撰，約撰成於中唐末至晚唐初（道藏唐字號）。

驗。〈步虛詞〉即爲道觀所唱詠，故純爲教團內的作品，其遺詞用字多較玄虛，而不易索解，《洞玄靈寶昇玄步虛章序疏》（道藏養字號）即疏釋其意。〈步虛詞〉可謂爲道教版本的遊仙詩，除歌詠逍遙昇虛的歷程，也頗强調修煉、禮拜的重要，如「吟咏帝一尊，百關自調理。」（第二）「常念餐元精，鍊液固形質。」（第三）「沖虛太和氣，吐納流霞津。胎息靜百關，寧寧究三便。泥丸洞明景，遂成金華仙。」（第四）「積學爲真人，恬然榮衛和。」（第五）內丹修煉已爲南北朝道派所重視，尤其上清經法特別著重丹藥的服食。因其爲祭儀中所用的，又强調禮經及道德，如「六度冠梵行，道德隨日新。宿命積福慶，聞經若至親。……皆從齋戒起，累功結宿緣。」（第四）「公子度靈符，太一捧洞章。」（第六）「衆仙誦洞經，太上唱清謠。」（第八）「虛皇撫雲璈，衆真誦洞經。」（第九）所謂洞章、洞經的本意即指藏於洞天福地的秘經，也即是三洞經典，寶奉洞經爲受戒弟子所奉行。至其主要的部份則反覆誦詠施繞玄都玉京的昇虛逍遙之樂，在「稽首禮太上，燒香歸虛无」中，藉燒香騰昇的象徵而玄想其昇虛之境：

> 旋行躡雲綱，乘虛步玄紀。諸天散香花，蕭然靈風起。（第二）
>
> 嵯峨玄都山，十方宗皇一。岧岧天寶臺，光明焰流日。煒燁玉華林，蒨璨耀朱實。……金光散紫微，窈窕玄都逸。（第三）
>
> 控轡適十方，旋憩玄景阿。仰觀劫仞臺，俯眄紫雲羅。逍遙太上京，相與生蓮花。（第

五）

天尊盻雲輿，飄飄乘虛翔。香花若飛雪，氛靄茂玄梁。頭腦禮金闕，攜手遊玉京。（第六）

騫樹玄景園，煥爛七寶林。天獸三百名，獅子巨萬尋。飛龍躑躅鳴，神鳳應節吟。靈風扇奇花，清香散人衿。（第七）

嚴我九龍駕，乘虛以逍遙。八天如指掌，六合何足遼。……香花隨風散，玉音成紫霄。（第八）

天眞帝一宮，靄靄冠耀靈。流煥法輪綱，旋空入無形。（第九）

此種遊仙、朝禮的道教化，使遊仙詩的寫作形式至南北朝時發生大變化，從郭璞一類的遊仙之作，逐漸衍變成以道教齋儀爲背景，而較多步虛的風味，〈上雲樂〉的寫作即多少染上此種色彩。玉京、玄都均爲上仙的理想境，第十章即以此作結——「長齋會玄都，鳴玉扣瓊鐘。十華諸仙集，紫烟結成宮。寶蓋羅太上，眞人把芙蓉。散華陳我願，握節徵魔王。法鼓會群仙，靈唱靡不同。」於玄都幻境中，群仙畢集，爲奉道者昇虛願望的大滿足。

庾信〈步虛詞〉即模仿其風格，然已是較具有文士的遊仙傳統，其詩亦以五言爲主：十二句四首、十句五首、八句一首。第一首即敘述齋儀初啓之象：

渾成空教立，元始正塗開。赤玉靈文下，朱陵眞氣來。中天九龍館，倒景入風臺。靈度弦歌響，星移空殿迴。青衣上少室，童子向蓬萊。逍遙開四會，倏忽度三災。

整首即在敘述齋儀進行的氣象：元始即元始天尊，爲道教神格化的宇宙創造神，道教在舉行儀式時，正中必懸元始的真圖，又飾以露符真文；臺館則爲齋會的場所，稱臺稱館爲六朝道教的習慣，「中天九龍館，倒景八風臺」，極寫其華麗莊嚴；「靈度弦歌響，星移空殿迴。」則敘寫夜醮的情景，步虛之聲爲詩中的聽覺意象；青衣、童子爲仙真，少室、蓬萊爲仙境，寫實景，亦設幻象。〈步虛詞〉大抵以實際的景象與幻設的仙境交錯，而成爲視覺意象，如「五香芬紫府，千燈照赤城。」（七首）「地境階基遠，天窗影迹深。」又以步虛聲調與飄渺仙樂配合，而成爲聽覺意象，如「迴雲隨舞曲，流水逐歌弦。」（三首）「上元風雨散，中天歌吹分。」（八首）庾信佈置詩中的宗教氣氛頗能傳神。

十首歌辭反複歌詠步虛的情景，其中多强調服食修煉，步虛昇天，爲六朝道徒的最高願望：如「石髓香如飯，芝房脆似蓮。」（三首）「漢帝看桃核，齊侯問棗花。上元應送酒，來向蔡經家。」（六首）「鳳林採珠實，龍山種玉榮。」（七首）「鵲巢堪煉石，蜂房得煮金。」（九首）「經飡林慮李，舊食綏山桃。」（十首）都屬於運用神仙傳記集中的仙藥服食意象；「道生仍太乙，守靜即玄杞。中和煉九氣，甲子謝三元。」（四首）「要妙思玄牝，虛無養谷神。」（五首）則屬於內丹服氣說。服食傳說爲仙道變化的想像，至於模擬昇天的動作，如「寂絶乘丹氣，玄明上玉虛。」（二首）「停鸞讌瑤水，歸路上鴻天。」（三首）「丹丘乘翠鳳，玄圃御斑麟。」（五首）「飄飄入倒景，出没上煙霞。」（六首）「歸心遊太極，迴向入無名。」（七首）「靈駕千尋上，空香萬里聞。」（八首）都一再使用乘、御、遊、上諸動作，及翠鳳、斑麟、倒景、煙霞諸靈物，以造成遠遊的意趣，此即飄渺輕舉之意。

庾信於敍述昇虛之餘亦兼述其感慨：如「鳧留報關吏，鶴去畫城門。更以忻無迹，還來寄絶言。」（四首）「漢武多驕慢，淮南不小心。蓬萊入海底，何處可追尋。」（九首）「成丹須竹節，刻髓用蘆刀，無妨隱士去，即是賢人逃。」（十首）均爲驅遣求仙的事類，而流露出遲疑不決之詞，表現六朝文士以遊仙詩的語言·意象敍述昇仙的虛空情緒。至於道士的步虛則多置於瓊鐘法鼓之間，煌煌耀景，靈唱裊裊，設想龍駕欻來，躡雲乘虛，乃純是以音樂、儀式動作産生步虛的宗教情懷。步虛作爲道教醮儀，其舉行的節日即爲三元日，詞中一再言及「三元隨建節，八景逐迴輿。」（二首）「中和煉九氣，甲子謝三元。」（四首）「上元風雨散，中天歌吹分。」（八首）上元爲天官日，中元爲地官日，下元爲水官日，分別於一月十五、七月十五及十月十五舉行盛大的齋會，在節會之中，道流需誦講《玄都大獻經》，吟詠《玉京步虛經》，爲靈寶齋儀的盛事。[44] 北周庾信爲南北朝末期的文士，適爲三元日早期形成的時期，又以身居要津得參與朝廷盛大的齋會，即以所聞所見的宗教經驗，模擬其歌辭，乃能製爲十首《步虛詞》。

隋唐以後，步虛逐漸有變化，尤以唐玄宗擅於聲樂，嘗於道場親教諸道士步虛聲韻，則

[44] 有關三元的考證，參秋月觀暎〈三元思想の形成について〉《東方學》二二輯、（一九六一）；吉岡義豐、《道教と佛教》二編二章（東京、豐島書房，一九七〇）。

已屬燕樂系統，齋儀的樂器也不止於鐘磬而已。㊺至於仿作〈步虛詞〉者也逐漸增多，凡有題爲隋煬帝者二首，此外郭茂倩所錄的尚有陳羽一首、顧湜一首、吳筠十首、劉禹錫一首，韋渠牟十九首、僧皎然一首、高駢一首及陳陶〈步虛引〉一首。其中陳羽、吳筠及韋渠牟均爲唐代的高道㊻高駢亦屬奉道之士，㊼均與其稔習道教齋儀有密切的關係。至於郭茂倩所未收入《樂府詩集》者則尚多散見於唐人詩集中，亦可考知唐朝文士與神仙道教的關係。

總之，道教音樂即以步虛爲主，步虛聲、辭使用於靈寶齋儀時，以其莊嚴的靈唱及虛幻的景象，成爲道教藝術的重要成就。當時道教以其初興崢嶸的氣象，南北朝帝室多有崇奉爲國家宗教的聲勢，臣下奉道亦爲自然之勢，《隋志》曾載：北魏太武帝受寇謙之符籙，「自是道業大行，每帝即位，必受符籙，以爲故事。」其後「後周承魏，崇奉道法，每帝受籙。」而南朝梁武帝也好道上章：「朝士受道者衆，三吳及邊海之際，信之愈甚。陳武世居吳興，故亦奉焉。」道教流行極爲普遍，步虛曲辭即爲奉道文士所熟知，故其影響及於文學作品的，實不限於步虛的仿作。因此可說遊仙詩晚期風格的轉變，以及〈上雲樂〉的製作，實多與道教有密切的關係。

㊺ 陳國符前引書，有詳細考證。

㊻ 陳國符前引書〈道經傳授表〉。

㊼ 高駢事參王夢鷗先生，〈傳奇校補考釋〉《唐人小說研究》一、（、藝文、民六〇）。

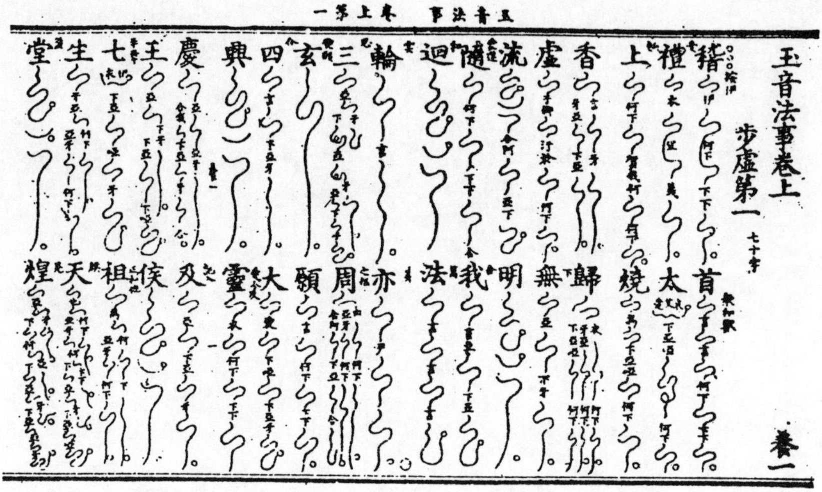
玉音法事　卷上第一
玉音法事卷上
步虛第一
卷一
稽首
禮太
上燒
香歸
虛無
流明
隨我
迴法
輪亦
三周
玄頤
四大
興靈
慶及
王侯
七祖
生天
堂煌

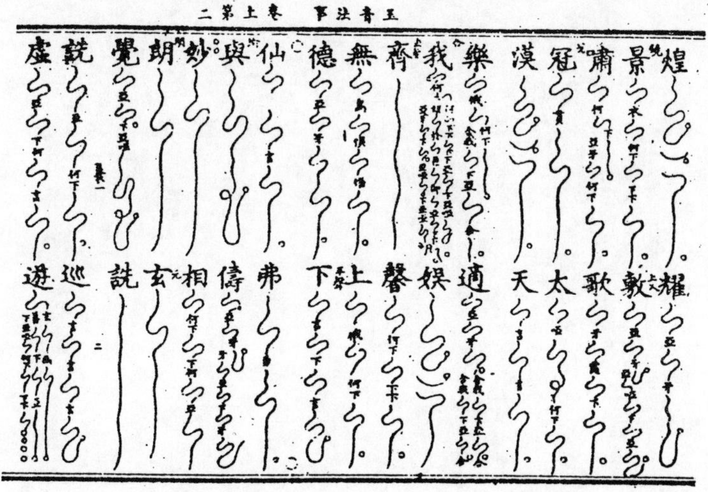
玉音法事　卷上第二
煌耀
景敷
肅歌
冠太
漢天
樂適
我娛
齊馨
無上
德下
仙弗
與倚
妙相
朗玄
覺詵
詵巡
虛遊

唐代公主入道與〈送宮人入道〉詩

宋太平興國中李昉等奉敕編成文選性質的《文苑英華》，其中特別列有「道門」一類，從卷二二五到二三〇，凡有五卷，選錄與神仙道教有關的詩。較早蕭統所選的《昭明文選》只能選出遊仙、涉道等，作爲仙道文學的代表，反映道教形成期較爲素樸的階段。而梁末以來，就逐漸接續道教在唐代社會的蓬勃發展期，因而這些選詩就充分反映有唐一代的道教文學的成就❶。其中卷二二九標出「送宮人入道五首」，類此詩題是六朝詩所未曾有的而宋詩中也未之見，因此可說是唐代詩人特別具有的寫作趣味，有深入考察的必要。「送宮人入道」之成爲詩題，在不同的詩人筆下出現，可知絕非偶然即興之作，而是詩人寫作時共同使用的題目，因此就頗能充分反映宮人的入道情形，是唐代宮廷處理宮人的方式之一，也是唐代女冠的特殊現象。將它作爲唐代道教文學的一種表現，就不只是文學的寫作素材，而涉及唐朝宮廷與道教的關係。本文將綜集《全唐詩》中相關的作品，從社會文化史的立場考察宮人入道的時代情境，說明這些作品出現的時間、作家寫作這類詩的旨趣，從而瞭解它在唐詩各種類型中

❶有關唐代道教與文學筆者目前正分類處理中，此文爲其中之一，特此說明。

到底具有何種意義，又有什麼特殊的藝術特質。〈送宮人入道〉詩自是唐代道教文學的成就之一而已，但也可從中瞭解道教與唐代社會文化的密切關係。

一、唐代公主入道的動機及意義

在唐代的道教研究中，近人曾將唐代的女冠區分爲修真女冠、宮觀女冠兩類，自是一種方便的區分法❷。其中指出宮觀女冠就是公主女冠，在唐代兩百零七位公主中，凡有十二位入道，竟無一人爲尼的，爲一個值得注意的事。公主即是入道，陪侍公主入道者也多爲宮中歌舞人。公主、宮人既然生活於宮觀之中，在唐代的女冠制度上就形成較特別的一類，對於唐代的女冠也會造成新的衝激。有關她們入道的動機、生活，以及由此產生的一些傳聞，自會在當時的社會中蔚成時髦風尚，因而激發詩人對於宮觀世界的想像。〈送宮人入道〉詩就是其中的產物，這一現象自與宮觀女冠具有密切的關係。

宮觀女冠的出現及其發展情況，大體與唐代帝室對於道教的態度相互一致，從《新唐書》卷八十三〈諸帝公主列傳〉，可以發現李唐帝室對於道教的崇奉，確是影響公主、宮人入道的關鍵。唐代社會的宗教信仰中，整體而言，無疑的是佛教較佔優勢，無論是教理的闡述、宗派的多樣，以及寺院之多、信奉之盛，佛教確是獲得長足的發展。但道教與唐代帝室則具有

---

❷ 唐弓，《唐代的道教》，（國立臺大歷史研究所碩士論文，一九七四、七）頁八八～九一。

另一種微妙的關係，史學家陳寅恪先生及近人孫克寬先生曾以李唐攀附李老君的觀點，解說道教在唐代諸帝的心目中，具有本宗的情誼❸。這一解說從史料考察大體可信，因爲李淵之得天下，其能名應圖籙、應讖當王的創業神話，確有得於道教中人創造教主李老君轉世爲真君的庇佑。因而在唐代諸帝議論道、佛先後的問題時，基於本家的立場，常是「道先佛後」的排列順序，多少顯示唐帝對於道教所具有的同宗意識。睿宗曾在〈令西城、昌隆入道制〉中，明白說明：「元元皇帝，朕之始祖，無爲所庇，不亦遠乎。」元元皇帝就是李老子，高宗麟德二年（六六三）幸亳州老君廟，追號太上玄元皇帝。《舊唐書本紀》將老君隆重地封號、立廟，除了攀附本姓，更有表明受命之意，因而在入道制中揭舉爲主要的因緣。

諸帝公主的相繼入道，正標幟著唐代諸帝的崇道與道教內部逐漸形成的制度能相互呼應，所以高祖、太宗兩代，猶未見公主入道，而從高宗以後，入道就成爲公主捨離俗世，遁入另一方外世界的方式。入道成爲唐代的「故事」，公主先後依倣，其中自有道教所特具的宗教情操，讓一些貴主從中獲得解脫、度世的理想與願望。出家入道與捨家爲尼，在唐代是具有不同意義的，公主以李姓而選擇老君始祖派下的宗教，而道教所特具的探求不死的特質，也讓入道者另有一種終極關懷，所以諸公主選擇入道，也使女冠生活成爲時髦、成爲特殊的風尚。

大概〈諸帝公主傳〉所記的，是有關公主入道的大部分，但尚有一部分遺漏，需要再配合像《唐會要》卷五十一，及其他方志如趙彥著《長安志》、徐松《唐兩京城坊考》等，就可

---

❸ 孫克寬，《寒原道論》（臺北、聯經、一九七七）頁一三三～一三七。

條理出公主曾入道的情況：太平公主一度入道，是所知最早之例，而睿宗第九、十女出家，成爲金仙、玉真，則是最正式的入道紀錄，爾後風氣一開，公主曾爲女冠的凡有十六位：

萬安公主，玄宗女，天寶時入道

楚國公主，玄宗女，興元元年（西元七八四）請爲道士，德宗詔可，賜名上善。

華陽公主，代宗女，大曆七年（七七二）以病，丐爲道士，號瓊華眞人。

文安公主，德宗女，丐爲道士。

潯陽公主，順宗女，大和十二年（八二九）與平恩、邵陽公主並爲道士。

永嘉公主，憲宗女，爲道士。

永安公主，憲宗女，大和中丐爲道士。

義昌公主，穆宗女，爲道士。乾符四年（八七七）詔還南內。

安康公主，同義昌公主爲道士。

此外《唐會要》曾載：天寶六載，「新昌公主因駙馬蕭衡亡，奏請度爲女冠。」天寶七載，「永穆公主出家，捨宅置觀。」因玄宗爲一崇道帝王，宮廷內道教的氣氛特爲濃厚，自是影響公主相繼入道的重要因緣。此後憲宗也有崇道事跡，俱爲造成公主入道的主因。

關於這些公主入道的動機，從史料中可歸納爲慕道、追福、延命、及夫死捨家，與避世借口等。這一系列是與宗教意識的強度有關：慕道是較積極的向道動機，追福則具有還願、祈福的現實利益，至於因病延生或夫死出家，則是將道教視爲祈求、逃避的目的，屬於消極性；等而下之，太平公主的入道就有逃避吐蕃請嫁、以拒和親，爲一時權宜之計，所以其後還俗，氣燄甚盛，可作爲例外。凡此出家入道的因緣，基本上也可解釋爲修真女冠的同一動機，只是由於公主的高貴身分，因此其中所具有的宗教意識就另有異趣。當然宮觀女冠的入道，有時也是同時具有多種動機而不易區分，這是因爲道教的本質，基本上就是以神仙不死爲核心，成爲關懷他界，卻又不完全捨離現世的特質。因而比較適宜於公主的身分，既不能完全捨棄貴主的出身，卻又不願真實度其修真生涯，則宮觀女冠就成爲一種特殊的女冠形象，既有別於修真女冠的清修自持，也異於魚玄機等風流女道士之流。

在入道的動機中，慕道之所以具有較純正的宗教意識，乃因其涉及非世俗的，將宗教作爲終極關懷的解脫之道，這是修真、學道者強烈的捨家、捨離俗世的意願。道教在六朝社會中既已逐漸形成其宗教的風格，至唐代所受的崇奉，更將其提昇爲方外世界的典型。道家思想落實於現世，終於從道士生活中得到奇特的發展，這是中國宗教思想史的要事，道家老莊與宗教道教在此合而爲一。睿宗強調金仙、玉真的入道，是性情上的「性安虛白，神融皎昧。」❹徐嶠撰〈金仙長公主神道碑銘〉❺、王縉撰〈玉真公主墓誌〉❻，都說明金仙公主齠齔

❹《全唐文》卷二五〇·睿宗十八。
❺《全唐文》卷二六七、九b～一〇b。
❻《金石錄》卷二七〇。

之時，既已慕道，所以睿宗「尚其誠心，不奪雅志，以丙午之歲（七〇六）度爲女道士。」而金仙公主之號是入道時所稱，早年始封西城縣主，故稱爲西城公主。玉真公主也是入道後始有此稱，墓誌說中宗時封昌興縣主，睿宗時封昌興公主，後改封「玉真」，進爲長公主。又載公主法號無上，真宗玄玄，天寶中更賜號「持盈」。《唐書》但云封崇昌縣主，顯然是有闕誤的。玉真公主的慕道經過有天寶時道士蔡瑋所撰的〈玉真公主受靈壇祥應紀〉❼，說明公主年十二歲，景雲之初始受道於括蒼羅浮真人越國葉公，後來又朝謁王屋山，從北岳洞靈宮胡先生賁（闕一字）受籙，所署仙格爲「至真萬華真人」。天寶初正式入道，曾居於王屋山仙人臺下的靈都觀，冬遊夏處，將廿年。

金仙、玉真的入道，《唐書》多說是「以方士史崇玄爲師」，而當時的筆記如張鷟《朝野僉載》也說兩公主出俗，將史崇玄「立爲尊師」（廣記二八八）。史崇玄是當時有名的道士，唯素行不佳也不得善終，故碑記所載的顯然有隱晦之筆。此外鄭處誨《明皇雜錄》、張讀《宣室志》等，敘述張果的事跡，提到玄宗曾命中使謂果曰：「玉真公主早歲好道，欲降於先生。」果大笑，竟不承詔（廣記三〇）。類此傳說近於小說家言，爲當時民間對於貴主入道的傳奇說法。

追福的祈求功德的動機，應與佛教傳入後所形成的新觀念有密切的關係，捨家爲尼是一

---

❼《中州金石記》卷三、又《全唐文》九二七有〈玉真公主朝謁應□□真源宮受□□□王屋山仙人臺靈壇祥應記〉，此一碑文多有闕字。

種功德，而道教在六朝時期是否已有捨家入道爲功德之說則仍有待證實。不過唐代公主的入道，則確實具有追福的意義：太平公主就是武后爲榮國夫人（楊氏）死後，請度爲道士，「以幸冥福」，因將楊士建宅於咸亨元年（六七〇）置爲太清觀；睿宗在入道制中，也强調並令西城、昌隆入道，是「奉爲天皇天后」——就是爲高宗、武后祈福。公主入道即是一種祈福，在唐代捨宅立觀或置觀，也是追福；《唐會要》曾載有三條：一是昊天觀：貞觀初爲高宗宅，顯慶元年（六五六）「爲太宗追福，遂立爲觀」；二、昭成觀，是將太清觀移於大業坊，開元二十七年（七三九），「爲昭成皇后追福」改爲今名；三是宗道觀，本興信公主宅，賣與劍南節度使郭英義，其後入官，大歷十二年（七七七），「爲華陽公主追福，立爲觀。」此外《代宗實錄》也載有乾元觀，本馬璘宅，大歷十三年，代宗「以追遠之福，上資曆宗。」追福的事可以公主入道，或立觀行之，在唐代社會是可與爲尼、立寺作一對照，都具有多建功德、祈求福祥之意。類似的求福行爲是道教接納佛教的一種方式，在佛道交涉史上是一件有趣的事。

道教所有的探求不死的神仙思想，以及道士精於本草學的能力，也是誘使公主入道的理由。玉真公主所說的：「請入數百家之産，延十年之命」，就是捨棄世俗而强調延命，正表現道教養生文化的特質：延生、不死是奉道、學仙者的一大願望，因而有病想借道教的養生術以改善其身體，也是同一延生的意願。華陽公主就是在大曆七年，「以病丐爲道士」的，其病甚時，嚙帝指傷，並未因入道而得癒。由此也可注意及平恩、邵陽公主入道，卻又「蚤薨」，應與病而入道有關。《唐書》只是簡筆帶過，未加明白敘述而已。

從這一入道的動機考察，就可發現諸公主中蚤薨之例，就有些道教因緣：玄宗有女上仙公主蚤薨，張九齡撰〈賀上仙公主靈應狀〉、玄宗也有〈答張九齡賀上仙公主靈應批〉❽。狀中所說的：「特稟清虛，薄於滋味，素含真氣」及尸解、靈解等靈應現象，都有些奇特。此外懷恩公主「蚤薨，葬築臺，號登真。」所追封的上仙、登真等名號，應當與道教有些因緣。這類情形也見於代宗諸女：如蚤薨追封的靈仙公主、真定公主及玉虛公主，在〈追封玉虛公主制〉中說：「承夙烈之元風，悟道家之真籙」，因而賜以靈仙之號❾。類此早夭而追封諸例，可證唐代帝室確與道教有密切的關係。還有一件奇特的事，就是壽安公主爲曹野那姬所生，孕九月而育，玄宗惡之，「詔衣羽人服」。羽人服正是仙服，此舉應有辟邪或要其入道之意，這是較少見的情形。

公主入道還有一情形就是夫死而不願再嫁，乃選擇入道作爲解脫世事的方式。新昌公主就是因駙馬蕭衡亡，奏請度爲女冠。永安公主則是長慶初，許下嫁回鶻保義可汗，會可汗死，止不行。大和中，丐爲道士，均屬於許嫁而尚未下嫁之例。另有楚國公主曾下嫁吳澄江，玄宗居西宮時，獨主得入侍。到興元元年請爲道士，應與婚事不協有關。這一情形也見於永穆公主，是玄宗長女，傳云：「下嫁王繇」，並未說是入道，但《唐會要》說是出家捨宅，也是因婚姻變故而將入道作爲安頓身心的自處之道。

總之，公主入道的動機，無論是慕道、追福或養生、清修，均具有道教的特殊意義，而

❽《全唐文》卷二八九·十一a；三七·八b。
❾《全唐文》卷四七·八b。

與佛教的出家互有同異。當然任何事都可作爲一種借口，就像玄宗在〈度壽王妃爲女道士勅〉中，也可飾說是「雖居榮貴，每在精修，屬太后忌辰，永懷追福，以茲求度，雅志難違，用敦宏道之風。」諸公主中如安康公主入道，卻因在外頗擾人，而被詔回。則其入道的動機，就可斷定不是有心修真的，只是趨從時髦而已。

二、爲公主立觀及宮觀經濟

在道教的制度上，唐朝是建立規模的階段，綜結六朝時期的宮觀建設並將其組織化，再納入國家的管理體系中。由於宮觀的數目多寡關係國家的經濟，因而如何有效的管理就成爲唐代諸帝對於寺、觀的一項宗教政策。《大唐六典》卷四曾統計開元時，凡天下觀總共一千六百八十七所：其中道士所住的有一千一百三十七所，女道士則有五百五十所。但《新唐書、百官志》所統計的，則女冠所住持的較多，凡有九百八十八所，而道士則只有七百七十六所。這些宮觀數目的正確性如何？從現存的資料已不易明確的考核，不過在類似玄宗的崇道風尚中，天下女冠所住持的宮觀，數達五百至九百之間，確是相當可觀的數字，顯示當時女冠的制度已粗具規模。

諸公主既是捨家入道，就需要在帝苑之外另外營建宮觀，同時帶引一批奴婢、宮人進入觀中服侍。所以宮觀的建設就成爲道教史上的大事：就是依仿佛教，而開始出現朝廷爲公主立觀、或公主捨宅立觀等情形。六朝的佛教寺院本來就有許多佞佛的帝王、貴戚，紛紛建立佛寺，作爲功德，楊衒之《洛陽伽藍記》就有明確的紀錄。與佛教寺院的大量建設相比較，道教的宮觀在六朝時期只有初步的發展，有關女子修道的場所雖也曾見於道教仙傳，如陳馬樞《道學傳》的殘存資料中，就可見當時的修道者已有真館的設置；唯宮廷貴戚是否有捨宅立觀的情況則顯然不多，甚或尚未形成此類風尚，因此唐諸公主的立觀確是道教制度史上的一件大事。

有關宮觀女冠所立、所居的宮觀，《唐會要》卷五十曾列有觀一項以紀述其事，唯其中有部分的資料不甚明確。清徐松所撰的《唐兩京城坊考》，資料較周備，這些以長安、洛陽城坊爲主的史料，剛好也收錄了與宮觀女冠有關的宮觀、尤其是女冠觀。徐松在所錄的宮觀條目下，常特別註明「女冠觀」、「女道士觀」，顯示出專屬於女冠的修真場所，在兩京中的宮觀約有五十四、五所——除去重覆的，長安約四十二、三所，洛陽約十二所。其中明白說是女冠觀、女道士觀的：長安凡有太平觀（在大業坊）、咸宜觀（在親仁坊）、金仙觀（在輔興坊）、玉真觀（輔興坊）、三洞觀；洛陽的女道士觀凡有安國觀（正平坊）、景雲觀（修業坊）、麟跡觀（敦化坊）、景龍觀（道德坊）及道冲觀（綏福坊），其實實際爲女冠所住的尚不止此數，因爲其中還有多所是爲宮觀女冠設置的。

這些女冠所住持的宮觀，有的是公主貴人捨宅置的，也有些是朝廷所立的。在長安城內，與宮觀女冠有關的，依徐松所列的順序，依次凡有十所：

太平觀，大業坊，本徐王元禮宅，太平公主出家，初以頒政坊宅爲太平觀，尋移于此，公主居之。時頒政坊觀改爲太清觀。

萬安觀，平康坊。天寶七載，永穆公主，捨宅置觀（《唐會要》作華封觀）。

宗道觀，永崇坊。本興信公主宅，賣與劍南節度使郭英義，其後入官，爲華陽公主追福，立爲觀。

咸宜觀，親仁坊，本睿宗宅，開元二十一年爲鼎明道士觀。寶慶元年，咸宜公主入道，與太眞觀換名。

新昌觀，崇業坊，新昌公主因蕭衡卒，請爲道士，遂立此觀。

開元觀，本長寧公主宅，景雲元年置道士觀，開元五年金仙公主居之，故爲女冠觀。十年改今名。

金仙觀（並詳後）

玉眞觀

昭成觀，頒政坊。本楊士建（徐松作逵）宅，咸亨元年度太平公主爲女冠置，初名太清觀。開元二十七年爲昭成皇后追福，改今名。

九華觀，通義坊。開元二十八年蔡國公主捨宅置。（此條徐松未收）⑩

如再加上先王觀，景雲二年曾改爲景雲女冠觀；元真觀，本長寧公主宅，韋氏敗後，公主隨

---

⑩論文發表後，丁煌教授曾提及利用這些資料的問題，因而重加處理，特此致謝。

夫外住，奏爲景龍觀，天寶十三載，改爲今名。玉芸觀，新都公主宅，先捨爲寺，天寶二年立觀。又有李林甫分其部分宅，置嘉猷觀，其女爲觀主；太真觀，貴妃姊裴氏請捨宅置，寶慶元年與鼎明觀換名。可見在長安城坊中，與女冠有關的宮觀約有十餘所，自能容納相當數目的女冠。

在洛陽城内直接題名爲女道士觀的，已佔宮觀之半，可再加上「上清觀」，徐松據《河南志》說：觀在上陽宮西北，内女道士所處，則也是女道士觀。這些比例偏高的女道士所住持的宮觀，正與上陽宮同在洛陽城内，疑與安置退宮的宮人有密切的關係。長安、洛陽兩京爲貴主的主要活動區，因此入道之後所立的宮觀也集中於此，這是宮觀女冠、宮觀女冠觀的一大特色。

公主立觀在道教史上是新局面，而在當時也是創舉，因此金仙、玉真兩公主的「築觀京師」（本傳語），在朝廷内外都是轟動一時的大事，代表儒家立場的官僚對此有激烈的反應，這些奏疏仍大多保持於唐代史料中。Edward H. Schafer 教授曾對玉真公主及其宮觀事加以精采的論證[11]。關於金仙觀、玉真觀的觀名與立觀時間，《新唐書》語焉不詳，而《唐會要》則明白記載：兩觀俱在「輔興坊」，從景雲元年十二月十七日公主入道立爲觀，因「公主改封金仙，所造觀便以金仙爲名。」玉真觀也是以「玉真」爲名。這兩座觀所在的輔興坊，鄰近太極宮、皇城，而與頒政坊相對，正是長安城内的精華區。

---

[11] Edward H. Schafer, The Princess Realized in JADC, T'ang Studies 3 (1985) 此文爲教授所贈，特此致謝。

金仙、玉真觀的規模，據本傳説「觀始興，詔崇玄護作，日萬人。」其工程的浩大在當時頗引起物議，不僅「羣浮屠疾之」，以錢數十萬賂狂人段謙陷害史崇玄，使流放嶺南。佛教界疾害，而儒家官僚也以爲勞民傷財而書奏頻繁，迫使睿宗不得不頒下〈停修金仙玉真兩觀疏〉⑫。有關築觀的始末，《通鑑、唐紀》二十五曾有綜合性的敍述，説在景雲二年（七一一）九月庚辰以竇懷貞爲侍中，督成其役，由於「逼奪民居甚多，用功數百萬」，因而「羣臣多諫」（卷二百十）。這是因爲前此未曾有大規模爲公主修築宮觀的舉措，有之則是官方頒設的太清觀，爲朝廷正式興築、改設的國家性質的宮觀⑬。

羣臣所上奏的奏疏，現存的尚有多件，韋湊〈諫造寺觀疏〉、魏知古連上二疏：〈諫造金仙玉真觀疏〉、〈又諫營道觀疏〉，多廣引儒家的經義論造觀的不合先聖仁德之義；辛替否所上的〈諫造金仙玉真兩觀疏〉，則是一篇長疏，反覆申論造觀非福德；此外尚有裴漼〈諫春旱造寺觀疏〉、崔莅〈諫爲金仙玉真二公主造觀疏〉⑭，及諫議大夫寧悌原所上的諫書等⑮，這些頻繁的諫書，確實使睿宗深覺「外議不識朕心，書奏頻繁」，不得不下停修之疏。綜合這些諫書的內容，所指陳的多是「前水後旱，五穀不熟」、「突厥於中國爲患，窺犯亭鄣」（魏知古），是爲

⑫《全唐文》卷十八·十六b。
⑬丁煌，〈唐代道教太清宮制度考〉（上）（下）刊於《成功大學歷史學報》第六、七號（一九七九年七、九月）。
⑭《全唐文》卷二七八、二七九。
⑮《唐會要》卷五〇（臺北、世界、一九六〇）頁八七一～八七五。

時機的不宜；修造道觀的所在，在輔興坊，「兩觀之地皆百姓之宅，卒然迫逼，令其轉徙，扶老攜幼，投竄無所，發剔椽瓦，呼嗟道路」（魏知古）是爲妨民的不宜；至於「燒瓦運木，載土填坑，道路流言；計用錢百餘萬貫。」（辛替否）則是耗費的不宜。當時修築兩觀，是由竇懷貞督役，費用龐大，寧悌原所諫的可爲共通的意見：

> 若使廣事修營，假飾圖像，盡宇內之功力，傾萬國之資儲；爲福則靡效於先朝，樹怨則取謗於天下。

這些言辭懇切的諫書，顯示這兩位公主的入道及所立的宏偉宮觀，在當時確是頗引起朝野的矚目，因而代表儒家、諫臣的立場所形成的阻力也不可小觀。輔興坊的金仙、玉真觀稍後在景雲二年次第完成，也成爲長安城內衆所矚目的宮觀。既然朝廷爲公主入道所置觀會有如許諫阻之力；因而後來其他的女冠觀，多屬捨宅置觀、或追福立觀，這也是金仙、玉真觀設置後的另一種影響，是宮觀女冠觀的另一種發展。

公主入道以後的宮觀生活也涉及道觀的經濟來源問題，玉真公主捨家的意願極爲堅決時，雖稱不願叨主第、食租賦，且願去公主號、罷邑司，歸之王府。但將數百家之產歸還朝廷後，這些出家的公主勢必面臨實際生活的問題。尤其像宮觀女冠的考究裝飾，「紺髮初簪玉葉冠」——詩注云：「公主玉葉冠，時人莫計其價」（詳後），其他的日常所需，尤其舉行齋醮時，龐大的排場需要豪華的道場、盛壯的女樂，凡此均需有固定的經費以應付其開支。這些進入宮觀以求延命的女道士，其實需要有諸多條件的配合，才能構成養生成仙的理想：宮觀的營造、設備，猶是硬體的建設；其中還有日日所需的出家生活，對於不事生產的公主、宮人，就需要朝廷按期賜予一定的封賞，借以維持宮觀的經濟生活。

對於公主的封賞，本就是歷朝的常例，但玄宗朝道教政策的確立，公主入道立觀或捨宅爲觀事漸多，就需要重新處理。所以《新唐書·諸公主傳》中就錄存一則極有意思的「開元新制」，對於出嫁與否的封賞具有明確的制度：

> 開元新制：長公主封户二千，帝妹户千，率以三丁爲限；皇子王户二千，主半之。左右以爲薄。帝曰：「百姓租賦非我有，士出萬死，賞不過束帛，女何功而享多户邪？使知儉嗇，不亦可乎？」於是，公主所稟殆不給車服。後咸宜以母愛益封至千户，諸主皆增，自是著于令。主不下嫁，亦封千户，有司給奴婢如令。

不下嫁在公主的生活中，本來只是特殊的狀況：如重病、或許嫁而夫死；但在唐朝帝室中則有捨家爲道士的情況。在這一情形下仍享有千户、給奴婢的封賞，自是足以解決了宮觀中的經濟問題。

在史臣的簡單敘述中仍留下兩條記事，說明宮觀女冠的封賜慣例，而這是未出現在下嫁的情況的，可見這是實際面對的帝室內部的制度問題：一是潯陽公主，與平恩、邵陽二公主並爲道士，「歲賜封物七百匹」；另一是永安公主許嫁保義可汗不果行後，出家爲道士，「詔賜邑印，如潯陽公主故事，且歸婚貲」。即是「故事」——可見是不成文法，爲因襲潯陽公主的慣例。至於成文法的就是以類似開元新制的辦法，爲給千户的租賦及奴婢。毫無疑問，這些租賦、奴婢以及封物的賞賜，讓宮觀女冠也能維持體面的出家生活，這是與真正捨棄世俗之欲而隱居山林的修真女冠有所不同的。

唐代諸公主的捨家入道，不僅是開前朝所少有的特殊風尚，就是在以後歷朝的崇道帝王中也從未再現此類入道的氣氛，所以宮觀女冠確是道教制度史上的特例。正因如此所以公主入道之後所居的宮觀，及由此衍發的宮觀經濟等問題，也成爲唐代帝室的特有制度與故事。無論如何，捨宅置觀和置寺是宗教的追福、還願，在玄宗前已風氣大開，所以玄宗先天二年（七一三）五月曾敕王公以下不得輒奏請將莊宅置寺觀（唐會要）。因爲此風一開，上行下效，將有損於國家經濟；但王公貴人則不在此限，而且是較諸朝廷爲立宮觀爲一減少麻煩的方式。兩京城坊内的宮觀女冠觀的數目，在全國五百餘所的女冠觀的比例之中並不多，但因大多集中於兩京，卻對唐代文化具有特別的意義。

三、玉眞公主其人其觀與唐代詩人

唐諸公主之入道者，以玉真公主最爲時人所矚目，而在輔興坊的玉真觀，也因玉真其人而成爲諸女冠中最常見於詩人的筆下。這一情況實與玉真公主以貴主的身分入道有關，加以其人雖則入道，卻仍活躍於長安的文化、政治圈内，成爲當時深具影響力的特殊女性，凡此均能反映玄宗朝的崇道風尚實有以致之。因爲天寶初年，長安城內被稱爲酒中八仙的，如李白、賀知章等都是名傾一時的奉道文士：賀知章曾呼李白爲謫仙人，而他本人更捨宅立觀，且出家爲道士⑯。現存的唐詩中尚留下三首題詠玉真公主的，就是李白的〈玉真仙人詞〉、高適的〈玉真公主歌〉，蕭士贇注李白詩說：「此詞必公主出家時，時賢皆有詩以詠其事。」⑰

李白與玉真公主結緣的情形，當代的研究均據魏顥〈李翰林集序〉所說：「白久居峨眉，與丹丘因持盈法師達，白亦因之入翰林」，序中的持盈法師就是玉真公主，《舊唐書、玄宗紀》天寶三載「十一月，玉真公主先爲女道士，讓號及實封，賜名持盈。」讓號及實封事，詳載於玉真公主本傳中，說此年，公主先上言捨家後，「今仍叨主第，食租賦，誠願去公主號，罷邑司，歸之王府。」不許之後，又言自已既已出家，「何必名繫主號，資湯沐，然後爲貴。」公主雖有捨去名號、封賞之舉，實則仍具有深厚的影響力，因而能因有所聞於李白的詩名，即予以薦達；而丹丘也正是爲蔡瑋所撰的碑記正書的道士，時間約在天寶二載，所以李白詠貴主入道詩，可繫於天寶二或三載中⑱。

李白好道，而勤於遊名山、訪高道，因此道書、名山都是實際生活中的道教經驗。在創作〈玉真仙人詞〉時，一些與神仙道教相關的意象因而絡繹於筆下，頗富於仙道的氣氛：

---

⑯ 詳拙撰，〈唐人小說與道教謫仙傳說〉，《第二屆漢學會議論文集》（臺北、中研院、一九九〇）。

⑰ 瞿蛻園等校注本《李白集校注》（臺北、里仁、一九八〇）頁五七八。

⑱ 黃錫珪就將這首詩繫於天寶二年，見其《李白詩文繫年》。

玉眞之仙人，時往太華峰。清晨鳴天鼓，飈欻騰雙龍。弄電不輟手，行雲本無蹤。幾時入少室，王母應相逢。

詩中的太華峰指陝西華陰縣南的華山，少室山則在河南告成縣西北，都是道教傳說中的名山。至於鳴天鼓見於陶弘景《真誥》等道書中，是扣齒存思、招致真靈的養生法；弄電則引用《漢武内傳》中東方朔擅弄雷電的典故，這類仙道書籍都是唐代文士所讀過的道書，用來烘托玉真仙人的神奇能力。李白驅遣道教故實，當行本色，此詩應是獻與公主的，爲時賢歌詠貴主入道中的佳作。

高適所作的一首，劉開揚曾據唐書及蔡瑋撰〈張尊師探玄碑〉與〈祥應碑記〉作注，認爲此歌作於天寶元、二年，時適在宋州⑲。因爲《探玄碑》中有句：「我唐玉真公主於〈仙人〉臺下構館」，用以對照詩中「仙宮仙府有真仙，天寶天仙秘莫傳」之句。高適所歌的原詩究應繫於何時？其詩旨又如何？實際上尚有待考辨之處，因爲高適是否爲歌詠公主入道的時賢之一，關鍵仍在高適的居京時間應在何時，詩云：

常言龍德本天仙，誰謂仙人每學仙。更道玄元指李日，多於王母種桃年。仙宮仙府有眞仙，天寶天仙秘莫傳。爲問軒皇三百歲，何如大道一千年。

---

⑲ 劉開揚，《高適詩集編年箋注》（臺北、漢京、一九八四）頁十、一一八。

劉氏據「誰謂」一句說是：贊公主之學道。高適在天寶年間停留於長安的時間，只有十一年秋至十二年四月，其餘多在外任官。從詩中使用常言、更道及爲問、何如諸疑問語，當是有所聞而作，且詩中有微諷之意？所以不一定是時賢衆作之一。

玉真公主在開天之間的活動，不限於玉真觀，另有一處山莊、山居，常是詩人遊覽、歌詠之地。《古樓觀紫雲衍慶集》卷下即收錄薛紹彭題於宋哲宗元祐二年（一〇八七）的序記，並錄下唐、宋詩人的題詠之作。序云：

> 今樓觀，南山之麓，有玉眞公主祠堂存焉。俗傳其地曰：即宮，以爲主家別館之遺址也。然碑誌湮沒，圖經廢外，始終興革，無以考究。唯開元中戴璇樓觀碑，有玉眞公主師心此地之語，而王維、儲光義皆有玉眞公主山莊、山居之詩，則玉眞祠堂爲觀之別館審矣。因盡錄唐人題詠，刻之祠中。⑳

所錄凡有王維、儲光義、盧綸、李群玉、姚鵠諸作。其中王、儲二首是作於公主生前，其實較早的尚有張説、李白之作。

張説有兩首奉和之作：一是〈奉和聖製同玉真公主遊大哥山池題石壁應制〉、一是〈奉和聖製同玉真公主遊大哥山池題石壁〉（《全唐詩》卷八七）。張説（六六七～七三〇）奉和的可

⑳《道藏》九五七冊、卷下，8a～24b。

能時間：一是在景雲初、太極年間，公主初受道時；二是開元十二、三年重返長安、侍從玄宗時，其餘均在外任職㉑。大概是作於開元時期，當時公主尚未去主號，但已有志於修道，所以詩中有丹砂化金、仙聲颺出等辭句，以應和帝王、公主的好道趣味。應制詩末有句「忘憂題此觀，爲樂賞同心」，大哥山池是在觀旁的遊憩所，大曆才子司空曙曾有〈題玉真觀公主山池院〉詩，其中有句云：「石自蓬山得，泉經太液來。」當是玉真觀建立時，曾營造山池的庭園諸景，所以張說有「綠竹初成苑」、「池如明鏡月華開」之句，抒寫前後奉和同遊的情景。

李白所作的並非是玉真觀，而是玉真公主的別館，詩題作〈玉真公主別館苦雨贈衞尉張卿〉，凡二首㉒，詹鍈疑張卿即張休，李白的詩集中另有兩首酬寄之作㉓。從苦雨的詩情體會其心境，當作於太白初入長安、懷才不遇之時，因此借外物而有所寄慨。不過從玉真公主讓謫仙詩人寄居於別館的情況，這位入道的貴主確有賞識他之處。樓觀附近的這處別館，王維所作的應制詩列於首篇，題作〈奉和聖製幸玉真公主山莊因題石壁十韻之作應制〉㉔，實因其中表現的山莊景致最能代表公主別館的趣味；而儲光羲所作的〈玉真公主山居〉，相較之下，就只是泛泛敍述公主的獨隱之意而已。

王維一生中曾數度出入長安，所以奉和之作應在天寶年間。他在開元七到十一年初入長

㉑ 陳祖言有《張說年譜》，惟未曾將此二詩繫年（香港、中文大學、一九八四）。
㉒ 《李太白集校注》，頁六一〇～六一四。
㉓ 同右，詩題爲〈秋山寄衞尉張卿及王徵君〉、〈酬張卿夜宿南陵見贈〉。
㉔ 《王摩詰集》卷十一、《全唐詩》一二七。

安，曾有得力於岐王之助的說法。十六年重返長安，曾與崔興宗、裴迪同隱於終南山中，又曾卜居於藍田，隨後出使塞外；到天寶前後又三返長安，三年曾一度辭官退隱淇上，直到六年才又四返長安㉕，這首奉和之作當是應玄宗之制。公主的山莊即是在終南山之麓，與他所隱居的別墅相近，寫來最爲親切。首句就說：「碧落風煙外，瑤臺道路賒。如何連帝苑，別自有仙家。」接下寫緣谿翠華、洞中日月等山莊景象，烘托出洞中世界。王維本就好讀道書，因此使用道教的故實頗能切合公主的身分，如「種田生白玉，泥竈化丹砂」、「御羹和石髓，香飯進胡麻」，都是妝點公主修道的情境㉖，具有王詩的恬淡趣味。

玉真公主生前活躍於長安、洛陽兩京，直到天寶亂後，才隨玄宗的退位而退出政治舞臺，據宋長白《柳亭詩話》所載的：上元元年（七六〇），李輔國遷上皇，並出玉真公主。是玉真公主肅宗之朝猶在㉗，本傳說公主「薨寶應時」，肅宗寶應只一年（七六二），翌年即代宗廣德元年。這位入道的貴主以女冠的形象，凡歷睿、玄、肅三朝，確是能符合「延十年之命」的出家心願。從睿宗朝爲之立玉真觀，聳動朝野，較諸金仙公主，玉真確是較具俗世的貴名厚譽的。而且其自陳的「請入數百家之產」，卻在仙人臺下構築靈都觀，在洛陽也有政平坊的安國觀，又有終南山的別館，可見所享受的依然是王府貴主的特殊待遇。這些公主所遺下的

㉕ 莊申，《王維研究》（香港、萬有、一九五八）。

㉖ 這些典故見於《神仙傳》白石先生、焦先及王烈傳中，六朝詩人在遊仙、涉道詩已常引用。

㉗ 同註十七瞿蛻園校注本，頁六一四。

女冠觀，也在其死後成爲文士喜愛歌詠的題材：其中輔興坊的玉真觀由於地利之便，特別成爲一些文士的長安經驗的一部分而保存於詩集中。

現存唐詩中，較早的題詠玉真觀諸作，就有大歷十才子的韓翃、司空曙，均距玉真公主之卒不遠，所以都有强烈的睹物懷想其人其事的追懷情調。翃作〈題玉真觀李秘書院〉，對於觀中的世界表現出神秘、幽深之感：

白雲斜日影深松，玉宇瑤壇知幾重。把酒題詩人散後，華陽洞裡有疏鐘。（全唐詩二四五）

韓翃的把酒題詩，是在「人散後」，這句可解作當時同遊者遊散之後；也可解爲其觀中之人已散，是空寂的情境，因爲末句的華陽疏鐘，也同樣屬於疏散、空曠的感覺。詩作於黃昏後，故見斜月松影的深沈，又疑問玉宇瑤壇知有幾重，以外景烘托出內心對於女冠世界的無限好奇。類此對女冠觀內的幽深、難解，實爲當時人對傳聞中的宮觀女冠的一種共同的感覺。司空曙〈題玉真觀公主山池院〉也對其人已渺，有句歌詠「鏡掩鸞空在，霞消鳳不迴。唯餘古桃樹，傳是上仙栽。」（《全唐詩》卷二九二）可證大歷年間，詩人遊經玉真觀時，仍對這位傳聞一時的出家貴主充滿了好奇之感：知幾重、唯餘等一類遐想，正是圍繞玉真公主的傳說，想像其人其事，公主的入道確是一件奇特的事。

玉真觀的獨特地位，在中唐時期的張籍、白居易也曾分別寫出不同的經驗，張籍有〈玉真觀〉詩，强調外人不得常入觀中，因爲宮觀曾爲貴公主所住，也應繼續由女冠之所居：

臺殿曾爲貴主家，春風吹盡竹窗紗。院中仙女修香火，不許閒人入看花（全唐詩三八六）

詩寫貴主之家已隨風而去，觀中所有的女冠則仍舊續修香火。院中仙女原就是後宮的嬪御在此中清修，自不容閒雜人等入看，這裡的「花」自是一種隱喻。唐代的宮觀制度原有道士、女道士分別住持的規定，男女修道者分別而居，原有防閑之意，也不致有妨於清修，如此才符合道士出家的本意，這是道士修道制度的逐漸定型化。從詩中透露出中唐時期宮觀確有防閑的規定，應與道僧格的制定施行有關㉘。

對於院中之花雖有不許閒雜人等入看的隱喻，但一些騷人墨客卻仍多有一遊的機會。白居易（七七二～八四六）在穆宗長慶元年至二年（八二一～八二二），就曾寫〈玉真張觀主下小女冠阿容〉詩，與另一首表現郭代公愛姬薛氏幼時爲尼的〈龍花寺主家小尼〉，同樣是揣摩出家小女子的心境，其中自難免有借機點出這類女性的閨情：

綽約小天仙，生來十六年。姑山半峰雪，瑤水一枝蓮。晚院花留立，春窗月伴眠。迴眸雖欲語，阿母在傍邊。（全唐詩四四二）

㉘ 道僧格的研究，有秋月觀暎〈道僧格の復舊について〉，《歷史》第四輯（一九五九）；諸戶立雄，〈道僧格とその施行について〉，《集刊東洋學》三一（一九七四）。

詩人既特意以小女冠爲題，自是爲了表達其不得不在非情願的情況下走上修真之路：前半先極寫女冠之美，後半始透露出思春的情緒。白居易特別選取小尼、小女冠爲題材，確是有意表現寺院、宮觀内的閨情，爲一極有趣味之作。

玉真觀有張觀主等一類女冠主持，白樂天即以名著一時的文士身分前往談道。這些宮觀中的主持者由於嫻熟道書，文士也樂於交往，姚鵠就有〈玉真觀尋趙尊師不遇〉，尊師爲唐人對於修道者的尊稱，這位趙尊師當是會昌年間的女冠。姚鵠是在會昌三年（八四三）及第的，曾寫〈及第後上主司王起〉，《全唐詩》卷五五三將訪玉真觀詩特置於及第詩之前，應該是他入京考進士前所作的，因而有機會尋訪玉真觀的趙尊師，由此也可略窺文士與女冠的交往情形。詩題即點明「不遇」，故詩中有「羽客朝元書掩扉」、「山也滿樓人未歸」諸句，他使用林中雪徑、松陰遠院的寂靜來襯托幽人不在，也另有一分寂寥之感。末句即結以「恁高月斷無消息，自醉自吟愁客暉」，表現出不遇的惆悵。

有關玉真公主的傳聞，在唐代社會普遍流傳的情況下，自會形成一些有趣的逸事，晚唐李群玉（八一三～八六〇）即直接以〈玉真觀〉爲題，首句就寫「高情玉女慕乘鸞，紺髮初簪玉葉冠」，《全唐詩》錄有小注一條：「公主玉葉冠，時人莫計其價。」（卷五六九）就是強調當時人對於宮觀女冠的豪華服飾有所好奇，本來唐初就有規定道士、女冠的服飾圖制，大體在道教的奇特服飾中，仍以簡樸、莊嚴爲主，始符合女冠出家捨離世情的本意㉙；現在特意點染公主有別於修真女冠的玉葉冠，就顯示帝女之爲宮觀女冠的形象。詩就在質疑帝女的入道情懷中進行，浮世層城，終將捨離，所以末句「一自簫聲飛去後，洞宮深掩碧搖壇」，就讓詩人有人去壇空的感慨。

玉真觀之外，洛陽的安國觀也見於盧綸的歌詠中，這首〈題安國觀〉——《全唐詩》卷七八三作盧尚書，卷二七九作〈過玉真公主景殿〉——《古樓觀紫雲衍慶集》卷下也作此題。唯應題作安國觀詩較是，因其下有一行小注極爲珍貴：「東都政平坊安國觀，玉真公主所建，女冠多上陽退宮嬪御。」盧綸爲大歷才子而又曾歷天寶亂，所以所詠的應是紀實之作：「夕照臨窗起暗塵，青松繞殿不知春。君看白髮誦經者，半是宮中歌舞人。」洛陽安國觀在景雲六年置道士觀，十年玉真公主居之，就改作女冠觀，正可安置上陽宮的退宮嬪御，所以起暗塵、不知春兩句均隱喻這些宮人的生命情調；在君看的提問句下，提醒讀者注目夕照中的白髮誦經者，半是曾經在宮中歌舞歲月的宮人。其中不著一怨字，而自有無限的怨意。所以這首詩不管是過玉真公主景殿、或是題安國觀，都非實寫玉真公主本人，而是在她的豪華光影的背後，隱隱浮現的一些隨伴入觀的宮人、或是退出上陽宮的白頭宮女，她們的生命就是臨窗的夕照，這是宮觀女冠中較爲幽晦的另一種閨情。

㉙ 詳參拙撰，〈唐人葵花詩與道教女冠〉，中華民國第五屆國際比較文學會論文，刊於《中外文學》十六～六（一九八七、十一）。

安國觀中尚有九仙公主舊院，這位九仙公主在〈諸公主傳〉中並未明白敍述，但疑是指玉真公主，因爲她是睿宗第九女，所以也可稱作九仙公主；而玄宗的二十九女中排行第九的是懷恩公主，也有奉道的嫌疑，但是蚤薨，所以較可能的仍是玉真。王建曾有〈九仙公主舊莊〉（全唐詩三〇〇）、劉禹錫有〈經東都安國觀九仙公主舊院作〉（全唐詩三五七）王建作此詩時，舊莊已漸荒廢，但上距玉真之卒並不遠。所以詩中有感於其人已遠，有種物故人非之感，詩中所說的：「樓上鳳凰飛去後，白雲紅葉屬山雞」，鳳凰就是隱喻玉真公主的。這一舊莊在王建寫作時，仍是由女冠任觀主，所謂「本主分將灌藥畦」，就是觀主種藥，仍屬女冠服食的作法。

劉禹錫（七七二～八四二）經此莊，是在大和中分司東都時。他因元和十年作〈遊玄都觀詠看花君子詩〉語涉譏刺，執政不悅，因而被出，輾轉十餘年；太和二年（八二八）徵還，復作〈遊玄都觀詩〉及序，又爲執政者所不悅。在分司東都時感慨頗深，故其詩云：「仙院御溝東，今來事不同」，劉郎此番來遊自有其深刻的感觸，所詠的「將犬昇天路，披雲赴月宮。武皇曾駐蹕，親問主人翁。」唐人多習以武皇指明皇，對於皇帝、貴主的求仙也多隱有諷刺之意，這大概就是他常以文字賈禍的諷刺筆法吧！

四、諸公主女冠觀與唐代詩人

兩京城坊內與女冠有關的宮觀，還有九華觀、華陽觀兩處，也因位於長安城的通義坊、永崇坊，而成爲文士遊覽、居停的好所在。武元衡（？～八一三）有〈題故蔡國公主九華觀上池院〉（全唐詩三一七）這所開元二十九年蔡國公主捨宅置的道觀，層臺曲池，稱爲勝境。所以通篇所詠的多用園林的意象來描寫景色之美：「朱車臨九衢，雲木蕩仙居，曲沼天波接，層臺鳳舞餘。曙煙深碧篠，香霞濕紅蕖。瑤瑟含風韻，紗窗積翠虛。」詩的後半才說：「秦樓今寂寞，真界竟何如」，感歎帝子求仙，而今人已不在。

九華觀既是一處勝景，這些曲池也就成爲貴臣在上巳日舉行祓禊的場所，在唐時道觀與民俗活動已相結合，權德輿（七五九～八一八）即有兩首：一是〈上巳日貢院考雜文不遂赴九華觀祓禊之會以二絕句申贈〉——一作〈上巳日貢院贈內〉；二是〈和九華觀懷貢院八韻〉（全唐詩三二九），使用絕句形式來抒寫祓禊的趣味，其第二首云：

禊飲尋春興有餘，深情婉婉見雙魚。同心齊體如身到，臨水煩君便祓除。

祓禊本就是一種兼具文娛、民俗的節日，在「三日韶光處處新，九華仙洞七香輪」的佳節美景之中，可見唐代文士的歲時生活。其他的和韻之作也强調出仕女咸集、流觴曲水的情趣，所謂：「上巳好風景，仙家足芳菲」、「真宮集女士，虛室涵春輝」、「麗曲滌煩虛，幽絨發清機」諸句，都是九華觀的修禊之樂。

九華觀在徐松《兩京城坊考》並未加收錄，也未注明是女冠觀，也可能是道士觀。此外薛逢也有〈九華觀廢月池〉——一作〈題昭華公主廢池館〉（《全唐詩》卷五四八），寫出「白鳥帶將林外雪，綠荷枯盡渚中蓮」的衰殘景象，這座宮觀到晚唐或已逐漸荒廢了。

華陽觀是大曆十二年（七七七）爲華陽公主追福而置的，《唐會要》作宗道觀，在永崇坊內。這所道觀是可供外地學子棲止的，歐陽詹〈玩月詩序〉：「貞元十二年（七九六），甌閩君子陳可封遊在秦，寓于永崇里華陽觀。」詹是閩人擢第之始，他與鄉人多人亦旅居長安，秋八月十五夜，共詣陳之所居處，因有玩月之舉，且作玩月之詩（《全唐詩》卷三四九）。可見唐人確有寄居寺院、宮觀的習慣，因其僻靜、便宜，確有便於讀書人之處㉚。

白居易在長安時，也與華陽觀有頗深的淵源，曾多次見於詩文集內。他初入長安，在貞元十八年（八〇二）以試判拔萃科及第，時年三十一㉛。翌年春首次遊華陽觀，有〈春題華陽觀〉詩，詩題下有小注：「觀即華陽公主故宅，有舊內人存焉。」詩中對華陽公主的入道及觀中內人均有所感慨：

帝子吹簫逐鳳皇，空留仙洞號華陽。落花何處堪惆悵，頭白宮人掃影堂。

這些白頭宮人應是代宗時就隨公主入觀的，公主在大曆七年入道，號瓊華真人。瓊華是美而

㉚ 嚴耕望〈唐人習業山林寺院之風尚〉，收於《唐史研究叢稿》（香港、新亞研究所、一九六九）頁三六七～四二四。

㉛ 討論會時，曾蒙羅聯添教授賜教，此處已予修正，特此致謝。

即謝的，很能隱喻公主因病而入道的病態之美，華陽則是追封的名號。本傳說公主韶悟過人，「帝愛之，視帝所喜，必善遇；所惡，曲全之。」可惜病甚，白詩即以吹簫逐鳳皇的簫史傳說喻之，只切合其以帝子的身分而求仙去，卻未能表現其人早薨的缺憾。唯後半是針對陪伴的宮人，則以落花爲喻，頗能興發宮人年華老去的惆悵之情。

長安居大不易，白居易其後一度假居於長安常樂里，貞元二十年始授秘書省校書郎，再移家卜居於渭上；二十一年又曾寓居於華陽觀。《白氏長慶集》卷十三凡有三首爲寓居觀內所作的，均置於〈盩厔縣北樓望山〉詩前——詩有小注：「自此後爲畿尉時作」，就是元和元年（八〇六）除盩厔尉以前完成的——也就是貞元二十一年，即永貞元年（八〇五）。前兩首是〈華陽觀桃花時招李六拾遺飲〉、〈華陽觀中八月十五日夜招友玩月〉，這段閒散的校書郎生涯，讓他能渡過閒散的日子，當時猶未成婚，故常招友賞花、玩月，或深夜剪燭，類似的詩句如「華陽觀裡仙桃發，把酒看花心自知」、「華陽洞裡秋壇上，今夜清光此處多」等。㉜

白氏的第三首〈春中與盧四周諒華陽觀同居〉則頗能寫出永崇里華陽觀的地理環境，是一處較僻靜之地：

性情懶慢好相親，門巷蕭條稱作鄰。背燭共憐深夜月，蹋花同惜少年春。

㉜ 討論會時，蒙羅聯添教授指示：《白氏長慶集》卷十五，另有一首〈初授贊善大夫早朝寄李二十助教〉詩也與此有關。

　　束壇住僻雖宜病，藝閣官微不救貧。文行如君尚顦顇，不知霄漢待何人。

白氏在元和六年爲盩厔尉時尚未娶妻，所謂「少府無妻春寂寞」（〈戲題新栽薔薇〉），大概在拜左拾遺時才娶楊氏。關於華陽居的歲月，自記〈策林序〉也說：「元和初，予罷校書郎，與元微之將應制舉，退居於上都華陽觀，閉戶累月，揣摩當代之事，構成策目七十五目，及微之首登科，予次焉。」白居易離開華陽觀後，要到元和九年才再重來，而有〈重到華陽觀舊居〉詩說：「憶昔初年三十二，當時秋思已難堪。若爲重入華陽院，病鬢愁心四十三。」（《全唐詩》卷四三八）居易在四十三歲時重返長安，在此之前，他的政治生涯稍有波折，因爲先前曾任左拾遺，因論承璀事，憲宗不悅，尤爲當道者所忌。元和五年坐除京兆戶曹參軍；翌年母喪，罷官居喪於渭村，志與事違，詩酒自慰，凡退居三年，至九年始再入朝，曾有詩云：「病身初謁青宮日　衰貌新垂白髮年」這是詩中病鬢愁心的緣故。

唐代的宮觀女冠既有公主和宮人，而宮觀又適爲讀書人所常寄居、旅遊之地，因此雖免在感傷白頭宮人之外，也有些特殊的事件，諸如安康公主的擾人事，連史官也不能不載其事：「乾符四年（八七七），以主在外頗擾人，詔與永興、天長、寧國、興唐四主還南內。」如何擾人雖未明言，必與有失女冠的修真之旨有關。至於唐人筆記如《唐語林》卷七曾載：咸通中（八六〇～八七三）有書生「嘗聞山池內，步虛笙磬之音」，則因安國觀所在的政平坊，東與上學宮相接，就難免會有些宮觀女冠的閨情傳聞於外。公主在入道後是否也有類似的擾人情形，史傳既是隱晦不寫，就只有一些偶而見於文士的詩筆中。

唐代諸公主中入道立觀的記載，從睿宗朝起直到僖宗時召回擾人的貴主止，幾乎是無朝無之，只是晚唐時期國勢漸衰，又因「僖、昭之亂，典册埃滅」，有關諸公主的生卒年已多不詳，其是否繼續入道也多闕而不書，但隨著大唐國勢日漸衰頽，可信入道、立觀的熱潮已漸衰歇。所以唐代公主所立、所居的女冠觀，大體與諸帝崇道的情形成一正比。而對於入道公主及其所遺的女冠觀，由於中、晚唐詩人的接觸也逐漸見於詩歌中，與初、盛唐時期的直接與入道公主交游、往返的情況有別。一般言之，宮觀女冠既有特設的女冠觀，不與一般修真的女冠同處，而其行爲也大體多能遵守道教修真的戒規，詩人所慨歎的只是公主以高貴的身分居然捨棄榮華而專心求道而已，這是詠宮觀女冠、女冠觀所常見的主題。

唯晚唐前後，李賀、李商隱所作詩是走晦澀一路，因而注家作箋就常鉤稽史實，認爲其中有些是詠貴主入道的，義山所作的〈碧城〉三首，末句所云：「武皇内傳分明在，莫道人間總不知」，歷來的注家就懷疑其中有所寄慨：像明胡震亨《唐音癸籤》戊籤就說是刺入道宮主，朱鶴齡的箋注也認爲詠嘆公主入道，馮浩同意這一說法；至近代注家雖常創新解，唯對這三首用典晦澀的作品，在取捨之間也不完全排除其中有諷喻、影射的成分。義山的時代（八一二～八五八）還在僖宗召回公主之前（八七七），不過少數公主的擾人事跡或已流傳於士庶之間，因而詩人風聞其事，難免就會驅遣道教故實，隱約道出其中的隱情。所以注解諸如〈碧城〉等一類詩的關鍵，就在於需要深入瞭解宮觀女冠的時代背景。

這些隱晦難解的詩意，首章即有書憑鶴附、樹許鸞棲等語，寓託公主遁入此中，以恣其人間之歡。「若是曉珠明又定，一生長對水精盤」，曉珠不定，故得縱情幽會；若既明且定，則一生只宜清冷。馮浩的箋注大抵是從宮觀女冠的傳聞事跡作解，順著這一詮釋角度，則次章首句云：「對影聞聲已可憐」，正逗引出女冠的苦境修真是需要意志力的堅持的，不逢、莫見兩句即寫修道者需要清淨其心、堅持其意，不達此一境界休要回首；下二句的紫鳳、赤鱗，馮注是「狂且放縱之態」，但與前後語意不相銜接，是否要表現女冠的生活？因爲末句的「繡被焚香獨自眠」，即較明顯地寫出有所期望而未得的情景；三章則表現女冠雖有閨情，但終究需要有所節制。通章活用《漢武內傳》中，武帝期會王母的降臨：即七夕有期，唯因未曾降臨，所以只得用金鳳紙（道教青詞用之）寫下相思意。

大概當時公主的入道，擾人事是較嚴重的，至於一些艷聞則只是流傳於文人雅談之中，而形成另一種「宮詞」。說這些人仙之間的期會是分明存在，人間不會不知，只是礙於道教清規或道僧格的約束，不能不自我檢束，以免干犯戒規。從盛唐起開始有公主入道事，而中唐的記載中即特別指明宮人入道需要從事誦經、步虛諸事。在宮觀內較諸宮禁，必有更多與前往遊賞者接觸的機會，因而難免產生一些浪漫傳聞，類此〈碧城〉詩，之所以寫得如此隱晦，一定有不可明說的秘密。至少有關宮觀女冠的生活，對於中晚唐詩人確是充滿神秘色彩的，因此激發他們的創作，保存了當時女冠生活及其情感的實態。

五、〈送宮人入道〉詩的寫作風尚及其主題

唐諸公主中入道的宮觀女冠，例需有諸多宮女隨侍，而這些女冠觀也成爲安置退宮嬪御

的方式之一。在唐代的內廷制度上，對於年華老去的宮人自有一套處理其退宮的方法，諸帝王常爲了顯示其德政，大多會在適當的時機將宮人放出，所以唐代的文獻中，唐初既有李百藥上〈請放宮人封事〉、肅宗時也有李絳〈請放宮女疏〉[33]；而高祖、太宗、高宗、玄宗、肅宗以下，幾乎代代在新帝王登基時均會下〈放宮女詔〉、〈出宮人詔〉[34]，可見將宮人放出民間是爲常例，也常成爲唐人小說中艷傳的小說情節，如較晚出的《玉溪編事》即載有朱顯得婚娶宮中舊人的一段傳奇姻緣之類[35]；但有些則會隨從入宮觀中，因而促成〈宮人入道〉詩的寫作環境。

宮人在女冠觀中生活的情形，較早見於詩及詩注中的就是盧綸〈題安國觀〉詩所說的：「女冠多上陽退宮嬪御」，詩即寫洛陽上陽宮的宮人入道誦經的情景，這是大歷年間的事。而現存寫上陽宮女的〈送宮人入道〉詩則爲戴叔倫（七三二～七八九）所寫的，也是表現出「上陽花落共誰言」的上陽退宮宮人的幽怨心事。其次就是中唐詩人鮑溶所寫的〈玉清壇〉詩：

上陽宮裡女，玉色楚人多。西信無因得，東遊奈樂何。

---

[33] 諸文見《全唐文》卷一。

[34] 類此詔令見收於《全唐文》卷一、四七、一六一、三五六、五六六等。

[35] 此一筆記收於《太平廣記》卷一六〇。

表明玉清壇中的女子多是上陽宮女，顯然到元和以後仍是循例讓宮人參與女冠觀中的法事。而華陽觀中也有舊内人，也是白居易在貞元年間所及見的，都屬於退宮宮人在公主女冠觀的紀實之筆。

退宮宮人除了可入公主入道的宮觀中，也可自由選擇其他的道觀修道。中、晚唐之間，李遠在〈觀廉女真葬〉的詩題下有小注：「女真善隸書，常爲内中學士。」而許渾（七九一～八五四？）在〈贈蕭鍊師〉詩就有一較長的序敘述鍊師的事跡，清楚交代其入道的經過：

> 鍊師。貞元初，自梨園選爲内妓，善舞柘枝，宮中莫有倫比者，寵錫甚厚。及駕幸奉天，以病不獲隨輦，遂失所止。洎復宮闕，上頗懷其藝，求之浹日，得於人間。後聞神仙之事，謂長生可致，乞奉黃老，上許之，詔居嵩南洞清觀。迨今八十餘矣，雪膚花顏，與昔無異，則知龜鶴之壽，安得不由所尚哉。因賦是詩，題於院壁。

蕭鍊師的出身正是梨園弟子，能被選入教坊應是「善工舞」的左教坊，在延政坊中㊱。所以詩中有「曾試昭陽曲，瑤齋帝自臨」、「急室求故劍，冥契得遺簪」之句。後來她拋棄榮華而入道學真，企求延年，也頗有成就：故詩云：「朱顏常似渥，綠髮已如尋。養氣齊生死，留形盡古今。」這是典型的由宮觀中人轉爲修真女冠之例。詩意在五言排律中，委曲寫出女冠的

㊱ 有關教坊中藝妓可參任二北，《教坊記箋訂》（臺北、宏業、一九七三）頁十四～十五。

一生，曾被《柳亭詩話》推評為「丁卯集中之冠。」[37]

類此內中學士、內妓自求為女冠，而出現在中、晚唐的詩及詩注中，顯示也是宮中處置宮人的方式。其中應也有宮中女子是自願入道的行為，所以唐人小說〈上清傳〉就出現了同一情節：說貞元年間，丞相竇參為陸贄所構陷，其所寵的青衣上清在入宮之後，趁機於德宗前申告竇參之冤，而上清的歸宿，也曾有「特敕削丹書，度為女道士」的一段情節。這篇傳據考出於柳珵所撰的《常侍肯言》，後又錄入陳翰《異聞集》內，正是以中、晚唐之間的唐代社會為其時代背景[38]。可見當時的詩人、小說家都熟知其事，因而表現於其創作活動中。

《文苑英華》所收的〈送宮人入道〉詩，凡有五位，其中王建、張籍、于鵠、張蕭遠四位的時代相近，均屬於中唐時期；而項斯在會昌四年擢第，已屬晚唐。其實《全唐詩》中所收錄的還有戴叔倫一首，也是中唐寫作這類詩最盛時的產物；殷堯藩有一首在《全唐詩》卷四九二詩題作〈宮人入道〉，其實也是送宮人入道詩，他是元和進士，可列於晚唐。類此同一詩題一再出現於不同詩人的詩集內，除了反映中、晚唐時期的女冠情況外，還可解釋為同一時期的詩人彼此之間的相互影響，因觀摩或仿作而選擇了同一題材。值得注意的是目前所知的起首創作此題者就是王建，他正是以寫作宮詞「特妙前古」，名擅一時，因此也易於帶動這一題材的寫作風尚。

---

37 江聰平校注《許渾詩校注》（臺北、中華，一九七三）頁四〇二、四〇七，又《全唐詩》五三七。
38 王夢鷗先生，《唐人小說研究》二集（臺北、藝文，一九七三）頁二四、二五。

王建的宮詞多是從宗人樞密使王守澄處聽聞的，「談閒故多知禁掖事，作宮詞首篇。」因爲內庭深邃，王建即是無由知之，只能就傳聞所及而取爲素材，再經由想像力的發揮，借以揣摩宮中女子的心境。宮人入道的事情應該也是他們談閒說故的談資之一，以王建之深諳女性的心理，自易於有所發揮，特意加一「送」字，可說是宮中女子的送別詞，因爲是相送之際的情境，創作這類詩就需揣摩這些入道宮女的心情，而王建基於宮詞的豐富寫作經驗，更是揣摩得入木三分。

王建之擅寫宮觀女冠，還有另一種道教經驗，就是詩集中所收錄的衆多遊道觀、送道士諸作，顯示他常遊歷道觀，與道士習常往來，因此得以深知宮觀中的事情，而能結合宮詞與宮觀經驗。他較早已在宮詞中，表現宮人與女冠之間的因緣，其中既有描摹入道前的生活情境，表現既是宮女就有此打算：「私縫黃帔捨釵梳，欲得金仙觀裡居。近被君王知識字，收來案上檢文書。」可見宮人入道往於金仙觀，已是當時通常具有的印象。王建除宮詞外，還有〈上陽宮〉詩寫宮女的生活，其中既有「曾讀列仙王母傳，九天未勝此中遊。」又有〈題應聖觀〉詩，注云：「觀即李林甫舊宅」—徐松即錄有嘉猷觀，也說是李林甫分其宅之一部分所置的，由其女主持；但林甫死後，即改爲道士觀，這時的應聖觀則爲女冠觀，徐松未錄。王建寫出「頭白女冠猶說得，薔薇不似已前春。」也很能把握女冠的感傷年華已老的傷春情緒。凡此均形成他創作〈送宮人入道〉詩的經驗，進一步深刻創作出由宮掖轉入宮觀的送別情境。

王建就是把握一個「送」字，來充分發揮其想像力：

休梳叢鬢洗紅妝，頭戴芙蓉出未央。弟子抄將（一作留）歌遍疊，宮人分散舞衣裳。問師初得經中字，入靜猶燒內裡香。發願蓬萊見王母，卻歸人世（一作城闕，又作闕下）施仙方。

這首詩中所描述的宮人入道，先寫宮人洗盡紅妝，頭戴芙蓉，紅妝與芙蓉是相對的：一是宮妝打扮、一是女冠妝飾。從服飾的轉換來寫出身分的不同，只有洗盡鉛華之後才能進入清修的修道生活。而這位宮人的本來身分正是教坊中人，一旦入道則所有的都要悉數分散：歌曲付與弟子，舞衣散給宮人，這是進入另一世界時處理另一種生命的象徵動作，有種隔絕另一生的感覺。而問師解經、入靜燒香則是另一種生活的開始，象徵生命已進入另一層次中；最後詩在祈願中作結，希望得道後又能重回人間度人，在感傷中又透露出一種溫馨之感。

張籍（七七八～八三〇）的樂府古風的成就，《唐才子傳》卷五說與王建相較之下，能「自成機軸，絕世獨立」[39]，他之作〈送宮人入道〉詩，也有自成獨立風格之處：

舊寵昭陽裡，尋（一作求）仙此最稀。名初出宮籍，身未稱霞衣。已別歌舞貴，長隨鸞鶴飛。中官看入洞，空駕玉輪歸。（全唐詩三八四）

---

[39] 布目潮渢、中村喬，《唐才子傳之研究》（東京、汲古書院、一九七二）頁三〇六～三〇八。

這一首詩所把握的送別情境，自出機杼之處就在於只寫當下的情景：中間兩聯就是身分剛剛轉變之時，歌舞之身尚未適應雲霞衣；而前此縱有舊寵新貴也需別去，才能另尋修真的生涯。張籍將寫作的重點，巧妙地放在初出宮掖、始入宮觀的情況下，就具有王建詩所不同的送別情緒。可見當時的詩人在選用同一詩題時，就需要別出心裁，才能出奇制勝。

大曆、貞元間，于鵠曾隱居漢陽，現存詩中就有不少題贈尊師、道士之作，與道教的因緣頗深，是一位具有隱士性格的文士，他既與王建、張籍等屢有倡和，因此也就會寫作這類詩，《全唐詩》卷三百十題作〈送宮人入道歸山〉，與《文苑英華》所題的稍異。選用這一詩題是因爲詩中强調諸多名山意象，如玉峰、高松、緱山等，也是這首詩所特別設計的別後情境，不過仍屬於同一系列的作品。除了別後的修道生活，還有另一種特點就是寫宮人的一生：從初入宮中到白髮出宮，在宮怨詩中，將宮女的生命經由時間的推移委婉地表達出來，由絢爛歸於平淡，這也是常見的表現主題方式之一。于鵠所把握的正在於此：

> 十歲（一作五）吹簫入漢宮，看修水殿種芙蓉。自傷白髮辭金屋，許著黃衣（一作喜戴黃冠）向玉（一作雪）峰。解語老猿開曉户，學飛雛（一作引雛飛）鶴落（一作下）高松。定知別後宮中伴，應聽緱山半夜鐘。

宮人即是因吹簫而選入宮廷也就具有教坊的身分，「芙蓉」是芙蓉花，但在道教情境中，卻能產生另一種歧義，就是芙蓉冠—李白詩中也曾用「頭戴蓮花巾」來描寫女道士褚三清，這種服飾都是女道士所常服的，陶弘景《登真隱訣》說：玉女「戴紫華芙蓉巾」，而《三洞奉道科戒營始》也有芙蓉冠之制[40]。由所種的芙蓉花而歧出芙蓉冠，所以流傳的版本中就有「許著黃衣」、「喜戴黃冠」的兩種寫法，應以「黃冠」意象較具有前後肌理的照應之妙。

戴叔倫即是在同一時期內選擇了同一詩題，自需在送別之上著手，才能不違題意：

蕭蕭白髮出宮門，羽服星冠道意存。霄漢九重辭鳳闕，雲山何處訪桃源。瑤池醉月勞仙夢，玉輦乘春卻帝恩。回首吹簫天上伴，上陽花落共誰言。（全唐詩二七三）

詩中所寫的正是上陽宮中的白髮宮人，退出宮門，改著道裝，所謂辭鳳闕、卻帝恩，寫出退宮嬪御的惆悵心境，因此末句才結以感傷的花落之悲情。在唐詩人的創作經驗中，如何才能寫出入道後對於神仙生活的嚮往，以及入道前的遲疑，都是送別詩的重要設計，而其中所貫注的主題正是白頭宮人的無奈情緒，也是這類宮詞最爲感人之處。

張蕭遠是張籍之弟，所作詩在《全唐詩》卷四九一只錄存三首，而這首〈送宮人入道〉詩也見於卷一九六韋應物的名下。從張籍等人的寫作風尚推測，以張蕭遠之作爲近，且詩中所强調的捨寵求仙，也有張籍詩影響下的一些痕跡：

---

[40] 同註二九拙撰曾略及道教的服冠制度。

捨寵求仙畏色衰，辭天素面立階墀。金丹擬駐千年貌，玉指休匀八字眉。師主與收珠翠後，君王看戴角冠時。從來宮女皆相妒，聞向瑤臺盡淚垂。

首句正由張籍詩「舊寵」兩句變化而出，但他也自有特出之處。因爲張蕭遠將詩的前半來說明入道的動機，是因畏色衰乃修仙求道；金丹駐年，正是照應前面的年華老去，也是修道者所希望的延年益壽的理想；而後半則是入道時的情景，「師主」韋詩作「公主」，就是公主、君主將宮女所戴的珠翠收取後，並看著戴上角冠，這時已然是女冠之身；接下即寫出宮女的感覺—于鵠是設想別後，尚在宮中的宮人一定有所感觸，完全將整首詩的敘事觀點放在入道宮人上。而張詩雖也是描摹入道者的心境，但在末句則有意回顧入道前的宮女心理，原本相妒的至此也相互垂淚，而一灑同情之淚—「聞向」韋詩作「說著」：前者意指聽說宮中之伴入道後的反應；而後者則是入道後，宮女閒話及此，總應有此一反應吧！

殷堯藩所作的一首則有所因襲，也有一己的創意，尤其是在起結的部分：

卸卻宮妝錦繡衣，黃冠素服製相宜。錫名近奉君王旨，佩籙新參老氏師。白晝無情趨玉陛，清宵有夢步瑤池。綠鬟女伴含愁別，釋盡當年妒寵私。

起首二句即將宮妝錦衣與黃冠素服作一對照，以服飾的轉變來顯示身分的不同，與王建詩的發想有相近之處；至於結二句則又與張蕭遠詩的命意相同，《文苑英華》不錄此詩，或即因其中的起結均有襲用之跡。不過中兩聯，以君王賜名、道士授籙來表示入道後的女冠身分，則是較有新意的，對於後來的項斯也有所啓發。

項斯詩中也有多首涉道詩，顯示他與道士常有往來，尤其夢仙、夢遊仙諸作更是遊仙的一類作品，將這些神仙意象引入〈送宮人入道〉詩中，就是《漢武內傳》中董雙成的傳說：

願隨仙女董雙成，王母前頭作（一作結）伴行。初戴玉冠多誤拜，欲辭金殿別稱名。將敲碧落新齋磬，卻進昭陽舊賜箏。旦暮焚香繞壇上，步虛猶作按歌聲。

詩中除了引述董雙成爲王母侍女的身分作爲詩的發想外，中兩聯特別專寫初入道的情形，別稱名與奉旨賜名，同是寫出身分初改，此時舊習依舊在，所以有誤拜、誤進諸事，一直到末句時，繞壇步虛卻猶作舊日的按歌聲。可說項斯此詩的創意，就是有意表現初入道時尚未完全除卻舊日習性的動作，有別於前此衆作。

唐詩中凡同一詩題而有多位詩人試作，固然並非少見，但這類〈送宮人入道〉詩卻大多出現於中唐及晚唐，則有特殊的時代意義，就是盛唐諸公主的入道立觀，導致中唐時期的入道之風漸盛，公主既入觀，自需有宮人隨行；且公主所立的宮觀，也需有宮人來照顧、看守，就成爲唐朝帝室處置宮人的新方法。王建等人既有寫作〈宮詞〉的興趣，對於這一新題材也就別有新意，因而形成一種寫作風尚，這些作品大多集中於中唐及晚唐初期，確是與當時公主的入道相互呼應的，所以可當作宮觀女冠的同一風尚下的產物。

六、結語

唐代是道教史上一個開始奠定規模的時代，其中尤以道士的制度既承襲六朝又經整備，乃能將出家爲道士納入朝廷的管制中，設定「道僧格」來控制道士的行爲。由於帝王中有不少崇道者，因而形成社會中入道的風尚，一些名士、貴主以捨家爲道士作爲修真學道的方式。影響所及則當時士庶也多以入道爲美談，玄宗朝，天寶三年賀知章因病，恍惚間如遊帝居，乃請爲道士，還鄉里，詔許之，以宅爲千秋觀，既行，「帝賜詩，皇太子百官餞送。」㊶這些詩就是〈送賀知章入道〉，因而形成「送某入道」的詩題模式，直到晚唐姚鵠都還有〈擬送賀知章入道〉的擬作，顯示送人入道詩確是一種寫作的模式㊷。

宮觀女冠在女冠中，是與修真女冠以及假借女冠之名的倡妓，同屬唐代女冠的特有現象。從盛唐開始，公主入道，宮人也隨從進入宮觀中，這些帝王所設置的宮觀，或諸王大臣所捨宅建立的，一方面需要有宮人照顧、或從事步虛等齋醮活動；另一方面朝廷也需要處理宮人的歸宿，除放出宮之外，也可讓白頭宮女作爲終老之所。因此〈送宮人入道〉詩最早出現於中唐，以王建現存的一首較早，其次就是戴叔倫、張籍兄弟及于鵠等人，諸詩人相互之間以

㊶《新唐書》卷一九六，又《舊唐書》一九〇均敘及入道事。

㊷姚鵠詩見《全唐詩》卷五五三。

此爲題，競相表現宮中內人送別的情景。他們雖是使用同一題目，但卻對於宮人相送的外景、內情，分別從不同的角度細加揣摩，因而各自具有不同的風格。《文苑英華》特別將它列爲道門中的一類，即因此之故。

諸公主入道後所立的宮觀，在長安、洛陽城內常成爲一處名勝，文士常借此雅聚遊賞，或祓禊、或居住，因此讀書人除了讀書山寺外，也多了讀書宮觀的風尚，白居易之喜居華陽觀，就是顯例之一。正因士子有借讀宮觀、尤其是貴主所立宮觀的機會，就會發現生活於其中的白髮誦經者，半是宮中歌舞人，因此興發感慨，使用夕照、落花等具有凋殘性格的意象，描述深院、松影中的幽深世界，這是有關題詠公主宮觀的共通性格。宮人之入道既爲宮人出路之一，偶而也會爲小說家所取材，而成爲小說情節之一。而最具有爭議性的大概就是女冠的閨情，以貴主之身入道又不能謹守清規，其諸多擾人之處就成爲類似李義山的筆下所特意表現的晦澀詩，讓後人獨恨無人作鄭箋。

〈送宮人入道〉詩其實也可作爲另一形式的〈宮詞〉，王建即在〈宮詞〉中加入一絲道教色彩，因此五代詞人和凝在〈宮詞〉百首中，就特別設計出一首宮中內人作女冠打扮的：「芙蓉冠子水精簪，閒對君王理玉琴。鷺頸鶯唇勝仙子，步虛聲細象窗深。」可說是宮人未入道而已有女冠的本事與準備。而這種詩題影響所及也出現各類送人入道的形式，如送妓入道；或如李涉的〈送妻入道〉，都可視爲唐代女冠文學的產物。入道對於修真者而言是進入另一世界的開始，捨家而有所遁入，其中自也有出自一種宗教情操的，如蕭鍊師即能修成雪膚花顏的女冠形象，就頗讓當時人欽佩。而在黃冠霞帔之中，有待修成止水般的心境，恐怕也是貴主、宮人入道後所要經歷的一層層試煉，那才是一種自適自得的境界的完成，此時已超越了凡俗的語言而進入無言之境，因此初入道的過渡階段才是世俗詩情所能著力之處吧！

附：唐清都觀道士張萬福在《傳授三洞經戒法籙略說》（《道藏》肆三號）中有一段先天元年（712）十二月十二日的記載，時爲「太清觀道士」，曾先後見到景雲二年（711）正月十八日與先天元年兩次，金仙、玉真二公主在大內歸真觀詣史（崇玄）尊師受道與「別院建壇」受道，他本人即任「臨壇大德證法三師」，故得以記錄其事，其中除了表現金仙、玉真二公主受道的豪華排場，具有貴主的身分外；也實錄了壇場的諸般擺設儀制，是現存的一篇珍貴的受籙史料。附記於此以證兩位公主的入道，在當時的道教界也是一件至爲重視的大事。

唐人葵花詩與道教女冠

——從道教史的觀點解說唐人詠葵花詩

道教發展到隋唐時期已逐漸形成本身的制度，其中尤以道士、女冠的出家修行最爲重要。而李唐一朝崇道日甚，在朝廷許可的情況下，入道成爲當時的習尚，尤以公主、宮女的入道最受社會的矚目，因而有關女冠的生活成爲唐代婦女生活史的一頁，值得研究中國社會史者的注意。從道教文化史的立場考察這段女冠的生活，就可發現道教教團爲了因應女性的入道，有逐漸異於六朝的情勢，因而不能不積極地在整備道教內部的制度時，規定有關女冠的穿著、日常生活及齋醮活動，以因應大量的公主、宮人及一些時髦女性的入道修行。由於女冠的入道較六朝時期有增多及開放的趨勢，在原本單純的修真女冠的形象之外，就增加了宮觀女冠、藝妓女冠等不同性質的女冠形象，因此唐代社會就逐漸形成對女冠子的一些特殊的看法，爲道教史上極爲奇特的宗教現象。❶

唐人所作的葵花詩，原只是唐人生活中嗜好賞花的生活習尚而已，在詩人的歌詠中詠花

---

❶ 本文與另篇〈唐代公主入道與送宮人入道詩〉爲相關之作可相互參閱。《第一屆國際唐代學術會議論文集》（台北、一九八八）。

之作遍見於詩集，是表現文士生活的優雅、高尚行徑，可作爲唐人的生活史料。類此賞花的生活方式實與社會風尚有關，尤其在植物學史上一些新品種的栽培成功，更會帶動一時的審美趣味，激盪爲賞花的新潮流，其中的牡丹熱就是一種典型：牡丹成爲花開富貴的象徵，成爲唐朝文化的象徵。❷相對於此，葵花，尤以黃蜀葵所具有的淡黃花色的特性，就形成另一種素淡、淒寂的美感。這種審美經驗除了基於顏色、季節的聯想關係，有一類詠黃蜀葵的作品則將聯想的方向指向當時蔚爲時尚的女冠及其獨特的生活方式。因而發現黃蜀葵與女冠之間具有一種新鮮的隱喩關係，造成極有趣味的象徵作用。唐人有關葵花詩的凡有多首，而這類與女冠有所關聯的都出現於中晚唐，現存有薛能、韋莊等人之作。這一現象絕非只是作家個人的人生經驗，而是唐代社會對於道教發展的一種反應，由於道士制度、道士生活等道教背景提供給當時的文士一種獨特的觀照，才會出現這類深具道教色彩的葵花詩。本文將分別從社會文化史的立場解說葵花詩與道教的關係：有關道教史的問題，諸如道士的科儀、戒律，與當時女子入道等問題，筆者另有專篇探討，在此僅說明其背景。其次是葵花問題，它是本草學的藥用植物，不純粹作爲觀賞用途，從植物學史的立場，有關葵花、尤其黃蜀葵的原產地及其相關的特性均值得深入研究。因爲詩人所觀物起興的地域，是否與蜀有關，牽涉及作家的生平及其觀物經驗，這是較爲細微的問題。至於作家本人是否與女冠或歌妓有所關聯，

---

❷、李樹桐，〈唐人喜愛牡丹考〉有詳盡的分析，收於《唐史新論》（臺北·中華書局，民國六十一年）頁二一二—二八一。

因而有足以促使其發生聯想的情境？抑只是作家根據當時社會所形成的女冠印象，凡此均與創作心理有密切的關係，其中自有其較隱微、奧秘之處，本文將試加探索，借以說明詩的完成實在是一件奇妙的作業。❸

一、三首有關黃蜀葵詩的創作情境

詩人創作其詩歌喜以花草作爲隱喩，早在《詩經》、《楚辭》既已出現，尤其屈原有意識地取用花草隱喩其人生經驗，更是形成士大夫文學的主要傳統。六朝詩人承襲前代的傳統也善用比興的手法，有些詩人就將一己的人格特質隱喩於花草之中，如陶潛之菊；而下焉者依草附木，被評爲襲用《楚辭》花草的皮相而已。唐人之使用花草爲題，已是普遍的創作手法，這是由於唐代詩人的作詩與喜愛賞花的風尚合而爲一。據近人研究唐人的生活，喜愛賞花正是當時的生活情調，尤其對於牡丹的狂熱，更是蔚爲一時的習尚，所以周敦頤〈愛蓮說〉就有「自李唐來，世人甚愛牡丹」之說。其實唐人除牡丹之外，他們的品味頗爲寬廣，葵花正是群芳譜中的一種。唐人有關詠葵花之作，大多仍以詠物的性質者居多，其中較有意趣的主

❸ 本文曾在宣讀時，講評者洪順隆教授曾細心指出原稿中一些有待補充、發揮之處，多具有啓發性，在改寫時均已一一改正；此外羅宗濤先生、葉慶炳先生也提出需注意及詩人本身的問題，現在悉從改正，對他們的指示、指教，特此致謝。

題多是感嘆時間的推移感、生命的無常感，這是中國詩中常見的時間意識。較爲特殊的一類就是與道教有聯想關係因而導出另一種趣味的：凡有崔涯的〈黃葵花〉、薛能的〈黃蜀葵〉，以及韋莊的〈使院黃葵花〉，尤其後兩首更是明顯地與女冠有隱喩關係，可作爲討論的重心。

首先要説明的是現存的這三首詩出現的時代、及作者創作這些作品的時間，以便瞭解黃蜀葵與女冠產生聯想關係的時代性。崔涯的一首較早，據《唐詩紀事》卷五二、《唐才子傳卷》六、及《雲谿友議》卷中等資料：説崔涯是吳楚人，與張祜齊名，可説是中唐詩人。《全唐詩》卷五百五錄存的僅有八首，其中有「悼妓」之作，其中有句云：「淡黃衫子渾無色，腸斷丁香畫雀兒」，對於穿著淡黃衫子的歌妓，他在哀悼時並未聯想及女冠之類；而在〈黃蜀葵〉一首則聯想及女冠的冠飾：

野欄秋景晚，疏散兩三枝。嫩碧淺輕態，幽香閒澹姿。
露傾金盞小，風引道冠攲。獨立悄無語，清愁人詎知。

這首詩有些值得注意的：一是點明季節、時辰，秋景、向晚都是一年、一日之中近黃昏的情境，易於產生旅愁之感。二是描摹花姿、香味及顏色，其疏散、輕澹等感覺是從觀賞葵花所興發的，凡此均與清愁有關。重要的是三句的金盞、道冠的意象，由視覺中表現出葵花的形狀、顏色，「金盞」既寫小小杯盞的形狀，因而有承露的動作；又寫金黃的色彩感與道冠已有所關聯，就是道士被稱爲「黃冠」，而女道士則逕稱作「女冠」，可見隋唐社會凡修真學道者所戴的黃色冠飾，在當時確是具有鮮明的標幟性質，因而採用服飾中最有特色的冠子來作爲道士的借代。而寫花的露傾、風引的動作，及其獨立風露中的姿態，才引出末句的獨立之感。

崔涯在聯想葵花與道冠時，是否照應前面的疏散、輕澹，而在「小」、「攲」等字眼中，將葵花進一步聯想到獨立風露中的女冠或黃冠？從詩的肌理脈絡來推敲，這層聯想關係似乎較淡較淺。他只是從風吹葵花的輕輕搖曳，聯想及道士頭戴道冠而被風吹攲的姿態而已，所以無語、清愁的情緒較屬於葵花擬人化的移情作用，是從枝葉疏散、葉香輕澹等所綜合出來的印象，而與女冠的生命情調並無必然的聯想關係。

崔涯是吳楚的狂士，也是與張祜同爲失意的文士，他曾「遊俠江淮」（唐詩紀事），所作的俠士詩往往流傳於人口。這位俠骨詩情的文士雖生於吳楚，卻常遊徙江淮，因此所觀賞的黃蜀葵應是在這些狂放歲月中所際遇的，據掌禹錫說：「黃蜀葵花，近道處處有之。」❹它已不限於原產地四川一帶才有。中唐時期女冠與宮觀中的公主、宮人，或歌妓入道已逐漸有關係，但這一風尚仍要等到晚唐社會才更爲普遍化。崔涯詩將黃蜀葵與道冠作一聯結，是唐人詠葵花的先聲，至少就目前僅存的唐詩所反映的正是這一現象，基本上是與道教文化史相互一致的。

薛能的出生年代約略晚於崔涯—會昌六年（846）進士及第，大中末（847—860）書判科合格。補盩厔尉，又辟太原節度使（山西太原市）、陝虢觀察史（河南省舊陝縣）、河陽節度

---

❹ 李時珍，《本草綱目》所引（臺北·文光翻印光緒十一年本）卷十六。

使（河南省新鄉）從事。李福鎮滑臺時，表置觀察判官，又歷任諸職。其後福從帥西蜀（劍南西川），又奏以自副。咸通中歷任刺史、節度使，廣明元年（880）在許州（許昌縣）遇難。據《唐才子傳》卷七—《郡齋讀書誌》卷四、《全唐詩話》卷五等所引述的文字大體相近，❺薛能隨李福任西川節度使時，一度到達西蜀。而〈黃蜀葵〉之作，《全唐詩》卷五六一置於〈和府帥相公〉—一作〈蜀中和府帥相公過安撫崔判官廳不遇之什〉、〈舟中酬楊中丞春早見寄〉與〈贈歡娘〉、〈戲贍相〉、〈贈解詩歌人〉及〈贈韋氏歌人〉之間，和另一首〈杏花〉詩並列。從這些作於西蜀諸作的集中情況，可知薛能觀賞黃蜀葵的地點，應該也是在西蜀任職期間，至少離此不遠。

據《北夢瑣言》卷四、卷六的記載：能「以文章自負」、「以詩道爲己任」，《唐才子傳》更明白記述其人「耽癖於詩，日賦一章爲課」，嘗以第一流自居，可見他是頗爲自信也耽迷於作詩。現存的作品中除有詠杏花，也有詠〈牡丹〉四首、〈海棠〉、〈桃花〉諸作。對於日日要作詩的詩人，詠花自是平常的事，因此任職西蜀時，既有機緣觀賞當地的名花，自然也會被選爲創作素材。從薛能的寫作習慣、生活境域等情況，就足可說明〈黃蜀葵〉一詩的創作情境。

《全唐詩》卷五六一所選錄的薛能詩，與洪邁編《萬首唐人絕句》卷四十八同，均屬於七絕部分，當是有所襲用。但其中異文的部分則參用其他本子，諸如王安石《唐百家詩選》

---

❺ 布目潮渢、中村喬，《唐才子傳之研究》（東京，汲古書院，一九七二）頁四〇七—四一〇。

之類。洪邁所錄的作品一般也是較常被引述的：

嬌黃新嫩欲題詩，盡日含毫有所思。
記得玉人初病起，道家妝束厭禳時。

其中新嫩，《全唐詩》註「一作蕊」、王安石作「初綻」；「起」註「一作較」，王安石作「新病後」。從前一句薛能的作詩情況言，正是緣於對黃葵花初綻的景象有所感動，因此即以此為題，詩思發動，這是完全符合他平素的寫作習慣的，屬於睹物起興的一類。

黃蜀葵與玉人之間的類似點，就是「嬌黃新嫩」，這一新鮮的情緒造成一創新的隱喻。而構成這種新的認知關係，是薛能所「記得」的玉人形象，在此有一議論的焦點：就是初病起的玉人，只是穿著「道家妝束」的樣子；還是玉人原就是應該穿著道家妝束的身分。如果是前者則只可說是這位玉人作當時時髦的女冠打扮，想起玉人新病之後，那身嬌黃的妝束，就活像女冠厭禳時的情景。將兩句稍作停頓是一種讀法，但將詩意連貫而下，則可解說為新病後的玉人猶需勉力穿著道家妝束，參與宮觀中的厭禳活動，無疑的作這一解釋時，玉人就是女冠。

薛能之具有文人性格，孫光憲記述「時人以為輕薄」，《唐才子傳》則說他「治政嚴察」、「性喜凌人」；不過到了後來「晚節尚浮屠，奉法唯謹」。寫作黃蜀葵詩時還正處於意氣風發的階段，自難免有流連歌樓酒館的興致。所以詩中所「記得」的玉人，是否即歡娘、解詩歌人、韋氏歌人等一類藝妓？因爲唐代娼妓中凡能做詩、誦詩、解詩的，常可獲得文士的特別欣賞，而文士也常喜風流自居，作詩相贈相嘲，以表風情。崔涯之嘲李端端，就是中國娼妓史上嘲謔的佳例。❻薛能所戲所贈的歌人應該也屬於同一文士狎妓的風流行徑，但是否玉人也屬於同一藝妓性質的女子？抑只是一位妝束時髦的女性？這一疑問勢需從道教女冠史解說。因爲薛能生平所狎戲的女妓與所記得的玉人缺乏必然的關係，而當時的社會則確實有一些女冠，足以讓風流文士引起遐思的，這是本文解說的重點所在。

從女冠的歷史解說黃葵花，最具體的例證則是韋莊的〈使院黃葵花〉，也是在黃葵花與女冠子之間發現了新鮮的聯想關係，而創造新的隱喻，這就不是孤立的證據了。韋莊有《浣花集》十卷，編成於天復三年（903）六月，現存者僅爲其中的一部分，但每卷的第一首皆自註詩的年代或事緣、地點，因此頗便於編製年譜及作品繫年。❼《全唐詩》卷六九五至六九九的五卷，大體本於《浣花集》，也保存了自註之語。而卷七百則註明是「集外補遺」，《四庫提要》說毛晉的汲古閣本末有補遺一卷，「蓋結集以後之作，往往散見於他書，後人遞有增入耳。」也就是說從天復四年到武成三年（904—910），所作的詩可能就是集外補遺所錄的。〈使院黃葵花〉正收錄於補遺中，但是否真是晚年之作？這是需要重加考察的。

韋莊所作的詩題雖仍有「黃葵花」三字，一仍唐人的詠物詩常直題所詠的對象之例，也

---

❻ 王書奴，《中國娼妓史》（臺北、萬年青、一九七四）頁九七—九九。

❼ 夏承燾，〈韋端己年譜〉收於《唐宋詞人年譜》，頁一—三四。

是韋莊的個人習慣，如同卷有〈白牡丹〉之例。但有時也特別點明所詠物件的地點，如〈庭前菊〉之例。類似的情況點明「使院」應有特別意義：就是觀賞黃葵花的情境，包括地點、時間以及當時的境況等，都有種特別深刻的感受，因而紀念性地標明：是在使院所見、是具有居停使院的身分，而且意味這一際遇特別具有初逢乍遇的新鮮感，因而在認識新事物、新現象的感動下，乃激起一種新鮮的情緒。

唐人之精於製題，就是題意必須與詩的本身有拍合、契合之處，韋莊也注意及此：

薄妝新著澹黃衣，對捧金爐侍醮遲。
向日似矜傾國貌，倚風如唱步虛詞。
乍開檀炷疑聞語，試與雲和必解吹。
爲報同人看來好，不禁秋露即離披。

韋縠《才調集》卷三所收的韋莊作品六十三首中，就有〈使院黃葵花〉。由於韋縠也曾在西蜀，因此集中所選的多是《浣花集》第九、十及補遺諸作，毛晉所增的當有依據《才調集》之處，所以其次序大體相類，尤以《使院黃葵花》中的部分最爲明顯。對於《才調集》所選錄的，前半多可見於《浣花集》的末兩卷，多爲晚歲之作；但不見於集子的究竟是「結集以後之作」？胡正亨《唐音癸籤》卷三十一曾評《名賢才調集》是「隨手成編，無倫次」❽，有關韋莊的部分是否也有此病？這就關繫及〈使院黃葵花〉寫作的時間。

韋莊入蜀的時間，據夏承燾氏的考證：凡有乾寧四年（897）及天復元年（901）兩次，第一次是李詢爲兩川宣諭和協使，辟爲判官，《浣花集》卷十〈過樊川舊居〉有註云：「時在華州駕前奉使入蜀作」，時間是在四月，六月至梓州，見王建，建不奉詔。第二次入蜀，王建辟爲掌書記，尋召爲起居舍人，自此終身仕蜀。依唐制，節度使觀察防禦諸使，有判官爲僚屬；又節度使有掌書記。所以韋莊所任的職官，首次是李詢所辟，二次則爲王建所辟，他是以才名寓蜀，爲王建所賞識而羈留的。❾〈使院黃葵花〉自是指觀察使或節度使的使院，如果韋莊入蜀之前作這首詩，就是在這種機緣下住在使院得見黃葵花，欣喜之餘，「爲報同人看來好」。

初度入蜀的季節約在四月至六月，李時珍《本草綱目》集解引掌禹錫、寇宗奭之說，正是夏末開花、六月開花，則初見的時間是可以符合的。唯一的疑問是如作於爲判官或掌書記時，爲何天復三年六月《浣花集》結集時未予收錄？韋穀距離韋莊的時代相近，又居於蜀，有機會搜集《浣花集》之後的晚年作品，這是在情理上可以說得通的。但從《才調集》內也收錄「少年行」及有關長安諸作：〈長安春〉、〈長安清明〉等，揣摩其詩意確是長安時期的

---

❽ 胡正亨，《唐音癸籤》（臺北、木鐸、一九八二臺版）頁三二一—三二二。

❾ 夏承燾前引書，頁一九、二三。

作品—幼時他曾居長安御溝西，〈少年行〉可稱爲少作；後來乾符年間，直至中和二年（882）始離開長安，約在四十餘歲時，「遊人記得承平事，暗喜風光似昔年」、「長安二月多香塵，六街車馬聲轔轔」，詩中尚少見亂離的景象。韋莊曾在光化三年（900）編《又玄集》，以清詞麗句爲標準；而韋縠編《才調集》也以「韻高」、「詞麗」爲去取的標準。⑩所以選集是以作品合乎藝術之美爲準，不全是爲了搜羅《浣花集》後詩，因而將〈使院黃葵花〉視爲集外詩，就不一定當作晚年定居蜀國之作。

韋莊這首詠葵之作，也有異文，較重要的是「侍醮遲」的遲，一作「時」字。⑪惟《才調集》的選錄距原作的時間較近，可作爲準據；而另一個判斷則是依詩的肌理、意蘊所寫出的女冠的心境。韋莊一生遭逢晚唐的離亂，性情節儉，雖補遺中有〈悼亡姬〉及註明悼亡姬之作，也有三、四首詞疑亦屬悼亡姬，夏氏推斷是初及第時，而並非入蜀後始有一「資質豔麗」的寵人（古今詞話），縱使有姬妾、寵人，在這首詠黃葵花詩中，也只是選取女冠作素材，而並非寫與女冠有交往的偷情經驗，或節度使院中住有女冠。從韋莊創作的情境言，他在入蜀時觀賞黃葵花的盛開，乍見之下實爲一次美妙的審美經驗，這可從西蜀經驗加以解釋，與薛能的創作情境大體相似；而更重要的則是中晚唐社會有關女冠的共通經驗，足以提供給作家的靈感，才造成相近的創作情境。

---

⑩ 夏承燾編訂，《唐人選唐詩》（臺北，河洛，一九七五）頁四四四。

⑪ 此處在討論時承洪教授提出，特別註明，不敢掠美。

二、黃蜀葵的種類、產地與詠葵花詩

崔涯、薛能及韋莊所詠的葵花，特別在詩題上標明是「黃蜀葵」或「黃葵花」，而唐人所詠的葵花，另有題作「蜀葵」的，可知當時的詩人對它具有清晰而明確的植物知識，在中國本草學史、植物學史的分類中，兩者雖同歸爲一類，卻是別種。因此要解說這三首詩就需進一步明白黃蜀葵的植物特性：舉凡它的栽培、分布情況，花期、花蘂及其實用功能等，然後才能據以說明此類特色爲何與女冠有所關聯。

有關葵類的文獻資料，由於中國本就有草木蟲魚之學，作爲一種博物知識乃是實用之學，所以《詩經》中詠花，就已開啓孔子所謂「多識草木魚蟲」的讀詩教育，而歷來在尊經的學風中也列出這些有關草木之學的註釋，配合本草學的發展，成爲一門博物之學。今人以現代植物學的知識解說《詩經》等古籍中的經濟植物，說明葵的學名 Malva verticillata L.，今名冬葵，屬錦葵科，爲古代重要的蔬菜之一。⓬ 李時珍說：「古代葵爲五菜之王」、「古人種爲常食」，除葉可作菜，根及種子可作藥用，所以他編《本草綱目》時，將葵從菜部移入草類，就

⓬ 陸文郁，《詩草木今釋》（香港、萬葉出版社、一九七四）頁八五。耿煊曾取用這些資料，參《詩經中的經濟植物》（臺北、商務、民國六十三年）頁三〇。

是重在藥用的本草學觀點。⓭基於博物之學及本草醫學的形成與發展，民生日用，士庶需知，尤其本草學歷經葛洪、陶弘景及孫思邈等高道的整理，在醫學成就上已有長足的進步，詩人自也多少擁有一些備用的植物知識，吟詠草木也有當行本色的表現。⓮

中國本草學具有分門別類的知識，大綱之下再分細目，故謂之「本草綱目」。李時珍在草五中列有冬葵、蜀葵、菟葵、黃蜀葵及龍葵等五目，都統於葵之下。五種葵花較常見於唐代詩人筆下的，厥爲蜀葵與黃蜀葵，應與它的花色及栽植的普遍有關。這兩類都特別點明「蜀」字，即是爲了標出原產地，類此命名的習慣也是研究中國本草的關鍵。因此從原產地再分布各地，則詩人寫作的地域、筆記小說中有關本草的傳說，就是說明其分布情況的資料，對於蜀葵、黃蜀葵的植物學立場的研究，就有其必要性。

唐代詩人之所以會特別標明蜀葵與黃蜀葵，最主要的印象應與花色有關：前者有紅、紫、白諸色，而後者則只有黃色，至於大小、形狀也異中有同。蜀葵又名戎葵、吳葵，郭璞注《爾雅》時早就注意其原產地：「戎、蜀其所自來，因以名之。」而對於形狀，李時珍的集解指出：「花似木槿而大，有深紅、淺紅、紫黑、白；單葉、千葉之異。昔人謂其疏莖密葉、翠萼艷花、金粉檀心者，頗善狀之。」唐詩就是將描寫重點置於此處。

唐人歌詠蜀葵花的紅艷的，諸如楊標詩：「淺紫深紅數百窠」（蜀葵）、徐夤：「爛浪紅

⓭ 李時珍前引書，頁六〇六。

⓮ 莊兆祥，〈本草研究之變遷〉，收於《中國科技文明論集》（臺北、牧童、一九七八）頁五五五—五六六。

都兼紫，飄香入繡肩」（蜀葵）、及陳陶：「綠衣宛地紅倡倡，熏風似舞諸女郎。」（蜀葵詠）⓯是晚唐至五代間的詩人，將紅兼紫的葵花與繡肩、舞女等作一聯想，可見他們的欣賞趣味在賞花與女人間常有聯想關係。至於白色的花則有武元衡——一作歐陽詹的〈宜陽所居白蜀葵答詠柬諸公〉，强調「紅艷世方重，素華徒可憐。」就是寓託自己不競喧妍，以表心境。縱使同爲一種秋花，但紅艷、素華兼而有之的不同花色，就可讓觀賞者產生不同的有情的眼光和心境，類此賞花的美感經驗實在極爲有趣。

黃蜀葵在葵類中，李時珍說是「別是一種」、「非是蜀葵中黃者」，這種精細的分科別類知識是他的傑出之處。在本草學家的眼中，所注意的是實用功能，講究根與種子，性俱寒滑，具有治瘡解毒等用途，爲瘡家要藥，這是實用立場下的黃蜀葵；而詩人則只從審美觀點賞鑑其花葉之美，成爲美感經驗中的黃葵花。李時珍解說它是二月下種或宿子在土自生，至夏始長，葉色深綠。到六月開花，大如盌，鵝黃色，紫心，人亦呼爲「側金盞花」，所以崔涯才有「露傾金盞小」的比喻，寫出金盞的形狀；而「風引道冠攲」就不僅是風的吹拂，且與斜側的姿態相關，凡此均可知詩人細推物理的用心所在。

花的特性之能搖盪觀賞的心靈，則與它的生命型態有關聯：李時珍指出它的花期是六月，正是悲秋時節，武元衡已有「冉冉衆芳歇」、「敷榮時已背」的寥落感、孤獨感，白葵固然如此，黃葵更以輕澹之姿而興發崔涯的清愁。從顏色心理學言，黃色、白色相對於紅色、紫色，

⓯《全唐詩》卷五〇八、七〇八、七四六（臺北、明倫、一九七三）。

就較屬於冷色系列，也較具有暢快、輕淡等性格，將顏色賦予某種性格，確與視覺的移情作用有關，經由類似的聯想產生不同的感覺，這是色彩學、實驗美學的說法。⑯惟顏色又與該所屬之物的性狀、文化背景有密切關係，因而仍有許多歧異的現象，黃葵花的黃色彩度與帝王尚黃或五行的中央黃有所不同，其淡黃色感又附著於秋日葵花的性質上，才是造成顏色美學上的較大的差別。

黃葵花之所以會刺激詩人有淒清、孤寂之感，顏色固是主因，季節也是一大關鍵，這是因爲宋玉以下所具有的悲秋傳統，深蘊有中華文化中秋之具有蕭殺、冷肅的季節意識。六月開花的時節，韋莊的入蜀或居蜀，顯然恰逢清淡的六月，所以秋露離披的無常感才不禁油然而生。崔涯的獨立悄然，清愁無語，何嘗不也是秋景蕭散所引發的。秋在宇宙的運轉中、在生命的消逝中，它的客觀事實在中華文化的黎明期，由於農事與農業儀禮、黃河流域的氣候特性等，早在屈原、宋玉的詩人、詞人的心中，就已具有悲秋之冉冉、悲秋之搖落的時間意識？因而也早就成爲士大夫文學中的悲秋傳統。⑰黃蜀葵的開花時節適與悲秋意識相關聯，因而在傳統之下具有原型性的感興作用。

葵花的悲淒感又來自於花的隨開隨謝，李時珍所記的「旦開、午收、暮落」，正是世人所

---

⑯ 朱光潛、《文藝心理學》曾略及此（臺北、漢京、一九八四）頁三六一—三七五。

⑰ 陳鵬翔博士論文對此有專門論述，又參〈主題學研究與中國文學〉收於《主題學研究論文集》（臺北、東大、一九八三）。

熟知的黃蜀葵的習性，也是所有葵花的共通習性。一日之中既有開落，在植物中雖非僅有，但由於葵花所具有的向日性，最易引起世人的注目，因而產生强烈的時間推移之感。岑參有〈蜀（一作戎）葵花歌〉性歌詠花開花落的凋謝之美，戴叔倫更用一「歎」字點題，而有〈歎葵花〉之作：⑱

昨日一花開，今日一花開。今日花正好，昨日花已老。始知人老不如花，可惜落花君莫掃。人生不得長少年，莫惜床頭沽酒錢，請君有錢向酒家。君不見，蜀葵花。（蜀葵花歌）

今日見花落，明日見花開。花開能向日，花落委蒼苔。自不同凡卉，看時幾日（一作日幾）迴。（歎葵花）

岑、戴二家詩本就各有其自己的風格，因而分別採用不同的詩體加以歌詠，卻都是同樣描述同一花開、花落的事實，但兩人所要表達的主題卻不盡相同。岑參是著重在時間的消逝，從花聯想及人的生命，因此產生及時行樂的心境。「及時行樂」是中國詩中常見的主題，在感歎生命無常的情境中就會出現，《詩經》如此，《楚辭、九歌》更在祭儀終結時表現出：把握時光及時歡樂一場的狂文化。自有士大夫文學以來就有這一孤獨感所激發的燃燒生命的苦悶，

---

⑱《全唐詩》卷二九九、二七三。岑參之作，《文苑英華》則作劉慎虛詩。

岑參將提問句「君不見」置於句末，尤其具有餘韻。戴叔倫雖是有所興歎，卻對於葵花的向日、易凋性格，產生「不同凡卉」的讚歎之聲。葵花的生命，一日之間有開有謝；聯想及人的生命，一生之中有生有死，這是一種生之循環，謝落並不可悲，可悲的是在生命中的秋天，韶華易逝、紅顏將老，屈子所悲的美人之遲暮，正是葵花詩的基調。

葵花之與女人，深閨宅院或尋常人家的女性，固然也會有興發遲暮的悲慨，但與葵花的生命最有關聯的，則可說是女冠子。這些宮觀女子之與黃葵有聯想關係，正是黃葵的花色與女冠的冠服之色，形成原始的類似聯想；再由此轉深一層而映射到生命本身，因而轉生出深沈的悲哀。據李時珍所描述的鵝黃色，六瓣而側，張祜在詠〈黃蜀葵花〉中就說：「名花八葉嫩黃金」，嫩黃色是黃蜀葵的鮮明印象，這是單就花的顏色所形成的，如就花的全姿觀賞，則黃花在疏散的枝柯之上，就會產生美人戴冠的聯想。將女人與花作一美麗的聯想，是男性社會中男性作家的遐思，果然李涉就有這樣的想像力。

李涉與張祐同時，活動於憲宗、文宗時，後與弟渤同隱廬山，自號清谿子，是頗有道士氣味的文士。曾寫〈送妻入道〉，對於女冠的事跡自是頗有切身的體驗，不過寫〈黃蜀花〉時，他所用以喻依的對象則是紫陽宮女：

此花莫遣俗人看，新染鵝黃色未乾。好逐秋風上天（上一作天上）去，紫陽宮女要頭冠。⑲

---

⑲《全唐詩》卷四七七。

兩者之間的類似點正是新染鵝黃的顏色感，但他的聯想方向則是紫陽宮中的宮女：宮女也與此有相類的命運，秋風意象是與宮怨有關，而宮女的深宮生活，冀霑雨露也是一種可悲的生命。這些宮女所戴的頭冠是黃色、金盞？抑或宮女、宮人因有入道，所以與黃冠有關？後者的解說可從中晚唐宮人入道的時代背景理解戴黃冠的女冠子；但也可單從唐朝女性，尤其宮樣、一些宮中女子的妝飾史解釋。

這些詠葵花之作大多出現於中晚唐，而不必全與女冠有關，是否顯示黃蜀葵當時仍以四川爲主要產地，隨著四川的地位逐漸重要，交通頻繁，往來較多，因而中原詩人之旅遊四川的機會增多，甚而有好事者如商人、雅士或賞花之士逐漸移植到其他地區。從政治、經濟史考察，四川之成爲玄宗避亂、設置節度使等的情況，確是具有天府之國的特色。晚唐時期中原離亂，文士頗有趣往避居的，西蜀詞人與韋莊同時入蜀的，就有毛文錫、牛嶠等，至於出入其間的尤爲多數。⑳而西蜀道教也在晚唐五代漸有獨盛之勢，杜光庭之開青城山道場即爲顯例，也造成濃厚的道教氣氛。

晚唐時人觀賞黃蜀葵，確有一種迥異於紅豔而美的牡丹印象，它的花蘂形狀與顏色，可以聯想到頭冠與服色，這一事實正也出現於晚唐名詩人韓偓（844—923）的賦中，這首題爲〈黃蜀葵賦〉的是現存的唐賦中，唯一詠黃葵花之作，因此其中所透露的訊息也就彌足珍貴。因爲賦體較前引的樂府或新體更易於使用一些地名、人名等，作爲對偶的典故，典故的運用

---

⑳ 夏承燾前引書，頁一一三。

也就指明聯想的方向。首即「移根遠自於銅梁」，銅梁可指四川合川縣或銅梁縣的銅梁山，當時都認爲四川爲黃蜀葵的原産地，這是直接指明地名的特例，非泛稱蜀地而已。

韓偓賦中另一極具特色的就是引述兩則道教故實，借以描摹蜀葵的花姿：

蕚綠華未遇楊義，冠簪駊騀。杜蘭香喜逢張碩，巾帔飄揚。

前一則即出於梁陶弘景所輯的《真誥》，列於第一條的降真資料中，神女蕚綠華降見羊權，自道其身世，並有贈物、贈詩等。雖已淡化人仙戀的色彩，其實仍是當時神女謫降，以了世緣的一類傳說。後一則謫仙傳說爲東晉最有名的人仙戀傳說，流傳有〈杜蘭香別傳〉，並見錄於干寶的《搜神記》中，屬於西王母諸女謫降並了結塵緣的民間傳說。㉑這兩則謫仙傳說盛傳於唐代文士所閱讀的道書中，一再被引爲香艷的人仙戀的故實，用以影射世人與女冠之間的神秘戀愛：李商隱在〈重過聖女祠〉就雙用其事，有「蕚綠華來無定所，杜蘭香去未移時」之句，其中所指的一般均直謂即宋華陽姊妹，或泛指女道士，詩中即追述當日自己與聖女交往的情況。義山此詩極爲膾炙人口，韓偓的時代較晚些，自能熟知這首迷離飄渺的名詩名句，

㉑ 詳參拙撰，〈道教謫仙傳說與唐人小說〉，《第二屆國際漢學會議論文集》（台北、中研院、一九九〇）。

因而轉化於賦中。他所作詩本就被疑為《香奩集》中的作品，喜用香艷的文學手法有所隱喻。㉒這首賦也使用類似的手法，如配合「蝶翅堪憎，蜂鬚可妒；幾多之金粉遭竊，一點之檀心被污」的偷香竊玉的故實，確有人仙戀的氣氛。

黃蜀葵詩發展至此，一再將鵝黃花色與道冠或薄妝黃衣的女冠取得聯想關係，到韓偓更隱喻其間有香艷的人仙戀愛，這就不是單純地比喻而已，而是在當時的道教文化中始會產生的象徵，凡此均與道教女冠的服飾、宗教活動及其社會形象有密切關係，這是本文的另一探索的重心所在。

三、道教法服儀制與女冠形象

中晚唐詩人筆下的黃蜀葵詩，先運用了視覺意象的淡黃花色與服色；韋莊則擴及步虛詞的聽覺意象，增加女冠從事齋醮活動的飄渺氣氛，較薛能泛寫「道家妝束厭禳時」，具有更形象化的效果。但在這些綜合視覺、聽覺等感官所營造的意象之後，主要的是要引發這些服飾、道樂之後，所隱藏的女冠的生命感。這些希冀經由修真的修行生活度脫此生以達仙界的女冠子，卻在不同的情況下面臨著心性的試煉，能防閑而不踰矩的就需忍受漫漫餘生的考驗；而

㉒ 徐復觀，〈韓偓詩與香奩集論考〉，收於《中國文學論集》（臺北，學生書局，一九六六）頁二五五—二一九六。

不能防閑或只是假此修真形式者，就難免傳聞諸多風流韻事，就是在中晚唐的社會背景下，才會產生這些詩人的旖旎幻想，而聯想所及女冠的形象及其生命情調都有關聯及女冠的儀制諸問題。

關於女道士的冠服形制，從南北朝初陸修靜、寇謙之等清整道教以後，道法就逐漸趨於整備，因而制定出教團生活的規範儀制就成爲高道的要務。現存有關道教成立期的儀範並不多，其中《道藏》所收的《洞玄靈寶三洞奉道科戒營始》六卷（儀字號）爲一重要資料，敦煌寫卷伯二三三七號《三洞奉道科誡儀範》爲相近的寫本，中已殘缺。這一記載道教儀範的道經，其成立年代吉岡義豐氏先定於隋代，其後又提早到梁末；㉓而其他學者如福井康順、秋月觀暎、大淵忍爾諸博士則多採取隋代成立說。㉔大體可確定爲初唐以前的道教儀範書，爲唐代的道士、女冠所遵行，因而可作爲瞭解中唐前後女冠生活儀範的範本。

《科戒營始》卷三有法服品、卷五有法服圖儀，都有詳備的規定，所謂「道士女冠三洞法服各有儀制，具如本經，當依服制服。」如違反規定則有「減算」之虞—即減掉應享的壽算。法服品引述「科曰」—就是明科、科範，其中有一條說：「凡諸女冠，裙皆全幅，帖緣

㉓ 吉岡義豐，〈三洞奉道科誡儀範の成立について〉收於《道教と佛教》三（東京、國書刊行會、一九七六）頁七七—一五九。

㉔ 福井康順，〈上清經について〉刊於《密教文化》四八、四九、五〇合併號；秋月觀暎，〈敦煌發現神人所說三元威儀觀行經斷簡と大比丘三千威儀〉，刊於《人文社會》一九號；大淵忍爾，〈三皇文より洞神經へ〉，收於《道教史の研究》（東京、岡山大學、一九六四）。

染用梔黃，深色綼袖，如道士制，皆不得淺淡雜色。」甚至連道士女冠的執役衣，也規定「上中下衣皆用淺黃，色若黃屑土，黃作淡色。」其使用的場所是「在觀居房，供養師生，尊年耆德，或修飾經像，執捉營爲，皆服此衣。」又說「道士女冠裩袴衫襦，並作黃屑色，不得餘色。」可知法服尚黃，不作雜色，爲當時道士女冠的特殊服制。

道冠也需依科，「道士女冠皆有冠幘，名有多種，形制各殊。」道士所用的縠皮笥籜或烏紗純漆，皆不得鹿皮及珠玉綵飾，是頗簡樸的；上所插簪則可用牙玉骨角。法服圖儀特別提到「女冠法服衣褐，並同道士，唯冠異制。法用玄紗，前後左右皆三葉，不安遠遊，若上清大洞女冠，冠飛雲鳳氣之冠。」平常的服制則「玄冠，上下黃裙十八條。」兩種不同的冠制是爲了適合於不同的場所，這種冠形從《道藏》所列的圖樣顯示出來的確有不同之處。

六朝至隋唐道教的規模初具，因而鄭重奠定日常生活與儀式節目中的規矩，並賦予一種宗教意義。〈法服品〉即强調「凡道士女冠，體佩經戒、符籙、天書在身，真人附形，道氣營衛，仙靈依託。其所著衣冠，名爲法服，皆有神靈敬護。坐臥之間，特宜清淨，或赴緣入俗，教化人間，不可將我法身，混同俗事。」這是依聖／俗的對立，將其服飾神聖化、清淨化的意識。〈法服圖儀〉更强調「若不備此法衣，皆不得輕動寶經、具。」因爲「法服皆有神童侍衛」；而不同身分的法服（如正一、高玄、洞神、洞玄、洞真、大洞、三洞），也各有不同的神童神女、天男天女、玉童玉女侍衛。將法服神聖化，主要的還在於儀式本身的神聖性，其科律就明白說明：「凡道士女冠欲參經法，皆預備法衣。既告齋傳法位訖，即須冠帶法服，執簡稱名位，拜其本師，朝謁太上。」類此法衣按規定「不得冒犯穢惡，假借他人。」因而教外人士自然形成對道士、女冠的强烈印象，尤其是齋醮行法時的特殊形象。

道冠法服成爲道士女冠的標幟後，就逐漸出現於詩人的歌詠中；較早的資料當即王梵志詩——有敦煌寫卷，㉕說「道士頭側方，渾身總著黃」（中三），渾身著黃正是平常人對於道士的强烈印象，而側方也正是翹、側的黃葵花狀態。有關女道士則有「觀內有婦人，號名是女官。各各能梳略，悉帶芙蓉冠。長裙並金色，橫披黃襯單。朝朝步虛讚，道聲數千般。」（中四）所謂「女官」正是六朝時期的用法，《升玄經》說：「女官如道士也。流俗以其戴冠，改作冠字，非也。」所以由此旁證王梵志詩中的有些作品可推早到屬於隋唐之作。

從道士法服圖儀的規定，女道士的常服是玄冠，科儀時爲飛雲鳳氣之冠，而芙蓉冠則爲洞玄法師的冠制。道士的冠制中，正一、高玄、洞神法師著「玄冠」；洞真、大洞、三洞講法師著「元始冠」；只有洞玄法師獨用芙蓉冠。梵志詩卻說是「悉著芙蓉冠」，應只是泛用，或他所見的宮觀正作此打扮。陶弘景《登真隱訣》即有「太玄上丹霞玉女又戴紫華芙蓉巾」，㉖李白有〈江上送女道士褚三清遊南岳〉詩就描述：「吳江女道士，頭戴蓮花巾。」㉗這種蓮花巾應是較簡便的戴法，便於遠遊之用。

㉕ 張錫厚，《王梵志詩校輯》（中華書局、一九八三），較具綜合性研究的近年有朱鳳玉博士論文，《王梵志詩研究》（臺北、學生書局、民國七十五年）。

㉖ 《太平御覽》卷六七五引，《道藏》遜字號有《登真隱訣》，惟非全帙。敦煌殘卷伯二七三二，有饒宗頤〈論敦煌殘本登真隱訣〉，刊於〈敦煌學〉四號（華岡、民國七十一年。）

㉗ 瞿蛻園等校注，《李白集校注》卷十八、頁一〇五二。

在唐人特有的〈送宮人入道〉詩中，常以道冠作爲入道的借代法：戴叔倫〈送宮人入道〉：「蕭蕭白髮出宮門，羽服星冠道意存。」用星冠稱呼道冠，應指冠上的飾物；但一般仍只襲用黃冠之稱：如于鵠詩「自傷白髮辭金屋，許著黃冠向玉峰。」（送宮人入道歸山）殷堯藩詩：「卸卻宮妝錦繡衣，黃冠素服制相宜。」（宮人入道）可見《科戒營始》用「玄紗」所制的冠形，在實際運用時，已逐漸用黃色的冠巾，因而有「黃冠」的通稱。

法服用黃則爲通制，在法服圖儀中，黃裙最爲常見，但帔則較有變化。其詳情是正一法師黃裙絳褐絳帔、高玄法師黃裙黃褐黃帔、洞神法師黃裙青褐黃帔、洞玄法師黃褐黃裙紫帔、洞真法師青裙紫褐紫帔青裏表、大洞法師黃裙紫褐五色雲霞、三洞講法師則是黃褐絳裙九色離羅帔。帔，釋名說是：「披也，披之肩背。」樣式如今之帔肩。道士所著的較有變化，也較具有神話的色彩，如《太極金書》稱元始天帝披珠綉霞帔，霞帔即爲五色雲霞，是至爲貴重的法衣。《舊唐書》曾載：司馬承禎還山，睿宗賜以「霞文帔」，公卿賦詩，劉禹錫即有「霞帔仙官到赤城」之句。女冠則黃裙黃帔最爲常式，王建〈宮詞〉中所寫的宮女入道的心情，就有「私縫黃帔捨釵梳，欲得金仙觀內居」之句。[28]

三首黃蜀葵詩中，詩人所借以爲喻的焦點各有異趣，崔涯先寫綠葉、莖柯的「嫩碧淺輕態」，再轉移至金盞大小的花蕊，因有風吹道冠之句。韋莊則將注意力集中於花蕊之上，因而一花一女冠，整體的印象就只是澹黃衣而已，冠服一色就是女冠的形象；至於薛能則只泛稱

---

[28] 同註一，另篇論文。

「道家妝束」而已，道家自是指道教中人，非老莊哲學的道家。三家之詩所著重的黃冠、黃帔，確是符合道教的儀制，也符合時人的印象。其他有關道教齋醮史以及道樂的衍變，目前猶是道教學界的研究課題，僅有初步的探索，㉙但大體可據以說明黃葵花中的齋儀情形。

韋莊所寫的晚唐五代醮儀：一些身著澹黃法服的女冠對捧著金爐侍醮，這種齋醮舉行的主要目的是爲了消災除厄，祈福致祥。從南北朝初，陸修靜既已整備齋法，發展到唐代大體已能應用於人生禮儀的一切需要。據《大唐六典》所載的七種醮祭：凡有金籙大齋、黃籙齋明真齋、三元齋、八節齋、塗炭齋、自然齋。其中調和陰陽，防止災害，爲帝王祈福求年的金籙齋，和超度祖先亡魂的黃籙齋較爲常行。宋元以後，普遍流行的羅天大醮，乃爲普度一切衆生，爲大場面的齋醮儀典，齋醮可謂爲道教最重要的儀式。

〈步虛詞〉是虛聲吟詠，旋繞香爐時所唱的詞句，其詞句中「備言衆仙縹緲輕舉之美」(樂府古題解)。其中主要的構想就是以大羅天中的玄都玉京山爲中心，所以「旋繞香者，上法玄根無上玉洞之天中羅天上，大上大道君所治七寶自然之臺，無上諸真人，持齋誦詠，旋繞太上七寶之臺。」也就是模仿登天的象徵動作。㉚《道藏》中所保存的早期齋醮資料《太上洞玄靈寶中元玉京玄都大獻經》(服字號)作爲讀誦之用，而《洞玄靈寶玉京步虛經》(藁字號)則專爲吟詠之用，兩者互爲表裏，同爲六朝末隋初成立的齋醮道書。這種莊嚴肅穆的靈

㉙ 陳國符早期精彩的開拓之作，爲〈道樂考略稿〉，收於《道藏源流考》(臺北、古亭書屋、民國六十四年)。

㉚ 陳國符考爲東晉末出世的《太極真人敷靈寶齋戒威儀諸經要訣》，(《道藏》被字號上)。

寶齋儀，梁陶弘景《真誥》卷二的註語，記載當時所見的三月十八日，有四五千人登山「作靈寶唱讚」；另外撰成於南北朝末隋初的《洞淵神咒經》卷七部分，也有一條珍貴的實錄：錄下的場面中，高座上一人，稱和爲五人，其餘道士次次旋行。高座上法師執步虛，而下人旋行，「徐徐高趣而望天，若聽雲中有鴻鵠聲。」這是實際旋遶、誦詠的情形。㉛

唐朝的步虛，由於玄宗崇道，又精於聲技，天寶年間曾「親教步虛及諸聲讚」（册府元龜卷五十四），又命令司馬承禎、李會元等道士及賀知章等製作道曲。當時兩京及諸州玄元廟並諸道觀，每年依道法齋醮，所奏的道樂都屬於燕樂系統，所用的樂器決不止鐘磬，還有其他的絲竹樂器，音聲動人，富於變化，較諸唐代以前主要的以鐘磬爲重，已有衍變得較爲繁富的趨勢。所以韋莊詩中所出現的音樂意象，有步虛、雲和等演唱、吹奏的器物與動作，就非單純地描寫女冠厭禳，而是表現出對捧金爐虛聲吟詠的齋醮場景，爲形象化的女冠的宗教動作。

基於齋醮的意義主要在於袚除不祥，因而修真奉道者均需法服齊整、肅穆行事。本來齋醮的舉行就是具有潔淨意義的儀式，才能上朝三清，祈降福祥。所以在齋醮正式舉行之前，俱要沐浴、齋戒，使身心清淨，內外如一，才能由俗入聖，進入潔淨的神聖境界。而在儀式舉行前後，不但要選擇清淨的壇場，避免污穢，更要鄭重其事的淨壇請神。道教中人之所以

㉛ 詳參拙撰，〈六朝樂府與仙道傳說〉，刊於《古典文學》（臺北、學生書局、一九七九）有關唐人的步虛，有 Edward H. Schafer, Paicng the Void: T'ang Approaches to the Stars. (Berkeley, 1977)。

嚴格規定法服的備辦、法具的齊備，乃至於壇上要求嚴肅的儀軌，無非希望在身心俱淨的宗教氣氛中，產生朝禮天尊、拜謁神君的神秘體驗。類此心齋、思神的狀態完全符合宗教的心理，也是當時道教發展時期所最刻意建立的宗教生活。玄宗即以帝王之尊願意親至道場教導道樂，而名士文人如顧況、劉禹錫等也紛紛撰作〈步虛詞〉，以歌詠仙真昇舉之美，就是道教教團的內、外都有意識地想要整備道法。杜光庭在晚唐五代所從事的整理道教科儀的大事業，就是表示道教科儀到晚唐已趨於完備，需要綜其大成。只有在這樣的道教齋醮史上才能解釋，爲何黃蜀葵花也在晚唐詩人的手中，具備視覺、聽覺的感官之美，這是極爲寫實而又傳神的場景。

本來莊嚴肅穆的道教齋醮就需要身心潔淨的參與，始能體驗到宗教儀式中的清淨，這是常情常理。但爲何薛能、韋莊的筆下卻另有一種幽怨的情調，新病後的玉人在道家妝束之下，不是肅穆，而是楚楚可人，我見猶憐；而薄妝黃衣的女冠也是恍惚而不專注，「侍醮遲」的遲字是雙關的：既寫道教齋醮時徐徐旋遶的遲緩動作，又寫出女冠在儀式中有種淒遲的心境。類此索莫的情緒以及仍有所希冀的自傷自悲，應該反映出一種較爲深刻的心理狀態，凡此就需要從這些女冠的出身、她們入道及入道後的情況加以考慮。由於黃蜀葵詩多出現於中晚唐，尤其是晚唐五代，這就不是偶然的現象，而是整個社會所具有的共通看法。現存的唐人詩集已經是殘存的，當時寫作的數量一定更多，也就是作家以此爲題，採用類此的寫作手法的一定較具普遍性，這是一種流行、一種時髦，因此所反映的女冠世界也就更具有時代意義，黃蜀葵花只是其中的一種面貌而已。

四、三首葵花詩的不同美感經驗

道教在六朝形成，尤其基於統一意識，整備道法，搜羅科儀，始終與外來的佛教具有直接間接的關係。其中道士或女道士的修真生涯是極爲重要的方式，採取捨離家庭而住進宮觀，以渡過修道的生活，在當時人的眼光中應是頗爲奇特的，這是傳襲佛教僧團的制度，卻又有本土的色彩，諸如隱士等的隱逸行爲。到隋唐時期，隨著政治的統一，僧、道也被納入官僚體制下，因而逐漸出現教團道教的性格，其中就產生女子入道的問題。唐朝的宗教政策中，出家爲僧與入道一直是朝廷所要面臨的問題，道觀的建設、度牒的發放也均與國家的經濟有關。因此唐帝中之崇道與否，就關係入道的數目、宮觀的設置，即以盛唐崇道的玄宗爲例，《唐六典》卷四記載開元時：「凡天下觀，總一千六百八十七所。」注：「一千一百三十七所，道士；五百五十所，女道士。」這是指州郡的官設道觀，實際數目絕不止於此。而且道士、女道士的比例也有不同的記載：《新唐書、百官志》所載的宗教職司，崇元署令一人，掌京都諸觀名數與道士籍帳、齋醮之事。其所統計的數目字有異於《唐六典》之處：「天下觀一千六百八十七所：道士，七百七十六；女冠，九百八十八。」不管如何，女冠之具有可觀的數目是可以確定的事。

有關女子入道的記錄，陶弘景在《眞誥》的註語中，只提到特設女真的真館，又有仙傳如馬樞《道學傳》的女子修道諸事跡，都可證明六朝既有女子入道、修真的情況，這些是道教史上值得注意的事。㉜至於唐代奉道的風尚大盛，天下既有五（或九）百餘所女冠所居的宮觀，則入道女子的數目就大爲可觀。這些女冠中自有多數是以真修道法爲目標，是嚴守清規，希求歸真的，可歸爲修真女冠一類。但當時入道修真中較特殊的厥爲公主、宮人，乃至一些時髦女性。根據《新、舊唐書》及唐人筆記的統計，唐室二百餘位公主中，入道作女冠的至少有十三位，而少有作比丘尼的，其中又以金仙、玉真爲最有名。㉝唐人也喜作〈送宮人入道〉詩，《文苑英華》即特別列爲專目，也可知宮人確有隨同公主入觀，或年老而未遣放民間者也有入道修真的風氣。

女子入道的情形最爲奇特的厥爲風流女道士一類，其中較爲史家注目的是魚玄機，雖名女冠，實爲娼妓；或者即爲李義山所奉贈應和的宋華陽姊妹一類，身居道觀，而習常與文人唱和交往，附庸風雅。在唐代具有艷情事迹的社會風尚中，較爲奇特的就是妓與仙的關係，娼妓自名爲神仙中人，而風流艷藪也被稱爲神仙窟，因而產生類似張文成遊仙窟的隱晦之作。將喜遊狹邪，隱喻爲遊仙，確是遊仙文學的一大變，唐代娼妓史正有這一奇特的現象。因而形成唐人對於修真女冠具有一種特殊的觀感，與六朝的修真女冠具有不同的形象，這是黃葵花詩寫作的時代情境。

㉜ 參拙撰〈魏晉南北朝文士與道教之關係〉（政大博士論文、民國六十七年）頁四三八—四四一。

㉝ Edward H. Schafer, The Princess Realized In Ja’ge, T’ang Studies, 3 (1985), 此文承 Schafer 教授寄贈，特此致謝。有關唐代公主入道之事，詳參❶所提供的拙作。

不管是修真女冠、宮觀女冠或妓館變相的女冠，既然身在道觀中，就需從事非常或特定的宗教活動，就是齋醮。前述的道冠法服以及步虛讚，其主要運用的就在齋醮儀式中朝禮天尊、頌詠步虛，構成教外人士心目中極爲深刻的女冠形象。但在實際狀況下，前述的女冠之中，諸如宮人之入道者、惑於時髦而身在道觀者、甚或假借名義而自命爲女冠者，凡此都要在不得已的情況下從事齋醮、修道等戒行，實在有其不易實行之處。唐人小說所反映的唐代通行的意識中，就有所謂世緣、情緣等，運用宿命式的命定觀解説人與人間的遇合，他們以此解説謫仙傳説，也影射世俗男性與女冠的不尋常關係。在這樣的時代情境中，才會出現黃蜀葵中的玉人及薄妝女冠。

薛能的一首是採用了隱喩形式：先説明意象的緣起，再寫明繼起的意象。在薛能的一生經歷中，沒有直接的證據足以證明他曾與女冠交往，在當時的社會風尚中，這仍是一件需加隱晦的事，否則李義山也不會留下如許的玉谿詩謎，讓後世的註家「獨恨無人作鄭箋」。薛能的輕薄、輕佻行爲中，則有些痕跡保存於戲贈歌妓的詩中，與歌妓的唱和、狎戲，是唐代文士極爲普遍的風流行徑，這位他所「記得」的玉人難道是藝妓而爲女冠的？至少可説他的經驗中，曾存在有位穿著道家妝束的玉人，在新病後勉力從事厭禳之事。對於玉人具有這樣憐惜的情懷，絕非是冷峻、冷肅的女冠子，而是曾與人間男子有過交往因此讓人「記得」的一類。

從創作過程言，薛能既然有日賦一章的詩課，在任職西蜀時習常遇見嬌黃新嫩的黃蜀葵開花的美景，經過盡日思索，他捨棄崔涯只直接表述道冠意象的方式，而採用繼起的意象的表達法：以現實的印象爲主體，將自己與女冠接觸的特殊經驗投射在目的物之上，形成後兩句的我見猶憐之感。但這些繼起的意象之後，花、人融合爲一時，是要表現秋日的黃葵花具有病態之美，清秋的季節、嬌黃的花色，讓詩人興發的是淒清、冷寂的美感經驗。其實這是所有詠葵花共同的悲秋情調，只是戴叔倫或崔涯等較直接表述花的生命的凋謝之美，而薛能卻從玉人、女冠發現新的認知關係。類此由新病—較初病佳，引發臉色的嬌黃、神態的不勝等的病態美，聯想到宮觀女冠的歲月，何嘗不是在時光中驚覺秋之冉冉將至。所以隱喻是詩人企圖創造一種深具彈性與原創性的語言，經由豐富的聯想力，將兩種原本不相干的現象發現新的認知關係，因而產生創新的閱讀經驗、美感經驗，這是薛能首發新聲之處。

有關薛能的詩，他自己是以第一流自居的，並以此驕人傲物。但後代詩話也有評爲不如是美好的，如《一瓢詩話》之例。依孫光憲《北夢瑣言》卷六所載：他譏評劉得仁不能變體。而自己對於黃蜀葵詩的處理，確是知所當變，因而能夠創造新鮮的隱喻，這倒是當之無愧的一首好詩。

韋莊的詩名在晚唐自有其獨特的地位，以寫作黃蜀葵爲例，則類此多頭緒的表達手法實近於神話原理。[34] 他設計由淡黃花色聯想到女冠法衣，此下繼起的意象即由女冠層層推出，

---

34 王夢鷗先生，在講述文學意象的表達時，即以黃蜀葵作爲材料而作精采的發揮，本文即在此基礎上又從道教文化加以詮解，特此註明並誌王先生之啓發。《文學概論》（臺北、藝文、民國六十五年）頁一五一—一五八。

從視覺意象轉入聽覺意象，構成一譬喻語所象徵的假象世界。由外表的類似轉深至精神意緒的相關，秋露離披之感是花落的蕭瑟、淒清；同時也是女冠生命中的秋天，所要面臨的清癯、淡薄的生活情境。這首詩的成功之處，在於起筆不直述黃葵花而完全寫女冠，人花合一，幾不可分，造成迷離、恍惚之境。本來物之擬人化，只是常見的以女人比花的移情作用而已，但韋莊所幻設的幻景之後，就將讀者導入人、花兼寫的幻筆之中，似在寫人，又似寫花，而且深刻把握了葵花的本性與女冠的心情，這就是向日、乍開的性格與動作。

向日、倚風的動作在驟視之下，只是韋莊描摹葵花的風姿；但在第一句中已將葵花幻化爲女冠，則這兩句中傾國貌、步虛詞的矜持和唱頌，確是女冠的心情，其間的聯結正在於譬喻詞：「似」、「如」二字，因此寫花也是寫人、寫人也是寫花。向日葵是當時詩人初逢黃葵花時所驚詫不置的，在唐代，黃蜀葵以乎已如掌禹錫所說的「近道處處有之」，還是仍以原產地四川爲最盛？韋莊寫作此詩特別標明是在使院所見，而且興奮地要急報同人一齊觀賞，都可看出在這之前較少看過，或未曾看過這樣美好的，因而用有趣、有情的眼光觀物，這是欣賞這首黃蜀葵詩的契機。

葵之向日一旦與佳人似矜傾國之貌結合，就非屬單純的意象而是具有更多義的隱喻。因爲一顧傾城、再顧傾國的李夫人典故，所冀承的朝陽正是漢武的帝王恩澤。以日、朝陽等陽剛意象寓寫君王是中國詩、尤其是唐詩中常見的象徵。希冀朝陽的向日心情，是嬪妃、宮人的共通願望，當時既有多數的宮人入道，這些宮人在入觀前，固然有私縫黃帔、收拾釵梳的；但在卸卻宮妝、辭出金屋之時，心中總難免有未償之願。這些宮觀女冠的心情，「似矜」

兩字最爲傳神，身在宮觀中卻好似仍矜持自己往日的容貌。

韋莊所寫的向日不僅單純比喻葵花的向日之姿，這種詮解並非附會或誤解，這需要從當時詩人的習慣性看法加以理解。同屬晚唐詩人的唐彥謙，也是活動於懿宗、僖宗之世，就曾明白寫出〈秋葵〉希承雨露的心情，兩首詩俱能反映出晚唐社會的同一意匠：

> 月瓣團欒剪赭羅，長條排蕊綴鳴珂。傾陽一點丹心在，承得中天雨露多。㉟

前聯寫花貌爛浪的盛況，後聯則寫出綺年盛貌中，丹心希求傾陽，又獨承特多的雨露，其中的象徵極爲顯豁。因此韋莊所寫的向日傾國，何嘗不可解爲宮中女性的自我矜持並表現其內心的真實願望。

關於「丹心」意象韋莊也有另一種表現方式，唐彥謙是將「傾陽」的心緒集中於一點丹心，韋莊則是寫其整體，整個花蘂向日，因而丹心也就朝向同一方向，才有乍開兩句的寫法。「檀炷」是指如燈炷一樣的檀心，就是李時珍《集解》中蜀葵所說的「金粉檀心」，不僅唐彥謙有「丹心一點」的觀察，張祐在寫黃蜀葵花時，也說「無奈美人聞把嗅，直疑檀口印中心」，類此描寫檀心的形狀，李時珍就讚美昔人體物之美，「頗善狀之」，確是實情。韋莊不僅善狀而已，還加入豐富的想像力，這是人花交融之後的善於比擬的手法。

㉟《全唐詩》卷六七一。

檀心、檀口都善於觀察花蘂綻開的形狀，因而花就不僅解語，而且在恍惚之中，似乎也能語。這一「疑」字不能解得太死，是作者當下之疑，也是設身處地地想像花之能語；不僅能語，而且試與雲和之曲也必懂得吹奏。由語而曲，由聞語而解吹，自是詩人對於葵心檀口的想像，但其中的關鍵仍與女冠有關：因爲宮人入道，如玄宗時金仙、玉真等公主發心入道，必有大批宮女隨伴，宮女在道觀中的齋儀活動，除了部分參與對捧金爐的司、侍活動，也有些將原在宮中、教坊所嫻習的聲技運用於宮觀中。唐玄宗就曾在天寶十載「於內道場親教諸道士步虛聲韻」（册府元龜卷五四），至於其他教坊中的教曲更是宮中的音樂盛事。此外還有歌人、藝妓之入道的也都會解吹樂曲。在此「雲和」二字，雖是因襲《周禮、春官》大司樂的典故：「雲和之琴瑟」、或北齊〈明堂歌〉的「孤竹之管雲和絃，神光未下風肅然。」它原指絲竹彈奏的樂器，這裏則喻指道經中諸天妓樂所吹奏的曲調，經由檀口的錦心繡口的吹奏，一定有讓人特別動聽之處。

從韋莊所寫的中間兩聯，將繼起的意象承女冠而下，而不拘執於黃葵花的本身，詩情就在人花交相融合的情境中，既寫花的向日倚風之姿，也寫檀心顫動之狀，而這些卻完全投射於女冠的心緒意向，恍恍惚惚，疑有若無，讓意象構成一個譬喻世界。因此最後點醒葵花的不禁秋露離披，固然是點明題意，但也是由花再點出女冠的生命：秋露離披，年華老去，基本上都是承襲了葵花詩的悲秋主題。只是一些直述式的表達法，都是較直接推展出有關生命開落的意象群，再結出悲秋；而意象繼起的間接表達法則是投射於女冠之上，讓讀者產生一種因同情女冠的命運，而後再落實爲秋葵的悲感。

唐詩中有關女人與花的主題實具有多面性，寫悲淒者有之，也有不少寫歡樂的。近代研究唐代文化的都一致指出，這一聲華鼎盛的朝代，蘊育出可觀的爛浪花開的唐型文化：浪漫、自由而充滿活潑的生命力，唐代子民不管是士大夫或平民的生活，也多少感染了一些大唐文化的進取、高雅的氣質，所以花與女人也就成爲男性社會中常見於吟詠的對象：其中娼妓、藝人及由此附麗的音樂、妝飾文化，將唐人的生活妝點得多彩多姿。他們賞花，鍾愛的牡丹固然傾動一時，其他新移植、新品種的也多可預於群芳譜上。至於交往歌妓則進士新貴、文人墨客也多以風流相尚，流連歌舞，這是他們真實生活中較風流浪漫的一面，與攀緣貴姓、講究門第所得的婚姻生活頗不相類。

唐代詩人在禮制嚴謹的婚姻生活中，對於一些較爲奇特的女性，如宮女、女冠以及歌妓等，由於具有不同的接觸，也易於因同情的瞭解，嘗試爲這些女性寫作小說或詩歌，〈宮詞〉所表達的是宮怨、假借歌人之口所寫的是妓人之悲，至於道觀、宮觀中一些非純爲修真的女冠，何嘗不是另一種「宮」怨。初、盛唐時，女子入道的風氣漸盛，公主貴人所引起的時髦風尚也逐漸爲一些女子所仿效，女冠中有一部分的變質正是在中晚唐社會逐漸出現的。也只有在這種情況下，才會出現葵花與女冠相互隱喻的詩，晚唐詩人敏銳地將這一現象創新地表現於詩中，成爲運用隱喻以達成藝術效果的「創作」，而當時的讀者也在共同經驗、共同情境下，對於這些新現象的理解有所憑依，因此出現了這些精彩的作品。

五、結語

唐人之作葵花詩，一般均從花開花落的植物特性來感慨時間的推移感，惟有薛能、韋莊兩首寫黃蜀葵的，卻能在時間意識之上，賦予一層特殊的時代意義：原本嬌黃初綻的一叢黃花，欲品題一詩，或報知同人而共賞，都只是尋常的賞花題詠的詠物之作；但由於中唐以後入道的女子漸多，這些女冠子的服飾打扮，以及所從事的齋醮活動，對於當時人確實具有一種宗教的神祕感。塵世中人之於一些不易知的世界，總是充滿著好奇之感，就像宮牆外的人，對於高牆內宮女生活的謎樣感覺一樣，因而讓詩人寫出充滿想像力的宮詞，成爲唐詩中表現婦女生活的奇特之作。對於宮觀門牆內的道士、女冠生活，非入道者除了偶或讀書山林、遊旅道觀，而得以略知其概外，就只有依賴傳聞作離奇的想像了。

從道教科範、齋醮的發展史加以考察，其實法服所象徵的入道生活，其本身是一場心性不斷的自我試煉，將人世中的情慾、煩惱，在徐徐旋行的動作中逐漸昇華。而旋遶香爐、仰企玉京的宗教氣氛，也確能使一些高道在心身的清淨之後，獲致心齋、逍遙的境界。一般言之，凡塵中人所好奇的則多是其中的佚聞綺說，特別是有關女冠子的遲疑心境，這是富於人情之常的。由於感到神秘而好奇，從而想像宮觀中人在道家妝束之下，應仍有一段尚待清淨的世俗情懷。這一推想是真實、抑或想像並不重要，但中唐至晚唐，真有一些傳聞附麗於清修的女冠生活中，詩人（作家）之於常人（讀者）是較富於想像力，特別是其中有一些曾經入道或習常與道教中道士、女冠交往的，在道教發展的上昇階段，類此在尚屬於創的女子出家入道的宗教生活：其中情與慾的割捨、靈與肉的昇華，以及對終極關懷所展現的生命型態，凡此都會引發詩人濃厚的好奇心。女冠的形象及其獨特的生命，一旦能讓詩人覓得恰切的隱喻物就足以滿足其想像力，因而有這類黃葵花詩的出現，唐代詩人的高明技巧，確爲道教文學留下了成功的藝術品。

仙、妓與洞窟——唐五代曲子詞與遊仙文學

在詞史上與道教有關的約有兩個問題：一是與道調相關的詞牌，二是與女冠制度相關的辭彙，而這兩者之間又具有相互因應的關係。從道教原先具有的宮觀清修制度，衍變爲娼妓文學的一種隱喻，其中的關鍵時期，從唐經五代到北宋初，也就是研究詞史者列爲淵源的一段時期，這也正是詞文學較具有創發力的階段。道教在唐代的崇道氣氛中發展其獨特的風格，與之有關的道樂、道制均有蓬勃的發展，因此其影響面也遍及社會的不同階層，五代、北宋初詞中的道教成分，就是這一仙道風尚之下的產物，是道教文學中極具特色的成就。從文學史或詞史的觀點研究，詞的形成問題一直是衆說紛紜：有的提出「唐五代詞」之說，解釋兩宋詞的早期發展；有的則從音樂文學的發展，將宋前與詞有關的時期稱爲「唐五代曲」，或「唐五代曲子辭」，其實兩者都屬於一種溯源性的研究，而其中的關鍵就在早期資料的運用問題。這一問題的提出與激化就在對於敦煌曲的解釋，其中主要的問題凡有：敦煌曲不同寫卷的抄寫年代、所抄寫曲辭的出現年代，這些錯綜複雜的學術論爭至今仍無定論。❶而道調及

❶ 有關敦煌曲的討論，以任二北與饒宗頤、潘重規諸先生爲主，其論爭情況有波多野太郎在《東方宗教》上所發表的綜合評議，頗爲方便理解，可參五三、五四及五五號（一九七九－一九八〇）。

與之相關的詞牌剛好又集中於這一頗富爭論的關鍵時期中，本文並無意解決其中的癥結，只是想從道教文化史的立場解說：道教音樂、道教女冠制度與唐至北宋初詞文學的關係，或許可以提供另一側面角度的理解，其中所呈現的確有一些值得深思的問題。

一、敦煌曲辭的創調、流傳諸問題

詞爲音樂文學，詞牌中諸如〈洞仙歌〉、〈阮郎歸〉或〈女冠子〉之類，自是與道教有密切的關係。但其中存在一些問題卻需詳加考察，就是原調始辭、原調原意、原調非始辭、原調非原意；或者非原調而有與女冠、神仙相關的。其實原調只是一種方便說法，從現存史料如《教坊記》及敦煌曲等是無法證明其爲原調的，這裏只是就詞牌名稱直接題作與仙道有關的，就說是「原調」；至於「始辭」❷也是不可能的，因爲它的原作能否流傳至今，在史料不足徵的情況下，就只能保守地說是「原意」。曲牌或詞牌的名稱與內容，其間的問題約有三個：一是牌名與內容相應，所詠的確爲神仙或女冠，這是道教文學的正宗。二是牌名與內容不相應，其中有兩種現象：一是名爲詠仙，而所詠的則是娼妓；另一則是襲用調（詞牌）名，所詠的則是其他的事物，這是遊仙文學的變體。三是牌名與仙道無關，而所詠的則是神仙、

---

❷ 任二北對於「始辭」一辭的運用及其時代，較傾向於往前推，注意原調、本意較早出現的現象，詳參《敦煌曲初探》頁五〇。

女冠或是娼妓，後者就關繫及娼妓文學的發展。這三種不同的情況都與音樂文學、道教音樂及女冠制度的衍變有關。

道調的發展，唐代是承六朝齋醮之後而有新的製作，陳國符指出它是屬於燕樂系統：高宗時有祈仙、翹仙等樂；玄宗時喜好神仙之事，製作道樂尤繁，有玄真道曲、大羅天曲、紫清上聖道曲及景雲六曲等，施用於兩京及諸州玄元廟。❸任半塘箋訂《教坊記》時，也說明高宗、玄宗時期，所製道曲乃專爲李唐頌揚老子，與法曲同屬清樂。❹崔令欽所錄的曲名，任氏均一一考訂，在數達三二四首中，凡本意涉神仙者約有十餘種：其中衆仙樂、太白星、臨江仙、阮郎迷、五雲仙、洞仙歌、天仙子、女冠子、羅步底及迎仙客十種，所題的曲名大體可確定爲道曲，其辭雖已不傳，但從其他相關的記載仍可約略推測它的曲意：衆仙樂與《唐會要》所載的九仙、大仙都、飛仙、神仙、自然真仙曲等，似爲歌詠諸仙而作，與祈仙、翹仙諸曲，同屬性質相近的道樂。而其他數首的制作，疑與神仙傳說有關的，任氏所考出的凡有三首：太白星與《逸史》載章仇兼瓊遇四酒仙，玄宗問召星公，說是「太白酒星」；五雲仙爲《幽怪錄》載玄宗與葉法善步虛至廣陵觀游，諸士女仰望曰：「仙人現於五色雲中」；羅

❸ 有關道教音樂的研究，較有系統的是陳國符所撰的《道樂考略稿》，收於《道藏源流考》（臺北、古亭書屋、民國六十四年）頁二九一－三〇七；而音樂史專著中也多涉及，可參楊蔭瀏《中國古代音樂史稿》（臺北、丹青，民國七四）。

❹ 任二北對於崔令欽《教坊記》的研究成果，有較早出版的《教坊記箋訂》（臺北、宏業、民國六二年）頁八－十一。

步底則是《神曲感遇傳》載玄宗夢二十八宿中諸仙，自稱寄於羅底間，訪至寧州東南羅州山，聞樂得之。❺三首的事跡均與玄宗有關，自是因他崇道、禮敬道士，又曾於內道場親教諸道士步虛聲韻，而教坊的設置更是因他夙喜音樂之故。所以教坊曲中制作與他相關的道曲，自有其奉道的背景可以解釋。

教坊曲中與後來使用的詞牌有關的，也有四、五首之多：〈洞仙歌〉、〈天仙子〉、〈女冠子〉，雖無法找出相關的唐人筆記的事跡；但所顯示的洞仙、天仙、女冠諸辭，則是遊仙文學中所常見的。它與前述的九仙、飛仙等有不同之處，就是較偏重於女仙的描述，尤其女冠的意象更是指女道士。由於曲辭不存，其原調原意究竟如何？就需從遊仙的背景加以推測。另一首〈臨江仙〉，敦煌曲有〈臨江山〉，屬登臨寄慨之曲；但五代〈臨江仙〉之辭則仍有詠仙的艷情之作，因而原調可能也有〈臨江仙〉一種。這些以女仙、女冠爲題的曲子顯示當時存在一種歌詠女仙的風尚，而這些女仙應有特定的時代涵意。

目前能據以推測此類曲名的資料，就是敦煌曲與《花間集》，據〈花間集敘〉即有「唱雲謠則金母詞清」之句，「雲謠」二字除是用典，更有喻寫《雲謠集》等一類早期曲子辭的意旨。因此將《雲謠集》雜曲子及其他敦煌寫卷中的曲子，當作教坊曲與五代曲的中間階段，就可發現這些殘存的曲辭，有些固是本意，而有些則是只用其曲調而已，可見這些曲子的寫作時代是存在諸多複雜的問題。

---

❺ 同上，任氏箋訂。

敦煌曲歷經學者的整理，大體已能瞭解其抄寫的情況。❻其中題名與神仙、女仙有關的曲調，見於《雲謠集》雜曲子的凡有〈天仙子〉二首、〈洞仙歌〉二首，及另一類寫宮觀女冠的〈內家嬌〉二首。此外其他寫卷中所存的雜曲，還有〈別仙子〉一首、〈臨江仙〉三首等。數目雖不多，仍可代表民間無名作家所保存的創作意念，與花間作家的表現相較，可作爲另一風格的代表。〈天仙子〉一種較近於調名本意：

燕語啼時三月半。煙蘸柳條金線亂。五陵原上有仙娥，攜歌扇。香爛漫，留住九華雲一片。 犀玉滿頭花滿面，負妾一雙偷淚眼。淚珠若得似眞珠，拈不散，知何限，串向紅絲應百方。（斯一四四一）

燕語鶯啼驚教（覺）夢。羞見鸞臺雙舞鳳。天仙別後信難通，無人問（共），花滿洞。休把同心千偏弄。叵耐不知何處去。正時（是）花開誰是主，滿樓明月夜三更。無人語。淚如雨。便是思君腸斷處。（同上）

這兩首的主題，任氏認爲是「遊女情辭」。「五陵」二字，指實遊女與王孫的互相追逐的

❻ 敦煌曲的箋訂凡有多家，本文參用潘重規先生《敦煌雲謠集新書》（臺北，石門，民國六十六年）；饒宗頤先生《敦煌曲》，又有〈敦煌曲訂補〉刊於《史語所集刊》五一－一〇；及任二北先生最新出版的《敦煌歌辭總編》（上海，上海古籍出版社，一九八七）

場所在長安，因而其創調約在開天間。❼五陵是唐詩中常見的地點，而使用的年代則從初唐至晚唐，這一處三月半的五陵原，正是長安年少的嬉遊場所，而所與遊的「仙娥」，自是假女仙之名而爲艷情之行的遊女、妓女。所以下半闋（或是另一闋）才以遊女的口吻，自稱爲妾，寫別後的惆悵。第二首有「天仙」二字，指別去的所歡者，與後半闋的末句「思君」相呼應。❽在同一類作品中，有時也用劉晨、阮肇誤入仙境的傳說，稱爲劉郎、阮郎，是從遊女的心情寫別後的思戀。類此曲子大多演唱於藝妓之口，攜歌扇的仙娥正是這類女子的隱喻，所以〈天仙子〉的調名，所寫的並非真爲仙界中人，而是歌場中人，這種隱喻手法是以唐代社會的娼妓爲背景。

〈洞仙歌〉二首則非屬調名本意，所寫的是「恨征人」。爲假出征家人的口吻所寫的閨情，所云：「恨征人久鎮邊夷」、「無計恨征人」正是幽怨的情緒。曲中多強調思慕、怨尤之情，而結以願望：「願長與今宵相似」、「願四塞來朝明帝，令戍客休施流浪。」類此征人婦的怨歌是唐詩中常見的閨情之一，但頗疑也是歡樂場中女子的假託之辭。不管其中所表現的思慕良人的情緒爲何，都非調名「洞仙」的本意，原題應是歌妓有關的洞中仙，已是實際仙真的隱喻，它的創調時間應與將洞仙轉用爲歌妓中的隱語相符；至於類此征人婦幽怨之作的作辭時間應該較晚些出現。

---

❼ 任氏上引書，頁一二二。

❽ 任氏將斯一四四一「天仙別後信難通」的天仙改作「思君」，惟本文仍依原卷。

〈別仙子〉一首，任氏註明是「調名本意」，爲「男女熱戀之作」❾：

> 此時模樣，算來似，秋天月，無一事，堪惆悵，須圓闕，穿窗牖，人寂靜，滿面蟾光如雪。照淚痕何似，兩眉雙結。曉樓鐘動，執纖手，看看別。移銀燭，猥身泣，聲哽噎，家私事，頻付囑。上馬臨行說，長思憶，莫負少年時節。（斯四三三二又七一一一）

這首戀情辭，到底是一般男女的熱戀，還是五陵少年的遊女情戀？從抄寫的壬午即德宗貞元十八年，❿則作辭時間可提早到中唐初葉。這時別仙子的仙子本意應與天仙子相近，是長安年少與遊女的送別情辭。

〈臨江仙〉四首，任氏將失調名的伯三一三七，題作〈少年夫婿〉；伯二五〇六、斯二六〇七及另一殘卷，題作〈時世參差〉；斯二六〇七則題作〈求仙〉；又將另一首改爲〈臨江仙〉，題作〈大王處分〉。除第三首的殘句有求仙之意，其餘都非調名本意。其中有句「不處囂塵千百年，我於此洞求仙」、「神方求盡願爲丹，夜深長舞爐前」，從洞中求仙、夜舞丹爐前的辭意，可知大體頗能符合原調的調名。

《雲謠集》三十首中，雖只有〈天仙子〉、〈洞仙歌〉的調名與仙道有關，但已可證明

---

❾ 任氏上引書，頁三二六。

❿ 饒氏上引書，頁六。

其中的仙娥、天仙並非神仙的本意，而是遊女的隱語。從「五陵」一辭來推測，它也出現於浣溪紗、傾杯樂、漁歌子之中，都是寫五陵的浮艷少年與遊女之間的艷情。因此這些直接題名爲天仙、仙子的調名，也就反映出同一集子的時代趣味，確有狹邪之遊的情調。此集另外還收有兩首〈內家嬌〉也是頗引起討論的：任氏訂爲楊妃入道後、入宮前的天寶初年，是內廷樂工向李隆基邀寵之作；而饒宗頤先生則歸爲李存勗御製。⑪ 其中的關鍵語，凡有「解烹水銀，鍊玉燒金，別盡歌篇。除非卻應奉君王，時人未可趨顏。」及「應是降王母仙宮，凡間略現容真。」後一首伯三二五一題作〈御製臨（林）鍾商內家嬌〉。這位御制中顯現風流的第一佳人，既能煉丹，又應降仙宮，確有喻寫楊太真的嫌疑，它具有證明其他作品也完成於盛唐的意義。

敦煌曲所討論，任氏所提出的注意點中，凡有創調、作辭、選集、寫卷四項，寫卷爲其下限，而其他諸項的上限就不易確定。從崔令欽爲玄、肅二宗時人，《教坊記》的記事於開元，則當中所保存的調名自應是開元教坊的制作，則〈天仙子〉、〈洞仙歌〉等曲的創調時代確有産生於玄宗時的可能性。《雲謠集》的作辭，從曲辭本身固是不易有明確的證據，但其中所反映的艷情多少可見其時代色彩，就是玄宗朝以來對妓樂的普及實爲一轉捩點；德宗時遊宴之風亦極盛，宣宗時士子與妓女交遊的風尚大行，因而有孫棨《北里志》之作。這段時期將妓館和洞仙的關係結合，教坊曲的流傳、《雲謠集》的搜集，都是這一期間內的曲辭形成的

⑪ 任氏上引書，頁二二九－二三四。饒氏書頁一〇〇。

紀錄，而不一定爲一時一地之作。

二、唐詩「仙」、「妓」的隱喻與唐代社會的妓風

《教坊記》與《雲謠集》中有關「仙」的概念，是基於唐人對仙的特殊認識。如果單純地指稱神仙、仙真，則是中國神仙思想史的自然發展，並無特異之處。但從曲辭中所反映的仙娥、天仙、仙子，作爲一種特殊身分的女性的隱語，就需要瞭解「仙」字語意的轉用，乃是時代風尚的產物，具有唐代社會用語的時髦性、流行性，這一點早在陳寅恪研究崔鶯鶯的真實身分時就已初發其覆，⑫且爲後來的研究者所襲用，並稍作修正。⑬本文試將此一「仙」字使用的時代再進一步加以釐清，借以說明調名及曲辭的產生時代。這一問題關涉及中國娼妓史、及遊仙詩史，確是有助於瞭解五代、北宋初詞中的神仙意象的形成緣由。

六朝遊仙文學，不管是遊仙詩或遊歷仙境小說大體保持神仙、仙真的本意，純粹詠頌遊歷神仙世界及交往仙人，即以劉晨、阮肇的誤入仙境爲例，與洞中女子的人仙姻緣，也是借

---

⑫ 陳寅恪先生具有創見的〈讀鶯鶯傳〉，發表以後既已爲學界所接受，收於《陳寅恪先生論文集》（臺北、九思，民國六六年）頁七九一－八〇〇。

⑬ 曹家琪，〈崔鶯鶯元稹鶯鶯傳〉刊於《光明日報》（一九五四、九、一四）收於《文學遺產》二十期，即補充仙也可稱呼一般女子或公主。

用民間傳說以表達時人對於理想婚姻的願望，是一種幻設的筆法。⓮至於上清經派以江南洞穴的地理景觀爲背景，完成其洞天福地的構想，讓神仙中人棲止於其中，因而有洞仙的觀念，這就是六朝末見素子的《洞仙傳》。⓯這兩支分別流傳於民間社會、道教內部的神仙說話，相互激盪形成素樸的民間說話，直至唐代保持此一面貌的傳說仍然繼續流傳下去，成爲唐人的遊仙詩及仙境小說。但由於唐代娼妓的蓬勃發展，就出現文人狹邪之遊的風尚，因而形成遊仙的另一特異的發展，而出現了「仙」字的特殊用法。

洞仙的觀念被轉用的早期資料，目前所知以張文成〈遊仙窟〉爲較早，這篇張文成的早年之作應該完成於高宗至則天武后掌政時期，當時積石山爲唐軍衛戍的前線，張文成所說的「此是神仙窟」、「此處有神仙之窟宅」，當是隱指妓院，而「忽遇神仙」、「忽逢兩個神仙」的神仙則爲營妓或官妓，此遊仙窟不過是一段狹邪遊的經歷。⓰這一結論大體是可信的，將洞窟中的崔女郎以女仙代稱，張文成當有所據於當時的傳聞，而這一頗具有創意的隱喻手法，自初唐、盛唐之際既已出現，顯示「洞仙」的語詞用法已被賦予一種新意。在詩、小說的創作習慣上，由於它的新鮮感勢必有所風行，尤其其中所指陳的又是狹邪之遊，基於隱晦其行

⓮ 詳參拙撰〈六朝道教洞天說與遊歷仙境小說〉，收於《小說戲曲研究》第一集（臺北、聯經、一九八八）頁三－五二。

⓯ 詳參拙撰〈洞仙傳研究〉，收於《六朝隋唐仙道類小說研究》（臺北、學生，民國七二年）

⓰ 有關此一小說的研究凡有多篇，以波多野太郎，〈游仙窟新考〉較爲周備，刊於《東方宗教》十（一九四二、三三）。

的考慮，妓院中人與遊狹邪者共同使用時，就成爲一種流行於某一行的行話，作爲一種代稱。

盛唐時期仙字語意的轉用仍屬於過渡階段，還不十分普遍，李白（七〇一－七六二）在觀妓詩中所用的「出舞兩美人，飄飄若雲仙。」⑰仍是明喻的用法，是按照唐人習慣，直呼妓女爲美人，再以雲中仙子比擬其舞姿之美。錢起（七二二－七八〇）也在陪宴時，將仙妓與詞人並提「詞人載筆至，仙妓出花迎。」⑱詞人、仙妓均爲宴集中騁藝的能手，一以文筆、一以歌舞，「仙妓」可說是裝扮、妓藝如仙的妓人。將仙子直接用以隱喻妓女的習慣，元、白兩人最具有推波助瀾的作用，而且這一公案早經陳寅恪抉發其中的隱微之處。

元微之（七七九－八三一）早年與崔鶯鶯的一段因緣，表現於〈鶯鶯傳〉中，所續〈會真詩〉多運用許多仙真的典故，如金母、玉童，或「吹簫亦上嵩」、「蕭史在雲中」之類，其實它是一首男女情濃的艷詩。因而所會的仙真崔氏，陳寅恪疑與楊巨源賦崔娘詩的蕭娘一樣，俱是使用典故，就是張文成所寫的崔十娘。因此這一崔姓女子的崔，除了攀附高門之意外，又多了一層影射妓人的隱意。近年也有以仙字只是指美貌女子的說法，這一用法確也存在，但仍不能排除崔鶯鶯之爲尤物的嫌疑，主要的證據還在微之、居易間有關〈夢遊春〉詩的唱和。

元稹〈夢遊春〉詩的詩句，有「但作懷仙句」、「近作夢仙詩」諸句，類此「懷仙」、「夢

---

⑰ 李白〈秋獵孟諸夜歸置酒單父東樓觀妓〉。

⑱ 錢起，〈陪郭常侍令公東亭宴集〉。

仙」諸字並非泛稱，而是唐人有關詠仙的習用之題，盧照鄰有〈懷仙引〉（《全唐詩》卷四一）、王勃有〈懷仙〉（《全唐詩》卷五五），均爲懷仙之例；王勃又有〈忽夢遊仙〉（同上），白居易也有〈夢仙〉詩，也多屬於唐人遊仙詩的同一系列⑲。元、白即是熟知此題，因而易於套用其格式，但卻巧妙地轉用其語意，他所指的應是〈會真詩〉一類。所以〈夢遊春〉中即有一段云：「昔歲夢遊春，夢遊何所指。夢入深洞中，果遂平生趣。清冷淺漫流，畫舫蘭篙渡。過盡萬枝桃，盤旋竹枝路。」而白居易所和的也有一段是：「昔君夢遊春，夢遊仙山曲。怳若有所遇，似愜平生欲。因尋昌蒲水，漸入桃花谷。」（和夢遊春詩一百韻）其中的深洞、仙山，及萬枝桃、桃花谷，既是運用了仙境小說中常見的母題；又呼應〈遊仙窟〉中的神仙窟、桃華澗，因此就更落實元稹的一段年少情緣，確有妖艷婦人或不尋常身分女子的可能性。其實元、白自是都熟知其事，因他們也都有當時文人蓄妓、招妓的習氣，自能熟練地使用妓院中的習語。

白居易一生詠諸妓詩也頗不少，德宗元和十年（八一五）貶謫江州時，曾作〈醉後題李馬二妓〉詩，除寫醉後觀賞其歌舞之姿：「豔動舞裙渾是火，秋凝歌黛欲生煙」，又描摹二妓的容態之美：「疑是兩般心未決，雨中神女月中仙。」雨中神女可解爲巫山雲雨中的瑤姬，月中仙可解爲嫦娥；但也可解作直述醉眼中具有朦朧之美的女子，恍如現於雨中、月中。類此宴飲之中，佳肴美女並陳，極聲色之歡，正是江州司馬的行逕。唐代進士多是風流自賞、流

⑲ 有關唐人遊仙詩的研究，詳參〈唐人遊仙詩的傳承與創新〉。

連詩酒，此中必也少不了歌妓。長慶三、四年（八二三、四）在杭州時就有〈湖上醉中代諸妓寄嚴郎中〉詩，前半也模擬諸妓的口吻使用仙郎的用語：「笙歌杯酒正歡娛，忽憶仙郎望帝都。借問連宵直南省，何如盡日醉西湖。」在醉歌歡狎的作樂中，代諸妓將所歡暱稱爲仙郎正是典出劉、阮誤入天台的六朝傳說，也是男性所創用的仙妓文學中的習語。

中唐社會流行以仙擬妓，在當時既已蔚爲風尚，就常成爲夜宴、贈妓詩的新鮮意象，同爲貞元年間的進士，王良士後來在任西川劉闢幕僚時，就有〈奉陪武相公西亭夜宴陸郎中〉詩，即細膩描摹夜宴的情調，前半的情境就設計得極爲芳馨：「芳氣襲猗蘭，青雲展舊歡。仙來紅燭下，花發綵雲端。」（全唐詩三一八）月中之仙、燭下之仙都能襯托出歌舞妓的虛幻之美。劉言史——與李賀同時，也有一首〈贈長史妓〉，小注：「本內宮人」（《全唐詩》卷四四八）就以「寶鈿雲和玉禁仙，深含媚靨裛朱弦。」描寫宮中歌舞人的身分與聲技，「仙」字自是隱喻身分的代稱。陳寅恪先生所說的「仙之一名遂多用作妖艷婦人或風流放誕之女道士之代稱，或竟有以之目娼妓者。」[20]這是第三種情況，在他的推測中曾引述施肩吾的兩首詩：〈及第後夜訪月仙子〉、〈贈仙子〉，前一首應是憲宗元和十年（八一五）登第時所作，在新及第的自喜情緒下，尋幽探勝，「還將天上桂，來訪月中仙。」詩中所用的「月中仙」三字自是切合夜訪的情境，月光之中的飄渺仙子；但也是用典，天上桂、月中仙正是指嫦娥，這一神話象徵是常被唐詩人引用的，也是仙妓詩的常典。不過白居易詩「月中仙」的新辭彙，以白

---

⑳ 陳氏前引文，頁七九一。

詩的風行應頗有可能早爲娼家或詩人所熟知，則「月仙子」可解爲妓女的藝名，也可解爲詩人所使用的新隱喻。及第後往訪仙妓，所反映的正是唐代進士常在登第之後宴飲於平康里的風尚，在當時已目爲風流艷藪。

施肩吾早年作進士時，在夜宴時確有以仙擬妓的習慣；夜宴曲即寫蘭缸如晝、玉堂沈香的氣氛中，「青娥一行十二仙，欲笑不笑桃花然。」將人間的盛宴比擬爲瑤臺仙宴，仙姬獻舞。不過另一首〈贈仙子〉固有贈妓的嫌疑，但其寫作的時間及手法就較爲曖昧：「欲令雪貌帶紅芳，更取金瓶瀉玉漿。鳳管鶴聲來未足，懶眠秋月憶蕭郎。」（全唐詩四九四）詩中即使用道教的服食玉漿、蕭史秦女的神仙眷侶的典故，它固可依循仙妓詩的寫作旨趣，解說爲女妓以酒作飲，並寫醉後酒醒時有所追憶於所歡；但也可當作風流女冠的閨情解因爲這位仙子在勤行服食求仙的行爲中，仍可希冀蕭史爲伴，同登仙境之樂。將仙、妓二意象所形成的隱喻關係，以此直寫女仙再輾轉衍生相關的意象，實在是當時的詩人所體會的神話象徵的表現手法：不直言妓，而又時多暗示其爲妓院中人的身分，因此神仙意象只是一個假象世界。會昌、大中時人趙嘏有一〈贈女仙〉詩，也是採取同一寫法：「水思雲情小鳳仙，月涵花態語如絃。不因金骨三清客，誰識吳州有洞天」（全唐詩五五〇）鳳仙、洞天原是遊仙詩的意象，但在此則是隱喻吳州的女妓，因此水思雲情、月涵花態的美貌柔情，應是人間、仙境的仙子所共具的，可謂爲娼妓文學的新表現。

宣宗時孫棨所寫的遊仙窟紀錄《北里志》，就具有筆記的真實性，其中所錄的詩也是同一機杼。有關妓院的描述，在孫棨紀實之作以前，大多爲小說家之筆，白行簡的〈李娃傳〉就以平康里鳴珂曲爲舞臺，其宅「門庭不甚廣，而室宇嚴邃」；及延入，始知其中「館宇甚麗」。蔣防寫霍小玉的「勝業坊古寺曲」，是平康里斜對有甘露尼寺的里坊，李益所住的西院也是「閒庭邃宇，簾幕甚華。」至於孫棨所作的實錄，其時間雖是宣宗時事，卻也是玄宗以下的風流艷藪的遺風，平康里正好在朱雀街東第三街，東爲萬商雲集的東市，北爲樂器商集中的崇仁坊，西務本坊爲太學之所在，南宣陽坊則爲楊氏昆仲的邸宅。此一精華區中就存在有歡樂場所，尤以南中二曲，「皆堂宇寬靜，各有三數廳事，前後植花卉；或有怪石盆池，左右對設，小堂垂簾，茵縟帷幌之類稱是。」長安城的妓院固是較爲優異，爲大都會中典型的神仙窟，銷金窟，其他的商業城市也是如此。《雲仙雜記》就特別紀載：宣城妓史鳳「迷香洞」的奇聞，迷香洞、神雞枕、鎖蓮燈的設備，需納錢三十萬始得登堂入室。而這位名妓也自撰一詩誇飾其中的迷人之處：「洞口飛瓊佩羽霓，香風飄拂使人迷。自從邂逅芙蓉帳，不數桃花流水溪。」（全唐詩八〇二）史鳳說此中天地有勝於桃源仙鄉處，自是說明傳說中的仙洞只飄渺於流水煙波中，而人間的仙洞則條件具足，就可暫扮仙郎。香不迷人人自迷，「迷香洞」三字可說是妓院最具體而微的隱喻。㉑

遊仙的隱喻系列中即有仙洞，就有上演的洞仙、仙郎，將人仙之間的姻緣落實於狹邪之行中，形成一些虛幻的情戀。它表現在三方面：就是將普遍使用於元、白等中唐詩人所使用的洞仙意象，表現於遊妓院的歌詠中；而妓院中人也被稱爲某仙，或自號爲某仙。至於喜遊

㉑《全唐詩》卷八〇二錄史鳳詩七首，分題迷香洞、神雞枕、鎖蓮燈、鮫紅被、傳香枕、八分羊、閉門羹。

狹邪者則以劉郎、阮郎等誤入仙境者自居，扮起仙郎、仙夫，演出短暫的洞中情緣。從德宗到宣宗年間，教坊及妓院相互激盪，形成娼妓制度的特殊發展，㉒也就在這一時期內，詩人建立了娼妓文學的主要特徵，將劉阮誤入仙境、張生遊歷仙窟的小說情節賦予新意或强化其意，形成具有新鮮感的新隱喻關係，孫棨完成《北里志》的前後，正是娼妓文學具有高度創發力的巔峰時期，在此之前都只零散地出現，而平康冶遊錄一出，唐代社會也逐漸進入朝代末的衰世了。

神仙窟中的妓女以仙爲名號，固是順應恩客的雅好心理，也成爲自我身分的一種標幟，其實命名取號的行爲本身即是一種嘲弄，對於娼妓命運的悲涼姿勢。憲宗、文宗時人李涉即有一首〈遇湖州妓宋態宜〉詩，其一即云：

曾識雲仙至小時，芙蓉頭上綰青絲。
當時驚覺高唐夢，唯有如今宋玉知。（全唐詩四七七）

將雲仙比擬妓人，也可能是自號。李涉在雲仙至小時既已認識，其二則說「陵陽夜會使君筵，

㉒有關唐代娼妓的研究，參王書奴《中國娼妓史》（臺北、萬年青書店，民國六三年）；單篇論文則有王桐齡，〈唐宋時代妓女考〉刊於《史學年報》一－一；較近的則有宋德熹〈唐代的妓女〉是較完備的論文，刊於《史原》第十（民國六九年十月卅一日）。

解語花枝出眼前。一一從明西沈海，不見嫦娥二十年。」二十年前舊識時，只綰青絲，而今卻相遇於夜宴，花已解語。詩中以高唐神女、月中嫦娥作典故，都貼切地回應雲仙的隱喻。在孫棨的記憶中，平康里的妓人就更集中地表現這一習慣：南曲天水僊哥，字絳真，「僊」、「真」二字都是用以稱呼神仙的，自前道教時期的初意至此已轉化為仙妓的用法，都是一些關鍵字眼。㉓故前曲假母楊妙兒家有長妓萊兒，字蓬僊——因她貌不甚揚但卻利口巧舌；另一曲中還有俞洛真——此真字與絳真的真，都有仙真之意，洛真就是洛水仙子。又有玉蓮蓮的女弟「小僊」，這是表示其年齡、輩分仍小。平康里有將仙、真諸字作為花名、藝名的習慣，也是當時社會中普遍流行的風尚。據載長安中娼女曹文姬，工翰墨，時號「書仙」，則是因有才藝並配合其身分，而贏得這一風雅的外號。㉔施肩吾以月中仙隱喻妓女，而薛能則以仙郎隱喻青樓恩客，都是娼妓文學的一種典型，其〈贈歌者〉詩就是表現這一旨趣：

㉓ 詳參拙撰，〈神仙三品說的原始及其衍變〉，收於《漢學論文集》第二（臺北、文史哲出版社，民國七二年）頁一七一—二二四。此文只論六朝的仙真。而唐代的會真詩則《全唐詩》卷八六三錄有雲臺山五女仙的〈會真詩〉：為楊敬真、馬信真、徐湛真、郭修真、夏守真同夜成仙，各為詩以道意，事在元和十二年（八一七），屬於仙真傳說。又《全唐詩》卷八〇一又載葛★兒〈會仙詩〉，也寫玉窗仙會之事，也是神仙本意。

㉔ 《全唐詩》七八三；又八〇一錄其〈題梅山丹井〉詩云：「鑿開天外長生北，煉出人間不死丹。」

一字新聲一顆珠，轉喉疑是擊珊瑚。聽時坐部音中有，唱後櫻花葉裏無。

漢浦蔑聞虛解佩，臨邛焉用枉當壚。誰人得向青樓宿，便是仙郎不是夫（全唐詩五五九）

孫棨所錄的有關北里的歌詩，最能具體表現仙子與仙郎的相互關係，其中的贈詩都是出自那些自命風流的唐代文人的溢美之作，足可代表唐代社會的浮世風情，爲唐代典型的進士浮浪性格：就像南曲顏令賓舉止風流，好尚甚雅，病甚，請交往者送哀挽詞，其中就有一首說：「昨日尋僊子，輀車忽在門。」以僊子作爲妓女的代稱即是贈妓詩的特色。這一情形也見於其他的贈詩中，假母王團兒有女福娘，豐約合度，談論風雅，且有體裁，有崔知之在筵上贈詩：「怪得清風送異香，娉婷僊子曳霓裳。惟應錯認偷桃客，曼倩曾爲漢侍郎。」將福娘比爲僊子舞霓裳，而自喻爲偷桃的東方朔，彼此以仙界中人互喻，僊子就成爲唐人對妓人的文雅稱呼，這是類似行話的語言習慣所反映的社會文化，大唐文化也具體表現於其中。此外洞仙的觀念也是北里的常見手法，完全是〈遊仙窟〉的同一情調，像曾爲席糾的俞洛真，進士李文遠常乘醉偕友往訪，是日新月初升，就當場題詩云：「引君來訪洞中僊，新月如眉拂户前。領取嫦娥攀取桂，便從陵谷一時遷。」題後兩日，果然潼關失守，孫棨敘述說這是讖詩，而黃宗羲《行朝錄、自敘》則不恥其行，批評唐末士子「無心肝如此」。㉕

㉕〈全唐詩續補遺〉卷十四收待試詩，爲《國粹學報》第十九期撰引黃宗羲《行朝錄、自敘》收於《全唐詩外編》（臺北、木鐸、民國七二年）頁五四六。

劉郎、仙郎的雅稱也是北里詩的常見手法，孫棨本人既熟知平康實況，也通曉遊仙的傳統，當時福娘有心從良，曾以紅箋題詩送孫棨：「日日悲傷未有圖，懶將心事話凡夫。非同覆水應收得，只問僊郎有意無？」並自明未係教坊籍，只一二百金之費就可相從。孫棨則婉轉相拒，後來終爲豪者所得。又有小福，其人慧黠，善談雅飲，孫棨也曾贈以詩：「彩翠僊衣紅玉膚，輕盈年在破瓜初。霞杯醉勸劉郎飲，雲髻慵邀阿母梳。」小福即以僊郎稱孫棨，孫棨也以劉郎自稱，對雙方而言，在身分、語言上都是婉轉得體的。但也有例外的情況，李標曾題南回王蘇蘇家：「春暮花株遶戶飛，王孫尋勝引塵衣。洞中僊子多情態，留住劉郎不放歸。」只是蘇蘇不領情，不覺得自己並非不放人，因而回詩責其爲「閒人」，讓李標頭面通赤，命駕先歸。其實妓人之不得不以洞中僊加於己身，多少具有一種苦中作樂的無奈心境，就像福娘何嘗不想早日脫離仙籍，只問僊郎有意，就寧願出洞天過平常生活，以了卻殘生，這才是大多數妓人的真實心願。

唐代社會、尤其是進士的生活中與妓人交往，被目爲是一種唐型的風流。而妓人之所以能讓自命風雅、風流的文士徘徊流連，除了妓人較爲開放的浪漫氣質，能激起詩人的逸興之外；實因妓人中較特出的，都有一藝文的養成教育，造就出一套投合文士口味的交際能力，平康里中的錚錚者多能吸引一些舉子、新及第進士與公卿子弟流連於此。由於「京中飲妓籍屬教坊」，其才藝除歌舞外，也多能談吐，也有賦詩的才能，一些才藝、姿色出衆的，就被稱爲都知或席糾，負責主持宴飲的程序，製造歡宴的氣氛，凡此均可見唐代藝妓確有殊異之處，章學誠論婦學時，甚至謂唐代婦女，「詩禮大家，多淪北里。其有妙兼色藝，慧擅聲詩，都士大夫，從而醉唱。」㉖其實這完全是得自唐人小說中的一種印象，李娃、霍小玉或平康里妓在小說中常被誇飾，日後隨著唐人小說的流傳，因而讓後人產生此一刻板印象：以爲詩禮大家多受限於士族教養的禮教約束，較諸妓院中的女性反是不解風情，這是不知文學常以特殊事件作爲敘述主體之故。因爲妓人中的確有少數才藝穎出者，因而又衍生出另一種「謫仙」的形象，用以描述誤墜風塵的才女。

曾文姬固是娼女，但翰墨甚工，具有文藝的專長，就像薛濤之流，都是一些異數，有任生〈贈文姬〉詩最能表現類似的憐才惜才的心情，就是隱喻如此佳人竟然作妓，確可代表當時人的其同看法：

玉皇前殿掌書仙，一染塵心下九天。莫怪濃香薰骨膩，雲衣曾惹御爐煙。

前半句就隱喻文姬是天上的謫仙人：「謫仙」正是自東漢末葉以下流行的神仙說話，到唐代用以指稱一些具有特殊才能者，其異才本應爲天上神仙所有，卻因觸犯天律，謫譴人間，所以所受的罪罰是種贖罪的行爲。㉗以謫仙加於文姬的身上，自是一種恰如其分的雙關用法。其實蔣防筆下的霍小玉，就借鮑媒婆之口說是「有一仙人謫在下界，不邀財貨，但慕風流。」

㉖ 章學誠《文史通義》內篇五論婦學（臺北、國史研究室，民國六十二年）頁一七三－一七三。

㉗ 詳參拙撰〈道教謫仙傳說與唐人小說〉，《第二屆國際漢學會議論文集》（臺北、中研院一九八九）。

因爲這一謫仙人，在媒婆的誇説中，是霍王小女而竟遺居於外；而且資質穠艷，高情逸態，音樂詩書，無不通達。「謫」字可解爲自王府謫放與謫下九天的雙關語，只是小玉自知既是謫譴之身，因而預告於李益，只願享有數年歡愛，一旦他要妙選高門，就要捨棄人事，剪髮披緇，以了殘生。惟所憾者小玉竟連此一心願都無法享有，終爲多情所誤，可說是是謫仙人謫譴至重的悲悽結局。鄭休範就曾以此意贈天水僊哥，她能歌令，常爲席糾，自是謫仙之流，所以贈詩即以此抒發其意：

> 嚴吹如何下太清，玉肌無奈六銖輕。
> 雖知不是流霞酌，願聽雲和瑟一聲。

即將絳真諧爲降真，是從太清仙界謫下凡塵的仙子，其實它全爲恩客的溢美之辭，因「其姿容亦常常，但蘊籍不惡」而已。

從玄宗開始設立教坊之制，接下德宗至宣宗之世，娼妓就成爲唐代文人生活中的一部分。詩人而不涉及妓女的鮮少見及，這是論唐進士與娼妓者的共同看法。㉘遊仙的正統文學就在此一時期轉化完成另一支仙妓文學，這是唐代文化有以致之：遊仙的隱喻即形成仙洞、洞仙、仙郎的隱喻關係，原本素樸的遊歷仙境的情節，是劉、阮誤入仙洞，並成就了一段「宿福所

㉘ 傅樂成〈唐人的生活〉，收於《漢唐史論集》（臺北，聯經，民國六十六年）頁一一七—一一八。

牽」的人仙婚配，而仙鄉終不能久留，結局是仙郎註定仍需回歸現實世界，傳說本身是既淒美而又讓人嘆惋的。而唐人卻將它落實於遊狹邪的經驗中，確是轉變了傳說的重點，較冷酷地彰顯恩客的虛矯心態。因仙鄉仙子「共送劉阮，指示還路」，只是一了世緣，其後即超脫世緣、超脫世情；而人間仙子則長久在幻設的洞窟中，迎迓所歡，暫忘煩憂。如果劉、阮在仙鄉只是暫留，等回歸人間後，所見的情境是：「親舊零落，邑屋改異，無復相識」，象徵仙鄉一日、人間百年的奇幻構想。㉙ 則妓女之身在洞窟，卻有一種時間反長、渡日如年之感。所以仙窟、洞窟，以及僊子、僊郎等名詞，固然造就了唐代社會中風雅的語言風格，但在妓人的實際感受中，這些仙言仙語勿寧反而是一種嘲弄，孫棨是「久寓京華，時亦偷游其中，固非興致，每思物極則反，疑不能久常。」因此記述其事，幸留此卷唐人的浮世繪於人間。至於《雲仙雜記》所載的，其如姑臧太守張憲之流，使娼妓戴拂壺中錦仙裳，密粉淡粧，使官妓侍於閣下，傳食者號仙盤使，諸倡曰團雲隊與雲仙等。類此行徑不免是一種惡趣，中、晚唐社會這種特殊的時代趣味，確使中國娼妓史增添特殊的一章了。

三、唐人遊仙詩中的仙、妓意象

教坊曲、敦煌曲的形成，既有此類仙妓的社會背景，因而出現〈天仙子〉、〈洞仙歌〉、

㉙ 詳參⑭拙撰，頁四〇－四三。

〈別仙子〉等調名，其創調、作辭應該始於玄宗朝，而在德宗、宣宗兩朝繼續蓬勃地發展，成爲反映當時妓院生活的音樂文學。此外又有〈女冠子〉一類曲調，所詠的顯然是女道士，這又涉及唐代道教的女冠制度：本來女冠僅有修真、學道一類，乃爲實踐修道生涯而捨離人事，是爲修真女冠。但在唐代，由於帝室崇奉李氏（老子），諸公主基於祈福、養生等理由，就有出家奉道的情形，而捨宅置觀或特立宮觀，後來也成爲處置退宮嬪御、退宮宮人的方式，可稱爲宮觀女冠。㉚此外又有一種變質的女冠，名爲女冠，行同娼妓，這是特別值得注意的一類。

唐時女冠觀風行一時，人數既多，流品必雜，潔身自好者固爲多數，而放誕風流者亦難盡免，此一情況尤以中、晚唐較爲多見。據王讜《唐語林》所載：「宣宗微行至德觀，有女道士盛服濃妝者，赫怒歸宮，立召左街功德使宋叔京令盡逐去，別選男子二人住持其觀。」（卷一）可見宣宗時妓風既盛，女道士中已有漸失其清修旨意的。在詩史上以「獨恨無人作鄭箋」爲特色的李商隱（八一二—八五八），他所寫的晦澀諸作中，後人箋註時就致疑於其中有些即是女冠。他年輕時曾在玉陽山學道，有機會認識宋華陽姊妹；再加以當時入京赴考的文士常有修業山林的習慣，寺院、宮觀均爲住宿的場所，因而也增多與女冠認識交往的情形。㉛只是這種往來是牴觸戒律的，因此通常會出諸曲筆，義山的詩集中就有一首〈月夜重寄宋華

㉚ 詳參拙撰，〈唐代宮觀女冠與送宮人入道詩〉，《第一屆唐代學術會議論文集》。

㉛ 詳參嚴耕望，〈唐人讀書山寺考〉收於《唐史論集》（香港，新亞書院，一九六五）。

陽姊妹〉詩，以晦澀的筆法寫出傾慕之情：

> 偷桃竊藥事難兼，十二城中鎖彩蟾。
> 應共三英同花賞，玉樓仍是水精簾。

偷桃是男，竊藥是女，昔同賞月，今則相離。義山曾住華陽觀，據《南部新書》所載：新進士翌日排建福門候謁宰相，時有詩曰：「華陽觀裏鐘聲起，建福門前鼓動時」。觀爲華陽公主故宅，有舊內人居住，在永崇坊，方便應試者居於觀中；義山還有一首〈贈華陽宋真人兼寄清都劉先生〉詩。其實女冠與士子的交往，既是違反道戒清規的，故不爲時俗所容。所以義山集中有些難解的詩，諸如〈碧城〉三首、〈聖女祠〉三首及〈燕臺〉四首，詩中都有隱情，馮浩作註，就認爲都是「有所戀於女冠」之作。

女冠之中並非盡屬修真而有性喜應酬的交際型女冠，在歷史上與女冠有關的知名人物，一是薛濤，一是魚玄機。薛濤名入樂籍，辨慧工詩，曾在蜀中出入幕府，歷事十一鎮，暮年屏居浣花溪，著女冠服，曾寫〈試新服裁製初成〉三首，就是特別敘寫女冠服飾。其三云：「長裾本是上清儀，曾逐群仙把玉芝。每到宮中歌舞會，折腰齊唱步虛詞。」這一兼具樂籍與女冠身分的才女，由於她本人的自持，因而具有多才多藝的形象，在當時也有較正面的評價。至於魚玄機則也喜愛與文人交往，但身在長安的紅塵中，既無心清修，因而特多風流放誕的傳聞，皇甫枚《三水小牘》即詳載其事：說她「破瓜之歲，志慕清虛，咸通初，遂從冠帔於咸宜。」咸宜觀在親仁坊，與東市、平康里相近。《南部新書》說：長安士大夫之家入道，盡在咸宜。32 魚玄機在此觀入道，本人擅於藝文，由於「蕙蘭弱質，不能自持，復爲豪俠所調，乃從游處」，因而結交一批風流之士，載酒賦詩。從現存資料中知道她當女道士之前，就已曾爲補闕李億執箕帚，及愛衰，才入道的。所以雖留有殘句「焚香登玉壇，端簡禮金闕。」其實並未能誠心奉道，其婢綠翹臨死曾責她：「欲求三清長生之道，而未能忘解珮薦枕之歡。」這兩句話很能刻劃魚玄機沈猜的性格，而其淫蕩行爲卻也成爲唐代墮落女冠的形象。與之相較則李冶之爲女冠，反因詩中有怨情，而成爲典型的女冠閨情。據傳她五六歲時，就因詠薔薇有「經時未架卻，心緒亂縱橫」之句，而爲其父責爲「必失行婦」33。現存詩中以怨爲題的〈相思怨〉、〈春閨怨〉，即爲怨體形式自也多怨思；〈感興詩〉一首尤能表現女冠的無奈意緒，詩也饒有情致，其詩云：「朝雲暮雨鎮相隨，去雁來人有返期。玉枕祇知長下淚，銀燈空照不眠時。仰看明月翻含意，俯眄流波欲寄詞。卻憶初聞鳳樓曲，教人寂寞復相思。」因爲女冠閨情常不經意地流露於其言行語默之中，就更切合其修真而又難忘世情的衝突，是一首頗爲傳神之作。

當時詩人對於女冠的印象，表現在交往酬贈中的自能委婉地表達女冠的情緒。施肩吾後來隱居洪州西山時，也有與女冠交往的贈詩：如〈贈女道士鄭玉華〉二首、〈贈施仙姑〉，大

32 詳參30拙撰所引述。

33 《全唐詩》八〇五引《吟窗雜錄》。

體都能較如實地表明修真女冠的真實心境：「玄髮新簪碧藕花，欲添肌雪餌紅砂。世間風景那堪戀，長笑劉郎漫憶家。」（全唐詩四九四）寫出鄭女冠餌服求仙，而嘲諷劉郎的不知仙鄉的珍貴。寫施仙姑「有時頻夜看明月，心在嫦娥几案邊」，也能表現慕仙的心理。兩首作品中都將仙妓詩常見的劉郎、嫦娥的意象，用在女冠修真求仙的願望中，表達他在實際接觸女冠之後較能體會修真女冠的真實心境。不過詩人對於女冠的印象卻多少仍有一風流女冠的感覺，晚唐李洞就在〈贈龐鍊師〉詩，直言其妖艷、風流的形象：

家住涪江漢語嬌，一聲歌戛玉樓蕭。
睡融春日柔金縷，妝發秋霞戰翠翹。
兩臉酒醺紅杏妒，半胸酥嫩白雲饒。
若能攜手隨仙女，皎皎銀河渡鵲橋。

這位涪江龐鍊師居然在歌熱酒酣中，眼露妒意，胸比白雲，而其風流放誕的風情出現在贈詩的情況下，也難怪李洞有攜手共渡的大膽請求。類此露骨的女冠閨情，則相較之下，以黃蜀葵的幽怨、淒美比擬女冠，只是一種欲語還休的含蓄情緒而已。㉞

對於女冠閨情的揣摩還有另一種表達手法，就是不出現在贈酬詩中，終究直接贈與時不

㉞ 詳參拙撰，〈唐人葵花詩與道教女冠〉，《第五屆國際比較文學會議論文集》（臺北，民國七六年）。

能直言無隱，因而描寫遊仙的詩體中就出現另一種變體，尤其是所謂的夢遊、夢仙、夢遊仙等詩體，其中具有女仙的閨情的比例較高。夢仙詩正體仍與遊仙詩同樣抒寫慕仙的懷抱，但諸如元、白的〈夢遊春〉詩，似即加一「夢」字表示這是變體，爲恍惚夢境的遊仙之作。而表現仙子之不能完全超脱世情，仍有一絲幽怨之意，則夢仙詩就有特別的寫作意趣。以現存夢仙詩的寫作而言，初唐至中唐時期仍多爲詠神仙之作，至晚唐時規撫原意的擬作也有多篇正體，凡有王勃〈忽夢遊仙〉、白居易〈夢仙〉、祝元膺〈夢仙謠〉、李沇〈夢仙謠〉、王轂〈夢仙謠〉三首、廖融〈夢仙謠〉及沈彬〈洪州解至長安初舉納省卷夢仙謠〉；此外又有王延齡〈夢遊仙庭賦〉、沈亞之〈夢遊仙賦〉等，俱爲遊仙詩的另一系列作品，表現唐人的新創意。至於借用夢仙的體製，而增多一絲幽思，以出現於中、晚唐者爲多，應是受到時代風尚的影響。

項斯—會昌四年（八四四）擢第—有兩首，〈夢仙〉屬正體，而〈夢遊仙〉就寫出天仙樓中的仙子：「鸚鵡隔簾呼再拜，水仙移鏡懶疏頭。」實爲慵懶女仙的神情；至於續云：「丹霞不是人間曉，碧樹仍逢岫外秋。將謂便長於此地，雞聲入耳所堪愁。」則寫出獨居仙境的寂寥。類此人間化的仙家情調，實際應有另一層含意，就是隱喻妓院的風光：所謂珠箔當風、鸚鵡頻呼，可説是具有〈遊仙窟〉的印象。韓偓（八四四—九二三）所寫的〈夢仙〉就有較明顯的仙子思郎的心情，這種風格與他的《香奩集》有關，此詩所呈現的情境，與其説是仙境，不如説是女冠生活：前半「紫霄宮闕五雲芝，九級壇前再拜時。鶴舞鹿眠春草遠，山高水闊夕陽遲。」寫女冠修真是以現實界的經驗爲背景，「遠」、「遲」二字寫境亦兼寫情，爲仙鄉的時空之感；至此才導出後半的情緒，「每嗟阮肇歸何速，深羨張騫去不疑。澡練純陽功力在，此心唯有玉皇知。」（全唐詩六八〇）阮肇速速其行，讓仙子興起嗟歎之情，這又是猶存世情的仙子。將夢遊完全置於人間世，只將仙鄉意象作爲隱喩的，是徐鉉〈夢遊〉三首連作，寫出魂夢所在的故人家：香濛蠟燭，户映屏風；而此中仙子則是慢調銀字管、低綴折枝花，完全是仙妓的行爲舉措，結句的作别「天明又作人間别，洞口春深道路賒。」也是妓院前的場景。其他的兩首也是同一情調，都是南國佳人的情思，所謂「仙郎有約長相憶，阿母何猜不得知」，阿母兩字使用西王母的典故，爲女仙得仙籍者之所隸，[35] 此處也可作爲妓院假母的隱語。晚唐五代的詩人已將妓院擬作仙洞，自然夢遊仙也就是夢遊妓院的綺妮風光，類此遊仙的變體爲此一時期的特色。

遊仙詩的詩題爲六朝詩的類型之一，但最得其精神的仍是魏晉，南北朝時要不衰歇，就是沾染了道教的色彩，成爲道教化的遊仙詩。[36] 唐代的詩人以新體寫作，又逢唐帝崇道的社會風尚，但也只有李白挾其不羈之才與慕仙之思，寫作一些具有遊仙意味的作品，其中只有〈懷仙歌〉等少數直用仙題；其他都屬題非遊仙，而有遊仙之意的，因此俱屬遊仙詩的本意，

---

[35] 詳參拙撰〈西王母五女傳說的形成及其演變〉，刊於《東方宗教研究》（臺北、文殊出版社、民國七六年）說明西王母統領衆女仙，爲墉城的主導女神。

[36] 詳參拙撰〈六朝道教與遊仙詩的發展〉，刊於《中華學苑》（臺北、政大中研所、民國七十二年）頁九七—一一八。

近於正體。㊲真能以遊仙爲題，而有大量作品的就是曹唐，他有十七首七律體的〈大遊仙詩〉，多歌詠神仙傳說，其中九首與人仙戀有關，諸如蕭史和弄玉、萼綠華和許真人、張碩和杜蘭香，及最多的劉阮傳說。類此戀愛色彩的神仙傳說與他早年曾爲道士的閱讀經驗有關，後來應第、又任官，將當時的仙妓風尚作背景，就完成分章詠事的遊仙新作，而統於〈大遊仙詩〉的總題之下。但真能表達他以仙詩寫男女之情的，則是數達九十八首的〈小遊仙詩〉，出之以絶句體，最能代表唐人變體的遊仙詩，因而早受學者的矚目。㊳曹唐在第卅三首中曾有「玉童私地誇書札，偷寫雲謠暗贈人」句，「雲謠」二字固可解爲西王母的雲謠曲，是否暗示敦煌曲中的《雲謠集》？如是則他是深知民間情辭的寫作傳統，至少晚唐普遍的仙妓詩既已提供他以遊仙詩詠男女歡情的背景。

〈大遊仙詩〉中的劉阮事跡仍有詠仙事的成分：劉晨阮肇遊天臺、劉阮洞中遇仙子、仙子送劉阮出洞、仙子洞中有懷劉阮、劉阮再到天臺不復見仙子，均演劉阮傳說的情節而成爲分章的故事詩。而〈小遊仙詩〉則拈擧爲典故，就大有仙妓詩的意味：分見於廿三、廿六、四五及九八等四首中：

㊲ 詳參拙撰〈唐人遊仙詩的傳承與創新〉一《中國詩學會議論文集》（彰化師大，一九九二）

㊳ 有關曹唐遊仙詩的研究，較早有程會昌，〈郭景純曹堯賓遊仙詩辨異〉，刊於《國文月刊》第八十期；又唐亦璋，〈神仙思想與遊仙詩研究〉即以李白、曹唐代表唐代遊仙詩，《淡江學報》十四（民國六五年四月）；而近年較詳盡而精采之作，則爲 EDWARD H. SCHAFER, The Sea of Time, Poetry of Ts'ao T'ang, University of California Press, 1985.

玉皇賜妾紫衣裳，教向桃源嫁阮郎。
爛煮瓊花勸君喫，恐君毛鬢暗成霜。(廿三)
偷來洞口訪劉君，緩步輕檯玉線裙。
細擘桃花逐流水，更無言語倚彤雲。(廿六)
欲飲尊中雲母漿，月明花裏合笙簧。
更教小奈將龍去，便向金壇取阮郎。(四五)
絳闕天下下北方，細環清珮響丁當。
攀花笑入春風裏，偷折紅桃寄阮郎。(九八)

詩中的阮郎、劉君都指仙子所暗戀的對象，與六朝劉阮傳說具有不同的意趣。其中反映的是個人的戀愛經驗？抑或影射當時女冠的閨情？固然不易明白證實，但可信是依據女冠的傳聞渲染而成，其他表現「西妃少女多春思」或仙界男女仙真的宴飲，必多所影射，因而出現這類特異的遊仙詩。它寫作於晚唐，表示詩人已需賦予新的意涵始能表現其創發力。其實同爲晚唐詩人的司空圖，有兩首遊仙詩也特意描寫「仙曲教成慵不理」及「劉郎相約事難諧」的情緒（全唐詩六三四）。這些阿母邊的女仙盡是新畫娥眉、簇打金錢，完全是小女冠的行逕。由於女冠生活的閨情傳聞流傳於社會中，詩人才將它作爲素材，寫入夢仙、遊仙詩中，凡此均可與曲子、詞中的仙、妓相互對照，表明是一種同屬社會風尚下的產物。

四、晚唐五代詞中藝妓意象的仙化

晚唐五代是以仙喻妓的晚期，已較具體反映於詞的寫作中，至北宋初要不沿襲此意，就逐漸將道調、仙曲擴大爲其他題材。一般詞史將《花間》、《尊前》二集等作爲詞的濫觴，固然已因雲謠、敦煌諸曲的出現而需適度修正。即以仙、妓等意象的形成與發展，中唐至晚唐的推波助瀾，將這一風氣推至巔峰狀態；而五代、北宋初不過是承續此一意趣而已。但因這些詞家是以文人的身分填詞，將原先流傳於民間社會的道調、仙曲更進一步地轉用於詞中，用以表現歌樓酒館的生活情調，其影響力更大。兩宋詞人所用以表達類似的經驗的，無不由其中取資。所以從這一觀點考察，仙、妓的象徵在五代詞中建立，也是符合文學事實的。

在未討論五代詞之前，先瞭解同一意匠表現於詩的，就可說明這是同一風尚下的構想，只是一以詩體，一以詞體而已，後唐韓熙載有〈書歌妓泥金帶〉詩，就使用一些神女、仙島意象來表現：

> 風柳搖搖無定枝，陽臺雲雨夢中歸。他年蓬島音塵斷，留取尊前舊舞衣。（全唐詩七三八）

陽臺雲雨、蓬島音塵，都是用以喻指妓院；將仙鄉飄渺轉換於歡樂場所中，何嘗不具有同一類似點？與韓熙載齊名的徐鉉，仕南唐時即頗有流連詩酒之作，其中有〈月真歌〉，小註云：

「月真，廣陵妓女，翰林殷舍人所錄，攜之垂訪，筵上贈此。」這位妓女乃「揚州勝地多麗人，其間麗者名月真，月真初年十四五，能彈琵琶善歌舞。」（全唐詩七五二）月真也就是月仙，正是妓人的傳統藝名，當時娼妓的流風餘韻已至於江南。另一〈贈浙西妓亞仙〉，註云：「筵上作」，也將她讚美爲「占將南國貌，惱殺別家人」的南國佳人，「亞仙」之稱也是同一行話的語言習慣。此外〈江舍人宅筵上有妓唱和州韓舍人歌辭因以寄〉，歌詠這一翠鬟佳人，其中有「白雪飄飄傳樂府，阮郎憔悴在人間。清風朗月長相憶，佩蕙紉蘭早晚還。」就用阮肇的典故以寫出其惆悵情緒。這些詩中的仙郎固然已無新意，緣於詩體至此已經定型，因而縱有同一意象，也常成爲因襲的象徵而已㊴；而詞之爲體當時正處於嘗試期，而且所適用的場所正是歌舞場所，使這一行將淪爲因襲的陳腐的象徵終得獲致另一高度的成就。

現存於《花間集》等資料中的五代前後的詞家，多爲由唐入五代，也有一部分由五代入宋，基本上可作爲宋詞的起源時期。他們使用的道調調名中，以〈臨江仙〉爲最多，其次是〈女冠子〉、〈天仙子〉，而〈洞仙歌〉則較爲少見，這是與曲調的音樂效果有關，形成詞人填詞時的選擇依據，現在曲制散落，就只能依譜體會。五代詞人對於這些道調的運用，有採用隱喻手法以仙喻妓的，也有寫仙（含女冠）而强調其閨情的；至於但用調名而另有題意的，則只是依譜填詞的創作方式而已，就不詳加討論。

㊴《全唐詩》卷七七八有潘雍，不詳其時代，所作的〈贈葛氏小娘子〉即是同一寫法：「曾聞仙子住天臺，欲結靈姻愧短才。若許隨君洞中住，不同劉阮卻歸來。」也借詩而深致其愛慕之意。

〈天仙子〉的調名在教坊曲中既已出現，敦煌曲中收有辭，《金奩集》收韋莊（八三六—九一〇）作五首，入歇指調，皆平韻或仄韻轉平韻體；而《花間集》所收皇甫松二首則皆仄韻單調小令，與《雲謠集》的兩首一樣也是仄韻，但屬於重疊爲一片的形式則稍有不同，張先詞倒是依用此法。㊵詞譜以皇甫松之作爲例，大概因他是較早選用教坊曲的先例，但從史料言則可早到唐文宗、武宗時期。從他保存了〈天仙子〉寫妓人的習慣，反映的正是當時以仙隱喻妓人的時代；韋莊的活動時間也是接續此一風尚的晚唐。《雲謠集》中所保存的〈天仙子〉既然出現明確的五陵原、仙娥、天仙諸辭，而修辭手法也較樸質，因而有理由相信它是民間的樂工或無名氏之作；與之相較則皇甫松等人所作的就修飾得較爲精美，而爲文人之辭。

皇甫松對於曲子頗爲內行，現存作品二一首中，即有〈怨回紇歌〉、〈採蓮子〉二首、〈拋棄樂〉、〈楊柳枝詞〉二首、〈浪淘沙〉二首，都是採用曲子作爲創作的行爲，因此使用〈天仙子〉的曲調時也是當行本色，而當時也較近於原調的創作時期。㊶故〈天仙子〉雖似道調，恐怕早已是有特定的隱喻對象：

晴野鷺鷥飛一隻，水葓花發秋江碧。劉郎此日別天仙，登綺席，淚珠滴，十二晚峰青

㊵ 龍榆生《唐宋詞定律》，即以皇甫松所作爲例。（臺北、華正、民國六八年）。

㊶ 皇甫松的曲辭，見於《花間集》、《尊前集》，經林大椿輯錄於《全唐五代詞》中，共得九調二十二首，多與調名相合，屬於兼寫詩、曲（詞）的作家。

（高）歷歷。

躑躅花開紅照水，鷓鴣風遶青山嘴。行人經歲始歸來，千萬里，錯相倚，懊惱天仙應有以。

兩首均明白點出「天仙」兩字：第一首以天臺山的仙子爲隱喻，開頭就以鸞鷟單飛喻別後的形單影隻，劉郎此日一別，漫無情緒，在熱鬧的綺席上也只兀自滴淚。第二首則寫悵望所歡歸來的仙子，花開山青，行人歸來，但在此情此景中，惟獨所歡不歸，難怪天仙懊惱不已。這是寫給妓人唱的，故需揣摩、誇張其期待的情緒，爲當時歡場中特意安排的洞窟情調，借以招徠恩客之作。

韋莊是「一生漂泊，所至有情」的多情詩人，因而從歌筵酒席間揣摩妓人的心情而寫的，更易於附合「天仙」作爲妓人的隱喻傳統，成爲調名本意之作。

悵望前回夢裏期，看花不語苦尋思。露桃宮裏小腰肢，眉眼細，鬢雲垂，惟有多情宋玉知。

深夜歸來長酩酊，扶入流蘇猶未醒。醺醺酒氣麝蘭和，驚睡覺，笑呵呵，長笑人生能幾何。

蟾彩霜華夜不分，天外鴻聲枕上聞。繡衾香冷懶重薰，人寂寂，葉紛紛，纔睡依前夢見君。

夢覺雲屏依舊空，杜鵑聲咽隔簾櫳。玉郎薄倖去無蹤，一日日，恨重重，淚界蓮腮兩線紅。

金似衣裳玉似身，眼如秋水鬢如雲。霞裙月帔一群群，來洞口，望煙分，劉阮不歸春日曛。

前四首都是寫夢裏、夢後及酒後、酒醒的難堪情境，這是身在妓院的女子最感傷的時刻—如果要解爲韋莊本人的淒寒心境，至多只有第二首，但通五首均寫妓人，因此將深夜歸來，扶入流蘇帳，解爲赴酒宴歸來的佳人也未嘗不可。爲何是仙子的感傷？因爲她的秋思—生命中將有秋天的警訊，只有多情宋玉知，仙子自也有一絲期望，只是在現實中是較易於落空，看花不語正是一種愁苦情緒。三首更以天上月光、地上霜華的空明外景（視覺）、秋雁頻叫（聽覺）顯示人的不寐，是以外景襯托內情；繡衾香冷、人寂葉落則是所懷的「君」遠去，秋夜中的女子或妓人孤枕思君，確是感傷的氣氛。將天仙解作妓人，不解作一般女子的原因，在第四、五首中最易看出，說玉郎薄倖，離恨重重，正是煙花女子的口吻；尤其洞口張望劉阮，依詠妓詩的隱喻傳統，正是妓人思君的愁緒。所以詞中所擺設的道具：流蘇、繡衾、雲屏、簾櫳的是妓院風光；而細眉、垂鬢、雲裙、月帔也是妓人裝束，韋莊擅於模擬艷歌，故寫成深刻表現妓人心境的詞，是他的高明所在。

和凝所作也能依調名本意，表現洞中仙子的思郎情趣，其中的桃花洞、洞口及燒金、篆玉諸意象，都極爲當行㊷？

柳色披衫金縷鳳，纖手輕拈紅豆弄。翠蛾雙斂正含情，桃花洞，瑤臺夢，一片春愁誰與共。（其一）

洞口春紅飛簌簌，仙子含愁眉黛綠。阮郎何事不歸來，懶燒金，慵篆玉，流水桃花空斷續。（其二）

當時詞人顯然有意誇飾仙子的等待，這既非原先劉阮傳說的實情，亦非妓院女子的真情，而只是歌辭中的虛幻情意，卻要寫得似真：翠蛾含情、雙肩含愁是曲中的仙子表情，襯托在柳青桃紅的氣氛中，最能把握這些仙子的神態的是慵、懶二字，爲歡場女子百無聊賴的生活情調。

〈臨江仙〉也是教坊曲，敦煌所存的作〈臨江山〉，所詠的也是江山勝景之概。㊸但五代前後的〈臨江仙〉卻多能緊扣住「仙」字爲寫情之作。它是雙調小令，五十八字，五代詞人採用此調的頗多。《花間集》收有張泌、毛文錫、朱希濟、和凝、顧敻、孫光憲、鹿虔扆、閻

㊷ 和凝鄆州須留（今山東）人，曾仕後唐、後晉、後漢，好爲曲子，短歌艷曲，流布於汴洛，人稱曲子相公。《花間集》收十二調二十首，《尊前集》收三調七首，多爲冶艷之作。

㊸ 任二北《教坊記箋訂》頁九一。

選、尹鶚、毛熙震、李珣諸作，幾乎人各有作。南唐則馮延巳、李煜也有作。可見這是當時頗爲流行的曲調。其中直接與仙子有關的爲閻選之作：㊹

雨停荷芰逗濃香，岸邊蟬噪垂楊。物華空有舊池塘。不逢仙子，何處夢襄王。珍簟對欹鴛枕冷，此來塵暗淒涼。欲憑危檻恨偏長。藕花珠綴，猶似汗凝妝。

十二高峰天外寒，竹梢輕弗仙壇。寶衣行雨在雲端。畫簾深殿，香霧冷風殘。欲問楚王何處去，翠屏猶掩金鸞。猿啼明月熱空灘。孤舟行客，驚夢亦艱難。

第一首前半的荷芰香濃、蟬噪垂楊，是昔日所有而今日所見的景象；而後半的欹鴦枕冷、塵暗淒涼，則是別後的傷情，這一切都與「仙子」的聯想有密切的關係。尹鶚所作的也是因景生情，荷芰馨香的情境，讓他想起「昔年於此伴蕭娘」的相偎情景，而惹起後半的別來情思，寫作的手法較相近。第二首則以十二峰、仙壇等景象，詠楚王巫山神女的事跡，也是臨江仙的本意。牛希濟曾以此調作七首，俱詠仙跡，第一首即是瑤姬，此外還有謝家仙觀、黃陵廟、漢濱解佩及洞庭君山；另外毛文錫一首也是詠黃陵廟。類此詠仙迹之作，也多近於調名本意。和凝所作則是詠男女之情，兩首之一描摹翠鬟女子的姿態：碾玉釵搖、雪肌雲鬢；之二

㊹ 陳弘治，《唐五代詞研究》指出其所傳七調十首中，僅〈臨江仙〉二首、〈定風波〉一首，題材與調名相合，餘則盡爲閨情別怨之作。（臺北、文津、民國六九年）頁一四一。

也寫女子的姿容及「嬌羞不肯入鴛衾，蘭膏光裏兩情深」的情熱，其中的場景爲小樓繡簾；或服飾爲披袍宮錦、碧羅冠子，也是歡場女子的情調。當時的詞家慣寫歌樓酒館，習慣運用一些香艷而奢華的意象，以造成虛幻的氣氛，它是實景，也是虛景，成爲詞中的妓院世界。鹿虔扆有一首就是在花柳、翠簾的氣氛下，寫妓人的怨思：

> 無賴曉鶯驚夢斷，起來殘酒初醒。映窗絲柳嫋煙青。翠簾慵卷，約砌杏花零。一自玉郎遊冶去，蓮凋月慘儀形。暮天微雨灑閒庭。手挼裙帶，無語倚雲屏。

夢後酒醒時，因而百無聊賴中，借寫柳絲青煙，翠簾杏花，表現人的不寐。後半則是思緒、別後的相思，以小動作及凝定鏡頭側寫。

「臨江仙」三字本就與江邊送別有關，所以時人多借此調抒寫臨別的愁緒：張泌、徐昌圖、顧敻、孫光憲等俱用此法；李珣則用以寫別後的情思，是借女子的心情表現偷看寄書而勾起「離情別恨」，也是送別詞的同一系列。馮延巳（九〇三——九六〇）有三首〈臨江仙〉則多寫離別，具有其作品中一貫的鬱伊愴怳的風格，如「鳳城何處，明月照黃昏」之句。南唐後主李煜（九三六——九七八）也有，並非用調名本意，而是抒寫「門巷寂寥人散後，望殘煙草低迷」的惆悵情緒。大體言之，〈臨江仙〉一調較不涉及仙子等意象，與敦煌曲子的臨別主題有一脈相貫之處。此外就是鹿虔扆借此調寫「暗傷亡國，清露泣香江」；毛熙震則用以批判南齊天子，「妖君傾，猶自至今傳」，實是睹當前之景而感慨頗深之作，因此並非歌詠仙妓。

〈女冠子〉一調見於教坊曲中，但《雲謠集》則未錄存。五代詞家填寫此調的凡有十一家，且多爲調名本意，所以懷疑它是晚唐才普遍使用的道調，而盛行於五代。其中一種是女冠的修真生活，反映的正是當時文士的印象中有關女冠的服飾、齋醮及學道修真的心願，這是女冠的特殊形象：

求仙去也。翠鈿金篦盡捨。入巖巒。霧卷黃羅帔，雲雕白玉冠。　野煙溪洞冷，林月石橋寒。靜夜松風下，禮天壇。（薛昭蘊）

星高月午。丹桂青松深處。醮壇開。金磬敲清露，珠幢立翠苔。　步虛聲縹緲，想像思徘徊。曉天歸去路，指蓬萊。（李珣）

蕙風芝露。壇際殘香輕度。蕊珠宮。苔點分圓碧，桃花踐破紅。　品流巫峽外，名籍紫微中。眞侶墉城會，夢魂通。（孫光憲）

步虛壇上。絳節霓旌相同。引眞仙。玉佩搖蟾影，金爐嫋麝煙。　露濃霜風濕，風緊羽衣偏。欲留難得住，卻歸天。（鹿虔扆）

薛昭蘊是寫女冠捨家學道，「黃羅帔」正是女冠的淡黃服色，㊺後半的淒寒、寂靜即是外景，

㊺詳參㉞前引文，曾說明唐代女冠的服飾。

也是內情，女冠即以此心境敬禮諸天。「天壇」與「醮壇」、「壇際」及「壇上」都是女冠入道後最主要的活動場所，在金磬、玉佩的聲音中，在麝煙、殘香的氣氛中，寫夜醮及醮後的女冠嚮往蓬萊仙境或墉城仙會，這是道教文學中描寫女冠的典型，可與唐人的〈送宮人入道〉詩媲美。當時女子入道後，所穿戴黃帔、道冠的特殊形象，確有引人好奇之處。

五代詞人也有專以女冠形象爲主，再想像其心思的，其活動則不限於醮儀中，還有日常的修真生活中的一些細節：焚香、捧琴或閒步、漫行：

淡花瘦玉。依約神仙妝束。佩瓊文。瑞露通宵貯，幽香盡日焚。　碧紗籠絳節，黃藕冠濃雲。勿以吹簫伴，不同群。(孫光憲)

雙成伴侶。去去不知何處。有佳期。霞帔金絲薄，花冠玉葉危。　懶乘丹鳳子，學跨小龍兒。叵耐天風緊。挫腰肢。(尹鶚)

碧桃紅杏。遲日媚籠光影。綵霞深。香暖熏鶯語，風清引鶴音。　翠鬟冠玉葉，霓袖捧瑤琴。應共吹簫侶，暗相尋。(王熙震)

修蛾慢臉。不語檀心一點。小山妝。蟬鬢低含綠，羅衣澹拂黃。　〔悶〕(閒)來深院裏，閒步落花傍。纖手輕輕整。玉爐香(同右)

詞中的女冠戴著黃冠——「黃藕冠」及玉葉冠——這是使用玉真公主的玉葉冠習慣：㊻穿著黃帔，「霞帔金絲薄」、「羅衣澹拂黃」都是真寫淡黃衣；而淡黃的神仙妝束穿在「淡花瘦玉」的女冠身上，在唐人是以黃蜀葵作比擬的，孫光憲或即從這一隱喻中，寫出女冠淡淡的黃帔印象。並以此襯托出修真的女冠對於秦玉、蕭史的神仙眷侶多所欣羨，因爲對於既可成仙又有伴侶，正是她們的心中所暗暗期望的，這一典故的運用自有其仙真傳說的傳統。

女冠求仙固爲入道之所願，但修真時深居道觀的生活也是寂寞的，因而也就有一絲祈求仙郎的期望。詞人所用的自也是唐人習用的劉、阮傳說，但只作爲仙鄉伴侶，而並非妓人的隱喻。類此作品凡有五首也算是當時詞家所共同的寫作嗜好特別是張沁與鹿虔扆兩人所寫的，構想和用詞多有相襲之跡：

雲羅霧縠。新授明威法籙。降眞函。髻綰青絲髮，冠抽碧玉篸。往來雲過五，去住島經三。正遇劉郎使，啓瑤緘。（薛昭蘊）

星冠霞帔。住在蕊珠宮裏。佩丁當。明翠搖蟬翼，纖珪理宿妝。醮壇春〔草〕畫綠，藥院杏花香。青鳥傳心事，寄劉郎。（牛嶠）

露花煙草。寂寞五雲三島。正春深。貌減潛銷玉，香殘尚惹襟。竹疏虛檻醮，松密醮壇陰。何事劉郎去，信沈沈。（張沁）

㊻ 詳參㉚前引文。

鳳樓琪樹。惆悵劉郎一去。正香深。洞裏愁空結，人間信莫尋。竹疏齋殿迥，松密醮壇陰。倚雲低首望，可知心。（鹿虔扆）

春山夜靜。愁聞洞天疏磬。玉堂虛。細霧垂珠佩，輕煙曳翠裾。對花情脈脈，望月步徐徐。劉阮今何處，絕來書。（李珣）

詞中的道教意象頗稱貼切，用以塑造女冠的服飾冠飾，形象鮮明地突顯出來；而她們的活動場景，則像明威法籙、蕊珠宮、五雲三島之類，寫出求仙的不同階級與理想，但「劉郎」意象在每一關鍵中一出現，不管是正遇或有心傳寄，都有期望與仙郎一通訊息、互訴心曲的情意。所以一些表現情緒的關鍵字眼，都圍繞著寂寞、惆悵與愁，這是文人有所據於當時的傳聞，並加以創造的想像後，才能把握女冠內心深處的淡淡愁緒，類似的五首顯示當時詞人是根據一種模式而填寫的。

將〈女冠子〉一調用以寫妓及一般女性的也有，早在溫庭筠時（八三一—八七二）就已將晚唐的仙、妓手法運用於曲子裏，確有創新之處：

含嬌含笑。宿翠殘紅窈窕。鬢如蟬。寒玉簪秋水，輕紗卷碧煙。雪胸鸞鏡裏，琪樹鳳樓前。寄語青娥伴，早求仙。

霞帔雲髮。鈿鏡仙容似雪。畫愁眉。遮語回輕扇，含羞下繡幃。玉樓相望久，花洞恨來遲。早晚乘鸞去，莫相遺。

在才子的筆下，巧妙描摹仙妓的容態、神情，再勉其早求仙、乘鸞去，就可與〈女冠子〉搭上題。他對於一些與女子有關的物件本就喜歡細加描摹，以此造成形象化的實感，此首也採用同一種技巧。後來韋莊所作，有名的「四月十七」就採用其格律而直寫感情。其他如歐陽炯二首、牛嶠三首則寫女子的艷情，但只借用曲調而已。比較說來，在道調的沿用情況下，女冠子仍然是其中較多使用調名本意的，這是因爲女冠一辭本就專指具有女道士身分的，不便完全轉用於妓人；而天仙、仙子等就易於成爲隱喻。此外顧敻〈虞美人〉也寫女冠「醮壇風急杏花香，此時恨不駕鸞鳳。訪劉郎。」（其六）調名雖非〈女冠子〉，其實也是表現同一意趣。晚唐五代是此調應用最符本意的時期，入宋以後就有較大的變化了。

在《花間集》內並未保存有其他〈別仙子〉、〈洞仙歌〉及〈阮郎歸〉的曲調，不過李煜則尚存有一首。教坊曲中有一闋〈阮郎迷〉自是演自阮肇入天臺的傳說，〈阮郎歸〉是否即傳襲此調，因《雲謠集》也沒保存，所以曲譜也不可確知，因此李煜所填的就可作爲譜例。與宋初晏幾道所填的作一對照：就可發現其中所敘的，雖未明言是仙子，但設想「珮聲悄，晚妝殘，憑誰整翠鬟。留連光景惜朱顏，黃昏獨倚闌。」則也有等待郎歸的詞意。此外可附及的，就是後唐莊宗李存勗曾作〈憶仙姿〉，《全宋詞》收此篇而改名〈如夢令〉，因爲曲中有「如夢」二字。從詞意「曾宴桃源深洞，一曲清歌舞鳳，長記欲別時，和淚出門相送」，確是符合以仙喻妓的傳統，〈憶仙姿〉應是原調名，而〈如夢令〉乃是東坡取資於莊宗此詞，再易製新名的。[47] 馮延巳亦填此調，但只直敘多病女子的愁態，而不用女仙爲喻。

最後還需說明的一種是不使用道調、仙名，但卻在寫歌筵酒宴時使用仙真的情況：一是以神仙代稱艷冶女子或妓人，韋莊較早使用此種手法，〈喜遷鶯〉中有句云：「一夜滿城車馬，家家樓上簇神仙，爭看鶴沖天。」這裏神仙即指冶艷女子。稍後張泌的〈浣溪沙〉第三後半云：「雲雨自散後，人間無路到仙家。但憑魂夢訪天涯。」又第十前半云：「小市東門欲雪天，衆中依約見神仙，蕊黃香畫貼金蟬。」及〈河傳〉云：「魂銷千片玉樽前，神仙，瑤池醉暮天。」[48] 類此出現的仙家、神仙俱是指冶艷女子或妓人，爲當時的詞家所共同因襲的象徵手法。毛文錫的〈戀情深〉前半闋云：「玉殿春濃花爛漫，簇神仙伴。羅裙窣地縷黃金，奏清音。」孫光憲的〈風流子〉亦云：「樓倚長衢欲暮，瞥見神仙伴侶。微傳粉，攏梳頭，隱映畫簾開處。」兩處所用的神仙也都是艷麗女子甚或妓人的代稱。至於類似仙家的場所則孫光憲〈浣溪沙〉也有句云：「靜街偷步訪仙居，隔墻應認打門初。」（第九）仙居中人是否即有妓人的嫌疑？只要見她見客時微掩斂，得人憐，就可推知當時人在使用類似的意象時確是有特定的指涉對象的。

遊仙傳說中的劉、阮二仙郎也一再出現在這類詞中，皇甫松〈河傳〉中已有「仙客一去

---

[47] 《全宋詞》中蘇軾詞〈如夢令〉下有作者自注語，說明嫌唐莊宗的原名不雅，乃取卒章「如夢」諸字，改爲如夢令，時在元豐七年十二月十八日。

[48] 張泌在《花間集》中僅次於韋莊、薛昭蘊，曾事前蜀，官舍人，與南唐的張泌並非同一人。

燕已飛，不歸，淚痕空滿衣。」（其三）即隱指劉、阮一類的仙客。至薛昭蘊〈浣溪沙〉有「碧桃花謝憶劉郎」句，就明白指實爲劉晨。而毛文錫〈訴衷情〉的前半有「劉郎去，阮郎行。惆悵恨難平。」與後半的「何時攜手洞邊，訴衷情」相呼應，完全使用劉阮傳說以寫男女之情，而且恐非一般正常男女的相思之情，而是洞邊相會的露水姻緣。大概當時人這一使用於詞的手法是取資於遊仙詩，但是在歡樂場所詠唱卻已自有新意，顧敻〈甘州子〉即云：「曾如劉阮訪仙蹤。深洞客，此時逢。」（其三）閻選〈浣溪沙〉後半「劉阮信非仙洞客，嫦娥終是月中人。」兩人所用的深洞客、仙洞客，自是非尋常人，而是遊於狹邪之行的男子，而含蓄其詞以此代稱而已。甚至和凝〈柳枝〉在自敍其經驗時，就明白自稱：「雀橋初就咽銀河。今夜仙郎自姓和。不是昔年攀桂樹，豈能月裏索嫦娥。」（其三）對照前兩首中所說的「青青自是風流主」（其一）、「拽住仙郎盡放嬌」（其二），就可知道這是詞家的常見手法，並成爲一種因襲的寫作模式，《花間集》中幾乎多屬於這一類風格。

晚唐五代的音樂文學，不管說是教坊曲或《雲謠集》中的曲子辭，多逕指爲宋詞的濫觴，這一階段大多較能保持題材與調名相合的情況㊾。其中所使用的道調名，除了〈女冠子〉是較多寫女冠外，其餘如〈天仙子〉一類俱表現爲艷冶女子或妓人，也多屬艷情之作，自然此類情況是與《花間集》、《尊前集》的寫作、編輯有關，形成較集中地表現艷麗的風格。剛好娼妓文學也在此一時期內吸收仙、妓、仙洞等一組相關的隱喻詞彙，配合道調、仙曲的道教

㊾ 陳弘治等人的研究均注意及題材與調名是否相合的問題，凡相合的都予列出，頗爲詳細。

音樂，造成當時一種具有特殊趣味的作品。

五、結語

道調仙曲至於北宋初葉又產生了另一種發展，從詞史言，社會經濟的蓬勃、都市市民階層的逐漸形成，均會提供形成詞的進一步發展的有利因素；加以北宋帝室崇道之風較唐代諸帝尤爲熱衷，因此道調就展開另一創新的局面。從五代入北宋初，到蘇東坡一出又轉變詞風，新創的調名較諸五代有顯著的增加：諸如迷仙引、鵲橋仙、夢仙鄉、望仙門、望仙樓、玉女搖仙佩、解仙佩及長生樂等都紛紛出現，且多爲長調，顯示道教音樂及題材成爲詞樂中的重要體裁之一，有關新製道教、神仙詞調的特質需要專題討論。[50] 此處所要說的是前此出現的道調仙曲，至於此一時期又有了特殊的發展，就是題材不合調名，因而漸有於調名下另立小題的情形，這正是北宋詞所形成的開闊詞風。

五代所使用的道調中，以〈臨江仙〉最爲流行，但以〈天仙子〉較符合詠妓而仙化的本意，至於〈女冠子〉則大體符合女冠的原意及原調名。入宋以後——統計至蘇軾爲止，〈臨江仙〉一調使用得最頻繁：凡有柳永、張先、晏殊、滕宗諒、歐陽修、杜安世、俞紫芝、晏幾道、王觀、魏夫人及蘇軾等，均曾填譜且有多次的情況。其次〈阮郎歸〉則有歐陽修、司馬

[50] 此一問題，將另篇處理：〈北宋崇道與詞樂發展〉。

光、俞紫芝、晏幾道、魏夫人及蘇軾等人使用。〈洞仙歌〉有柳永、歐陽修、晏幾道及蘇軾；〈天仙子〉有張先、蘇軾；至於風行一時的〈女冠子〉則有柳永填寫過。從詞譜定其格律的觀點言，這一轉變其實易於解釋，就是北宋初已開展長調的音樂風尚，因此晚唐五代道調的小令形式就需要調整使用。〈臨江仙〉原就是雙調小令，五十八字，具有適當的樂曲長度，張先入高平調，柳永入仙呂調，並演爲慢曲，達九十三字，完全是長調的演唱法。〈阮郎歸〉的調名，五代詞人未見有保存填用的紀錄，它又名〈醉桃源〉、〈碧桃春〉，是本於劉、阮傳說的調名，故作淒音，也採雙調格式，凡四十七字；宋人所作的，歐陽修凡有四首爲最多，而晏幾道之作則可爲定格之例。〈天仙子〉在皇甫松、韋莊之作中均爲單調小令，三十四字，張先兼入中呂、仙呂兩調，並重疊一片爲之，就演爲雙調六十八字。〈洞仙歌〉的調例已見於教坊曲，但柳永兼入中呂、仙呂、般涉三調，句法亦參差，已是長調；蘇軾所用的洞仙歌，有小序說明是前蜀孟昶所作的舊調，此調八十三字，屬長調。至於〈女冠子〉則原爲雙調小令，四十七字；經柳永演爲長調後，已成爲雙調，達一一二字之多。由此可證北宋開始流行長調後，道調之爲小令的勢必演爲長調，但長達百字的曲調較爲迂徐，因而四、五十字的詞調，如〈臨江仙〉、〈阮郎歸〉就成爲兩種較常被填用的，在曲調的音樂成分上考慮，這一轉變是符合音樂文學的發展的。

北宋詞家雖用道調，但爲了突破晚唐五代詞家爲了符合調名的本意，而儘量寫作仙子、女冠的情況，就大膽擴大題材，因而求其符合調名本意的就不多見，出現在調名下自設小註的補救方式，張先填用〈天仙子〉凡有四次，均有小題：如「水調數聲持酒聽」，註明「時爲嘉禾小倅，以病眠不赴府會」，故所寫的爲個人傷時的情境。「持節來時初有雁」一首，註明「鄭毅夫移青社」，則寫送別之情；另外「醉笑相逢能幾度」註云「別渝州」、「十歲手如芽子筍」則註云「觀舞」；後兩首中固有送別場面的「紅袖舞。清歌女」，與觀舞時，「密教持履恐仙飛，催拍緊」的舞姿，卻都與五代調名的天仙送別之情不同，張先即自加小註就表示不用調名本意。而柳永所填寫的〈女冠子〉，現存集子均不見小註，〈洞仙歌〉也是同一情況，這是因爲作品本身所寫的題材既已明白，不煩另註。可證詞的演唱，柳永、張先所填的較爲俚俗、香艷，本就爲歌人所作，詞意不甚深澀，不像後來南宋詞家的多所喻意。因而這些道調有註與否，都不會影響其流傳於歌樓酒館之中。

大體言之，仙、妓及洞窟的觀念固是早在初、盛唐既已有之，但盛行於詩中則需在中唐，等到晚唐五代時曲子辭的勃興，在歌筵酒宴上就充分利用了這一巧喻，調名、題材及使用場所相互符合，成爲娼妓文學的典型，這是小令時期，音樂的性質制約了詞人的創作習慣，單調多而雙調少，縱有雙調也非長調。這一臻於巔峰狀態的仙妓意象，至此發揮殆盡，所以入宋以後詞家就不再專其心力於此，要不就是更動詞調格律而另尋題材，要不就更創新調，因而出現大量的新道調、仙曲，產生新的道教音樂。從仙、妓意象及其相關題材的運用，足以證實文學演進的定律：就是創新。一種象徵的建立可以反映社會文化的現象，而語言意象一旦陳腐就需新變，因此有關仙、妓的調名與題材，在這一考察下，確是可見它具有一個生成、發展與衰歇的過程，而五代至北宋初剛好是一個轉變的關鍵時期。

後記

從民國六十三年轉變研究方向，決定研究道教文學以來，倏忽之間已經過了二十載，在這漫漫的學術生涯中，由於教學與研究的雙重需要，幾乎從通過文學博士學位（民國六十七年）之後，就不得不在諸般情況下發表論文，其間除了緣於「中國經典寶庫」之邀，整理了葛洪的《抱朴子內篇》而撰成《不死的探求》（台北：時報文化－1981 01），就是因應教授升等之需而結集了部分論文，而出版爲另一本《六朝隋唐仙道類小說研究》（台北：學生書局－1986 04），其他的論文大多分散於各學報或會議論文集內。由於自覺所作的道教研究、道教文學研究在國內外都是冷門，也就未亟亟於整理出版，因而長期藏諸書房之內。其間少數學界同好也有興趣一看的，也只能影印贈閱。近兩年機緣湊巧，先是去年（一九九五）在輔仁大學宗教系開一門「道教文學」，今年又應母校政大之邀在中文所開「道教文學專題研究」，本意是要影印裝訂後以應課堂之需，不意偶然到學生書局黃新新小姐建議結集出版，這是較爲實際而有效的方式。因此在倉卒之下未及改寫，乃取其性質相近者整理成册。

在董理、編排舊作時，才發現這些論文有的寫成已在十五年前，較近的也有三年多了，其間相隔雖遠，卻仍有一貫的興趣，就是對遊仙文學的持續探討，因此決定將一些屬於遊仙的就收於這一集內，其發表先後次序如下：

① 1979 12〈六朝樂府與仙道傳說〉，《古典文學》第一集（台北：臺灣學生書局）p. 67－79（古典文學會第一屆會議）

② 1983 12〈六朝道教與遊仙詩的發展〉《中華學苑》28 期（台北：政大中文所）p. 97－118

③ 1984 12〈郭璞遊仙詩〈變創説〉的提出及其意義〉《古典文學》第六集（台北：臺灣學生書局）p. 133－164（古典文學會第六屆會議）

④ 1987 11〈唐人葵花詩與道教女冠—從道教史的觀點解説唐人詠葵花詩〉《中外文學》16 卷 3 期 p. 36－63（比較文學會國際會議）

⑤ 1989 02〈唐代公主入道與送宮人入道詩〉、《第一屆國際唐代學術會議論文集》（台北：唐代學會）p. 159－190

⑥ 1989 08〈仙、妓、洞窟—從唐到北宋初的娼妓文學與道教〉、《宋代文學與思想研討會論文集》（台北：臺大中文系所）p. 473－515

⑦ 1991 06〈曹唐〈大遊仙詩〉與道教傳説〉《中華學苑》41 期（台北：政大中文所）p. 107－140（又南京國際唐代文學會）

⑧ 1992 09〈唐人遊仙詩的傳承與創新〉，《中國詩學會議論文集》（彰化、彰師大）p. 409－440

⑨ 1993 06〈曹唐〈小遊仙詩〉的神仙世界〉、《第二屆國際唐代學術會議論文學》（台北，

文津書出版社）p. 186－262

從魏晉南北朝到唐、五代，其間尚有數篇多年來已累積了不少資料，也較不易下筆的就是三李：李白、李商隱及李賀，目前尚未正式發表，而本書既已不能久等，就先予出版─此外又計劃將〈離騷〉等巫系文學另輯爲專集。爲了貫串其間的主題，經思索後乃決定 取用學界已有人注意的「憂與遊」一主題，在〈導論〉中加以發揮以求連貫，也許有助於瞭解自己：一、二十年來確有興趣於這一文學傳統的建立。

在這九篇之中剛好依其性質可區爲三大類：第一類屬於文學史、詩史的研究，凡有六朝②、唐代③及唐末五代⑥三篇，剛好銜接從樂府體、五（七）言詩體及曲子詞，當然在詩人運用及諸種詩體產生時，其間是有相互重疊之處；如果再補上屈原〈離騷〉及較難確定作者的〈遠遊〉篇等，則大體已經可以理出其源流正變。由於這是從史的源流立論，自是無法針對專家作品詳加闡述，因而有另一部分即爲第二類，凡有郭璞③及曹唐的〈大、小遊仙詩〉⑦、⑨，本意是還要補上三李的，就可發現專家詩對於遊仙題材的處理態度。其中處理曹唐詩時，先是與美國 EDWARD H. SCHAFER 教授書信聯繫；後來又在大陸開會時與梁超然兄認識，都相互交換了研究心得，他曾邀爲曹唐詩作註，當時事忙不敢答應，不過這一搜集資料的注釋工作則一直在準備中，希望能早日完成解譯這些仙言仙語的心願。第三類則是與神仙道教有關的詩歌，①爲博士論文曾初步處理後再略作修正，現在重讀覺得有些觀點及資料實可作更大的修正，但時間匆促已不及大幅改寫了；④、⑤兩篇則是反映唐人對於女冠印象的研究，其中特別要提及的，是有關葵花詩一篇，在王夢鷗先生的《文學概論》中即拈舉爲例，精采至極，在此只是補上道教女冠制的背景加以證實而已；又此篇在宣讀時，洪順隆教授在精細讀後並找到許多好資料，提出有用的建議，在改寫時多已一一改正，特此表示感謝之意。

爲了讓宗教系和中文所的學子，特別是多年來一起鑽研探索的學棣們，有一共同的研究課題，在目前尚感不足以建立「道教文學論」的理論架構前，深覺有必要清楚說明二十年前在撰寫博士論文時，既已存在構想中的「道教文學」，到底只是一個模糊的概念，還是一套足以解讀中國文學現象的理念。長期以來經過較冷靜的思考後，益覺「道教文學」不只應是各個獨立的文學研究課題，而是一種傳統、中國文學中所較缺少的神話文學、宗教文學的傳統。相信這一思考架構不僅有助於爲自己理出一個研究方向和理論架構，也可爲學棣們已完成或正進行中的相關博碩士論文釐清一個理論架構。在國內不僅是道教學門，就是其他的學門也大多缺少理論及研究方法，有之也多是援用西方的理論與方法，但道教、道教文學作爲本土宗教，是否在參酌外來的理論之後，也應該從本土的素材中多加思索，並試著初步提出一些基本理念？這或許是道教同好所應共同思考的大課題吧！校畢爰誌於此，以資互勉！

國立中央圖書館出版品預行編目資料

憂與遊：六朝隋唐遊仙詩論集/李豐楙著. --初版--
臺北市：台灣學生，民85
面；　公分
ISBN 957-15-0734-2(精裝)
ISBN 957-15-0737-7(平裝)
1.中國詩 - 歷史與批評 - 六朝（222－588）
2.中國詩 - 歷史與批評 - 隋（581－618）
3.中國詩 - 歷史與批評 - 唐（618－907）

821.83　　85002467

憂與遊：六朝隋唐遊仙詩論集（全一冊）

著作者：李豐楙
出版者：臺灣學生書局
發行人：丁文治
發行所：臺灣學生書局
臺北市和平東路一段一九八號
郵政劃撥帳號〇〇〇二四六六八號
電話：三六三四一五六
傳真：三六三六三三四
本書局登記證字號：行政院新聞局局版臺業字第一一〇〇號
印刷所：常新印刷有限公司
地址：板橋市翠華街八巷一三號
電話：九五二四二一九
定價　精裝新臺幣三八〇元
　　　平裝新臺幣三二〇元
中華民國八十五年三月初版

23005

ISBN 957-15-0734-2（精裝）
ISBN 957-15-0737-7（平裝）

臺灣學生書局出版

道教研究叢刊

①六朝隋唐仙道類小說研究　李豐楙 著
②明代道教正一派　莊宏誼 著
③全真教與大蒙古國帝室　鄭素春 著
④明代道士張三丰考　黃兆漢 著
⑤道藏丹藥異名索引　黃兆漢 編
⑥漢魏六朝佛道兩教天堂地獄說　蕭登福 著
⑦蘇軾與道家道教　鍾來因 著
⑧道教與文學　黃兆漢 著
⑨憂與遊：六朝隋唐遊仙詩論集　李豐楙 著